The Walking Dead 2

Robert Kirkman
Jay Bonansinga

The Walking Dead 2

Vertaald door Frank Lefevere

UITGEVERIJ LUITINGH-SIJTHOFF

Uitgeverij Luitingh Sijthoff en Drukkerij Koninklijke Wöhrmann BV
vinden het belangrijk om op milieuvriendelijke en duurzame wijze
met natuurlijke bronnen om te gaan.

ISBN 978 90 245 6569 6
NUR 332

www.lsamsterdam.nl
www.boekenwereld.com
www.watleesjij.nu

Opgedragen aan Jilly (*L'amore della mia vita*)

JAY

Voor alle mensen die me door de jaren heen veel getalenteer-
der hebben laten lijken dan ik eigenlijk ben: Charlie Adlard,
Cory Walker, Ryan Ottley, Jason Howard, en natuurlijk...
meneer Jay Bonansinga

ROBERT

I

RODE ZONSOPGANG

Het leven doet veel meer pijn dan de dood.

JIM MORRISON

I

Niemand op de open plek hoort de bijters aankomen door de hoge bomen.

De rinkelende metaalgeluiden van tentharingen die de koude, weerbarstige klei van Georgia worden ingedreven, overstemmen de voetstappen in de verte. De indringers bevinden zich nog een kleine vijfhonderd meter verderop in het schemerduister van de aangrenzende dennenbomen. Niemand hoort takjes breken in de noordenwind, of het veelzeggende, schraperige gekreun als van waanzinnigen, zo zwak nog vanachter de boomtoppen. Niemand pikt de geursporen op van rottend vlees en van in ontlasting gemarineerde zwarte schimmel. De scherpe geur van herfstvuren en rottend fruit die het middagbriesje meevoert, maskeert de lucht van de lopende doden.

Eigenlijk is geen enkele inwoner van het kamp in wording zich een tijdlang ook maar van enig direct gevaar bewust. De meeste overlevenden zijn druk bezig met het opzetten van steunpalen, die tot hun huidige vorm gehakt werden uit zaken zoals bielzen en telefoonpalen, en met roestige wapeningsstaven versterkt zijn.

'Hopeloos... moet je me nu toch zien,' zegt de tengere jonge vrouw met de paardenstaart met een geïrriteerde kreun. Ze zit ongemakkelijk op haar hurken naast een vierkant stuk met verf bespat tentdoek, dat opgevouwen op de grond in de noordwestelijke hoek van het stuk land ligt. Ze huivert in haar dikke sweatshirt van Georgia Tech, met haar antieke juwelen en gescheurde spijkerbroek. Ze heeft een blos op haar wangen en heeft sproeten, en lang donkerbruin haar, dat in met tere veertjes omwonden vlechten omlaag valt. Lilly Caul is één grote verzameling nerveuze tics: van het constant achter haar

oren trekken van verdwaalde plukken haar tot het dwangmatige ge-
knaag op haar vingernagels. Ze houdt de hamer nog steviger vast met
haar kleine hand en ramt er herhaaldelijk mee tegen een metalen haring, maar de hamer glijdt weg over de kop alsof het ding is ingevet.

'Het geeft niet, Lilly, rustig maar,' zegt de grote man die achter
haar staat toe te kijken.

'Een peuter zou dit nog kunnen.'

'Hou op jezelf er zo van langs te geven.'

'Ik wil mezelf er helemaal niet van langs geven.' Ze deelt nog een
paar klappen uit, nu met twee handen om de hamer. Er komt geen
enkele beweging in de haring. 'Maar die stomme haring wel.'

'Je houdt de hamer te hoog vast.'

'Wat doe ik?'

'Zet je hand meer naar het uiteinde van de steel, laat het gereedschap het werk doen.'

Meer klappen.

De haring ketst af op harde grond, vliegt door de lucht en landt
drie meter verderop.

'Verdomme! Verdómme!' Lilly slaat met de hamer tegen de grond,
kijkt omlaag en blaast haar adem hard uit.

'Je doet het prima, meisje, ik zal het je laten zien.'

De grote man komt naast haar staan, gaat op zijn hurken zitten en
wil de hamer rustig van haar overnemen. Lilly deinst terug en weigert het stuk gereedschap aan hem te geven. 'Geef me nog even, oké?
Dit gaat me lukken, echt,' houdt ze vol, en haar smalle schouders
verstrakken onder haar sweatshirt.

Ze pakt een andere haring en begint opnieuw door voorzichtig op
de metalen kop te tikken. De grond biedt weerstand en is zo hard als
cement. Het is tot nu toe een koude oktober geweest, en het braakliggende land ten zuiden van Atlanta is hard geworden. Niet dat dat
een slechte zaak is. De harde klei is ook poreus en droog, voorlopig

althans, en vandaar dat ze ook hadden besloten hier hun kamp op te zetten. De winter komt eraan, en dit troepje is al een week bezig zich hier te hergroeperen, hun plek te vinden, weer op te laden en opnieuw na te denken over hun toekomst, als ze al een toekomst hébben.

'Je laat de kop van de hamer er gewoon min of meer op vallen,' vertelt de stevig gebouwde Afro-Amerikaanse man naast haar, waarbij hij met zijn enorme arm zwaait. Zijn reusachtige handen zijn zo groot dat ze haar hele hoofd lijken te kunnen omvatten. 'Maak gebruik van de zwaartekracht en het gewicht van de hamer.'

Het kost Lilly heel veel moeite om niet naar de op en neer pompende arm van de man te staren. Zelfs gehurkt en in zijn mouwloze spijkeroverhemd en sjofele bodywarmer, is Josh Lee Hamilton een imposante verschijning. Hij heeft de bouw van een stopper uit een professioneel footballteam, met monolithische schouders, dijen zo groot als boomstammen en een brede nek, maar weet zich desondanks beheerst te bewegen. Zijn trieste ogen, lange wimpers, en een eerbiedige gezichtsuitdrukking die een constante frons op de voorkant van zijn kalende knikker veroorzaakt, maken een onverwacht tedere indruk. 'Niets aan... zie je?' Hij laat het haar nog een keer zien, en zijn getatoeëerde biceps, zo groot als een varkensbuikje, verspringt wanneer hij met zijn imaginaire hamer zwaait. 'Zie je wel?'

Lilly wendt discreet haar blik af van de opbollende arm van Josh. Telkens wanneer haar oog op zijn spieren, zijn taps toelopende rug en zijn brede schouders valt, voelt ze een lichte, schuldige huivering. Ondanks de tijd die ze samen hebben doorgebracht in deze hel op aarde, die sommige inwoners van Georgia 'de Verwording' noemen, heeft Lilly angstvallig vermeden de grenzen van het intieme te overschrijden met Josh. Het lijkt haar het beste om het platonisch te houden, broer en zus, beste maatjes, verder niets. Het beste om het puur zakelijk te houden... zeker te midden van deze plaag.

Maar dat heeft Lilly er niet van weerhouden om verlegen scheef te glimlachen naar de grote man, wanneer hij haar 'vriendin van me' of 'meisje' noemt... of om te zorgen dat hij een korte blik kan werpen op het Chinese karakter dat boven Lilly's krent getatoeëerd is, wanneer ze 's avonds in haar slaapzak gaat liggen. Is ze hem aan het verleiden? Manipuleert ze hem om zich van zijn bescherming te verzekeren? De retorische vragen blijven onbeantwoord.

Het continu smeulende vuur van de angst in Lilly's binnenste heeft alle ethische kwesties en nuances van sociaal gedrag weggebrand. Eigenlijk heeft angst haar met tussenpozen het grootste gedeelte van haar leven in zijn greep gehad. Ze kreeg een maagbloeding toen ze op de middelbare school zat en moest angstonderdrukkende medicijnen slikken tijdens haar afgebroken studie aan Georgia Tech. Maar nu is de angst een constante aanwezigheid in haar hart. De angst vergiftigt haar slaap, vertroebelt haar gedachten en drukt op haar hart. De angst drijft haar tot dingen.

Ze pakt de hamer nu zo stevig vast dat de aderen in haar pols trillen.

'Het is toch verdomme geen hogere wiskunde!' schreeuwt ze uit, en ze krijgt de hamer eindelijk onder controle en ramt op basis van pure woede een haring in de grond. Ze pakt nog een haring. Ze gaat naar de andere hoek van het tentzeil en krijgt dan door pure wilskracht de metalen staak dwars door de stof en in de grond. Ze ramt er als een bezetene wild op los en slaat net zo vaak mis als dat ze doel treft. Op haar nek en haar voorhoofd breekt zweet uit. Ze blijft maar slaan. Ze gaat er een moment compleet in op.

Uiteindelijk houdt ze uitgeput op. Ze hijgt zwaar en is glibberig van het zweet.

'Oké... zo kun je het ook doen,' zegt Josh zacht. Hij komt overeind en kijkt met een spottende uitdrukking op zijn scherpe, bruine gezicht naar het vijftal haringen waarmee het tentzeil aan de grond vastzit. Lilly zegt niets.

De zombies, die onopgemerkt door de bomen in het noorden naderen, zijn nu minder dan vijf minuten van hen verwijderd.

Niemand van Lilly Cauls medeoverlevenden, inmiddels bijna zo'n honderd man, die zich met tegenzin bij elkaar aangesloten hadden om te proberen hier een los-vaste gemeenschap op te bouwen, beseft dat er één fataal nadeel kleeft aan dit braakliggend stuk boerenland waarop ze hun geïmproviseerde tenten hebben opgezet.

Op het eerste gezicht lijkt het stuk grond ideaal. Het is gelegen in een groen gebied tachtig kilometer ten zuiden van de stad, een regio die normaal gesproken jaarlijks miljoenen ladingen perziken, peren en appels produceert. De open plek ligt in een natuurlijk bassin van verdorde bloedgierst en dicht opeengepakte aarde. Het stuk land dat is verlaten door de vroegere eigenaren, die waarschijnlijk ook de aangrenzende boomgaarden in hun bezit hadden, is zo groot als een voetbalveld. Langs het terrein lopen grindwegen. Langs deze kronkelige wegen staan dichte muren van uit hun krachten gegroeide witte dennenbomen en wintereiken, die oprijzen tot in de heuvels.

Aan het noordeinde van het weiland staat het verschroeide, gedecimeerde overblijfsel van een groot landhuis. De zwartgeblakerde dakkapellen tekenen zich als versteende skeletten af tegen de lucht, en de ramen zijn eruit geblazen door een recente maalstroom. De afgelopen paar maanden hebben branden grote delen van de buitenwijken en boerderijen ten zuiden van Atlanta verwoest.

In augustus, toen de mensen voor het eerst met rondlopende lijken te maken kregen, heeft de paniek die overal in het Zuiden ontstond de infrastructuur van de noodhulpdiensten totaal verwoest. De ziekenhuizen raakten overvol en gingen vervolgens dicht, het licht ging uit in de brandweerkazernes en Interstate 85 raakte verstopt met autowrakken. Mensen probeerden niet langer op hun radio op batterijen naar radiostations te zoeken, maar begonnen op zoek te gaan naar spullen om zich mee te bevoorraden en naar plekken waar ze konden plunderen. Men begon allianties aan te gaan en ging op zoek naar gebieden waar ze zich konden schuilhouden.

De mensen die zich hier op dit verlaten stuk land hebben verzameld, hebben elkaar gevonden op de stoffige weggetjes die zich door de lappendeken van tabaksboerderijen en verlaten winkelpromenades van Pike, Lamar en Meriwether slingeren. Hun konvooi van sputterende, de geest gevende voertuigen, dat uit mensen van alle leeftijden bestond, onder wie ook een tiental gezinnen met kleine kinderen, groeide... totdat het een absolute noodzaak werd om een schuilplaats te vinden, een plek om op adem te komen.

Nu hebben ze zich verspreid over dit leegstaande perceel van achtduizend vierkante meter, als een soort terugkeer naar een Hooverville uit de depressiejaren. Sommigen van hen wonen in hun auto's, anderen hakken holen uit in het zachtere gras, en enkelen zijn al veilig weggekropen in kleine tenten langs de buitenrand. Ze hebben heel weinig vuurwapens en heel weinig munitie. Tuingereedschap, sportartikelen, keukengerei: alle aantrekkelijke zaken van een beschaafd leven dienen nu als wapen. Tientallen van deze overlevenden zijn nog steeds bezig haringen in de koude, oneffen grond te slaan. Ze werken ijverig door, in een race tegen een onuitgesproken, onzichtbare klok, en doen er alles aan om hun provisorische toevluchtsoorden op te zetten. Geen van hen is zich bewust van het gevaar dat door de dennenbomen in het noorden nadert.

Een van de kolonisten, een slungelige man van ergens midden in de dertig met een John Deere-petje op en een leren jack aan, staat onder de rand van een gigantisch stuk tentdoek in het midden van het weiland, zijn scherpe trekken verborgen in de schaduw van het reusachtige tentzeil. Hij geeft aanwijzingen aan een groepje knorrige tieners, dat onder het doek bij elkaar staat. 'Kom op, dames, zet jullie schouders eronder!' blaft hij brullend boven het lawaai van kletterend metaal uit dat in de koude lucht hangt.

De tieners worstelen met een reusachtige houten balk, die dienstdoet als de centrale mast van wat in wezen een grote circustent is. Ze hadden de tent gevonden langs Interstate 85, in een greppel naast een omgekieperde truck met oplegger. Op de romp van het voertuig stond een flets geworden insigne van een gigantische clown, waarvan de verf afbladderde. Het vlekkerige, gescheurde circustentdoek heeft een omtrek van meer dan honderd meter en stinkt naar schimmel en dierlijke mest. Het leek de man met het John Deere-petje op een perfecte overkapping voor een gemeenschappelijke ruimte, een plek om voorraden op te slaan, een plek om de orde te handhaven, een plaats om iets van beschaving in stand te houden.

'Gozer... dat ding gaat het gewicht nooit houden,' klaagt een van de tieners, een hangjongere met een legerjas aan, die Scott Moon heet. Zijn lange blonde haar hangt voor zijn gezicht en zijn gehijg is zichtbaar, terwijl hij samen met de andere getatoeëerde, gepiercete goth-tieners van zijn middelbare school verder worstelt.

'Hou toch eens op met zeiken en zeuren... hij houdt het wel,' bromt de man met de pet terug. Chad Bingham heet hij. Hij is een van de huisvaders van de nederzetting en vader van vier meiden: eentje van zeven, een negen jaar oude tweeling en een tiener. Chad is ongelukkig getrouwd met een muizig grietje uit Valdosta en vindt zichzelf een strikte, strenge vader, net zoals zijn eigen pa. Maar zíjn pappie had alleen jongens en had dus nooit hoeven optreden tegen de flauwekul waaraan vrouwen zich schuldig maken. Trouwens, Chads pa had ook nooit hoeven optreden tegen rottende puszakken van dood vlees die het op de levenden hadden voorzien. En daarom neemt Chad Bingham nu de leiding en neemt hij de rol van alfamannetje op zich... want, zoals zijn vader altijd zei: 'Iemand moet het doen.' Hij kijkt de tieners dreigend aan. 'Hou hem recht!'

'Hoger gaat niet lukken,' kreunt een van de goths met op elkaar geklemde kaken.

'Je bent zelf high,' schimpt Scott Moon, en hij giechelt gesmoord.

'Hou hem recht!' beveelt Chad.

'Wat?'

'Ik zei: hou dat vervloekte ding récht!' Chad duwt een metalen splitpen door een spleet in de balk. De buitenste wanden van het enorme paviljoen van tentdoek sidderen in de herfstwind, wat een rommelend geluid maakt, en andere tieners haasten zich met kleinere steunpalen naar de hoeken.

Wanneer de circustent vorm krijgt en Chad door de brede opening in een van de uiteinden van de tent uitzicht krijgt op de open plek, staat hij naar het geplette bruine onkruid van het grasland te staren, voorbij de auto's met hun kap op, voorbij de groepjes moeders met kinderen, die op de grond hun schamele voorraden bessen en uit automaten geplunderde overblijfselen tellen, voorbij het zestal van aardse bezittingen uitpuilende pick-ups.

Even staren Chad en de grote zwarte vent zo'n dertig meter verderop elkaar aan. Hij staat vlak bij de noordhoek van het terrein op wacht bij Lilly Caul, als een reusachtige uitsmijter bij een of andere openluchtclub. Chad kent Lilly van naam, maar dat is het ook wel zo'n beetje. Veel meer weet hij niet over die meid, behalve dan dat ze 'een of andere vriendin van Megan' is, en over de grote man weet hij nog minder. Chad verkeert al weken in de nabijheid van de reus, en hij kan zich zijn naam niet eens herinneren. Jim? John? Jack? Eigenlijk weet Chad ook niets over al die andere mensen, behalve dan dat ze allemaal behoorlijk wanhopig en bang zijn, en dat ze om discipline schreeuwen.

Maar Chad en de grote zwarte vent wisselen nu al een tijdje beladen blikken uit. Om elkaar in te schatten. Om elkaar de maat te nemen. Ze hebben nooit een woord met elkaar gewisseld, maar Chad heeft het gevoel dat hij uitgedaagd wordt. De grote man zou Chad in een gevecht van man tot man waarschijnlijk wel kunnen hebben, maar zover zou Chad het niet laten komen. Hoe groot je bent maakt een .38mm-kogel niet uit, waarvan er een handig is doorgeladen in de met staal beklede Smith & Wesson Model 52, die Chad op zijn rug achter de brede Sam Browne-riem heeft gestoken.

Maar op dit moment overbrugt een onverwachte energie de vijftig meter tussen de twee mannen als een bliksemstraal. Lilly zit nog steeds op haar hurken voor de zwarte man en slaat er woedend op los tegen tentharingen, maar er glinstert ineens iets duisters en verontrustends in de blik van de zwarte man terwijl hij Chad aanstaart. Het besef dringt al snel stapsgewijs tot hem door, zoals een elektrisch netwerk dat opstart.

Later zullen de twee mannen onafhankelijk van elkaar tot de conclusie komen dat ze, samen met alle anderen, op dat moment twee zeer belangrijke zaken over het hoofd hadden gezien. Ten eerste had het lawaai van het opzetten van de grote tent op de open plek het afgelopen uur lopers aangetrokken. En ten tweede, en misschien wel belangrijker: het terrein had te kampen met één enkele, ernstige tekortkoming.

In de nasleep van de aanval zullen de twee mannen ieder voor zich en met veel ergernis beseffen dat elk natuurlijk geluid vanachter de bomen wordt gedempt, gesmoord en bijna onhoorbaar wordt gemaakt door de natuurlijke scheidingswand van het aangrenzende bos, dat tot aan een naburige heuveltop oprijst.

In feite zou er een middelbareschoolkapel over de top van dat plateau voorbij kunnen komen, en geen van de inwoners zou het horen voordat de bekkens vlak voor zijn neus tegen elkaar werden geslagen.

Lilly Caul is zich nog een paar heerlijke minuten lang niet bewust van de aanval, ondanks het feit dat er nu in rap tempo van alles om haar heen gebeurt. Het geluid van kletterende hamers en stemmen wordt verdreven door verspreid gillende kinderen. Lilly blijft boos haringen in de grond slaan en hoort niet meer dan gespeel in de uitroepen van de kleintjes, tot het moment dat Josh haar bij de nek van haar sweatshirt vastgrijpt.

'Wat...' Lilly schrikt op. Ze draait zich om en kijkt de grote man met toegeknepen ogen aan.

'Lilly, we moeten...'

Josh heeft het eerste gedeelte van zijn zin nog maar amper uitgesproken, of er komt een kleine vijf meter verderop een duistere gedaante vanuit de bomenrij aan stuntelen. Josh heeft geen tijd om weg te rennen, geen tijd om Lilly te redden, hij heeft alleen maar tijd genoeg om de hamer uit de hand van het meisje te rukken en haar weg te duwen, zodat ze in veiligheid is.

Lilly valt om en rolt haast instinctief weg voordat ze zich oriënteert en overeind komt, een gesmoorde schreeuw achter in haar keel.

Het probleem is dat het eerste lijk dat de open plek op strompelt door nog twee wezens gevolgd wordt. Het is een lange, bleke loper in een smerig ziekenhuisschort, die een halve schouder mist. De strengen van zijn spierpezen trillen als wormen. Hij wordt gevolgd door een vrouw en een man, elk met een gapend gat als mond, met bloedeloze lippen waarvan zwarte gal druipt. Hun ogen zijn als knopen: gefixeerd en wezenloos.

Het drietal rolt voort met hun kenmerkende spastische manier van lopen, met happende kaken, de lippen opgetrokken van zwart geworden tanden als van piranha's.

In de twintig seconden die de drie lopers erover doen om Josh te omsingelen, ondergaat het tentenstadje een snelle en ingrijpende verandering. De mannen pakken hun eigengemaakte wapens, en zij die een vuurwapen hebben, grijpen omlaag naar hun geïmproviseerde holsters. Een paar brutalere vrouwen gaan op zoek naar kleine balken, hooihaken, hooivorken en roestige bijlen. De oppassers stouwen hun kleine kinderen gehaast in auto's en vrachtwagencabines. Gebalde vuisten rammen deurvergrendelingen naar beneden. Achterop worden laadkleppen met een klap omhooggetrokken.

Vreemd genoeg neemt het sporadische geschreeuw van vooral kinderen en een paar bejaarde vrouwen, van wie onduidelijk is of ze in een vroeg stadium van seniliteit verkeren, snel af. Het maakt plaats voor de griezelige kalmte van een drilteam of een provisorisch burgerleger. Binnen die twintig seconden zorgt de noodzaak om zich te verdedigen ervoor dat de verraste geluiden al snel overgaan in geluiden van walging en woede, die tot gecontroleerd geweld gekanaliseerd worden. Deze mensen hebben dit eerder gedaan. Wat je ziet is het resultaat van een leercurve. Enkele gewapende mannen verspreiden zich over de buitenranden van het kamp. Ze zwaaien kalmpjes met hamers, duwen patronen in het staartstuk van hun jachtgeweer en houden van wapenbeurzen gestolen pistolen of roestige familierevolvers in de aanslag. Het eerste schot dat opklinkt is de droge knal van een .22 Ruger, zeker niet het krachtigste wapen, maar wel accuraat en eenvoudig in gebruik. Het schot blaast dertig meter verderop de bovenkant van de schedel van een dode vrouw weg.

De vrouw is amper uit de bomenrij verschenen, voordat ze op de grond in elkaar zakt in een soort doop van olieachtig hersenvocht, dat in dikke stroompjes over haar lichaam omlaag stroomt. Deze afrekening vindt in de zeventiende seconde van de aanval plaats. Na twintig seconden begint alles zich in rapper tempo te ontvouwen.

Op de noordhoek van het stuk land komt Lilly Caul automatisch in beweging en gaat ze met de langzame, stijve kronkelbewegingen van een slaapwandelaar op de ballen van haar voeten staan. Haar instinct neemt het over, en ze merkt dat ze haast in een reflex achteruit van Josh wegloopt, die al snel door drie lijken omsingeld is.

Hij heeft één hamer. Geen vuurwapen. En drie rottende monden vol zwarte tanden om zich heen, die steeds dichterbij komen.

Hij draait zich om naar de dichtstbijzijnde zombie, terwijl de overige mensen in het kamp zich verspreiden. Josh ramt het scherpe uiteinde van de hamer door de slaap van de man met het ziekenhuis-schort. Het krakende geluid doet denken aan het losscheuren van ijsklontjes uit hun bakje. Er spuit hersenweefsel op, en onder druk staande verrotting ontsnapt met een hoorbare zucht uit het gat, terwijl de voormalig intern verpleegde patiënt in elkaar zakt.

De hamer blijft steken, en wanneer de loper tegen de grond gaat, wordt hij uit Josh' grote hand gerukt.

Op hetzelfde moment verspreiden andere overlevenden zich naar alle hoeken van de open plek. Aan het andere uiteinde van de bomen-rij begint Chad met zijn met staal beklede Smith te schieten, en hij raakt de oogkas van een spichtige oude man die een halve kaak mist. De dode bejaarde tolt rond in een nevel van ranzige lichaamssappen en tuimelt in het hoge onkruid. Achter een rij auto's krijgt een grommende vrouw een tentstok door haar mond naar binnen gestoken, zodat ze aan de stam van een wintereik wordt vastgeprikt. Aan de oostgrens van het grasland splijt een bijl een rottende schedel met hetzelfde gemak als je een granaatappel zou halveren. Twintig meter verderop verpulvert een schot met een jachtgeweer het gebladerte en ook de bovenhelft van een wegrottende voormalig zakenman.

Aan de overkant van het stuk land loopt Lilly Caul nog altijd achterwaarts weg van de hinderlaag rondom Josh. Ze trilt en schokt op haar benen van het kabaal van de slachtpartij. De angst prikt als naalden overal op haar huid, doet haar adem stokken en neemt bezit van haar geest. Ze ziet dat de grote man nu op zijn knieën zit en naar de hamer graait, terwijl de twee andere lopers zich als spinnen over het gevallen tentdoek naar zijn benen haasten. Een tweede hamer ligt net buiten zijn bereik op het gras.

Lilly draait zich om en vlucht.

Ze doet er minder dan een minuut over om de afstand tussen de buitenste rij tenten en het midden van het weiland te overbruggen, waar een twintigtal zwakkere zielen bij elkaar is gekropen tussen de kratten en de voedselvoorraad, die onder de gedeeltelijk opgezette circustent zijn opgeslagen. Men heeft een paar voertuigen gestart, die nu in koolmonoxidewolken naast het dicht opeengepakte groepje komen staan. Achter op een dieplader bewaken gewapende mannen de vrouwen en kinderen, terwijl Lilly ineengedoken achter een zwaar beschadigde vrachtwagen met staande uitlaten gaat zitten. Ze haalt hijgend adem en heeft kippenvel van de schrik.

Zo blijft ze zitten zolang de aanval duurt, met haar handen over haar oren. Ze ziet niet hoe het Josh vlak bij de boomgrens lukt de in het gevelde kadaver verankerde hamer met zijn hand te omklemmen en hem op het allerlaatste moment los te krijgen, zodat hij ermee kan uithalen naar zijn dichtstbijzijnde belager. Ze ziet niet hoe de stompe kant van de hamer de mannelijke zombie tegen zijn onderkaak treft, en dat de helft van de rottende schedel in duigen wordt geslagen door de enorme kracht van zijn uithaal. En Lilly mist ook het laatste gedeelte van de strijd. Ze is er geen getuige van dat de vrouw bijna haar zwarte snijtanden in Josh' enkel weet te zetten, voordat ze met een grote schep op haar achterhoofd wordt geslagen. Enkele mannen hebben Josh op tijd bereikt om met de laatste zombie af te rekenen, en Josh rolt opzij. Hij is ongedeerd, maar toch trillerig van de adrenaline en de schrik, omdat het maar nét aan was geweest.

De complete aanval, die nu bedwongen is en wegsterft in een zacht gegons van dreinende kinderen, druipende lichaamssappen en ontsnappende ontbindingsgassen, heeft niet meer dan honderdtachtig seconden geduurd.

Wanneer ze de stoffelijke resten later naar een drooggevallen beekbedding ietwat zuidelijker slepen, tellen Chad en zijn medealfamannetjes bij elkaar vierentwintig lopers; zonder meer een beheersbaar dreigingsgevaar... voorlopig tenminste.

'Jezus, Lilly, waarom zet je het niet van je af en bied je hem niet gewoon je excuus aan?' De jonge vrouw, die Megan heet, zit op een deken buiten de circustent en staart naar het onaangeroerde ontbijt voor Lilly's neus.

De zon is net opgekomen, bleek en koud in de heldere lucht, voor weer een nieuwe dag in het tentenstadje. Lilly zit voor een gehavende Coleman-brander oploskoffie uit een kartonnen bekertje te drinken. De gestolde restanten van gevriesdroogde eieren liggen nog steeds in het kampeerpannetje, terwijl Lilly de schuldbeladen overpeinzingen van een slapeloze nacht van zich af probeert te zetten. In deze wereld is er geen rust voor vermoeide mensen óf voor lafaards.

Overal rond de grote, gescheurde circustent, die nu volledig opgezet is, gaat de gonzende bedrijvigheid van de andere overlevenden gewoon door, bijna alsof de aanval van gisteren niet heeft plaatsgevonden. Door de brede opening aan een van de uiteinden, waarschijnlijk ooit de ingang voor olifanten en clownskarren, brengen mensen klapstoelen en kampeertafels de grote tent in. De buitenwanden van de tent trillen door draaiende winden en wijzigingen in de luchtdruk. In andere delen van het kamp verrijzen meer overkappingen. Vaders verzamelen en inventariseren brandhout, flessenwater, munitie, wapens en blikvoer. Moeders zijn druk met kinderen, dekens, jassen en medicijnen.

Een oplettende toeschouwer zou bij nader inzien een nauwelijks verholen element van angst in elke bezigheid zien. Maar het is onzeker welk gevaar de grootste bedreiging vormt: de ondoden of de naderende winter.

'Ik weet nog steeds niet wat ik moet zeggen,' mompelt Lilly uiteindelijk, en ze neemt een slokje van haar lauwwarme koffie. Haar handen trillen nog altijd. Er is achttien uur verstreken sinds de aanval, maar Lilly schaamt zich nog steeds rot. Ze vermijdt het contact met Josh en blijft op zichzelf, omdat ze ervan overtuigd is dat hij het haar kwalijk neemt dat ze hem aan zijn lot heeft overgelaten. Josh heeft wel een paar keer geprobeerd met haar in gesprek te komen, maar ze kon het niet aan en vertelde hem dat ze ziek was.

'Wat valt er te zeggen?' Megan graaft in haar spijkerjack naar haar kleine eenpersoonspijp. Ze drukt een minuscuul plukje wiet in het uiteinde en steekt het aan met een Bic-aansteker, waarna ze een stevige haal neemt. De vrouw van achter in de twintig heeft een olijfkleurige huid en loshangende, met henna gekleurde krullen, die een smal, sluw gezicht omlijsten. Ze blaast de groene rook kuchend uit. 'Ik bedoel: moet je die vent zien, hij is enorm.'

'Wat heeft dat er in hemelsnaam mee te maken?'

Megan grijnst. 'Die vent ziet eruit alsof hij wel voor zichzelf kan zorgen, wil ik alleen maar zeggen.'

'Dat heeft er niets mee te maken.'

'Ga je met hem naar bed?'

'Wat?' Lilly kijkt haar vriendin aan. 'Meen je dat nu echt?'

'Het is een simpele vraag.'

Lilly schudt haar hoofd en slaakt een zucht. 'Daar ga ik geeneens antwoord op...'

'Dus niet... toch? Lilly, het heilige boontje. Braaf tot het bittere einde.'

'Wil je ophouden?'

'Maar waarom eigenlijk?' Megans grijns verandert in een spottende glimlach. 'Waarom ben je er niet bovenop geklommen? Waar wacht je op? Dat lijf... die enorme armen van hem...'

'Hou op!' reageert Lilly kwaad, terwijl er een scherpe, splijtende pijn achter de brug van haar neus opkomt. Haar gevoelens liggen dicht aan de oppervlakte, en ze begint weer te trillen. Het volume van haar stem verrast zelfs haar. 'Ik ben niet zoals jij... oké. Ik ben niet zo'n sociale losbol. Jezus, Meg. Ik ben het even kwijt. Met wie van die gasten heb je nu weer iets?'

Megan staart haar een seconde aan, kucht en stopt dan nog een pijpje. 'Weet je wat?' Megan biedt haar de pijp aan. 'Waarom kalmeer je niet een beetje? Even chillen?'

'Nee, dank je.'

'Het helpt er wel tegen. Het zal je wat minder opgefokt maken.'

Lilly wrijft in haar ogen en schudt haar hoofd. 'Je bent me er eentje, Meg.'

Megan neemt weer een haal en blaast rook uit. 'Liever dat dan een hopeloos geval.'

Lilly zegt niets en blijft gewoon haar hoofd schudden. De trieste waarheid is dat Lilly zich soms afvraagt of Megan Lafferty niet juist precies dát is: een hopeloos geval. De twee meiden kennen elkaar sinds het laatste schooljaar op Sprayberry High School in Marietta. Ze waren destijds onafscheidelijk en deelden alles, van huiswerk tot drugs en vriendjes. Maar toen kreeg Lilly carrièreplannen en doorstond ze twee jaar lang de beproevingen van het Massey College of Business in Atlanta en daarna van Georgia Tech, voor een MBA-opleiding die ze nooit zou afronden. Ze wilde een *fashionista* zijn en misschien wel een modeontwerpbedrijf leiden, maar ze kwam niet verder dan de ontvangstruimte bij haar eerste sollicitatiegesprek, voor een zeer gewilde stageplaats bij Mychael Knight Fashions, voordat ze ertussenuit kneep. Haar oude metgezel, angst, maakte een einde aan al haar plannen.

Angst zorgde ervoor dat ze die luxueuze ontvangsthal ontvluchtte. Ze gaf het op en ging terug naar huis in Marietta, waar ze haar vroegere luie levensstijl met Megan weer oppakte: high worden, op de bank zitten en naar herhalingen van *Project Runway* kijken.

Maar er was de laatste jaren iets veranderd tussen de twee vrouwen, iets fundamenteel chemisch. Voor Lilly was het zo sterk als een taalbarrière. Megan had geen ambitie, geen richting, geen focus, en dat kon haar ook niets schelen. Maar Lilly koesterde nog dromen, doodgeboren dromen wellicht, maar evengoed dromen. Ze verlangde er in het geheim naar om naar New York te gaan of een website te beginnen of naar de receptioniste bij Mychael Knight terug te gaan en te zeggen: 'Oeps, het spijt me, maar ik moest alleen even anderhalf jaar naar buiten...'

Lilly's vader, Everett Ray Caul, was weduwnaar en een gepensioneerde wiskundeleraar, die zijn dochter altijd had aangemoedigd. Everett was een vriendelijke, respectvolle man, die na de langzame dood van zijn vrouw aan borstkanker in het midden van de jaren negentig de verzorging van zijn enige dochter met tedere hand op zich had genomen. Hij wist dat ze meer uit het leven wilde halen, maar hij wist ook dat ze onvoorwaardelijke liefde nodig had, dat ze familie nodig had en een thuis. En ze had alleen Everett nog maar. Dat maakte de gebeurtenissen van de afgelopen paar maanden ook allemaal zo'n hel voor Lilly.

De eerste uitbraak van lopers trof de noordzijde van Cobb County hard. Ze kwamen vanaf de fabrieksterreinen, de industriegebieden ten noorden van de bossen bij Kennesaw, en kropen als kwaadaardige cellen de bevolking binnen. Everett besloot Lilly mee te nemen en in hun gedeukte vw-stationcar te vluchten. Maar toen ze Highway 41 opreden, moesten ze al langzaam gaan rijden vanwege de autowrakken. Zo'n anderhalve kilometer zuidelijker vonden ze een eenzame stadsbus, die door de achterafstraten heen en weer scheurde om overlevenden op te pikken. En ze waren er ook bijna in geslaagd om in te stappen. Tot op de dag van vandaag wordt Lilly in haar dromen geplaagd door het beeld van haar vader, die haar door de vouwdeuren van de bus naar binnen duwt, terwijl de zombies steeds dichterbij komen.

Die ouwe had haar leven gered. Hij sloeg die harmonicadeur op het allerlaatste moment achter haar dicht en dwaalde af naar de stoep, al in de greep van drie kannibalen. Toen de bus wegscheurde, golfde het bloed van de oude man op tegen het raam, en Lilly gilde tot haar stembanden het begaven. Ze raakte vervolgens in een soort catatonische toestand en lag de hele reis naar Atlanta opgekruld in foetushouding op een bankje naar de met bloed besmeurde deur te staren.

Het was een klein wonder dat Lilly Megan had gevonden. In dat stadium van de uitbraak werkten mobiele telefoons nog, en ze slaagde erin een ontmoeting met haar vriendin te regelen, ergens in het gebied rond vliegveld Hartsfield-Jackson. De twee vrouwen gingen te voet op pad, liftten verder in zuidelijke richting, overnachtten in verlaten huizen en concentreerden zich voornamelijk op overleven. De spanning tussen hen nam toe. Ze leken allebei op hun eigen manier te compenseren voor de verschrikkingen en hun verlies. Lilly trok zich in zichzelf terug. Megan ging juist de andere kant op en was meestal high. Ze praatte veel en was niet weg te slaan bij elke reiziger die hun pad kruiste.

Ze haakten vijftig kilometer ten zuidwesten van Atlanta aan bij een karavaan met overlevenden: drie gezinnen uit Lawrenceville in twee minibussen. Megan overtuigde Lilly ervan dat het in een groep veiliger zou zijn, en Lilly stemde erin toe een tijdje mee te rijden. Ze bemoeide zich met niemand in de paar weken dat ze zigzaggend door de fruitgordel reden, maar Megan had al snel snode plannen met een van de huisvaders. Hij heette Chad en maakte een stoere, bazige indruk, met zijn Copenhagen-pruimtabak onder zijn lip en zijn marinetatoeages op zijn pezige armen. Lilly walgde van het geflirt te midden van deze wakende nachtmerrie, en het duurde niet lang voordat Megan en Chad er stiekem vandoor gingen en in de schaduw van verzorgingsplaatsgebouwen verdwenen om zich te 'ontlasten'. De wig tussen Lilly en Megan werd nog dieper gedreven.

Zo rond die tijd verscheen Josh Lee Hamilton. Op een avond werd de karavaan tegen zonsondergang ingesloten door een groep doden op de parkeerplaats van een Kmart, toen de Afro-Amerikaanse kolos hen vanuit het schemerduister van het laadplatform te hulp schoot. Hij kwam eraan als een soort Moorse gladiator en zwaaide met twee tuinhakken, met de prijskaartjes wapperend in de wind. Hij rekende eenvoudig af met het zestal zombies, en de leden van de karavaan bedankten hem uitbundig. Hij liet de groep een paar gloednieuwe jachtgeweren zien, die in de achterste winkelgangen stonden, en ook nog wat kampeergerei.

Josh reed op een motor, en nadat hij had geholpen de minibusjes vol te laden met proviand, besloot hij zich bij hen te voegen. Hij volgde de karavaan op zijn motor, terwijl ze de verlaten lappendeken van boomgaarden van Meriwether County naderden.

Nu was Lilly de dag gaan berouwen dat ze zich had laten overhalen om achter op die grote Suzuki met hem mee te rijden. Was ze eenvoudigweg zo gehecht aan de grote man, omdat ze haar verdriet over het verlies van haar vader op hem projecteerde? Was het een wanhopige poging tot manipulatie te midden van onophoudelijke verschrikkingen? Was het net zo goedkoop en doorzichtig als Megans promiscuïteit? Lilly vroeg zich af of haar laffe daad, toen ze gisteren Josh achterliet op het slagveld, een ziek, duister, onbewust geval van een zichzelf vervullende voorspelling was.

'Niemand heeft gezegd dat je een hopeloos geval bent, Megan,' zegt Lilly uiteindelijk gespannen en met weinig overtuiging.

'Dat hoef je niet te zeggen.' Megan tikt boos met de pijp tegen de brander. Ze hijst zich overeind. 'Je hebt echt wel even genoeg gezegd.'

Lilly staat op. Ze is wel gewend aan deze plotselinge stemmingswisselingen van haar vriendin. 'Wat is je probleem?'

'Jij... jij bent mijn probleem.'

'Waar heb je het in godsnaam over?'

'Laat maar, ik kan hier echt niet meer tegen,' zegt Megan. In de quasizielige toon van haar stem klinkt de hese roes door die de wiet in haar heeft opgewekt. 'Ik wens je geluk, meisje... je zult het nodig hebben.'

Megan stormt weg naar de rij auto's aan de oostgrens van het terrein.

Lilly ziet haar vriendin achter een hoge, met kartonnen dozen beladen oplegger verdwijnen. De overige overlevenden slaan weinig acht op de ruzie tussen de twee meiden. Een paar mensen draaien hun hoofd om, en er wordt hier en daar wat gefluisterd, maar de meeste inwoners gaan druk door met het verzamelen en bijhouden van voorraden, hun gezichten somber en strak van de zenuwen. De wind ruikt naar metaal en natte sneeuw. Er komt een koufront aan.

Lilly staat over de open plek uit te staren en wordt even compleet in beslag genomen door alle activiteit. Het terrein lijkt wel een vlooienmarkt vol kopers en verkopers, mensen die voorraden ruilen, gespleten stammetjes opstapelen en ontspannen staan te praten. Minstens twintig kleinere tenten staan nu langs de omtrek van het terrein opgesteld, en er zijn lukraak een paar waslijnen met bebloede kleding van lopers tussen bomen gespannen, want er wordt niets verspild, nu de dreiging van de winter een constante bron van motivatie is. Lilly ziet kinderen touwtjespringen naast een dieplader, en een paar jongens schoppen tegen een voetbal. Ze ziet een vuur branden in de barbecuekuil, met een rooksluier die boven de daken van geparkeerde auto's opstijgt. De lucht ruikt naar spekvet en hickoryrook, een geur die in elke andere context luie zomerdagen, picknicks, footballwedstrijden, koken in de achtertuin en familiereünies zou oproepen.

Terwijl ze de bedrijvige, kleine nederzetting afspeurt, rijst er een golf zwarte doodsangst in Lilly op. Ze ziet de kinderen ronddartelen... en de ouders hun best doen om wat van deze plek te maken... allen zombievoer... en opeens wordt Lilly overvallen door een scherp inzicht... een flits realiteit.

Het is haar nu duidelijk dat deze mensen gedoemd zijn. Dit grootse plan om een tentenstad te bouwen op de akkers van Georgia gaat niet werken.

2

De volgende dag speelt Lilly onder een tinkleurige hemel met de Bingham-meisjes voor de tent van Chad en Donna Bingham, wanneer er een schurend geluid weerklinkt vanachter de bomen langs de aangrenzende onverharde toegangsweg. Het geluid doet de helft van de kolonisten in het gebied verstijven, en hun gezichten richten zich met een ruk op naar het motorgeluid van een naderende auto, die kreunt in zijn laagste versnellingen.

Het zou iedereen kunnen zijn. Over het geplaagde land heeft zich het gerucht verspreid dat zware jongens de levenden plunderen en dat zwaarbewapende bendes het land afschuimen om overlevenden alles af te nemen, tot de schoenen aan hun voeten aan toe. Er zijn wel een paar inwoners met voertuigen vertrokken op een verkenningsmissie, maar je weet het nooit.

Lilly kijkt op van de hinkelbaan van de meisjes, waarvan de vierkanten met een stok in een blootliggend stuk steenrode kleigrond zijn gekrast, en de Bingham-meisjes verstijven allemaal halverwege een sprong. Het oudste meisje, Sarah, werpt een snelle blik op de weg. De vijftienjarige Sarah, een magere wilde meid in een verschoten overgooier van spijkerstof en een bodywarmer, heeft grote vragende blauwe ogen en is het bijdehante haantje-de-voorste van de vier zussen. Ze zegt zacht: 'Is dat...'

'Het is oké, liefje,' zegt Lilly. 'Ik ben er vrijwel zeker van dat het een van de onzen is.'

De drie jongere zussen beginnen hun halzen te strekken, zoekend naar hun moeder.

Donna Bingham is op het moment niet in het zicht, omdat ze kleren aan het wassen is in een gegalvaniseerde tinnen ton achter de grote kampeertent van het gezin, die Chad Bingham vier dagen geleden liefdevol heeft opgezet. Hij had hem uitgerust met aluminium veldbedden, rekken met koelboxen, ontluchtingssystemen en een op batterijen werkende dvd-speler met een bibliotheek aan kinderfilms, zoals *The Little Mermaid* en *Toy Story* 2. Terwijl Lilly de kinderen verzamelt, hoort ze de schuifelende voetstappen van Donna Bingham achter de tent.

'Sarah, neem Ruthie mee,' zegt Lilly kalm maar streng, terwijl de motorgeluiden dichterbij komen en de walm van brandende motorolie boven de rij bomen opstijgt. Lilly komt overeind en loopt snel naar de tweeling. De negen jaar oude Mary en Lydia zijn identieke engeltjes met hoogblonde paardenstaartjes en bij elkaar passende jekkers. Lilly leidt de kleintjes naar de tentflap, terwijl Sarah de zevenjarige Ruthie oppakt, een schattig elfje met Shirley Temple-krullen die over het boordje van haar miniski-jack hangen.

Net op het moment dat Lilly de tweeling de overkapte ruimte binnenduwt, verschijnt Donna Bingham om de hoek van de tent. 'Wat is er aan de hand?' De timide vrouw in de canvasjas ziet eruit alsof een stevig windje haar omver zou kunnen blazen. 'Wie is het? Zijn het vrijbuiters? Is het een vreemde?'

'Niets om je zorgen over te maken,' vertelt Lilly haar, terwijl ze de tentflap openhoudt, zodat de vier meiden de schaduw kunnen induiken. In de vijf dagen sinds de groep kolonisten hier aankwam, is Lilly de feitelijke oppas geworden. Ze houdt toezicht op verschillende groepen nakomelingen, terwijl hun ouders op zoektocht gaan naar voedsel of een eindje gaan wandelen of gewoon wat tijd alleen met elkaar willen doorbrengen. Ze is blij met deze welkome afleiding, helemaal nu het oppassen haar een excuus geeft om elk contact met Josh Lee Hamilton te vermijden. 'Blijf maar gewoon in de tent met de meiden tot we weten wie het is.'

Donna Bingham sluit zich maar wat graag samen met haar dochters op in de overkapping.

Lilly draait zich snel om en ziet in een nevel van houtvuurrook aan het andere uiteinde van de weg het radiatorscherm van een vertrouwde International Harvester-vrachtwagen met vijftien versnellingen opdoemen. Wanneer hij walmend van de uitlaatgassen door de bocht komt, voelt Lilly een golf van opluchting in zich opwellen. Ze glimlacht ondanks haar zenuwen en begint naar de braakliggende grond aan de westkant van het terrein te lopen, die dienstdoet als laad- en losgebied. De roestbak van een vrachtwagen dendert over het gras en komt schuddend tot stilstand. De drie tieners die achterin bij de vastgesjorde kratten zitten, tuimelen haast tegen de pokdalige cabine voor hen aan.

'Lilly Marlene!' roept de bestuurder door het open raam van de cabine wanneer Lilly voorlangs om de truck heen loopt. Bob Stookey houdt het stuur met grote, vettige arbeidershanden vast.

'Wat staat er op het menu vandaag, Bob?' vraagt Lilly met een zwakke glimlach. 'Nog meer Twinkies?'

'O, vandaag hebben we een volledig fijnproeversfeestmaal met garnituur, zusje.' Bob knikt met zijn diep doorgroefde gezicht naar het team achterin. 'We hebben een verlaten Target-discountwinkel gevonden, en er waren maar een paar lopers om mee af te rekenen... we hebben een geweldige slag geslagen.'

'Vertel!'

'Eens zien...' Bob rukt de versnellingspook in de parkeerstand en schakelt de ratelende motor uit. De huid van Bob Stookey heeft de kleur van getaand koeienleer en hij heeft roodomrande, mismoedige ogen. Hij is een van de laatste mannen in het nieuwe Zuiden die nog altijd pommade gebruikt om zijn donkere haar van zijn verweerde voorhoofd achterover te strijken. 'We hebben timmerhout, slaapzakken, gereedschap, fruit in blik, lantaarns, ontbijtgranen, weerradio's, grote scheppen, kolen... wat nog meer? We hebben ook een zooitje potten en pannen, wat tomatenplanten met nog een paar wrattige kleine tomaten aan de ranken, een paar butagastanks, een kleine veertig liter melk met een uiterste verkoopdatum van maar een paar weken geleden, wat handzeep, Sterno-rechaudbranders, handwas, repen, toiletpapier, een Chia Pet, een boek over organisch boeren, een zingende vis voor mijn tent en god weet wat nog meer allemaal.'

'Bob, Bob, Bob... geen AK-47s? Geen dynamiet?'

'Ik heb iets beters bij me, bijdehandje.' Bob pakt een perzikkrat die naast hem op de passagiersstoel staat. Hij geeft hem door het raam aan Lilly. 'Zou je zo lief willen zijn om deze in mijn tent te zetten, dan help ik die drie slungels achterin met het zware spul.'

'Wat is het?' Lilly kijkt in de krat vol plastic flacons en flessen.

'Geneesmiddelenvoorraad.' Bob doet zijn deur open en klimt de vrachtwagen uit. 'Die moeten veilig weggeborgen worden.'

Lilly ziet dat er een vijftal halveliterflessen drank tussen de anti-allergische geneesmiddelen en de codeïne zit. Ze kijkt Bob weer aan en trekt een gezicht. 'Geneesmiddelenvoorraad?'

Hij grijnst. 'Ik ben een zeer ziek man.'

'Dat klopt,' reageert Lilly. Ze weet genoeg van Bobs achtergrond om te weten dat hij niet alleen een lieve, joviale, ietwat verloren ziel is; hij is niet alleen een voormalig legerarts, wat hem de enige inwoner van het tentenstadje maakt met enige medische opleiding, maar ook een onverbeterlijke dronkaard.

In het begin van hun vriendschap, toen Lilly en Megan nog rondtrokken en Bob hen uit de problemen had geholpen bij een verzorgingsplaats die krioelde van de zombies, had Bob nog zwakke pogingen gedaan zijn alcoholisme te verbergen. Maar tegen de tijd dat de groep zich vijf dagen geleden hier op dit verlaten grasland had gevestigd, was Lilly er een gewoonte van gaan maken om Bob af en toe 's nachts te helpen veilig terug naar zijn tent te wankelen. Zo zorgde ze ervoor dat niemand hem kon beroven, wat een reële dreiging is in zo'n grote en gevarieerde groep waarbinnen zoveel spanning heerst. Ze vond hem aardig en had er geen probleem mee om behalve op de kleintjes ook nog op Bob te passen. Maar het voegde ook nog een laag stress toe die Lilly kon gebruiken als een hoogopgaand klysma.

Ze kan nu trouwens aan hem merken dat hij nog iets van haar wil. Ze ziet het aan de manier waarop hij peinzend met zijn vieze hand zijn mond afveegt.

'Lilly, er is nog iets wat ik je wilde...' Hij zwijgt en slikt ongemakkelijk.

Ze slaakt een zucht. 'Voor de draad ermee, Bob.'

'Ik heb er niets mee te maken... oké. Ik wilde alleen maar zeggen... ach verdomme!' Hij haalt diep adem. 'Josh Lee is een beste vent. Ik ga af en toe bij hem op bezoek.'

'Ja... en?'

'En ik wil maar zeggen...'

'Ga verder.'

'Ik wil alleen... luister... het gaat op dit moment niet zo goed met hem, oké? Hij denkt dat je boos op hem bent.'

'Wat denkt hij?'

'Hij denkt dat je om de een of andere reden boos op hem bent, en hij weet niet waarom.'

'Wat zei hij dan?'

Bob haalt zijn schouders op. 'Dat zijn mijn zaken niet. Ik ben niet echt op de hoogte van... Ik weet het niet, Lilly. Hij zou alleen maar willen dat je hem niet zou negeren.'

'Dat doe ik niet.'

Bob kijkt haar aan. 'Weet je dat zeker?'

'Bob, ik zeg het je...'

'Oké, luister.' Bob wuift zenuwachtig met zijn hand. 'Ik wil je niet vertellen wat je moet doen. Ik vind alleen dat twee mensen zoals jullie... goed volk... het is jammer dat zoiets als dit, je weet wel, in deze tijden...' Zijn stem sterft weg.

Lilly ontspant. 'Ik waardeer het dat je het me verteld hebt, Bob, écht.'

Ze kijkt omlaag.

Bob tuit zijn lippen en denkt na. 'Ik zag hem eerder vandaag bij de stapel houtblokken. Hij stond hout te hakken alsof zijn leven ervan afhing.'

De afstand tussen het laadplatform en de stapel houtblokken is minder dan honderd meter, maar die overbruggen voelt als de Dodenmars van Bataan voor Lilly.

Ze loopt langzaam, met gebogen hoofd, en ze heeft haar handen in de zakken van haar spijkerbroek gestoken om te verhullen dat ze trillen. Ze moet door een groep vrouwen zigzaggen die kleren over koffers staan te verdelen, om het uiteinde van de circustent heen lopen, opzij stappen voor een groepje jongens dat een kapot skateboard zit te repareren en ruim baan maken voor een stel mannen dat wapens inspecteert die op een rijtje op een deken op de grond zijn uitgestald.

Wanneer ze de mannen voorbijloopt, onder wie ook Chad Bingham, die hof houdt als een ultrarechtse despoot, werpt Lilly een blik op de gebutste pistolen. De elf exemplaren van verschillend kaliber, merk en model liggen keurig als zilverwerk opgesteld. De 18,5mm-hagelgeweren van de Kmart liggen ernaast. Slechts elf pistolen en de jachtgeweren, en een beperkte hoeveelheid munitie; daaruit bestaat het complete arsenaal van de kolonisten. Dat is wat er op dit moment als een dun verdedigingslaagje tussen de kampeerders en het onheil in staat.

Lilly krijgt kippenvel in haar nek bij het voorbijlopen, en de angst brandt een gat in haar binnenste. Ze begint harder te trillen. Ze heeft het gevoel dat ze koorts heeft. Dat trillen is altijd een probleem geweest voor Lilly Caul. Ze kan zich de keer nog goed herinneren dat ze een presentatie moest geven voor de toelatingscommissie van Georgia Tech. Ze had aantekeningen op archiefkaartjes staan en had wekenlang geoefend. Maar toen ze in die stoffige vergaderruimte aan North Avenue voor de professoren met een vaste aanstelling ging staan, trilde ze zo hevig dat ze de stapel kaartjes op de grond liet vallen en compleet verkrampte.

Nu voelt ze een soortgelijke nerveuze spanning, maar dan nog duizend keer erger, terwijl ze het houten zigzaghek langs de westkant van het terrein nadert. Ze voelt dat er spieren in haar gezicht trillen, en ook in haar handen in haar zakken. Het is nu zo intens dat het voelt alsof de bevingen op het punt staan bezit van haar gewrichten te nemen, zodat ze ter plekke zou verstijven. 'Chronische angststoornis' had de arts in Marietta het genoemd.

De afgelopen weken had ze in de nasleep van een aanval van lopers steeds last gehad van dit soort spontane verlammingen, van een aanval van bevingen die nog uren erna voortduurde. Maar op dit moment golven er vanuit een of andere basale oerplek diepere angstgevoelens in haar op. Ze keert haar blik naar binnen en aanschouwt haar eigen gewonde, door verdriet en het verlies van haar vader gekwelde ziel.

Ze schrikt op van de klap van een bijl die houtblokken doorklieft, en haar aandacht richt zich met een ruk op het hek.

Er staat een groep mannen op een kluitje rond een lange rij gedroogde houtblokken. Dode bladeren en pluis van populieren wervelen rond op de wind boven de bomenrij. De lucht ruikt naar natte aarde en samengeklitte dennennaalden. Schaduwen dansen achter het gebladerte, en dat werkt als een stemvork in haar geest op Lilly's angst. Ze herinnert zich nog goed hoe ze drie weken geleden in Macon bijna werd gebeten, toen er vanachter een vuilcontainer een zombie naar haar uitviel. Die schaduwen achter de bomen zien er in Lilly's ogen op dit moment net zo uit als de doorgang achter de vuilcontainer: bezwangerd door dreiging, de geur van verval en door afgrijselijke wonderen: de doden die weer tot leven komen.

Ze schrikt van een volgende klap met een bijl en draait zich om naar de andere kant van de houtstapel.

Josh heeft zijn hemdsmouwen opgerold en staat met zijn rug naar haar toe. Er zit tussen zijn enorme schouderbladen een overdwarse zweetplek op zijn overhemd van kamerdoek. Zijn spieren bollen op en de pulserende huid van zijn bruine nek plooit, terwijl hij in een gestaag ritme doorwerkt. Hij zwaait, slaat, trekt terug, zet kracht en zwaait weer, waarna er weer een klap volgt.

Lilly loopt naar hem toe en schraapt haar keel. 'Je doet het helemaal verkeerd,' zegt ze met trillende stem. Ze probeert het luchtig en nonchalant te houden.

Josh verstijft met het blad van de bijl nog in de lucht. Hij draait zich om en kijkt haar aan. Zijn scherpe, zwarte gezicht is bepareld met zweet. Even lijkt hij met stomheid geslagen, en zijn fonkelende ogen verraden zijn verrassing. 'Weet je, ik kreeg al de indruk dat er iets niet goed ging,' zegt hij uiteindelijk. 'Ik heb in een kwartier nog maar ongeveer honderd blokken weten te splijten.'

'Je houdt de steel veel te laag vast.'

Josh grijnst. 'Ik wist dat het zoiets was.'

'Je moet de houtblokken het werk voor je laten doen.'

'Goed idee.'

'Wil je dat ik het voordoe?'

Josh doet een stap opzij en geeft haar de bijl.

'Zo dus,' zegt Lilly, die haar best doet om charmant en grappig te zijn en tegelijkertijd probeert om dapper over te komen. Haar bevingen zijn zo erg dat de kop van de bijl trilt als ze een zwakke poging doet om een houtblok in tweeën te splijten. Ze haalt uit, en het blad schampt langs het hout, waarna het in de grond blijft steken. Ze worstelt om het los te trekken.

'Nu begrijp ik het,' zegt Josh met een geamuseerde knik. Hij ziet hoe ze staat te trillen, en de grijns verdwijnt van zijn gezicht. Hij komt naast haar staan. Hij legt zijn enorme handen over de hare, die uit alle kracht de steel vastgrijpen terwijl ze worstelt om hem uit de klei te trekken. Zijn aanraking is teder en geruststellend. 'Alles gaat goed komen, Lilly,' zegt hij zacht.

Ze laat de bijl los, draait zich om en kijkt hem aan. Haar hart slaat op hol wanneer ze hem in de ogen kijkt. Ze krijgt het koud en probeert haar gevoelens in woorden te vatten, maar ze kan alleen maar schaamtevol wegkijken. Uiteindelijk lukt het haar weer iets uit te brengen. 'Kunnen we ergens naartoe om te praten?'

'Hoe doe je het?'

Lilly zit op zijn indiaans in de kleermakerszit onder de reusachtige takken van een wintereik, die het tapijt van samengeklitte bladeren om haar heen met een sluier van schaduwen bedekken. Ze leunt tijdens het praten achterover tegen de gigantische boomstam. Haar ogen blijven gericht op de wiegende boomtoppen iets verderop.

Ze heeft de afwezige blik in haar ogen die Josh wel eens gezien heeft op de gezichten van oorlogsveteranen en verplegers van de eerstehulpafdeling: een oneindig vermoeid staren, het hologige uiterlijk van mensen met een oorlogsneurose, de levenloze blik. Josh krijgt de opwelling haar tere, tengere lichaam in zijn armen te nemen en haar vast te houden, haar haar te strelen en alles weer goed te maken.

Maar hij voelt op de een of andere manier aan, hij weet gewoon, dat het niet het geschikte moment is. Nu is het tijd om te luisteren.

'Hoe doe ik wat?' vraagt hij. Josh zit tegenover haar, ook in kleermakerszit, en veegt met een vochtige halsdoek zijn nek droog. Voor hem op de grond staat een doos sigaartjes, de laatste van zijn slinkende voorraad. Hij deinst er bijna voor terug om de laatste sigaartjes op te roken, vanuit een soort bijgelovig gevoel dat hij daarmee zijn lot zou bezegelen.

Lilly kijkt hem aan. 'Als de lopers aanvallen... hoe reken je dan met ze af zonder... het in je broek te doen van angst?'

Josh grinnikt vermoeid. 'Als je dáárachter komt, dan moet je het mij ook leren.'

Ze staart hem kort aan. 'Ach, kom.'

'Wat?'

'Wil je me vertellen dat je bagger schijt als ze aanvallen?'

'Precies.'

'Och, alsjeblieft.' Ze houdt haar hoofd vol ongeloof iets schuin. 'Jij?'

'Laat me je iets vertellen, Lilly.' Josh pakt een sigarenverpakking op, schudt er eentje uit en steekt hem aan met zijn zippo. Hij neem peinzend een trekje. 'Alleen domme en gestoorde mensen zijn tegenwoordig niet bang. Als je niet bang bent, dan let je niet op.'

Ze kijkt voorbij de rijen met tenten langs het houten zigzaghek. Ze slaakt een gekwelde zucht. Haar smalle gezicht is somber en asgrauw. Het lijkt alsof ze gedachten onder woorden probeert te brengen die simpelweg halsstarrig weigeren samen te werken met haar vocabulaire. Uiteindelijk zegt ze: 'Ik heb hier al heel lang last van. Ik ben er niet... niet trots op. Het heeft volgens mij veel zaken voor me verpest.'

Josh kijkt haar aan. 'Wat dan?'

'De slapjanus-factor.'

'Lilly...'

'Nee, luister naar me. Ik moet dit zeggen.' Ze weigert hem aan te kijken, en haar ogen branden van schaamte. 'Voordat deze... uitbraak plaatsvond... was het alleen een beetje... hinderlijk. Ik ben er een paar dingen door misgelopen. Ik heb een aantal zaken verpest doordat ik zo'n schijterd ben... maar nu staat er meer op het... ik weet het niet. Misschien komt er wel iemand te overlijden door mijn schuld.' Ze kan zich er eindelijk toe brengen de grote man in de ogen te kijken. 'Ik zou het compleet kunnen verstieren voor iemand om wie ik geef.'

Josh begrijpt waar ze op doelt, en het doet hem pijn in zijn hart. Vanaf het moment dat hij Lilly Caul voor het eerst zag, had hij gevoelens gehad die hij niet meer had ervaren sinds hij een tiener in Greenville was. Het soort hartstochtelijke fascinatie dat een jongen kan hebben voor de glooiing van de hals van een meisje, de geur van haar haar, het vleugje sproeten op de brug van haar neus. Jawel: Josh Lee Hamilton is smoorverliefd op haar. Maar hij is niet van zins deze relatie te verprutsen, zoals hij er voor Lilly zoveel had verprutst, voor de plaag, voordat de wereld zo verdomde akelig was geworden.

Toen hij nog in Greenville woonde, was Josh beschamend vaak verliefd geworden op meisjes, maar hij wist het op de een of andere manier altijd te verpesten door te hard van stapel te lopen. Hij gedroeg zich dan als een grote jonge hond die hun hielen likte. Maar deze keer niet. Deze keer zou Josh het slim gaan spelen... slim en voorzichtig en stap voor stap. Hij mag dan een grote, suffe heikneuter uit South Carolina zijn, maar dom is hij niet. Hij is bereid van zijn vroegere fouten te leren.

Josh is van nature een eenling en groeide op in de jaren zeventig, toen South Carolina nog vasthield aan de spookachtige dagen van de Jim Crow-wetten, en er nog altijd vergeefse pogingen werden gedaan om hun scholen te integreren, zodat ze bij de twintigste eeuw zouden gaan horen. Terwijl Josh met zijn alleenstaande moeder en vier zussen van het ene bouwvallige sociale woningbouwproject naar het andere verhuisde, maakte Josh op het footballveld goed gebruik van zijn aangeboren omvang en kracht. Hij speelde in het schoolteam van Mallard Creek High School en had visioenen van studiebeurzen. Maar hij miste één eigenschap waardoor sporters de academische en sociaal-economische ladder konden bestijgen: pure agressie.

Josh Lee Hamilton was altijd al zachtaardig geweest... overdreven zelfs. Hij liet zich door veel zwakkere jongens op de kop zitten. Hij toonde alle volwassenen respect door ze met 'ja, mevrouw' of 'ja, meneer' antwoord te geven. Hij was gewoon niet vechtlustig. En door dat alles ging zijn footballcarrière in het midden van de jaren tachtig als een nachtkaars uit. Dat was ook rond de tijd dat zijn moeder, Raylene, ziek werd. De artsen zeiden dat het *lupus erythematodes* heette, en dat het niet terminaal was, maar voor Raylene was het een doodvonnis, een leven met chronische pijn en huidlaesies, en later zware verlammingsverschijnselen. Josh nam de taak van mantelzorger voor zijn moeder op zich, omdat zijn zussen naar een andere staat waren verdwenen, naar slechte huwelijken en uitzichtloze baantjes. Josh kookte en maakte schoon en zorgde goed voor zijn mama, en binnen een paar jaar tijd kon hij zelfs zo goed koken dat hij een baan in een restaurant kreeg. Hij had een natuurlijke aanleg voor het culinaire, in het bijzonder voor het bereiden van vlees, en hij vond werk bij steeds betere steakrestaurants verspreid over South Carolina en Georgia. Zo rond het jaar 2000 was hij een van de meest gewilde chef-koks van het zuidoosten geworden, en gaf hij leiding aan grote teams van souschefs, verzorgde hij de catering bij recepties van de betere kringen en kwam hij met zijn foto in de *Atlanta Homes and Lifestyles*. En bovendien slaagde hij er al die tijd in om zijn keuken met vriendelijkheid te runnen, een uitzondering in de restaurantwereld.

En nu, te midden van deze dagelijkse verschrikkingen, belegerd door al deze onbeantwoorde liefde, wilde Josh heel graag iets speciaals voor Lilly koken.

Tot nu toe hadden ze geleefd op zaken als erwten uit blik, gekookte, ingeblikte ham en droge ontbijtgranen met poedermelk; niets wat de juiste achtergrond voor een romantisch etentje of een liefdesverklaring zou vormen. Al het vlees en de verse groenten en fruit in de omgeving waren een week geleden het domein van de maden geworden. Maar Josh had zijn zinnen gezet op een konijn of een wild zwijn, misschien uit het naburige bos. Dan zou hij een ragout maken, of een mooie braadschotel met wilde uien en rozemarijn, en met wat van die pinot noir die Bob Stookey uit die onbeheerde drankwinkel had meegenomen. Josh zou het vlees serveren met wat gekruide polenta, en hij zou ook nog wat extra sfeer aanbrengen. Een paar dames in het tentenstadje hadden kaarsen gemaakt van het niervet dat ze in een voederbak voor vogels hadden gevonden. Dat zou mooi zijn. Kaarsen, wijn, misschien een buitgemaakte peer uit de boomgaard als toetje, en Josh zou klaar zijn. De boomgaarden lagen nog vol overrijp fruit. Misschien een appelchutney voor bij het varkensvlees. Ja. Absoluut. Dan zou Josh klaar zijn om Lilly een diner te serveren en haar te vertellen over zijn gevoelens voor haar, over hoe graag hij bij haar wil zijn om haar te beschermen en haar man te zijn.

'Ik weet waar je naartoe wilt, Lilly,' zegt Josh uiteindelijk, en hij tikt de as van zijn dunne sigaar af op een steen. 'En ik wil dat je twee dingen weet. Ten eerste: je hoeft je niet te schamen voor wat je gedaan hebt.'

Ze kijkt naar de grond. 'Je bedoelt er als een geslagen hond vandoor gaan toen jij werd aangevallen?'

'Luister naar me. Als de rollen omgekeerd waren, zou ik verdomme hetzelfde gedaan hebben.'

'Dat is gelul, Josh, ik heb niet eens...'

'Laat me uitpraten.' Hij drukt het sigaartje uit. 'En ten tweede: ik wílde dat je zou wegrennen. Je hoorde me niet. Ik brulde dat je als de donder moest maken dat je wegkwam. Het had ook geen zin: maar één van die hamers binnen handbereik, en dan wij met zijn tweeën het proberen op te nemen tegen die dingen. Begrijp je wat ik bedoel? Je hoeft je helemaal niet schuldig te voelen over wat je gedaan hebt.'

Lilly haalt diep adem. Ze blijft omlaag kijken. Er welt een traan op, die over de brug van haar neus omlaag rolt. 'Josh, ik waardeer het dat je probeert te...'

'We zijn toch een team?' Hij bukt zich, zodat hij haar mooie gezicht kan zien. 'Toch?'

Ze knikt.

'Het dynamische duo, toch?'

Ze knikt nogmaals. 'Precies.'

'Een goed geoliede machine.'

'Ja.' Ze veegt met de rug van haar hand haar gezicht af. 'Ja, oké.'

'Dus laten we dat zo houden.' Hij gooit haar zijn vochtige halsdoek toe. 'Afgesproken?'

Ze kijkt naar de halsdoek op haar schoot, pakt hem op en kijkt hem aan. Nu kan er een brede glimlach af. 'Jezus christus, Josh, wat is dát ding vréselijk goor.'

Er gaan drie dagen voorbij zonder enige aanval van betekenis op het tentenstadje. Slechts een paar kleine incidenten verstoren de rust. Op een ochtend stuit een groep kinderen op een sidderende torso in een overdekte greppel langs de weg. Het ding houdt zijn grijze, wormige gezicht in een onafgebroken, kreunende doodsstrijd opgericht naar de boomtoppen en ziet eruit alsof het kortgeleden in een mechanische oogstmachine bekneld heeft gezeten, want het heeft rafelige stompen waar zijn armen en benen ooit waren. Niemand snapt hoe het ding zonder ledematen hier is beland. Chad maakt het wezen af door het een enkele klap met een hakmes tegen zijn rottende neusbeen te geven. Een andere keer krijgt een bejaarde kampbewoner bijna een hartstilstand van schrik op de gemeenschappelijke toiletten, wanneer hij zich realiseert dat hij tijdens zijn middagse stoelgang zonder het te weten boven op een zombie heeft zitten poepen. De dwaalgast was op de een of andere manier in de rioolgoot vast komen te zitten. Een van de jongere mannen rekent eenvoudig met het ding af, met één gerichte stoot met een grondboor voor palen.

Maar dit blijken geïsoleerde confrontaties te zijn, en het midden van de week verloopt rustig.

Deze betrekkelijke rust geeft de inwoners de tijd om hun zaken op orde te krijgen, de laatste tenten op te zetten, hun voorraden op te slaan, de directe omgeving te verkennen, een dagelijkse routine te ontwikkelen en om coalities en kliekjes te vormen. De gezinnen, samen tien stuks, lijken een zwaardere stem te hebben in de besluitvorming dan de vrijgezellen. Het heeft iets te maken met de ernst van het gegeven dat er voor hen meer op het spel staat, met de verplichting om kinderen te beschermen, misschien zelfs met de symboliek van het feit dat ze de genetische kiemen van de toekomst bij zich dragen, wat er alles bij elkaar toe leidt dat ze een soort onuitgesproken hogere rang bezitten.

Onder de familiehoofden is Chad Bingham opgestaan als feitelijke leider. Elke morgen zit hij het gezamenlijke overleg in de circustent voor, waarbij hij met het nonchalante gezag van een maffiabaas taken toewijst. Elke dag paradeert hij langs de buitenranden van het kamp, met zijn bal pruimtabak uitdagend onder zijn wang en zijn pistool voor iedereen zichtbaar. Nu de winter eraan komt en er 's nachts verontrustende geluiden achter de bomen opklinken, maakt Lilly zich zorgen over deze surrogaatleider. Chad houdt al een tijdje een oogje op Megan, die het met een van de andere vaders heeft aangelegd, voor de ogen van iedereen en dus ook van diens zwangere vrouw. Lilly is bang dat deze hele schijnorde op een kruitvat rust.

Lilly's tent en die van Josh staan nog geen tien meter van elkaar. Telkens wanneer Lilly 's ochtends wakker wordt, zit ze met haar gezicht naar de opengeritste kant van de tent naar de tent van Josh te staren. Ze drinkt haar cafeïnevrije oploskoffie en probeert erachter te komen wat ze nu eigenlijk voor de grote man voelt. Haar laffe daad knaagt nog steeds aan haar, achtervolgt haar en vergiftigt haar dromen. Ze heeft nachtmerries over de bebloede vouwdeur van die eenzame bus in Atlanta, maar nu ziet Lilly Josh in plaats van haar vader opgegeten worden en langs dat besmeurde glas naar beneden glijden.

Ze schrikt telkens wakker door zijn beschuldigende ogen, en haar nachtgoed is dan doorweekt van koud zweet.

Op deze door dromen verstoorde nachten, wanneer ze slapeloos in haar muffe slaapzak naar het beschimmelde dak van haar kleine tent ligt te staren, de kleine tweedehands tent die ze bij een zoektocht door een verlaten KOA-kamp had buitgemaakt en die naar rook, opgedroogd sperma en verschaald bier stonk, hoort ze onvermijdelijk de geluiden. Ze zijn zwak, en in de verre duisternis aan de andere kant van de heuvel achter de bomen vermengen de geluiden zich met de wind en de krekels en het ruisende gebladerte. Ze hoort onnatuurlijke, knappende geluiden en schokkerig geschuifel. Het doet Lilly aan oude schoenen denken, die tuimelen en vallen in een wasdroger.

In haar door panische angst gekleurde verbeelding roepen de geluiden in de verte beelden op van vreselijke forensische zwart-witfoto's van verminkte, door lijkverstijving zwart geworden lichamen die zich toch nog bewegen. Ze draaien hun dode hoofd om en loeren naar haar, als in een zwijgende snuffmovie met de jitterbug dansende kadavers, net als kikkers op een gloeiende plaat. Lilly ligt elke nacht klaarwakker na te denken over wat de geluiden werkelijk betekenen, wat er daarbuiten gebeurt en wanneer de volgende aanval zal komen.

Een aantal meer diepzinnige kampbewoners heeft theorieën ontwikkeld.

Harlan Steagal, een jonge, nerdy promovendus uit Athens met een bril met dik hoornen montuur, begint nachtelijke filosofische bijeenkomsten rond het kampvuur te houden. Het zestal sociaal onaangepasten zoekt, aangevuurd door pseudo-efedrine, oploskoffie en slechte wiet, onzeker naar antwoorden op vragen die niemand zich wil stellen, maar die wel iedereen kwellen: de oorzaak van de plaag, de toekomst van de mensheid, en misschien wel de actueelste kwestie: het gedragspatroon van de lopers.

De heersende opvatting onder de leden van de denktank is dat er maar twee mogelijkheden zijn: ofwel er is bij zombies geen sprake van instinct, doel of gedragspatroon, afgezien van de automatische reflex om zich te voeden. Ze zijn niet meer dan sputterende zenuwuiteinden met tanden, die als dodelijke machines tegen elkaar opbotsen en eenvoudigweg 'uitgezet' moeten worden. Ofwel er is juist sprake van een complex gedragspatroon, dat niemand van de overlevenden nog doorziet. Deze laatste mogelijkheid roept de vraag op hoe de plaag van de doden op de levenden wordt overgedragen. Alleen door de beet van een loper? En het roept vragen op over kuddegedrag, over mogelijk pavloviaanse leercurves en over nog veelomvattender genetische verplichtingen.

Met andere woorden, en om het in het taaltje van Harlan Steagal te zeggen: 'Spelen die dode dingen misschien soms zoiets als een geheimzinnige, gestoorde, psychedelische evolutionaire rol?'

Die drie rustige dagen kan Lilly veel van deze breedvoerige gesprekken volgen, maar ze schenkt er weinig aandacht aan. Ze heeft geen tijd voor speculaties en analyse. Hoe langer het tentenstadje niet door de doden belaagd wordt, hoe kwetsbaarder Lilly zich ondanks de veiligheidsmaatregelen voelt. Nu de meeste tenten staan en er een wal van voertuigen langs de omtrek van de open plek geparkeerd staat, is men wat tot rust gekomen in het kamp. Mensen hebben hun plekje gevonden en blijven op zichzelf. De paar kampvuren of kooktoestellen die voor het klaarmaken van het eten worden gebruikt, worden weer snel gedoofd uit angst dat rondtrekkende rook en geuren ongewenste indringers aantrekken.

Toch wordt Lilly met de nacht nerveuzer. Er lijkt een koufront aan te komen. De nachtlucht wordt kristalhelder en onbewolkt, en elke morgen heeft zich nieuwe rijp gevormd op de samengeklitte grasgrond, op de hekken en op het doek van de tenten. De oprukkende kou weerspiegelt Lilly's duistere voorgevoel. Er staat iets vreselijks te gebeuren.

Voordat ze op een avond naar bed gaat, haalt Lilly Caul een kleine, in leer gebonden papieren agenda uit haar rugzak. In de weken sinds het begin van de plaag is de meeste mobiele apparatuur ermee opgehouden. Het elektriciteitsnet ligt plat, superieure accu's hebben het opgegeven en serviceproviders zijn verdwenen. De wereld valt terug op de basis: bakstenen, metselspecie, papier, vuur, vlees, bloed, zweet en wanneer maar mogelijk: verbrandingsmotoren. Lilly is altijd een analoge meid geweest. Haar huis in Marietta puilt uit van de vinylplaten, transistorradio's en opwindklokken, en is tot het laatste hoekje gevuld met eerste drukken. Het is dus vanzelfsprekend dat ze een dagboek over de plaag begint bij te houden in haar zwarte boekje met het verbleekte logo van American Family Insurance in goudreliëf op het omslag.

Die avond zet ze een grote x in het vierkantje voor donderdag 1 november.

Morgen is het 2 november, de dag dat haar lot en ook dat van vele anderen onherroepelijk zal veranderen.

Vrijdag begint helder en bijtend koud. Lilly wordt net na zonsopgang huiverend wakker in haar slaapzak, haar neus zo koud dat hij gevoelloos is. Haar gewrichten doen pijn wanneer ze gehaast lagen over elkaar heen aantrekt. Ze stapt gehurkt haar tent uit, ritst haar jas dicht en werpt een blik op Josh' tent.

De grote man is al op en staat naast zijn tent zijn enorme lijf uit te rekken. Hij heeft zijn visserstrui en zijn gescheurde bodywarmer aan, en wanneer hij zich omdraait en Lilly ziet, zegt hij: 'Koud genoeg voor je?'

'Volgende domme vraag,' zegt ze, en ze loopt naar zijn tent toe. Ze reikt naar de thermosfles dampende oploskoffie in zijn reusachtige, gehandschoende hand.

'Het weer heeft de mensen paniekerig gemaakt,' zegt hij zacht, en hij geeft haar de thermosfles. Hij knikt naar de drie vrachtwagens die langs de weg aan de overkant van de open plek stationair staan te draaien. Zijn adem vormt vochtige nevelwolkjes als hij praat. 'Een stel van ons gaat het bos in om zo veel mogelijk brandhout te verzamelen als we kunnen vervoeren.'

'Ik ga mee.'

Josh schudt zijn hoofd. 'Ik heb het er daarnet met Chad over gehad, en het komt erop neer dat hij je als oppas voor zijn kinderen nodig heeft.'

'Oké. Goed. Ook goed.'

'Hou jij die maar,' zegt Josh met een gebaar naar de thermosfles. Hij pakt een bijl die schuin tegen zijn tent staat en glimlacht breed. 'Zo rond lunchtijd weer terug.'

'Josh,' zegt ze, en ze grijpt zijn mouw vast voordat hij zich kan omdraaien. 'Wees wel gewoon voorzichtig in het bos.'

Zijn grijns wordt breder. 'Altijd, meisje... altijd.'

Hij draait zich om en loopt met ferme pas naar de wolken uitlaatgas langs de grindweg.

Lilly kijkt toe hoe de delegatie in cabines stapt, op treeplanken springt of achter in laadruimtes klimt. Ze realiseert zich op dat moment niet hoeveel lawaai ze maken, met alle drukte van het vertrek van drie grote vrachtwagens tegelijk, de roepende stemmen over en weer, het met deuren slaan en de mistbank van koolmonoxide.

Door alle opwinding realiseert Lilly noch iemand anders zich tot hoe ver over de boomtoppen het kabaal van hun vertrek draagt.

Lilly merkt als eerste gevaar op.

De Binghams hebben haar in de circustent achtergelaten om toezicht te houden op de vier meisjes, die nu over de vloer van samengeklit gras dartelen. Ze hollen tussen de klaptafels, opgestapelde perzikkratten en butagastanks door. Het interieur van de tent wordt verlicht via provisorische dakramen: flappen in het plafond die zijn opengetrokken om het daglicht naar binnen te laten. De lucht die er hangt is een mengeling van schimmel en muf hooi, die tientallen jaren in de tentdoekwanden heeft kunnen doordringen. De meisjes doen de stoelendans met drie kapotte tuinstoelen, die ze verspreid over de koude aarden vloer hebben neergezet.

Lilly moet voor de muziek zorgen.

'De-doe-doe-doe... de-da-da-da,' zingt Lilly halfhartig en half neuriënd een oude top 40-hit van The Police na. Haar stem klinkt dunnetjes en zwak, terwijl de meiden giechelend rondjes om de stoelen lopen. Lilly wordt afgeleid. Ze kijkt telkens weer door de laadingang aan het ene uiteinde van de circustent naar buiten, waar ze een groot stuk van het tentenstadje in het grijze daglicht kan zien liggen. Het terrein is grotendeels verlaten, en zij die niet op strooptocht zijn gegaan verschuilen zich momenteel in hun tent.

Lilly zet haar angst opzij, terwijl de koude zon schuin omlaag door de bomen in de verte schijnt en de wind door de grote circustent fluistert. Boven op de heuvel dansen schaduwen in het vale licht.

Lilly denkt dat ze ergens daarboven schuifelgeluiden hoort, misschien achter de bomen. Ze weet het niet zeker. Ze zou het zich ook kunnen inbeelden; misschien houden geluiden in de klapperende, lege tent haar oren voor de gek.

Ze draait weg van de opening en speurt de circustent af op wapens. Ze ziet een grote schep tegen een kruiwagen vol potaarde staan. Ze ziet een paar stukken tuingereedschap in een smerige emmer. Ze ziet restanten van het ontbijt in een plastic vuilnisbak: met bonen en roerei besmeurde kartonnen borden, tot een prop gemaakte burritoverpakkingen en lege pakken vruchtensap. Daarnaast staat een plastic voorraaddoos met smerig tafelzilver. Het tafelzilver komt uit een van de tot campers omgebouwde pick-ups, en Lilly ziet dat er een paar scherpe messen in de bak liggen, maar verder voornamelijk plastic lepelvorken, die plakkerig zijn van de voedselsmurrie. Ze vraagt zich af hoe effectief een lepelvork zou zijn tegen een monsterlijke, kwijlende kannibaal.

Ze vervloekt de kampleiders inwendig, omdat ze geen vuurwapens hebben achtergelaten.

Tot degenen die op het terrein achterblijven behoren ook de bejaarde inwoners: meneer Rhimes, een stel oude vrijsters uit Stockbridge, een tachtigjarige gepensioneerde leraar genaamd O'Toole en een stel aftandse broers uit een verlaten verzorgingstehuis in Macon. Daarnaast zijn er nog een twintigtal volwassen vrouwen, van wie een groot deel momenteel te druk bezig is met hun wastaak en hun filosofische gebabbel langs het hek aan de achterzijde om te merken dat er iets loos is.

De enige andere mensen in het tentenstadje zijn kinderen, tien paar, van wie sommige vanwege de kou nog in hun privétent weggekropen blijven en andere voor de vervallen boerenhoeve tegen een voetbal lopen te trappen. Voor elke groep kinderen is een volwassen vrouw verantwoordelijk.

Lilly kijkt weer door de uitgang naar buiten en ziet Megan Lafferty helemaal in de verte op de veranda van het uitgebrande huis net zitten doen alsof ze op de kinderen let en geen wiet zit te roken. Lilly schudt haar hoofd. Megan hoort op de kinderen van de familie Hennessey te passen. Jerry Hennessey is een verzekeringenverkoper uit Augusta, die nu al dagen op niet al te discrete wijze loopt te klooien met Megan. Hun kinderen zijn nog jong: acht, negen en tien jaar oud. Maar de jongste in het stadje is Ruthie, die tegelijk met de Bingham-tweeling haar spel heeft gestaakt en haar nerveuze oppas ongeduldig aanstaart.

'Kom op nou, Lilly,' roept Sarah Bingham met haar handen in haar zij, terwijl ze op adem staat te komen naast een stapel fruitkratten. De tiener draagt een schattig, stijlvol imitatie-angoratruitje, dat Lilly's hart doet breken. 'Doorzingen.'

Lilly draait zich weer om naar de kinderen. 'Het spijt me, liefje, het is gewoon...'

Lilly zwijgt. Ze hoort een geluid buiten de tent, vanuit de bomen. Het klinkt als de krakende golfbreker van een schip dat slagzij maakt... of het langzame geknars van een deur in een spookhuis... of waarschijnlijker: het gewicht van de voet van een zombie op een dode boomstronk.

'Meisjes, ik...'

Lilly wordt onderbroken door een ander geluid. Ze draait zich snel om naar de tentopening, omdat ze een luid ruisend geluid hoort, dat vanuit het oosten opklinkt en de stilte honderd meter verderop verbrijzelt. Het komt uit een heesterhaag van klimrozen en kornoelje.

Er fladdert plotseling een vlucht rotsduiven op, en de zwerm barst uit het gebladerte met de willoosheid van een vuurwerkshow. Lilly staart er een secondelang als aan de grond genageld naar, terwijl de vlucht de lucht met een virtuele constellatie van grijszwarte vlekken vult.

Aan de overkant van het kamp schieten als gecontroleerde explosie nog twee zwermen duiven tevoorschijn. Kegels van fladderende vlekjes stijgen op naar het licht en verspreiden en hergroeperen zich zoals inktwolken in een heldere poel golven.

Er komen veel rotsduiven voor in deze regio, 'luchtratten' zoals ze door de plaatselijke bewoners worden genoemd, die beweren dat de duiven eigenlijk heel lekker smaken, als je ze fileert en roostert. Maar hun plotselinge verschijning in de afgelopen weken is iets duisterders en veel verontrustenders gaan betekenen dan een mogelijke voedselbron.

Iets heeft de vogels laten opschrikken van hun rustplaats, en dat komt nu op het tentenstadje af.

3

'Luister naar me, meiden.' Lilly schuifelt snel naar de jongste telg van de Binghams en pakt het meisje op in haar armen. 'Jullie moeten met me meekomen.'

'Waarom?' Sarah kijkt Lilly aan met die nukkige blik waarop tieners patent lijken te hebben. 'Wat is er aan de hand?'

'Geen tegenspraak, alsjeblieft, liefje,' zegt Lilly zacht, en de blik in Lilly's ogen heeft het ontnuchterende effect van een veeprikker op de tiener. Sarah draait zich gehaast om, pakt de tweeling bij de hand en begint ze naar de uitgang te brengen.

Lilly blijft plotseling in het midden van de tentopening staan. Ze ziet de eerste zombie zo'n veertig meter verderop uit de bomen stormen: een grote man met een kale schedel in de kleur van een bloeduitstorting en ogen als van melkglas. Lilly begint de kinderen meteen weer de circustent in te duwen, waarbij ze Ruthie in haar armen geklemd houdt en fluistert: 'Plan gewijzigd, meiden, plan gewijzigd.'

Lilly drijft de kinderen snel terug naar het zwakke licht en de schimmellucht van de lege circustent. Ze zet de zevenjarige naast een hutkoffer op het samengeklitte gras neer. 'Heel stil zijn, allemaal,' fluistert Lilly.

Sarah staat tussen de tweeling in, haar tienergezicht ontzet en met wijd open ogen van angst. 'Wat is er aan de hand?'

'Gewoon daar blijven en stil zijn.' Lilly rent terug naar de tentopening en worstelt met de enorme flap, die drie meter hoger met touwen is vastgeknoopt. Ze rukt aan de touwen tot de tentflap over het gat valt.

Het oorspronkelijke plan, dat Lilly onmiddellijk te binnen was geschoten, was om de kinderen in een voertuig te verstoppen, het liefst eentje met nog sleutels in het contact, voor het geval Lilly snel moet ontsnappen. Maar nu kan Lilly niets anders bedenken dan stilletjes weg te kruipen in de lege circustent, in de hoop dat de overige kampbewoners de aanval afslaan.

'Laten we nu met z'n allen een ander spelletje spelen,' zegt Lilly als ze weer bij de bij elkaar gekropen meisjes terug is. Van ergens op het terrein klinkt een schreeuw. Terwijl Lilly probeert te stoppen met beven, weerklinkt er een stem in haar hoofd: godverdomme, stom wijf, je moet voor deze kinderen voor één keer maar eens wat ballen krijgen!

'Een ander spelletje, goed, ja, een ander spel,' zegt Sarah met van angst glinsterende ogen. Ze heeft begrepen wat er aan de hand is. Ze houdt de kleine handen van haar tweelingzussen stevig vast en loopt achter Lilly aan tussen twee hoge stapels fruitkratten door.

'We gaan verstoppertje spelen,' zegt Lilly tegen de kleine Ruthie, die van angst haar mond stijf dichthoudt. Lilly brengt de vier meisjes onder in de schemering achter de kratten, en elk kind zit nu diep gehurkt te hijgen. 'We moeten erg stil blijven zitten... en we moeten ook heel, heel, heel erg stil zijn. Oké?'

Ze lijken even wat getroost te worden door Lilly's stem, hoewel zelfs de jongste weet dat dit geen spelletje is, dat dit geen doen alsof is.

'Ik ben zo terug,' fluistert Lilly tegen Sarah.

'Nee! Wacht! Nee, niet dóén!' Sarah grijpt Lilly's bodywarmer beet en houdt haar met smekende tienerogen vast alsof haar leven ervan afhangt.

'Ik ga alleen maar iets ophalen van de andere kant van de tent, ik ga niet weg.'

Lilly maakt zich los en kruipt op handen en knieën over het tapijt van samengeperst gras naar de stapel emmers vlak bij de lange centrale tafel. Ze pakt de grote schep op die tegen de kruiwagen staat en kruipt dan terug naar hun schuilplaats.

En de hele tijd stapelen zich vreselijke, luider wordende geluiden op buiten de door de wind geteisterde wanden van de circustent. Nog een schreeuw doorklieft de lucht, gevolgd door paniekerige voetstappen, en dan door het geluid van een bijl die in een schedel wordt verzonken. Lydia dreint zacht, Sarah sust haar, en Lilly gaat gehurkt voor de meisjes zitten, haar zicht vertroebeld door doodsangst.

De ijzige wind schudt de panden van de tentwanden heen en weer, en heel even vangt Lilly onder de tijdelijke opening door een blik op van de aanval in uitvoering. Zeker zo'n vijfentwintig lopers, van wie alleen hun schuifelende, modderige voeten zichtbaar zijn als van een korps rechtopstaande slachtoffers van een beroerte, trekken van verschillende kanten op tegen het met tenten bezaaide grasland. De rennende voeten van de overlevenden, voor het merendeel vrouwen en bejaarden, vluchten alle kanten op.

De aanblik van de aanval leidt Lilly's aandacht tijdelijk af van het lawaai achter de meisjes.

Een bloederige arm schiet maar centimeters van Sarahs benen vandaan onder de tentflap door naar binnen.

Sarah gilt wanneer de dode hand haar enkel vastgrijpt en zwart geworden vingernagels zich als klauwen in haar been begraven. De arm is zwaar toegetakeld en steekt in de gescheurde mouw van een begrafenispak. Het meisje verkrampt geschrokken. Dan kruipt de tiener instinctief naar achteren, zodat de kracht van haar beweging de rest van de zombie naar binnen trekt.

Er stijgt een dissonant koor van geschreeuw en gegil op uit de zussen, en Lilly springt met de grote schep stevig in haar zweterige handpalmen overeind. Haar instinct neemt het over, en Lilly draait zich om en tilt de schep hoog op. De dode man bijt naar lucht met de razernij van een alligatorschildpad, terwijl de tiener over de koude grond kronkelt en kruipt. Ze gilt met een vervormde, angstige stem, terwijl ze de zombie met zich meesleept.

Voordat de rottende tanden de kans krijgen door de huid te dringen, laat Lilly de grote schep hard op de schedel van de zombie neerkomen. De klap maakt een vlak, metalig geluid zoals het luiden van een kapotte gong. Het barsten van de schedel trilt door in Lilly's polsen en doet haar ineenkrimpen.

Sarah weet zich los te rukken van de koude vingers en komt met moeite overeind.

Lilly geeft nog een klap met de schep... en nog één... De ijzeren schep luidt zijn vlakke, metalige kerkklok, en het dode ding zijgt ineen in een ritmische, zwarte uitbarsting van slagaderlijk bloed en rottende, grijze materie. Na de vierde klap begeeft de schedel het met een nat, krakend geluid en borrelt er een zwarte fontein op die uitloopt over het samengeklitte gras.

Sarah heeft zich ondertussen bij haar zussen gevoegd, en elk meisje klampt zich met uitpuilende ogen en jammerend van angst aan de ander vast, terwijl ze zich terugtrekken naar de uitgang, waar de grote tentflap lawaaierig opbolt in de wind achter hen.

Lilly draait zich om van het verminkte lijk in het gescheurde krijtstreeppak en begint naar de opening acht meter verderop te lopen. Maar dan blijft ze opeens als aan de grond genageld staan en grijpt ze Sarah bij haar mouw. 'Wacht, Sarah, wacht... wácht!'

Aan de andere kant van de circustent krult de reusachtige tentdoekflap op in de wind, zodat minstens zes lopers zichtbaar worden, die op de ingang afkomen. Ze schuifelen spastisch de tent binnen: allemaal volwassenen, zowel mannen als vrouwen, gekleed in gescheurde, bebloede vrijetijdskleding. Ze lopen in een onbeholpen formatie op een kluitje en richten hun wormige, door grauwe staar vertroebelde ogen op de meisjes.

'Deze kant op!' Lilly rukt Sarah naar de overkant van de circustent, misschien een meter of vijftig verderop, en Sarah pakt de kleine dreumes op. De tweeling rent achter hen aan, waarbij de meiden wegglijden op het natte, samengeperste gras. Lilly wijst naar de onderkant van het tentdoek, nu zo'n dertig meter verderop, en fluistert buiten adem: 'We gaan onder de tent door glippen.'

Ze zijn halverwege de tegenoverliggende wand, wanneer een volgende loper hun de weg verspert.

Dit slijmerige, verminkte lijk in een vale tuinbroek van spijkerstof, bij wie de helft van het gezicht aan één kant is weggerukt, zodat het een haveloze uitbarsting van rode pulp en tanden is geworden, is blijkbaar onder het tentzeil door gekropen en loopt nu recht op Sarah af. Lilly gaat tussen de zombie en het meisje staan en zwaait zo hard als ze kan met de grote schep. Ze raakt de gehavende schedel, zodat het wezen opzij wankelt.

De zombie knalt tegen de centrale paal, en de balk wordt door de pure logheid en het dode gewicht losgeslagen. Richtsnoeren knappen. Er klinkt een krakend geluid als van een schip dat door ijs breekt, en de vier Bingham-meisjes beginnen huilend te gillen, terwijl de enorme circustent in elkaar zakt. De kleinere steunpalen breken als luciferhoutjes af en tentharingen worden rondom uit de grond getrokken. Het taps toelopende dak zakt als een reusachtige soufflé in elkaar.

De tent valt op de meisjes, waarna de wereld donker en bedompt wordt en vol glibberende beweging.

Lilly slaat tegen de zware stof en heeft moeite haar positie te bepalen. Ze heeft nog altijd de grote schep vast, en het tentdoek drukt met het plotselinge gewicht van een lawine op haar neer. Ze hoort het gesmoorde gegil van de kinderen en ziet zo'n vijftien meter verderop daglicht. Ze kruipt met de schep in haar ene hand als een krab onder de tent door naar het licht.

Eindelijk schraapt ze met haar voet tegen Sarahs schouder. Lilly schreeuwt: 'Sarah! Pak mijn hand vast! Grijp de meisjes vast met je andere hand en trék!'

En op dat moment begint Lilly's tijdsbesef verstoord te raken, zoals het vaak doet bij een ramp in wording, en gebeuren er een aantal dingen praktisch tegelijkertijd. Lilly weet het uiteinde van de tent te bereiken en schiet onder het ingezakte tentdoek door naar buiten, waar de wind en de kou haar wakker schudden. Ze rukt Sarah uit alle macht naar buiten, en twee van de andere meisjes worden met Sarah meegetrokken, hun gillende stemmen als theeketels aan de kook.

Lilly springt overeind en helpt Sarah en de twee andere meisjes met opstaan.

Eén meisje is verdwenen. Het is Lydia, volgens Sarah met 'ruim een halfuur verschil' de jongste van de tweeling. Lilly duwt de andere meiden weg van de tent en zegt ze daar te blijven, maar wel dicht bij elkaar. Wanneer Lilly zich snel omdraait naar de tent, ziet ze iets bloedstollends.

Er bewegen gedaanten onder de gevallen circustent. Lilly laat de schep vallen. Ze staart ernaar. Haar benen en ruggengraat veranderen in ijsblokken. Ze krijgt geen adem. Ze kan alleen maar staren naar de kleine, als een razende heen en weer bewegende bobbel zo'n zes meter verderop onder het tentdoek. Kleine Lydia probeert wanhopig te ontsnappen, en het gegil van het kind wordt gesmoord door het tentdoek.

En wat Lilly Cauls bloed pas echt doet stollen, is de aanblik van de ándere bobbels die zich als mollen onverstoorbaar een weg naar de kleine meid banen.

En op dat moment slaat er door de angst een stop door in Lilly's brein en vloeit het reinigende vuur van de woede door haar pezen en haar ruggenmerg.

Ze komt snel in actie. Een adrenalinestoot voert haar naar de rand van de gevallen tent, met de raketbrandstof van de woede in haar spieren. Ze rukt het tentdoek omhoog en over haar hoofd, gaat op haar hurken zitten en strekt haar hand uit naar het meisje. 'Lydia, liefje, ik ben hier! Kom naar me toe, liefje!'

In het vale, verstrooide schemerduister onder het tentdoek ziet Lilly het vlasblonde meisje een kleine vijf meter verderop als een kikker met haar benen trappen en worstelen om aan de greep van het tentdoek te ontsnappen. Lilly brult weer en duikt verder onder het tentzeil. Ze strekt haar arm uit en krijgt een stukje van het truitje van de kleine meid te pakken. Lilly trekt uit alle macht.

Dan ziet Lilly de haveloze arm en het bloedeloze, blauwe gezicht op maar tientallen centimeters afstand van het kind uit de duisternis achter haar opdoemen. Hij doet een dronken graai naar de Hello Kitty-sneaker van de kleine meid. Net op het moment dat het Lilly lukt de negenjarige van onder de plooien van de stinkende stof vandaan te trekken, klauwen de rottende, gekartelde vingernagels aan de zool van haar tennisschoen.

Zowel Lilly als het kind tuimelen achterover het koude daglicht in.

Ze rollen een meter of wat weg, en dan slaagt Lilly erin het kleine meisje op te pakken en onstuimig te omhelzen. 'Het is in orde, schat, het is in orde, ik heb je, je bent veilig.'

Het kind zit te snikken en naar adem te happen, maar er is geen tijd om haar te troosten. Terwijl het kamp wordt aangevallen, stijgt het lawaai van stemmen en ritselend tentdoek om hen heen op.

Lilly zit nog op haar knieën en gebaart naar de andere meiden dat ze naar haar toe moeten komen. 'Oké, meiden, luister naar me, luister... we moeten nu snel zijn, snel, dicht bij elkaar blijven en precies doen wat ik zeg.' Lilly staat hijgend en puffend op. Ze pakt de schep op, draait zich om en ziet hoe de chaos zich over het tentenstadje verspreidt.

Er zijn meer lopers het kamp binnengedrongen. Sommige bewegen zich grommend en kwijlend van razende, dierlijke honger in groepjes van drie, vier of vijf.

Te midden van het geschreeuw en de algehele chaos van kampbewoners die naar alle kanten wegvluchten, auto's die gestart worden, rondzwaaiende bijlen en vallende waslijnen, staan sommige tenten heen en weer te schudden vanwege de gewelddadige strijd die er bínnen wordt gevoerd. De belagers kruipen door spleten en wurmen de door schrik verlamde bewoners eruit. Een van de kleinere tenten valt om, en uit een van de uiteinden steken scharende benen. Een andere overkapping schudt heen en weer in een vreetorgie, en de doorschijnende wanden van nylon laten een bloednevel van inktvlekvormige silhouetten zien.

Lilly ziet een vrije doorgang naar een rij geparkeerde auto's vijftig meter verderop en draait zich om naar de meiden. 'Jullie moeten me allemaal volgen... oké? Blijf heel dicht bij elkaar en maak geen enkel geluid. Afgesproken?'

Na een reeks paniekerige, zwijgende knikjes, sleurt Lilly de meiden mee over de open plek... en het strijdtoneel in.

De overlevenden van deze onverklaarbare plaag kregen al snel door dat het grootste voordeel dat een mens ten opzichte van een weer tot leven gewekt lijk heeft, zijn snelheid is. Onder de juiste omstandigheden is een mens zelfs het kwiekst lopende kadaver te snel af. Maar van deze lichamelijke superioriteit blijft bar weinig over als je met een zwerm te maken krijgt. Dan wordt het gevaar exponentieel groter met elke zombie die erbij komt... tot het slachtoffer overspoeld wordt door een trage tsunami van gehavende tanden en zwart geworden klauwen.

Lilly leert deze harde realiteit op weg naar de dichtstbijzijnde geparkeerde auto.

De gedeukte, met bloedsmurrie besmeurde, zilveren Chrysler 330 met een bagagebox op het dak staat minder dan vijftig meter van de circustent schuin geparkeerd in de schaduw van een acacia op de grindberm van de toegangsweg. De ramen zijn dicht, maar Lilly heeft nog steeds reden om te geloven dat ze op zijn minst kan instappen en misschien ook wel de auto kan starten. Er is ongeveer vijftig procent kans dat de sleutels in het contact zitten. De mensen laten nu al een tijdlang sleutels in auto's zitten om snel te kunnen ontsnappen.

Helaas barst het terrein inmiddels van de doden, en Lilly en de meisjes hebben amper tien meter afgelegd over de met onkruid besnorde grasmat, wanneer er van beide flanken diverse belagers aankomen. 'Blijf achter me!' schreeuwt Lilly naar haar pupillen, en dan begint ze met de grote schep te zwaaien.

Het roestige ijzer knalt tegen de gevlekte wang van een vrouw in een met bloed bespatte ochtendjas, zodat ze tegen een stel mannen in vettige tuinbroeken dicht bij haar knalt, die vervolgens als bowlingkegels tegen de grond gaan. Maar de vrouw blijft rechtop staan, wankelt door de klap, staat wat te molenwieken en komt dan weer op hen af.

Wanneer Lilly en de meisjes nog zo'n vijftien meter dichter bij de

Chrysler zijn gekomen, verspert een volgende batterij zombies hun de weg. De schep suist door de lucht en slaat de brug van de neus van een jonge loper kapot. Een volgende klap raakt de onderkaak van een dode vrouw in een smerige nertsmantel. De volgende klap verbrijzelt de schedel van een oud, kromgebogen besje, wier ingewanden zichtbaar zijn door haar ziekenhuisschort. Maar de oude, dode dame wankelt alleen maar achterwaarts weg.

De meiden hebben eindelijk de Chrysler bereikt. Lilly probeert de passagiersdeur, die gelukkig niet op slot blijkt te zitten. Ze schuift Ruthie zachtjes maar snel op de voorbank, terwijl de groep lopers de sedan nadert. Lilly ziet de sleutels bungelen in het contact op de stuurkolom; nog een meevaller. 'Blijf in de auto, schat,' zegt Lilly tegen het zevenjarige meisje, waarna ze het portier dichtsmijt.

Sarah en de tweeling hebben inmiddels de rechterachterdeur bereikt.

'Sarah, kijk uit!'

Lilly's scherpe gegil overstemt het alomtegenwoordige oerkabaal van gegrom, terwijl er een groep van meer dan tien doden achter Sarah opdoemt. De tiener rukt de achterdeur open, maar ze heeft geen tijd om de tweeling in de auto te krijgen. De twee kleinere meiden struikelen en vallen languit op het gras.

Sarah slaakt een oerschreeuw. Lilly probeert door met haar schep te zwaaien tussen de tiener en de belagers te komen, en het lukt haar om nóg een schedel in te slaan. Het is de enorme hersenschedel van een half vergane zwarte man in een jagersjas, die daarna weer terug naar het groen wankelt. Maar er zijn inmiddels te veel lopers, en ze komen van alle kanten aansjokken om zich te voeden.

In de daaropvolgende chaos slaagt de tweeling erin in de auto te kruipen en de deur dicht te slaan.

Maar Sarah begint door te draaien, haar ogen vol withete woede. Ze draait zich om, stoot een vervormde schreeuw uit en duwt een traag bewegende loper uit de weg. Ze vindt een opening, wurmt zich erdoorheen en vlucht.

Lilly ziet de tiener naar de circustent rennen. 'Sarah, niet doen!'

Sarah komt tot halverwege het grasveld, maar dan wordt ze door een ondoordringbare meute zombies ingesloten. Ze versperren haar de weg, naderen haar van achteren en overmeesteren haar. Ze gaat hard tegen de grond, met haar gezicht tegen het gras, terwijl er steeds meer doden rond haar samenzwermen. De eerste beet dringt ter hoogte van haar middenrif door haar imitatie-angoratruitje en hapt een brok uit haar romp weg. Ze begint oorverdovend te krijsen. Verrotte tanden boren zich in haar halsslagader. Het donkere bloedtij overspoelt haar.

Vijfentwintig meter verderop staat Lilly vlak bij de auto een groeiende menigte knarsende tanden en dood vlees van zich af te houden. Er zijn inmiddels misschien wel twintig lopers, en het merendeel is overduidelijk onder invloed van de groteske adrenalinestoot van een vreetorgie. Ze hebben de Chrysler omsingeld, en hun zwart geworden monden maken vraatzuchtige, smakkende bewegingen, terwijl de drie meisjes vanachter de met bloed besmeurde ramen met een verlammend afgrijzen op hun gezicht toekijken.

Lilly blijft klappen uitdelen met de schep, maar het is zinloos tegen de groeiende horde. Het binnenwerk van haar brein loopt vast, onthutst door de weerzinwekkende geluiden van Sarahs doodsstrijd op de grond verderop op het terrein. Het gegil van de tiener wordt zwakker en sterft weg in een soort vochtig kattengejank. Zeker zes lopers zijn nu met haar bezig, wroeten bij haar naar binnen, en kauwen en trekken aan haar leegstromende onderbuik. Bloed spuit op uit haar trillende gedaante.

Lilly staat bij de rij auto's en wordt ijskoud vanbinnen, terwijl ze met de schep een volgende schedel inslaat. Haar geest knettert en flikkert van panische angst, om zich uiteindelijk te concentreren op de enige weg die haar openstaat: ze bij de Chrysler vandaan krijgen.

De onontkoombaarheid van de noodzaak om de lopers bij de kinderen vandaan te krijgen spoort Lilly als een geluidloos hondenfluitje tot actie aan en stuurt een energiestoot door haar lichaam. Ze draait zich om en slaat met de schep tegen het voorpaneel van de Chrysler.

De klap weergalmt. De kinderen in de auto schrikken op. De lijkbleke, blauwe gezichten van de doden draaien naar het lawaai toe.

'Kom maar! Kom maar op!' Lilly rent van de Chrysler naar de eerste auto in de rij van voertuigen, een gedeukte Ford Taurus, waarvan een raam door karton is vervangen. Ze slaat zo hard als ze kan tegen de dakrand, zodat ze opnieuw een scherpe, metaalachtige klap veroorzaakt, die de aandacht van nog meer doden trekt.

Lilly schiet naar de volgende auto in de rij. Ze slaat met de schep tegen het linkervoorpaneel, en veroorzaakt weer een doffe knal.

'Kom maar! Kom maar op! Kom maar!'

Lilly's stem overstemt het rumoer als het geblaf van een ziek dier; verzwakt door angst, schor door trauma en levenloos, met iets van waanzin erin. Ze ramt met de schep tegen de ene na de andere auto, zonder precies te weten waar ze mee bezig is, zonder echt nog controle over haar daden te hebben. Meer zombies krijgen haar in de gaten, en hun luie, onbeholpen bewegingen worden aangetrokken door het lawaai.

Binnen niet meer dan enkele seconden heeft Lilly het einde van de rij voertuigen bereikt en slaat ze tegen het laatste voertuig, een van roest vergeven Chevy s-10 pick-up. Maar tegen die tijd hebben de meeste belagers haar klaroengeschal gehoord en zwerven ze inmiddels langzaam, dom en onhandig naar het geluid van haar getraumatiseerde geschreeuw.

De enige lopers die achterblijven, zijn de zes die op de grond op de open plek bij de grote, opbollende circustent doorgaan met Sarah Bingham verslinden.

'Kom maar! Kom maar op! Kom maar! Kom maar op! Kom maar! Kom maar op! Kom óp!' Lilly steekt snel de grindweg over en rent de heuvel op naar de bomenrij.

Haar hart gaat tekeer, ze ziet wazig en haar longen snakken naar lucht. Ze laat de schep vallen en drukt haar wandelschoenen dieper in de modder bij het bestijgen van de zachte bosvloer. Ze duikt tussen de bomen. Ze stoot haar schouder tegen de stam van een oeroude berk, en de pijn laait op in haar schedel, terwijl sterren door haar gezichtsveld schieten. Ze beweegt zich nu instinctief voort, terwijl een horde zombies achter haar aan de helling bestijgt.

Ze zigzagt door het diepere bos en raakt alle gevoel voor richting kwijt. Achter haar heeft de groep lopers vaart geminderd, en nu zijn ze haar geurspoor kwijt.

Tijd heeft geen betekenis meer voor haar. Net als in een droom voelt Lilly alle beweging vertragen, en haar schreeuw weigert haar keel te verlaten, terwijl haar benen vast komen te zitten in het onzichtbare drijfzand van nachtmerries. Het wordt donkerder naarmate ze dieper in het dichter wordende bos komt.

Lilly denkt aan Sarah, arme Sarah, in haar schattige, roze angoratruitje, nu badend in haar eigen bloed. En de gedachte aan deze tragedie demoraliseert haar dusdanig dat haar benen het begeven en ze tegen de zachte vloer van samengeklitte dennennaalden, rottende materie en eindeloze doodscycli en regeneratie smakt. De pijn bereikt een hoogtepunt, en Lilly slaakt een ademloze snik, terwijl de tranen over haar wangen rollen en de aarde bevochtigen.

Haar gehuil, dat door niemand wordt gehoord, gaat nog een behoorlijk tijdje door.

Het zoekteam vindt Lilly laat diezelfde middag. Het groepje van vijf mannen en drie vrouwen onder leiding van Chad Bingham is zwaarbewapend. Ze ontdekken Lilly's lichtblauwe fleecejack achter een dode boomstronk zo'n kilometer ten noorden van het tentenstadje, in de ijzige duisternis van het diepe bos, op een kleine open plek onder een bladerdak van Amerikaanse pijnboomtakken. Ze lijkt bewusteloos en ligt onder een bramenstruik. 'Voorzichtig!' roept Chad Bingham naar zijn tweede man, een magere monteur uit Augusta genaamd Dick Fenster. 'Als ze nog beweegt, kan ze al om zijn!'

Fester loopt voorzichtig naar de open plek, en zijn nerveuze ademhaling is zichtbaar in de ijzige lucht. Hij heeft zijn .38-revolver met extra korte loop in de aanslag, de haan naar achteren en zijn vinger gespannen om de trekker. Hij knielt naast Lilly neer, bekijkt haar eens heel goed en draait zich dan om naar het groepje. 'Ze is in orde! Ze leeft nog... is niet gebeten of zo... nog bij bewustzijn!'

'Niet voor lang,' fluistert Chad Bingham terwijl hij naar de open plek stapt. 'Als die laffe hoer verdomme mijn kleine schat heeft laten vermoorden...'

'Ho! Ho!' Megan Lafferty gaat tussen Chad en de dode boomstronk staan. 'Wacht even, rustig aan.'

'Aan de kant, Megan.'

'Jij moet even heel diep ademhalen.'

'Ik ga alleen maar met haar praten.'

Er lijkt een ongemakkelijke stilte op alle aanwezigen neer te drukken. De overige leden van het zoekteam blijven tussen de bomen staan en kijken naar de grond, hun vertrokken, uitgeputte gezichten een weerspiegeling van de gruwelijke taken van de dag. Sommige mannen hebben rode ogen en lijken verslagen door verlies.

Toen ze terugkeerden van hun expeditie om brandhout te verzamelen, het geluid van hun motoren en bijlen nog nagalmend in hun oren, troffen ze het tentenstadje tot hun grote schok in verschrikkelijke wanorde aan. Het van bloed doortrokken terrein lag bezaaid met zowel mensen als zombies. Er waren zestien inwoners afgeslacht, van wie sommige verslonden waren. Er waren ook negen kinderen bij. Josh Lee Hamilton deed het vuile werk en rekende af met de resterende lopers en de ongelukkige mensen wier stoffelijke resten intact waren gebleven. Niemand anders kon het opbrengen om hun vrienden en naasten door het hoofd te schieten om hun eeuwige rust te garanderen. De incubatietijd lijkt de laatste tijd vreemd genoeg steeds onvoorspelbaarder te worden. Sommige slachtoffers komen binnen enkele minuten na een beet weer tot leven. Bij andere duurt het uren, soms zelfs dagen voordat ze om zijn. Josh is trouwens op dit moment nog in het kamp, waar hij leiding geeft aan de opruimploeg en toezicht houdt op de voorbereidingen voor een massabegrafenis van de slachtoffers. Ze zullen zeker nog eens vierentwintig uur nodig hebben om de circustent weer op te zetten.

'Gast, luister, ik meen het,' zegt Megan Lafferty tegen Chad, met een lagere stem, die licht dringend wordt. 'Ik weet dat je kapot bent en alles, maar ze heeft drie van je meiden gered... Ik heb je toch gezegd dat ik het met mijn eigen ogen gezien heb. Ze lokte de lopers weg, ze riskeerde verdomme haar leven.'

'Ik wil alleen...' Chad lijkt elk moment in tranen of in geschreeuw te kunnen uitbarsten. 'Ik wil alleen maar... praten.'

'Je hebt daar in het kamp een vrouw die van verdriet haar verstand aan het verliezen is... ze heeft je nodig.'

'Ik wil alleen...'

Er hangt opnieuw een ongemakkelijke stilte. Een van de andere vaders begint zachtjes te huilen in de schaduw van de bomen, en zijn pistool valt op de grond. Het is bijna vijf uur, en het wordt steeds kouder. Er drijven vochtige wolkjes voor hun gepijnigde gezichten. Aan de overkant van de open plek gaat Lilly rechtop zitten. Ze veegt haar mond af en probeert zich te oriënteren. Ze lijkt wel een slaapwandelaar. Fenster helpt haar overeind.

Chad kijkt naar de grond. 'Laat ook maar.' Hij draait zich om en loopt weg, en zijn stem klinkt nog na. 'Laat ook maar.'

De volgende dag houden de tentbewoners onder een kille, bewolkte lucht een geïmproviseerde dienst rond het graf van hun gesneuvelde vrienden en naasten.

Bijna vijfenzeventig overlevenden verzamelen zich in een grote halve kring rond het massagraf aan de oostelijke rand van het terrein. Sommige rouwenden hebben kaarsen vast, en de vlammen flakkeren koppig in de oktoberwind. Andere klampen zich verkrampt door verdriet aan elkaar vast. De intense pijn op sommige gezichten, en helemaal op die van rouwende ouders, weerspiegelt de martelende willekeur van deze Plaagwereld. Hun kinderen zijn hun afgenomen met de plotselinge grilligheid van een bliksemschicht. De rouwenden hebben ingezakte, wanhopige gezichten, en hun brandende ogen glinsteren in het meedogenloze, zilveren zonlicht.

De steenmannetjes worden in de klei geduwd tegen de lichte helling van kale grond achter het houten zigzaghek. Kleine stapels stenen markeren elk van de zestien graven. Bij sommige gedenktekens zijn strengen wilde bloemen zorgvuldig tussen de stenen geduwd. Josh Lee Hamilton heeft ervoor gezorgd dat het gedenkteken van Sarah Bingham met een prachtig boeket kleine, witte, gladde rozen is versierd, die in groten getale langs de randen van de boomgaarden groeien. De grote man had een zwak gekregen voor de pittige, bijdehante tiener... en haar dood verscheurt zijn hart.

'God, we vragen U onze gevallen vrienden en buren op te nemen,' zegt Josh nu vanaf de rand van het hek, terwijl de wind de over zijn enorme schouders gespannen grijsbruine legerjas geselt. Zijn zwaar getekende gezicht glinstert van de tranen.

Josh is doopsgezind opgevoed, en hoewel er van zijn geloof door de jaren heen weinig is overgebleven, had hij zijn medeoverlevers eerder die ochtend gevraagd of hij een paar woorden mocht spreken. Doopsgezinden hechten niet veel waarde aan gebeden voor de doden. Ze geloven dat de rechtvaardigen rechtstreeks naar de hemel gaan op het moment van overlijden, of als je niet gelovig bent, dat je dan direct naar de hel gaat, maar Josh voelde zich toch verplicht om iets te zeggen.

Hij had Lilly eerder op de dag gesproken en haar even vastgehouden, terwijl hij haar troostrijke woorden toefluisterde. Maar hij kon wel merken dat er iets mis was. Er was naast verdriet en rouw nog iets anders met haar aan de hand. Ze voelde slap aan in zijn enorme armen, en haar slanke gestalte beefde onophoudelijk als een gewonde vogel. Ze zei erg weinig. Alleen maar dat ze alleen moest zijn. Ze kwam niet opdagen bij de begrafenisdienst.

'We vragen U hen naar een betere plaats te brengen,' gaat hij verder, en zijn diepe bariton breekt. Het ruimen van de lijken had zijn tol geëist van de grote man. Hij heeft moeite zijn emoties in bedwang te houden, en zijn stembanden verkrampen. 'We vragen U om... om...'

Hij kan niet verder. Hij draait zich om, buigt zijn hoofd en laat de stille tranen komen. Hij krijgt geen lucht. Hij kan hier niet blijven. Hij is zich er amper van bewust dat hij bij de menigte begint weg te lopen, weg van het zachte, verschrikkelijke geluid van gehuil en gebeden.

Tot de vele dingen die hij vandaag in zijn verdoofde, bedroefde staat niet heeft opgemerkt, behoort ook het feit dat Lilly Cauls besluit om de begrafenisdienst te mijden niet tot de enige opmerkelijke afwezigheid heeft geleid. Ook Chad Bingham is niet aanwezig.

'Gaat het wat?' Lilly blijft vooralsnog op afstand, en staat zo'n vijf meter van Chad Bingham aan de rand van de open plek nerveus de handen te wringen.

De pezige man met het John Deere-petje op zegt heel lang niets. Hij staat daar maar tegen de grens met de bomenrij, met gebogen hoofd en zijn rug naar haar toe. Zijn schouders ingezakt alsof ze een groot gewicht dragen.

Minuten voordat de begrafenisdienst begon, had Chad Bingham Lilly verrast door bij haar tent op te duiken en haar te vragen of ze onder vier ogen konden praten. Hij zei dat hij de feiten op een rijtje wilde hebben. Hij zei dat hij haar niet de schuld gaf van Sarahs dood, en door de hartverscheurende blik in zijn ogen geloofde Lilly hem.

En daarom was ze hem gevolgd naar de kleine open plek in het dichte groepje bomen langs de noordrand van het terrein. De open plek bestaat uit amper twintig vierkante meter met dennennaalden bezaaide grond, omgeven door bemoste stenen, onder een bladerdak waardoor het grijze zonlicht in bundels dikke stofdeeltjes omlaag valt. De kille lucht ruikt naar bederf en dierenuitwerpselen.

De open plek is ver genoeg van het tentenstadje om hun privacy te garanderen.

'Chad...' Lilly wil iets zeggen, wil hem vertellen hoe erg het haar spijt. Voor het eerst sinds ze de man heeft leren kennen, en hoewel ze aanvankelijk geschokt was geweest over de gretigheid waarmee hij onder de ogen van zijn vrouw met Megan liep aan te klooien, ziet Lilly Chad Bingham gewoon als mens... onvolmaakt, bang, emotioneel, in de war en kapot door het verlies van zijn kleine meid.

Met andere woorden: hij is gewoon een goeie vent, niet beter of slechter dan elke andere overlevende. Lilly wordt overspoeld door een golf van sympathie. 'Wil je erover praten?' vraagt ze hem uiteindelijk.

'Ja, ik denk van... misschien ook niet... ik weet het niet.' Hij staat nog steeds met zijn rug naar haar toe, en zijn stem klinkt alsof hij uit een lekkende kraan komt; met tussenpozen, en zo zwak als druppelend water. Het verdriet verkrampt zijn schouderbladen, en hij staat licht te trillen in de schaduw van de dennenbomen.

'Het spijt me zo erg, Chad.' Lilly waagt zich dichterbij. Ze heeft tranen in haar ogen. 'Ik hield van Sarah, ze was zo'n geweldige meid.'

Hij zegt iets, maar zo zacht dat Lilly het niet kan horen. Ze komt dichterbij.

Ze legt haar hand zachtjes op de schouder van de man. 'Ik weet dat er niet echt veel te zeggen valt... op een moment als dit.' Ze praat tegen de achterkant van zijn hoofd. Op het plastic riempje achter op zijn petje staat: SPALDING. Hij heeft een kleine tatoeage van een slang tussen zijn nekspieren.

'Ik weet dat het een schrale troost is,' zegt Lilly dan, 'maar Sarah is een heldendood gestorven... ze heeft de levens van haar zusjes gered.'

'Is dat zo?' Zijn stem is amper luider dan gefluister. 'Ze was zo'n brave meid.'

'Ik weet het... ze was een geweldige meid.'

'Vind je?' Hij staat nog altijd met zijn rug naar haar toe, met gebogen hoofd en zachtjes schokkende schouders.

'Ja, Chad, ze was een heldin, ze was er één uit duizenden.'

'Echt? Vind je dat echt?'

'Absoluut.'

'Waarom heb je dan godverdomme je werk niet gedaan!' Chad draait zich om en slaat Lilly zó hard met de rug van zijn hand dat ze op haar tong bijt. Haar hoofd zwiept opzij en ze ziet sterretjes.

Chad slaat haar opnieuw, en ze wankelt naar achteren, struikelt over een blootliggende boomwortel en gaat tegen de grond. Chad doemt boven haar op, met gebalde vuisten en woedende ogen. 'Stomme, waardeloze teef! Je hoefde alleen maar mijn meisjes te beschermen! Dat zou een vervloekte chimpansee nog kunnen!'

Lilly probeert weg te rollen, maar Chad schopt met de stalen neus van zijn werklaars tegen haar heup, zodat ze opzij rolt. Ze heeft een stekende pijn in haar middenlijf. Ze hapt naar adem en haar mond vult zich met bloed. 'Alsjeblieft, niet...'

Hij bukt zich en trekt haar weer overeind. Hij houdt haar vast bij de voorkant van haar sweater, en zijn zure adem voelt warm aan op haar gezicht. 'Denken jij en die kleine slet van een vriendin van je

soms dat dit een feestje is?' sist hij haar toe. 'Hebben jullie gisteravond wiet zitten roken? Hè? Hé!'

Chad deelt een rechtse hoek uit tegen Lilly's kaak die haar tanden
doet kraken, en ze gaat opnieuw tegen de grond. Ze ligt met twee gebroken ribben als een hoopje angst op de grond in haar eigen bloed te
stikken. Ze krijgt geen lucht. Er verspreidt zich een ijzige kou door
haar lichaam en ze begint wazig te zien.

Ze kan nog net scherpstellen op Chad Binghams pezige, compacte
gedaante, die boven haar hangt en zich met een enorm gewicht op
haar laat vallen. Hij gaat met gespreide benen op haar zitten. Het
kwijl van onbeheerste razernij lekt uit zijn mondhoek en zijn speeksel vliegt in het rond. 'Geef antwoord! Heb je wiet zitten roken in
het bijzijn van mijn kinderen?'

Lilly voelt hoe Chads sterke grip op haar keel verder toeneemt,
en de achterkant van haar hoofd slaat nu tegen de grond. 'Geef ánt-
woord, vuile, klote...'

Zonder enige waarschuwing verschijnt er uit het niets een derde
gedaante achter Chad Bingham, die hem van Lilly af trekt. De identiteit van haar redder in nood kan ze moeilijk uitmaken.

Lilly ziet alleen maar een wazig beeld van een man die zo enorm
groot is dat hij de zonnestralen verduistert.

Josh grijpt met twee handen Chad Binghams spijkerjasje stevig vast
en rukt dan uit alle macht.

Door een plotselinge adrenalinestoot die door het lichaam van
de grote man raast, of simpelweg door Chads relatief schriele omvang, krijgt Chad Bingham als gevolg van deze krachtsinspanning
haast iets van een kanonskogel. Hij schiet in een hoge boog over de
open plek, een van zijn laarzen vliegt rond en zijn petje zeilt de bomen in. Hij knalt met zijn schouder tegen een reusachtige, oeroude
boomstam. De lucht wordt uit zijn longen geblazen, en hij zakt voor

de boom op de grond in elkaar. Hij zit naar adem te happen en van schrik met zijn ogen te knipperen.

Josh knielt naast Lilly neer en tilt voorzichtig haar bebloede gezicht op. Ze probeert iets te zeggen, maar het lukt haar met haar bloedende lippen niet om woorden te vormen. Josh slaakt een pijnlijke zucht, een soort kreun alsof hij in zijn onderbuik is geschoten. Iets aan de aanblik van dat nu met bloed bespatte mooie gezicht, met de zeeschuimgroene ogen en de tere sproetjes op haar wangen, doet een woede in hem oplaaien die een wazig vlies voor zijn ogen trekt.

De grote man staat op, draait zich om en loopt over de open plek naar waar Chad Bingham ligt te kronkelen van de pijn.

Josh ziet de man op de grond in een melkwitte waas, met het vale zonlicht in bundels in de bedorven lucht. Chad doet een halfhartige poging om weg te kruipen, maar Josh krijgt de achterwaarts bewegende benen van de man eenvoudig te pakken. Hij heeft Chads lichaam met één resolute ruk weer terug voor de boom. Josh hijst de pezige man rechtop tegen de boomstam.

Chad heeft bloed in zijn mond en stamelt: 'Jij hebt hier... hier niets mee te... alsjeblieft... broeder... je hoeft toch niet te...!'

Josh ramt het zwalkende lichaam van de man tegen de schors van de honderdjarige zwarte eik. De klap doet zijn schedel kraken en zijn schouderbladen met het plotselinge geweld van een stormram uit de kom schieten.

Chad slaakt een vervormde, slijmerige schreeuw, meer instinctief en in een reflex dan bewust, en zijn ogen rollen naar achteren in de kassen. Als Chad Bingham herhaaldelijk van achteren door een stormram zou zijn getroffen, zou de impact van de reeks klappen niet eens in de buurt komen van de kracht waarmee Josh Lee Hamilton de pezige man in spijkerkleding nu tegen de boom ramt.

'Ik ben je broeder niet,' zegt Josh griezelig kalm, met een fluwelen stem die vanuit een of andere verborgen, ontoegankelijke plek diep vanbinnen komt, terwijl hij de mannelijke lappenpop keer op keer tegen de boom slaat.

Josh verliest zelden zó zijn zelfbeheersing. Dat is maar een paar keer in zijn leven gebeurd: een keer op het footballveld, toen een aanvallende stopper van de tegenpartij, een redneck van het team van Montgomery, hem een nikker noemde... en toen een zakkenroller in Atlanta de portemonnee van zijn moeder te pakken had. Maar nu raast de stille storm in hem harder dan ooit tevoren, en terwijl hij de achterkant van Chad Binghams schedel herhaaldelijk tegen de boom ramt, maakt hij een losgeslagen, maar op de een of andere manier toch ook beheerste indruk.

Chads hoofd zwiept met elke klap heen en weer, en het misselijkmakende geluid wordt steeds vochtiger nu de achterkant van de schedel het begeeft. Chad begint hevig te braken, eveneens een onvrijwillig verschijnsel, en stukjes ontbijtgranen en gele gal stromen in een boog omlaag over de reusachtige onderarmen van Josh Lee Hamilton, die daar overigens niets van merkt. Josh ziet Chads linkerhand naar de handgreep van zijn met staal beklede Smith & Wesson graaien, die op zijn rug tussen zijn riem zit.

Josh trekt het pistool eenvoudig los uit Chads broek en gooit het wapen op de open plek.

Terwijl zijn brein hapert vanwege de diverse hersenschuddingen en hij veel bloed verliest, dat uit de gebarsten achterkant van zijn schedel stroomt, doet Chad Bingham met zijn allerlaatste krachten een vergeefse poging om de grote man een knietje in zijn kruis te geven. Maar Josh blokkeert de knie snel en eenvoudig met een onderarm en deelt dan een buitengewone klap uit. Hij geeft hem een grote, slingerende klap met de rug van zijn hand, een soort onwerkelijke echo van de klap die Lilly zojuist heeft gekregen, waardoor Chad Bingham zijwaarts wordt geworpen.

Chad smakt ruim vier meter van de boomstam op de grond en blijft languit liggen.

Josh hoort niet dat Lilly over de open plek komt aanstrompelen. Hij hoort ook haar verkrampte stem niet. 'Josh, nee! Nee! Josh, hou op, je zult hem vermoorden!'

En ineens komt Josh Lee Hamilton bij zijn positieven en staat hij met zijn ogen te knipperen alsof hij ontdekt dat hij aan het slaapwandelen was en naakt tijdens spitsuur over Peachtree Boulevard zwalkt. Hij voelt Lilly's handen op zijn rug, die aan zijn jas trekken en hem proberen naar achteren te trekken, weg van de man die op een hoopje op de grond ligt.

'Je zult hem vermoorden!'

Josh draait zich razendsnel om. Hij ziet Lilly vlak achter zich staan, stevig toegetakeld en met een mond vol bloed, haar waterige ogen op de zijne gericht. Ze is amper in staat rechtop te staan, of te ademen, of te praten. Hij omhelst haar, en de tranen wellen op in zijn ogen. 'Gaat het wat?'

'Jawel... alsjeblieft, Josh... je moet ophouden, voordat je hem vermoordt.'

Josh begint iets te zeggen, maar bedenkt zich dan. Hij draait zich om en kijkt naar de man op de grond. Gedurende dat vreselijke, zwijgende moment waarop Josh zijn lippen beweegt, maar niet in staat is geluid voort te brengen of een gedachte in woorden te vatten, ziet hij het ingezakte lichaam op de grond, in een plas van zijn eigen lichaamsvloeistoffen, bewegingloos en levenloos als een voddenbaal.

4

'Niet bewegen, meisje.' Bob Stookey draait voorzichtig Lilly's hoofd opzij, zodat hij haar dikke lip beter kan zien. Hij brengt voorzichtig deppend een hoeveelheid antibiotica ter grootte van een erwt aan op het gebarsten vlees vol korsten. 'Bijna klaar.'

Lilly schokt van de pijn. Bob zit op zijn hurken naast haar, met zijn EHBO-doos open op de rand van het veldbed waarop Lilly languit naar het tentdoeken plafond ligt te staren. De tent wordt verlicht door de vale stralen van de late namiddagzon, die door de vlekkerige tentdoekwanden schijnen. De lucht is koud en ruikt naar ontsmettingsmiddel en verschaalde drank. Er ligt een deken over haar blote middenrif en haar bh.

Bob heeft een borrel nodig. Daar is hij heel erg aan toe. Zijn handen trillen weer. De laatste tijd heeft hij last van flashbacks naar zijn dagen bij het U.S. Marine Hospital Corps. Eén detachering in Afghanistan, elf jaar geleden, waar hij ondersteken leegde in Camp Dwyer, zou hem nooit voorbereid kunnen hebben op déze toestand. Toen was hij ook al aan de drank, en het was daardoor maar net gelukt zijn medische opleiding en training in San Antonio af te ronden. En nu was de oorlog naar Bob toe gekomen. De van granaatscherven vergeven lichamen die hij in het Midden-Oosten had opgelapt, waren niets vergeleken bij de slagvelden die in het kielzog van déze oorlog achterbleven. Bob droomt af en toe van Afghanistan, en de lopende doden mengen zich dan tussen de manschappen van de Taliban en infecteren hen. Het is net een horrorshow in het theater, met koude, dode, grijze armen die door de wanden van mobiele operatiekamers steken.

Maar Lilly Caul oplappen is een compleet ander verhaal voor Bob, veel erger dan veldarts zijn of opruimen na een aanval van lopers. Bingham heeft haar stevig toegetakeld. Voor zover Bob kan zien, heeft ze minstens drie ribben gebroken. Ze heeft een ernstige kneuzing rond haar linkeroog, waarbij mogelijk sprake is van een bloeding in het glaslichaam of zelfs van een losgelaten netvlies. En ze heeft ook nog een stel lelijke bloeduitstortingen en rijtwonden in haar gezicht. Bob voelt zich te slecht toegerust, zowel qua techniek als qua geneesmiddelenvoorraad, om zelfs maar te doen alsóf hij haar behandelt. Maar Bob is de enige hier in het kamp die tenminste nog íéts kan doen, en daarom heeft hij een spalk in elkaar geflanst van lakens, omslagen van boeken met harde kaft en elastisch verband. Die heeft hij om het middenlijf van Lilly geslagen, na eerst wat van zijn slinkende voorraad antibiotische zalf op haar oppervlakkige verwondingen aangebracht te hebben. Hij maakt zich de meeste zorgen om het oog. Dat moet hij in de gaten houden, erop letten dat het goed heelt.

'Zo, klaar,' zegt hij, terwijl hij de laatste klodder zalf op haar lip smeert.

'Dank je, Bob. Je kunt de rekening naar mijn zorgverzekeringsmaatschappij sturen.' Lilly praat moeilijk vanwege de zwelling, en ze spreekt de 's' enigszins slissend uit.

Bob grinnikt humorloos en helpt haar met het weer aantrekken van haar jas over haar ingezwachtelde middenlijf en haar gekneusde schouders. 'Wat is er daar in hemelsnaam gebeurd?'

Lilly zucht, gaat rechtop zitten op het veldbed, ritst uiterst voorzichtig de jas dicht en krimpt ineen vanwege de stekende pijnscheuten. 'Het is een beetje... uit de hand gelopen.'

Bob vindt zijn gedeukte heupfles met goedkope drank, gaat achteroverzitten op zijn klapstoel en neemt een lange, medicinale teug. 'Met het risico dat ik een open deur intrap... maar dit is voor niemand goed.'

Lilly slikt alsof ze probeert gebroken glas weg te krijgen. Strengen van haar kastanjebruine haar bungelen voor haar gezicht. 'Vertel mij wat.'

'Ze vergaderen er momenteel over in de grote circustent.'

'Wie?'

'Simmons, Hennessey, een paar van de oudere gasten, zoals Alice

Burnside... je weet wel... zonen en dochters van de revolutie. Josh is... nou, ja, ik heb hem nog nooit eerder zo gezien. Hij zit er behoorlijk doorheen. Zit alleen maar als een sfinx op de grond voor zijn tent... zegt geen woord... zit maar in het niets te staren. Zegt dat hij akkoord gaat met wat ze ook beslissen.'

'Wat betekent dat?'

Bob neemt nog een stevige slok van zijn medicijn. 'Lilly, dit is iets compleet nieuws. Iemand die een levende persoon heeft vermoord. Met zoiets dergelijks hebben deze mensen nog nooit te maken gekregen.

'Vermóórd?'

'Lilly...'

'Is dat hoe ze het nu noemen?'

'Ik zeg alleen maar...'

'Ik moet met ze praten.' Lilly probeert op te staan, maar de pijn dwingt haar weer op de rand van het veldbed te gaan zitten.

'Ho, ho, *kemosabe*. Rustig aan.' Bob buigt zich naar haar toe en helpt haar rustig haar evenwicht te bewaren. 'Ik heb je voldoende codeïne gegeven om een trekpaard rustig te krijgen.'

'Godverdomme, Bob, ze gaan Josh hier niet voor lynchen, dat zal ik niet laten gebeuren.'

'Laten we het rustig aan doen, stapje voor stapje. Je gaat op dit moment helemaal nergens naartoe.'

Lilly buigt haar hoofd. Er welt één enkele traan op, die uit haar goede oog druppelt. 'Het ging per ongeluk, Bob.'

Bob kijkt haar aan. 'Laten we ons voorlopig maar eerst even concentreren op beter worden, hè?'

Lilly kijkt hem aan. Haar kapotte lip is drie keer zo dik als normaal, haar linkeroog is met rood doorschoten en haar oogkas is al een blauwe bloeduitstorting geworden. Ze trekt de kraag van haar tweedehands overjas dichter om haar hals en huivert van de kou. Het valt Bob nu op dat ze een aantal excentrieke accessoires draagt: ma-cramé-armbanden met kralen, en hele kleine veertjes die in de stren-gen van haar amberkleurige lokken zijn gevlochten en voor haar ge-ruïneerde gezicht vallen. Het verbaast Bob Stookey dat een meisje zelfs in deze wereld nog aandacht kan schenken aan mode. Maar dat maakt deel uit van Lilly Cauls charme, van de aard van haar wezen. Van de kleine tatoeage van een Franse lelie achter op haar nek tot de zorgvuldig aangebrachte scheuren en stoplapjes in haar spijkerbroek. Ze is zo'n meid die met tien dollar en een middag in een tweede-hands winkel een complete garderobe kan samenstellen. 'Dit is al-lemaal mijn fout, Bob,' zegt ze met een schorre, slaperige stem.

'Dat is lulkoek,' reageert Bob Stookey, nadat hij nog een teug uit de dof geworden heupfles heeft genomen. Misschien begint de drank Bob loslippiger te maken, want hij voelt wat bitterheid opwellen. 'Zoals ik die Chad-figuur heb leren kennen, zal hij hier al wel een tijdje om hebben lopen vragen.'

'Bob, dat is niet...'

Lilly gaat niet verder, omdat ze het gekraak van voetstappen bui-ten de tent hoort. De schaduw van een reus valt op het tentdoek. Het vertrouwde silhouet blijft even wat onbeholpen staan wachten voor de dichtgeritste voorflap van Bobs tent. Lilly herkent de gedaante, maar zegt niets.

Een reusachtige hand vouwt zachtjes de tentflap omhoog, en een groot, diep doorgroefd, bruin gezicht tuurt naar binnen. 'Ze zeiden dat het mocht... ze hebben me drie minuten gegeven,' zegt Josh Lee Hamilton met een gesmoorde, bedeesde baritonstem.

'Waar heb je het over?' Lilly gaat rechtop zitten en staart haar vriend aan. 'Drie minuten waarvoor?'

Josh gaat op zijn hurken voor de tentflap zitten en kijkt naar de grond. Hij heeft moeite zijn emoties in bedwang te houden. 'Drie minuten om afscheid te nemen.'

'Afscheid?!'

'Ja.'

'Hoe bedoel je: afscheid? Wat is er gebeurd?'

Josh slaakt een treurige zucht. 'Ze hebben erover gestemd... en ze hebben besloten hoe ze het beste konden reageren op wat er gebeurd is. Ik moet mijn koffers pakken, ze gooien me uit de groep.'

'Wát?'

'Waarschijnlijk beter dan aan de hoogste boom opgeknoopt te worden.'

'Maar het was niet... ik bedoel... het was totaal niet moedwillig.'

'Ja, ja,' zegt Josh, die nog steeds naar de grond staart. 'Die arme drommel is per ongeluk een heleboel keer tegen mijn vuist gelopen.'

'Maar gezien de omstandigheden, en deze mensen weten wat voor een man...'

'Lilly...'

'Nee, dit is fout. Dit is gewoon... fout.'

'Het is voorbij, Lilly.'

Ze kijkt hem aan. 'Mag je rantsoen van ze meenemen? Een van de voertuigen, misschien?'

'Ik heb mijn motor. Het komt wel goed, ik red me wel...'

'Nee... nee... dit is gewoon... beláchelijk.'

'Lilly, luister naar me.' De grote man wurmt zich gedeeltelijk de tent in. Bob kijkt uit respect de andere kant op. Josh knielt neer, steekt zijn hand uit en raakt Lilly's gewonde gezicht teder aan. Aan de manier waarop Josh zijn lippen samenperst, de manier waarop zijn ogen glimmen en de lijnen rond zijn mond dieper worden, is te zien dat hij een vloedgolf van emotie binnenhoudt. 'Dat is wat er gaat gebeuren. Het is het beste zo. Ik red me wel. Bewaken jij en Bob het fort maar.'

Lilly schiet vol. 'Dan ga ik met je mee.'

'Lilly...'

'Ik heb hier niets te zoeken.'

Josh schudt zijn hoofd. 'Het spijt me, liefje... het is een reis voor één persoon.'

'Ik ga met je mee.'

'Lilly, het spijt me heel erg, maar dat gaat gewoon niet gebeuren. Het is hier veiliger. Bij de groep.'

'Ja, ja, de situatie is hier ook echt stabiel, ja,' zegt ze ijzig. 'Het is hier echt een liefdesfestijn.'

'Beter hier dan daarbuiten.'

Lilly kijkt hem met uitgeputte ogen aan, en de tranen beginnen over haar in elkaar geslagen gezicht te stromen. 'Je kunt me niet tegenhouden, Josh. Het is míjn beslissing. Ik ga met je mee, en dat is dan dat. En als je me probeert tegen te houden, zal ik je opsporen, je stalken, en ik zal je vinden. Ik ga met je mee, en er is niets wat je ertegen kunt doen. Je kunt me niet tegenhouden. Oké? Dus... wen er maar aan.'

Ze doet de knopen van haar jas dicht, steekt haar voeten in haar laarzen en begint haar spullen bij elkaar te zoeken. Josh kijkt verbijsterd toe. Lilly's bewegingen zijn behoedzaam en worden af en toe onderbroken door pijnscheuten.

Bob wisselt een blik van verstandhouding met Josh. Er wordt niets uitgesproken, maar het is iets zeer krachtigs. Lilly krijgt ondertussen al haar losliggende kledingstukken in een plunjezak gepropt en wurmt zich de tent uit.

Josh blijft even in de tentopening zitten en kijkt achterom naar Bob.

Uiteindelijk haalt Bob zijn schouders op en zegt met een vermoeide glimlach: 'Vróúwen.'

Een kwartier later heeft Josh de zadeltassen van zijn onyxkleurige Suzuki wegmotor volgestouwd met blikjes gekookte ham en tonijn, lichtbakens, dekens, waterbestendige lucifers, touw, een opgerolde kleine tent, een zaklantaarn, een klein kampeerkookstel, een telescoophengel, een kleine, goedkope .38-revolver en wat papieren borden en kruiden, die hij uit de gemeenschapsruimte had gepikt. Het is een winderige dag geworden, en de lucht betrekt met donkere, askleurige wolken.

Het dreigende weer maakt het hele gebeuren nog beangstigender. Josh maakt de zadeltassen goed vast en kijkt over zijn schouder naar Lilly, die drie meter verderop langs de weg een veel te volle rugzak om haar schouders staat te werken. Wanneer ze de riemen van de rugzak steviger aantrekt, krimpt ze ineen van een scherpe pijn in haar ribben.

Vanaf de overkant van het terrein staat een handvol zelfbenoemde gemeenschapsleiders toe te kijken. Drie mannen en een vrouw van middelbare leeftijd staan alles stoïcijns gade te slaan. Josh wil iets sarcastisch en vernietigends naar hen roepen, maar hij slikt het in. In plaats daarvan draait hij zich om naar Lilly en zegt: 'Ben je er klaar voor?'

Voordat Lilly antwoord kan geven weerklinkt er een stem vanaf de oostgrens van het terrein.

'Even wachten, mensen!'

Bob Stookey komt met een grote tentdoeken plunjezak over zijn schouder aanhobbelen langs het hek. Het gerinkel van flessen is hoorbaar, ongetwijfeld Bobs privévoorraad 'medicijnen', en de arts op leeftijd heeft een vreemde uitdrukking op zijn gezicht: een mengeling van verwachtingsvolle spanning en gêne. Hij komt behoedzaam dichterbij. 'Voordat jullie samen met de zonsondergang vertrekken, wil ik jullie iets vragen.'

Josh kijkt de man aan. 'Wat is er aan de hand, Bob?'

'Ik heb maar één vraag,' zegt hij. 'Hebben jullie enige vorm van medische ervaring?'

Lilly komt met gefronst voorhoofd naar hen toe lopen en vraagt verbaasd: 'Wat is er aan de hand, Bob?'

'Het is een eenvoudige vraag: heeft een van jullie boerenkinkels een legitieme medische achtergrond?'

Josh en Lilly wisselen een blik. Josh zucht. 'Niet dat ik weet, Bob.'

'Laat me jullie dan nog eens iets vragen. Wie gaat er in godsnaam in de gaten houden of dat oog niet gaat ontsteken?' Hij gebaart naar Lilly's bloeddoorlopen oog. 'Of die gebroken ribben verder verzorgen?'

Josh kijkt de arts aan. 'Wat probeer je te zeggen, Bob?'

De oude man wijst met zijn duim naar de rij voertuigen die langs de grindweg achter hem geparkeerd staan. 'Als jullie er dan toch helemaal vandoor gaan, zou het dan niet verstandiger zijn om dat met een officieel lid van het U.S. Marine Medical Corps te doen?'

Ze laden hun spullen in Bobs grote voertuig. De oude Dodge Ram pick-up is een monster, en is gemazeld door roestplekken en deuken. Er zit een verbouwde kap van een camper boven op de verlengde laadbak. De ramen van de camper zijn lang en smal en ondoorzichtig als melkglas. Lilly's rugzak en de zadeltassen van Josh gaan naar binnen door de achterklep en worden tussen stapels vieze kleren en halflege flessen goedkope whisky geduwd. Er staan daar achterin een stel krakkemikkige veldbedden, een grote koelbox, drie gehavende EHBO-dozen, een ingedeukte koffer, een paar brandstoftanks, een oude leren doktersstas die eruitziet alsof hij uit een pandjeshuis komt, en een verzameling voorin tegen het brandschot opgesteld tuingereedschap. Er zijn scheppen, een hak, een paar bijlen en een gevaarlijk uitziende hooivork. Het gewelfde plafond is hoog genoeg om aan een in elkaar gedoken volwassene ruimte te bieden.

Wanneer Josh zijn tassen staat in te laden, ziet hij her en der verspreid onderdelen van een uit elkaar gehaald 18,5mm-hagelgeweer

liggen, maar geen spoor van patronen. Bob is gewapend met een
.38-revolver met extra korte loop, waarmee hij waarschijnlijk op tien
passen afstand nog geen stilstaand doelwit zou kunnen raken, zelfs
niet als er geen wind staat en Bob nuchter is, wat niet vaak het geval
is. Josh weet dat ze vuurwapens en munitie nodig hebben als ze ook
maar enige kans op overleven willen hebben.

Josh gooit de laadklep met een klap dicht en krijgt het gevoel dat
iemand vanaf de andere kant van het terrein naar hem staat te kijken.

'Hé, Lil!'

De stem komt hem bekend voor, en wanneer Josh zich omdraait,
ziet hij Megan Lafferty, de meid met de rossige, bruine krullen en
het losgeslagen libido. Ze staat een paar autolengtes verderop naast
de grindberm. Ze heeft de hand vast van die blower met dat vlas-
sige blonde haar voor zijn gezicht en die sjofele trui. Hoe heet hij
ook alweer? Steve? Shawn? Josh kan het zich niet herinneren. Josh
herinnert zich alleen maar dat hij er helemaal vanaf Peachtree City
getuige van had moeten zijn hoe die meid met iedereen de koffer in-
dook.

Nu staan die twee lamlendige jongeren daar toe te kijken met de
intensiteit van een buizerd.

'Hé, Meg,' zegt Lilly zacht en ietwat sceptisch, wanneer ze achter
de pick-up vandaan komt en naast Josh gaat staan. In de ongemakkelijke stilte die volgt, horen ze Bob onder de motorkap van de vrachtwagen rommelen.

Megan en die blower komen behoedzaam naar hen toe lopen. Megan weegt haar woorden wanneer ze Lilly aanspreekt. 'Gast, ik heb
gehoord dat je zeg maar naar hogergelegen grond vertrekt.'

Naast Megan staat de blower zachtjes te giechelen. 'Ik ben er altijd voor in om hogerop te komen.'

Josh kijkt de jongen aan. 'Wat kunnen we voor jullie beste jonge-
lieden doen?'

Megan houdt haar ogen op Lilly gericht. 'Lil, ik wilde alleen maar zeggen... ik bedoel... ik hoop dat je niet boos op me bent, of zoiets.'

'Waarom zou ik boos op jóú zijn?'

Megan kijkt omlaag. 'Ik heb gisteren wat dingen gezegd, ik dacht er niet echt goed bij na... ik wilde alleen maar... ik weet het niet. Ik wilde alleen maar zeggen dat het me spijt.'

Josh kijkt Lilly aan, en in dat korte moment van stilte voordat ze antwoord geeft, ziet hij het diepste wezen van Lilly Caul in een enkel ogenblik. Haar gekneusde gezicht verzacht. In haar ogen verschijnt vergevingsgezindheid. 'Je hoeft je nergens voor te verontschuldigen, Meg,' zegt Lilly tegen haar vriendin. 'We proberen allemaal alleen maar het hoofd boven water te houden.'

'Hij heeft je wel stevig toegetakeld, zeg,' zegt Megan, terwijl ze de ravage van Lilly's gezicht bekijkt.

'Lilly, we moeten gaan,' merkt Josh op. 'Het wordt zo donker.'

De blower fluistert tegen Megan: 'Ga je het nog aan ze vragen?'

'Wat vragen, Meg?' vraagt Lilly.

Megan likt haar lippen af. Ze kijkt Josh aan. 'Het is compleet gestoord, zoals ze je behandelen.'

Josh knikt kortaf. 'Dank je, Megan, maar we moeten nu echt gaan.'

'Neem ons mee.'

Josh kijkt Lilly aan, en Lilly staart haar vriendin aan. Uiteindelijk zegt Lilly: 'Hm, weet je, het zit namelijk...'

'In een groep is het verdomme veiliger, man,' zegt de blower enthousiast, met zijn droge, zachte, stonede, lacherige stem. 'We zitten zeg maar helemaal in de krijgersmodus...'

Megan steekt haar hand op. 'Scott, zou je er héél even een kurk in kunnen stoppen?' Ze kijkt Josh weer aan. 'We kunnen niet hier bij die fascistische klootzakken blijven. Niet na wat er gebeurd is. Het is hier een puinhoop geworden, en de mensen vertrouwen elkaar niet meer.'

Josh slaat zijn grote armen over elkaar voor zijn enorme borstkas en kijkt Megan aan. 'Jij hebt ook zo je aandeel gehad in het opstoken van het vuurtje.'

'Josh...' Lilly wil tussenbeide komen.

Megan kijkt plotseling naar de grond en heeft een terneergeslagen uitdrukking op haar gezicht. 'Nee, het geeft niet. Dat heb ik verdiend. Ik ben denk ik gewoon... ik ben gewoon vergeten wat de regels zijn.'

In de daaropvolgende stilte, waarin de enige geluiden bestaan uit de wind in de bomen en de piepende geluiden van Bob die onder de motorkap bezig is, rolt Josh met zijn ogen. Hij kan niet geloven waarmee hij op het punt staat in te stemmen. 'Ga jullie spullen maar halen,' zegt hij uiteindelijk, 'en snel een beetje.'

Megan en Scott zitten achterin. Bob rijdt, Josh zit op de passagiersstoel en Lilly zit in de nauwe ruimte achter in de cabine. Er zit een aangepaste couchette achter de voorbank, met kleinere zijdeuren en een neerklapbare, gestoffeerde bank, die ook als bed dienstdoet. Lilly zit op de haveloze zitting van de bank en houdt de leuning stevig vast, omdat elke hobbel en zijbeweging een stekende pijn in haar ribben veroorzaakt.

Lilly kan de bomenrij aan weerszijden van de weg donkerder zien worden, terwijl ze over de slingerende toegangsweg rijden die uit de boomgaarden vandaan leidt. De schaduwen van de late namiddag worden langer en de temperatuur keldert. De lawaaierige verwarming van de pick-up voert een verloren strijd tegen de kou. De cabine ruikt naar verschaalde drank, rook en lichaamsgeuren. Door de ventilatiegaten pikt Lilly vaag de geur van tabaksvelden en rottend fruit op, de muskus van een herfst in Georgia. Het is een aankondiging en waarschuwing dat ze de beschaafde wereld nu achter zich laten.

Ze begint naar lopers tussen de bomen uit te kijken, en in elke schaduw, in elke donkere plek ziet ze een potentiële dreiging. Er is geen enkel vliegtuig en geen enkele vogelsoort te bekennen, en de lucht is zo koud, levenloos en stil als een enorme, grijze gletsjer.

Ze rijden toegangsweg 362 op, de belangrijkste doorgangsroute door Meriwether County, terwijl de zon lager aan de horizon zakt. Vanwege de grote hoeveelheid autowrakken en verlaten auto's doet Bob het rustig aan en houdt hij een snelheid van zo'n vijftig à zestig kilometer per uur aan met de pick-up. De tweebaansweg kleurt blauwgrijs in de oprukkende schemering, en het schemerdonker spreidt zich uit over de glooiende, met witte dennenbomen en sojabonen begroeide heuvels.

'Wat is het plan, kapitein?' vraagt Bob aan Josh, nadat ze een kleine drie kilometer gereden hebben.

'Plan?' Josh steekt een sigaartje op en draait het raam naar beneden. 'Je verwart me zeker met een van de slagveldcommandanten die je vroeger in Irak weer hebt dichtgenaaid.'

'Ik ben nooit in Irak geweest,' zegt Bob. Hij heeft een heupfles tussen zijn benen. Hij neemt heimelijk een slokje. 'Ik heb wel kort in Afghanistan gezeten, en om eerlijk te zijn begin ik dat oord in een steeds positiever licht te zien.'

'Ik kan je alleen maar vertellen dat ze me zeiden het kamp te verlaten, en dat is wat ik doe.'

Ze passeren een tweesprong, met een bord dat FILBURN ROAD aangeeft. Het is een stoffige, verlaten boerenweg tussen twee tabaksvelden, met greppels aan weerszijden. Josh prent de weg in zijn geheugen en begint zich af te vragen of het wel zo slim is om in het donker over de open weg te reizen. Dus hij zegt: 'Maar ik begin wel het gevoel te krijgen dat we misschien beter niet al te ver van...'

'Josh!' Lilly's stem doorklieft het rammelende geronk in de cabine. 'Lopers... kijk!'

Josh ziet dat ze naar de snelweg in de verte voor hen wijst, naar een punt zo'n vijfhonderd meter verderop. Bob gaat op de remmen staan. De pick-up begint te slippen, zodat Lilly tegen de bank wordt gesmeten. Ze voelt een scherpe pijnscheut in haar ribben, zoals van een gekarteld stuk glas. In de cabine is het gedempte gebons te horen van Megan en Scott die tegen het brandschot achterin knallen.

'Godallemachtig!' Bob knijpt zo hard met zijn verweerde, gerimpelde handen in het stuur, dat zijn knokkels wit worden van de kracht die hij uitoefent. Hij laat de pick-up stationair draaien. 'Wel gódallemachtig!'

Josh ziet de groep zombies in de verte, zeker zo'n veertig of vijftig stuks, misschien wel meer, want het schemerduister kan verraderlijk zijn. Ze drommen samen rond een omgekieperde schoolbus. Vanuit de verte lijkt het net alsof de bus bundels natte kleren heeft uitgeworpen, die de doden druk aan het sorteren zijn. Maar het wordt al snel duidelijk dat de bundels uit stoffelijke overschotten bestaan, en dat de lopers zich aan het voeden zijn.

En dat de slachtoffers kinderen zijn.

'We kunnen er gewoon doorheen rammen,' oppert Bob.

'Nee... nee,' zegt Lilly. 'Dat meen je toch niet?'

'We zouden er ook omheen kunnen rijden.'

'Ik weet het niet.' Josh gooit de sigaar door het ventilatiegat naar buiten, en zijn hart gaat sneller kloppen. 'Die greppels aan weerszijden zijn behoorlijk diep, we zouden zomaar kunnen kantelen.'

'Wat stel je dan voor?'

'Wat heb je voor patronen voor dat eekhoorntjesgeweer dat je achterin hebt liggen?'

Bob blaast gespannen zijn adem uit. 'Eén doos hagelpatronen, 25 grain, van een eeuwigheid geleden. En die proppenschieter van jou?'

'Alleen maar wat er in het magazijn zit. Volgens mij in totaal nog een kogel of vijf.'

Bob werpt een blik in de achteruitkijkspiegel. Lilly ziet paniek in zijn met diepe groeven omgeven ogen verschijnen. Bob kijkt Lilly aan en zegt: 'Ideeën?'

'Oké,' zegt Lilly, 'zelfs als we de meeste lopers zouden uitschakelen, zal het lawaai een zwerm aantrekken. Als je het mij vraagt, blijven we gewoon helemáál uit hun buurt.'

En op dat moment schrikt Lilly op van gedempt gebonk. Haar ribben steken wanneer ze zich omdraait. Ze ziet Megans bleke, paniekerige gezicht achter het smalle raampje in de achterwand van de cabine. Ze slaat met haar handpalm tegen het glas en vormt de woorden 'wat was dát?' met haar mond.

'Rustig! Alles in orde! Gewoon even wachten!' schreeuwt Lilly door het glas. Ze draait zich om naar Josh en zegt: 'Wat denk jij?'

Josh kijkt uit zijn raam in de lange, met roestplekken bezaaide spiegel. In het rechthoekige spiegelbeeld ziet hij de verlaten tweesprong, zo'n driehonderd meter terug, amper zichtbaar in het vervagende licht. 'Achteruit,' zegt hij.

Bob kijkt hem aan. 'Sórry?'

'Achteruit... snel. We nemen die zijweg daar achter ons.'

Bob rukt de pook naar de achteruit en geeft gas. De pick-up slingert.

De motor jankt, en iedereen wordt naar voren geworpen.

Bob bijt op zijn onderlip, terwijl hij met het stuurwiel worstelt en de zijspiegel gebruikt om te zien waar hij heen gaat. De pick-up helt naar achteren over, terwijl de voorkant heen en weer slingert en de remmen piepen. De achterkant nadert de tweesprong.

Bob trapt op de rem, en Josh knalt tegen zijn stoel, terwijl de kont van de pick-up van de achterste berm van de tweebaansweg glijdt en verstrikt raakt in een kluwen wilde kornoelje, paardenstaarten en eendenvoeten. Het voertuig werpt een wolk van bladeren en steenslag op. Niemand hoort het geschuifel van iets doods achter het struikgewas.

Niemand hoort de lichte schraapgeluiden van het dode ding dat uit het gebladerte vandaan wankelt en zijn dode vingers om de achterbumper van de grote pick-up klemt, totdat het te laat is.

Achter in het campergedeelte zijn Megan en Scott allebei languit gegaan door de op en neergaande bewegingen van de pick-up. Ze giechelen hysterisch en zijn zich geen van beiden bewust van het feit dat er een zombie op de treeplank achterop zit. Wanneer de Dodge Ram weer wegrijdt en over de loodrechte zandweg wegscheurt, klimmen ze allebei hevig giechelend weer op hun geïmproviseerde, van perzikkratten gemaakte stoel.

De krappe camperruimte staat blauw van de rook van een tot aan de rand met cannabis sativa gevulde pijpenkop, die Scott tien minuten geleden heeft aangestoken. Hij is zuinig geweest met zijn voorraad en heeft die gekoesterd, omdat hij doodsbang is voor de onvermijdelijke dag dat hij zonder zal komen te zitten en een manier zal moeten bedenken om het in de zanderige klei te gaan verbouwen.

'Toen je daarnet viel, liet je een scheet,' zegt Scott grinnikend tegen Megan. Zijn ogen zijn al dromerig en bloeddoorlopen door de intense high die door zijn hoofd gonst.

'Helemaal niet,' reageert ze onbedaarlijk giechelend, terwijl ze haar evenwicht probeert te bewaren op het krat. 'Dat was mijn vervloekte schoen die over de vervloekte vloer schraapte.'

'Onzin, gast, je hebt écht wel een scheet gelaten.'

'Echt niet.'

'Jawel, écht wel... je hebt er gewoon eentje laten vliegen, en het was echt zo'n meidenscheet.'

Megan buldert van het lachen. 'Wat is dan in hemelsnaam een meidenscheet?'

Scott zegt luid lachend: 'Dat is... dat is een soort... een soort schattig getoeter. Zoals van een kleine locomotief. Toet-toet! Het scheetje dat van aanpakken wist...'

Ze buigen allebei voorover in een onbedwingbare lachstuip, terwijl een lijkbleek gezicht met troebele ogen als een kleine maan oprijst in het donkere vlak van het achterraam van de camper. Dit exemplaar is een bijna kale man van middelbare leeftijd, over wiens schedel donkerblauwe aderen tussen plukjes schimmelgrijs haar lopen.

Megan en Scott zien hem in eerste instantie geen van beiden. Ze zien niet hoe de wind met zijn mossige, dunner wordende plukken haar speelt, of zijn vettige, opgetrokken lippen met daarachter zwart geworden tanden, of het getast van levenloze, rottende vingers die door de kier in de gedeeltelijk opengesprongen achterklep dringen.

'O, kut!' Scott flapt de woorden er stotterend en sputterend van het lachen uit, wanneer hij de indringer aan boord ziet komen. 'O, kut!'

Als ze ziet hoe Scott zich snel omdraait en op zijn bek gaat, en hij zich vervolgens als een waanzinnige op handen en knieën over de smalle vloer naar het tuingereedschap haast, schiet Megan helemáál in een lachstuip. Hij lacht inmiddels niet meer. De zombie is al met zijn bovenlijf tot de camper doorgedrongen. Het geluid van zijn cirkelzaagachtige gegrom en de stank van zijn ontbindende weefsel hangen in de lucht. Megan ziet de indringer nu eindelijk ook en begint hoestend en piepend adem te halen. Haar gelach klinkt nu licht vervormd.

Scott wil de hooivork pakken. De pick-up zwenkt opzij. De zombie is nu helemaal binnen. Hij wankelt dronken opzij en knalt tegen de wand. Er valt een stapel kratten om. Scott houdt de hooivork in de aanslag.

Megan glijdt op haar kont snel naar achteren en verschuilt zich in de verste hoek. De angst in haar ogen lijkt niet te rijmen met haar hoge, hikkende gegiechel. Maar haar gestoorde gelach duurt voort als een motor die niet wil stoppen, terwijl Scott met knikkende knieën opstaat en zo hard als hij kan met de hooivork naar het bewegende lijk uithaalt.

De roestige tanden raken de zijkant van zijn gezicht net wanneer het ding zich omdraait.

Een van de tanden doorboort het linkeroog van de zombie. De andere tanden hakken in de onderkaak en de halsader. Er stroomt zwart bloed op de vloer van de camper. Scott stoot een strijdkreet uit en trekt het stuk tuingereedschap los. De zombie wankelt achterwaarts naar de in de wind klepperende achterklep, en om de een of andere reden ontlokt Scotts tweede uithaal een enorme, gestoorde lachstuip aan Megan.

De tanden doorboren de schedel van het ding.

Megan vindt het allemaal zó hilarisch: de grappige dode man, die schokt alsof hij geëlektrocuteerd wordt en met de hooivork in zijn schedel vruchteloos staat te molenwieken. Als een domme circusclown met een wit gezicht en maffe, grote, zwarte tanden wankelt het wezen nog even naar achteren, totdat de kracht van de wind hem via de klepperende achterklep uit de camper zuigt.

De hooivork wordt uit Scotts handen gerukt, en de zombie tuimelt van de pick-up. Scott valt op zijn kont en landt op een stapel kleren.

De absurde aanblik van de zombie die op de weg valt, met nog altijd een hooivork in zijn schedel, zorgt ervoor dat zowel Megan als Scott opnieuw een lachkick krijgen. Ze haasten zich allebei op handen en knieën naar de achterklep en staren naar het stoffelijk overschot, dat in de verte achter hen verdwijnt, met nog altijd de hooivork als een kilometerpaaltje rechtop in zijn hoofd.

Scott trekt de achterklep dicht, waarna ze opnieuw in stoned gelach en wild gehoest uitbarsten.

Megan draait zich nog altijd giechelend en met vochtige ogen om naar de voorkant van de camper. Door het cabineraam kan ze de achterkant van de hoofden van Lilly en Josh zien. Ze lijken ergens volledig door in beslag genomen en hebben totaal niets gemerkt van wat er zich zojuist op slechts enkele tientallen centimeters afstand van hen heeft afgespeeld. Ze lijken te wijzen naar iets in de verte, helemaal boven op de top van een nabijgelegen heuvel.

Megan kan niet geloven dat niemand in de cabine het rumoer achter in de camper gehoord heeft. Was het weggeluid zó hard? Werd het gevecht overstemd door hun gelach? Megan wil net op het glas bonken, maar dan ziet ze eindelijk waar ze nu eigenlijk naar wijzen.

Bob verlaat de weg en rijdt een steile zandweg op naar een gebouw waarvan ze niet weten of het verlaten is.

5

Het verlaten benzinestation staat op een heuvel die over de omliggende boomgaarden uitkijkt. Het wordt aan drie kanten omgeven door met onkruid begroeide hekken van overnaadse planken en verspreid opgestelde vuilcontainers. Er hangt een handgeschilderd bord boven de twee tankeilanden, één voor diesel en drie voor benzine, waarop FORTNOY'S BRANDSTOF EN AAS staat. Het gebouw heeft maar één verdieping, met een onder de vliegenpoep zittend kantoortje, een winkel en een kleine garage met maar één brug.

Wanneer Bob de gebarsten, cementen parkeerplaats oprijdt, zijn lichten uit om niet opgemerkt te worden, is de avond gevallen en is het echt donker geworden. De banden van de grote pick-up rollen knerpend over gebroken glas. Megan en Scott turen door de achterklep naar buiten en speuren de schaduwplekken op het verlaten terrein af, terwijl Bob om het gebouw heen naar de achterkant van het garagegedeelte rijdt, uit het zicht van eventuele nieuwsgierige voorbijgangers.

Hij parkeert de truck tussen het karkas van een verwoeste sedan en een pilaar van opgestapelde banden. Even later gaat de motor uit en hoort Megan het piepen van de passagiersdeur. En vervolgens hoort ze Josh Lee Hamilton met een harde dreun uitstappen en naar de achterkant van de camper lopen.

'Blijven jullie maar even wachten,' zegt Josh zacht en kalm, nadat hij de deur van de camper heeft opengetrokken en Megan en Scott in elkaar gedoken als een stel uilen vlak bij de achterklep ziet zitten. Josh merkt de bloedspatten op de wanden niet op. Hij controleert de cilinder van zijn .38, en het blauwe staal glanst in de duisternis. 'Ik ga het hier eerst op lopers controleren.'

'Ik wil niet onbeleefd zijn, maar waar waren jullie verdomme mee bezig?' zegt Megan, wier high nu helemaal verdwenen is en is vervangen door een soort scherpe adrenalinestoot. 'Hebben jullie niet gezien wat er hier achterin gebeurd is? Hebben jullie niet gehoord wat er zich hier heeft afgespeeld?'

Josh kijkt haar aan. 'Het enige wat ik gehoord heb, was een stel blowers die voluit aan het feesten waren, en het ruikt hier achterin als Mardi Gras in een hoerenkast.'

Megan vertelt hem wat er gebeurd is.

Josh kijkt Scott aan. 'Ik ben verbaasd dat je de tegenwoordigheid van geest had... met zo'n verward brein.' Josh krijgt een mildere uitdrukking op zijn gezicht. Hij zucht en glimlacht naar de jonge vent. 'Gefeliciteerd, junior.'

Scott grijnst hem scheef toe. 'Mijn eerst dode, baas.'

'De kans is groot dat het niet je laatste zal zijn,' zegt Josh, terwijl hij de cilinder dichtklapt.

'Mag ik dan misschien nog iets vragen?' zegt Megan dan. 'Wat dóén we hier? Ik dacht dat we voldoende brandstof hadden.'

'Het is daarbuiten te riskant om 's nachts te rijden. Het is beter om tot morgenochtend te wachten. Ik wil dat jullie tweeën hier blijven zitten tot ik jullie zeg dat alles veilig is.'

Josh loopt weg.

Megan sluit de deur. Ze voelt dat Scott in het donker naar haar zit te staren. Ze draait zich om en kijkt hem aan. Hij heeft een vreemde blik in zijn ogen. Ze grijnst naar hem. 'Gast, ik moet toegeven dat je inderdaad behoorlijk handig bent met het tuingereedschap, en met die hooivork was je verdomme helemaal goed vet bezig.'

Hij grijnst terug. Er verandert iets in zijn ogen, alsof hij haar ondanks het donker voor het eerst ziet, en hij likt zijn lippen. Hij strijkt een vieze, blonde haarlok uit zijn ogen. 'Het was niets.'

'Ja, ja.' Megan verbaast zich er nu al een tijdje over hoezeer Scott Moon op Kurt Cobain lijkt. De gelijkenis lijkt met een atavistische energie van hem uit te stralen, en zijn gezicht glinstert in het donker. En zijn geur, een mengeling van patchoeliolie, rook, wiet en kauwgom, omgeeft hem en kringelt Megans brein binnen.

Ze pakt hem vast en drukt haar lippen tegen de zijne. Hij trekt aan haar haren en perst zijn mond op de hare, en al snel zijn hun tongen in elkaar verstrengeld en wrijven hun lijven tegen elkaar.

'Neuk me,' fluistert ze.

'Hier?' zegt hij. 'Nu?'

'Misschien ook niet,' zegt ze, en ze kijkt hijgend om zich heen. Haar hart gaat tekeer. 'Laten we wachten tot hij daarbinnen klaar is, en dan vinden we wel een plekje.'

'Cool,' zegt hij. Hij strekt zijn armen uit en streelt haar door haar gescheurde Grateful Dead-t-shirt. Ze ramt haar tong in zijn mond. Megan heeft hem nu nodig, nu meteen... ze snakt naar ontlading.

Ze rukt zich van hem los. Het tweetal staart elkaar in het donker aan, hijgend als wilde dieren die elkaar zouden afmaken als ze niet tot dezelfde soort behoorden.

Meteen nadat Josh het allesveiligteken heeft gegeven, vinden Megan en Scott een plekje om hun lust te bevredigen.

De twee blowers houden niemand voor de gek, ondanks hun half-hartige pogingen om discreet te zijn. Megan doet alsof ze uitgeput is en Scott stelt voor een slaapplaats op de vloer van de opslagruimte achter in de winkel voor haar te maken. De benauwde opslagruimte, nog geen twintig vierkante meter beschimmelde tegels en blootliggende afvoerbuizen, ruikt naar dode vis en aas met kaas. Josh zegt dat ze voorzichtig moeten zijn en loopt dan met zijn ogen rollend weg. Hij walgt ervan, maar misschien, heel misschien, is hij ook wel een klein beetje jaloers.

Het gebonk begint bijna onmiddellijk, zelfs nog voordat Josh in het kantoortje terug is, waar Lilly en Bob een plunjezak met proviand voor de nacht aan het uitpakken zijn. 'Wat is dat in vredesnaam?' vraagt Lilly aan de grote man.

Josh schudt zijn hoofd. Het gedempte gebonk van twee lichamen die er in de andere ruimte tegenaan gaan, trilt door tot in de kleine ruimtes van het pompstation. Zo nu en dan overstemt een zucht of een kreun de ritmische neukgeluiden. 'Prille liefde,' zegt hij geërgerd.

'Dat meen je toch niet.' Lilly staat in het donkere kantoortje aan de voorzijde te rillen, terwijl Bob Stookey zenuwachtig flessen water en dekens uit een krat haalt, en net probeert te doen alsof hij de seksgeluiden niet hoort. Lilly heeft haar armen om zich heen geslagen alsof ze elk moment uit elkaar zou kunnen vallen. 'Dus dit is waar we ons op mogen gaan verheugen?'

Er is geen stroom in Fortnoy's. De brandstofreservoirs zijn leeg en de lucht in het gebouw is zo koud als in een inloopkoelkast. De winkel lijkt compleet kaalgeplukt. Zelfs in de gore koelkast zitten geen regenwormen en witvisjes meer. Er staat een stoffig tijdschriftenrek in het kantoortje, en verder zijn er nog een verkoopautomaat met een hele kleine voorraad oud geworden gevulde repen en zakjes chips, rollen wc-papier, een paar omgegooide plastic kuipstoelen en een plank met antivries en luchtverfrissers voor in de auto. Er staat ook nog een zwaar bekraste houten balie, waarop een kassa staat die eerder in het Smithsonian lijkt thuis te horen. De kassala staat open en is leeg.

'Misschien zijn ze het dan even kwijt.' Josh controleert of zijn laatste, half opgerookte sigaartje nog in zijn jaszak zit. Hij speurt het kantoortje af naar een rek met rookwaren. Het tankstation lijkt leeggeplunderd. 'Het ziet ernaar uit dat de Fortnoy-jongens overhaast zijn vertrokken.'

Lilly voelt aan haar beschadigde oog. 'Ja, de plunderaars zijn ons zo te zien voor geweest.'

'Hoe gaat het met je?' vraagt Josh.

'Ik overleef het wel.'

Bob kijkt op van zijn krat met proviand. 'Ga eens even zitten, Lilly'tje.' Hij zet een van de kuipstoelen tegen het raam. Het licht van de volle herfstmaan schijnt naar binnen en trekt strepen van zilverkleurige, stoffige schaduwen op de vloer. Bob maakt zijn handen schoon met een steriel doekje. 'Laten we eens naar die pleister kijken.'

Josh kijkt toe hoe Lilly gaat zitten en Bob een EHBO-doos opent.

'Niet bewegen, hoor,' waarschuwt Bob zacht, terwijl hij met een alcoholdoekje voorzichtig de huid rond de korstige randen van Lilly's gewonde oog schoon dept. De huid onder haar wenkbrauw is zo dik geworden als een hardgekookt ei. Lilly krimpt de hele tijd ineen, en dat doet Josh pijn. Hij onderdrukt de aandrang om naar haar toe te gaan en haar vast te houden, zodat hij haar donzig zachte haar kan strelen. De aanblik van die golvende, kastanjebruine strengen voor haar smalle, fijne, gekneusde gezicht doet de grote man pijn.

'Au!' Lilly krimpt weer ineen. 'Zachtjes, Bob.'

'Je hebt een heel naar blauw oog, maar als we het schoon kunnen houden, ben je weer klaar voor vertrek.'

'Waarnaartoe dan?'

'Dat is een verdomd goede vraag.' Bob haakt het elastische verband om haar ribben voorzichtig los en betast de gekneusde gebieden zachtjes met zijn vingertoppen. Lilly krimpt weer ineen. 'Die ribben zouden vanzelf moeten genezen, zolang je maar niet gaat meedoen aan worstelwedstrijden of marathons.'

Bob sluit het elastische verband weer om haar middenrif en verschoont de grote pleister op haar oog. Lilly kijkt de grote man aan. 'Wat denk jij, Josh?'

Josh kijkt om zich heen. 'We gaan hier overnachten en houden om beurten de wacht.'

Bob scheurt een stuk elastisch plakband af. 'Het zal hier stervenskoud worden.'

Josh zucht. 'Ik heb in de garage een generator gezien, en we hebben dekens. Het is hier redelijk veilig en we zitten hoog genoeg op deze heuvelrug om te kunnen zien of die dingen in grote hoeveelheden samenkomen voordat ze ons bereikt hebben.'

Bob rondt af en klapt zijn ehbo-doos dicht. De gedempte neukgeluiden uit de andere ruimte sterven weg, blijkbaar een tijdelijke onderbreking. In die korte stilte hoort Josh in de verte het a cappella van de doden. Het overstemt het geluid van de wind, die het uithangbord aan de voorkant heen en weer rammelt. Het zachte, veelbetekenende trillen van dode stembanden klinkt als een kapot pijporgel en vormt een kreunend en gorgelend atonaal koor. Het lawaai doet de piepkleine haren achter in zijn nek overeind staan.

Lilly luistert naar het koor in de verte. 'Het worden er meer, hè?'

Josh haalt zijn schouders op. 'Wie weet.'

Bob steekt zijn hand in de zak van zijn gescheurde, gewatteerde jas. Hij haalt zijn heupfles tevoorschijn, verwijdert de dop met zijn duim en neemt een stevige slok. 'Denk je dat ze ons ruiken?'

Josh loopt naar het smerige raam aan de voorkant en staart naar de nachtelijke duisternis. 'Volgens mij heeft al die activiteit in het kamp van Bingham ervoor gezorgd dat ze al wekenlang plotseling overal vandaan opduiken.'

'Hoe ver van het basiskamp zouden we eigenlijk zijn, denk je?'

'Hemelsbreed niet veel meer dan anderhalve kilometer.' Josh staart naar de toppen van de dennenbomen in de verte. De schommelende oceaan van grote takken is zo ondoordringbaar als zwarte kant. Het is opgeklaard, en nu is de hemel bezaaid met een overvloed aan ijskoude sterren.

Tegen het kantwerk van sterrenbeelden rijzen rookpluimpjes op van houtvuurtjes in het tentenstadje.

'Ik heb eens zitten nadenken...' Josh draait zich om en kijkt zijn metgezellen aan. 'Het is hier nu niet bepaald het Ritz-hotel, maar als we wat in de omgeving kunnen rondneuzen en misschien wat munitie voor de wapens kunnen vinden... dan kunnen we hier misschien beter een tijdje blijven zitten.'

In de stilte die na zijn suggestie in het kantoortje valt, krijgt zijn opmerking de tijd om te bezinken.

Na een lange, rusteloze nacht slapen op de koude cementvloer van het garagegedeelte, waarbij ze het moesten doen met dunne, versleten dekens en om beurten de wacht hielden, houden ze de volgende ochtend een groepsbijeenkomst om te besluiten wat ze gaan doen. Ze drinken koppen op Bobs Coleman-brander gezette oploskoffie, en Josh weet hen ervan te overtuigen dat het het beste is om voorlopig hierboven te blijven zitten. Dan kan Lilly nog wat genezen, en als het nodig is, kunnen ze proviand stelen uit het nabijgelegen tentenstadje.

Niemand heeft inmiddels nog veel zin om ertegenin te gaan. Bob heeft een voorraad whisky ontdekt onder een toonbank in de aaswinkel, en Megan en Scott verdelen hun tijd tussen high worden en urenlange 'kwaliteitstijd' in de achterkamer. Ze werken die eerste dag hard om het gebouw te beveiligen. Josh besluit de generator niet binnen aan te zetten, omdat hij bang is dat ze door de walmen zullen vergassen. Maar hij heeft er ook zo zijn bedenkingen over om hem buiten te laten draaien, omdat hij bang is dat het ongewenste aandacht zal trekken. Hij vindt een houtkacheltje in de opslagruimte en een berg houtresten achter een van de vuilcontainers.

Hun tweede nacht in Fortnoy's Brandstof en Aas lukt het ze de temperatuur in het garagegedeelte op een dragelijk niveau te krijgen door de kachel voluit te laten loeien, en Megan en Scott houden elkaar in de achterkamer met veel lawaai warm onder een laag dekens. Bob wordt zo dronken dat hij niets van de kou merkt, maar het gedempte gebonk uit de opslagruimte lijkt hem dwars te zitten. Uiteindelijk is de oudere man zo dronken dat hij zich nog amper kan bewegen. Lilly helpt hem in zijn opgerolde beddengoed te gaan liggen, alsof ze een kind instopt voor de nacht. Ze zingt zelfs een slaapliedje voor hem: 'The Circle Game' van Joni Mitchell. Ze trekt de schimmelige deken op tot aan het ouder wordende, slap hangende vel van zijn hals. Ze voelt zich vreemd genoeg verantwoordelijk voor Bob Stookey, ook al is híj degene die háár zou moeten verzorgen.

In de dagen daarna barricaderen ze deuren en ramen. Ze wassen zich in de grote, verzinkte spoelbakken achter in de garage. Er ontstaat een soort schoorvoetende routine. Bob maakt zijn pick-up winterklaar door bepaalde onderdelen van sommige autowrakken te hergebruiken, en Josh staat regelmatig aan het hoofd van verkenningsmissies naar de buitengrenzen van het tentenstadje anderhalve kilometer ten westen van hen. Het lukt Josh en Scott vlak voor de neus van de kampbewoners brandhout, vers water, een paar ongebruikte, opgerolde tenten, wat blikgroenten, een doos patronen voor een jachtgeweer en een doos Sterno-rechaudbranders te stelen. Josh kan wel merken dat de basis van beschaafd gedrag aan het afbrokkelen is in het tentenstadje. Hij hoort steeds meer geruzie. Hij ziet sommige mannen met elkaar op de vuist gaan, en er wordt zwaar gedronken. De stress eist zijn tol van de inwoners.

In de donkere avonduren gooit Josh Fortnoy's Brandstof en Aas stevig op slot. Hij en de anderen blijven binnen en doen zo stil mogelijk. Ze steken zo min mogelijk noodkaarsen en lantaarns aan en schrikken op bij elk geluid dat de aan kracht winnende wind veroorzaakt. Lilly Caul vraagt zich af wat de dodelijkste bedreiging vormt: de zombiehordes, haar medemensen of de aanstormende winter. De nachten worden langer, en de kou krijgt vaste voet aan de grond, overdekt de ramen met rijp en kruipt in de gewrichten van de mensen. En hoewel niemand er veel over zegt, is de kou de stille dreiging die eigenlijk veel eenvoudiger en efficiënter een einde aan hun leven zou kunnen maken dan welke aanval van zombies dan ook.

Om de verveling en de constante onderstroom van angst te verdrijven, ontwikkelen sommige bewoners van Fortnoy's een hobby. Josh begint zelfgemaakte sigaren te rollen van tabaksbladeren die hij van naburige akkers oogst. Lilly begint een dagboek bij te houden, en Bob vindt een ware schat aan oud kunstaas in een ongemerkte hutkoffer in de aaswinkel. Hij is uren bezig in de leeggeplunderde winkel, waar hij aan een werkbank achterin obsessief vliegvisaas op spoeltjes staat te winden. Bob is van plan er later wat mooie forel, blauwrugzalm of breedbekbaars mee te vangen in de ondiepten van een nabijgelegen rivier. Hij heeft de fles Jack Daniel's altijd onder de werkbank staan en pimpelt er dag en nacht van.

De anderen zien ook wel hoe snel Bob de drank erdoorheen jaagt, maar wie kan hem dat kwalijk nemen? Wie kan het een ander kwalijk nemen dat hij zijn zenuwen verdrinkt in deze wrede, helse omstandigheden? Bob is niet trots op zijn drankzucht. Eigenlijk schaamt hij zich er gewoon voor. Maar daarom heeft hij het medicijn ook nodig: om de schaamte en de eenzaamheid aan te kunnen, de angst en de vreselijke nachtmerries van met bloed bespatte bunkers in Kandahar.

Op de vrijdag van die week ziet Bob in de kleine uurtjes van de nacht in zijn papieren agenda dat het 9 november is. Hij zit weer aan de werkbank achter in de garage spoeltjes op te winden en zoals gebruikelijk bezopen te worden, wanneer hij het geschuifel in de opslagruimte hoort. Hij had niet gemerkt dat Megan en Scott er eerder op de avond vandoor waren gegaan en had ook niets gemerkt van de veelzeggende geur van wietresten in een hete pijp of van het gedempte gegiechel dat door de dunne muren te horen was. Maar nu merkt hij nog iets anders op wat hem die dag ontgaan was.

Hij stopt met het gepruts aan het kunstaas en kijkt naar de achterhoek van de ruimte. Achter een grote, beschadigde propaangastank is in het flakkerende licht van Bobs lantaarn duidelijk een gapend gat in de muur te zien. Hij duwt zich af van de werkbank en loopt naar de tank. Hij schuift hem opzij en gaat op zijn hurken voor een vijftien centimeter groot ontbrekend stuk bouwplaat zitten. Het gat lijkt het gevolg van waterschade of misschien van het langzaam bezwijken van pleisterkalk door de vochtige zomers van Georgia. Bob kijkt over zijn schouder om zich ervan te verzekeren dat hij alleen is. De anderen liggen diep te slapen in het garagegedeelte.

Bij het horen van het gekreun en gehijg van wilde seks, richt Bob zijn aandacht weer op de beschadigde muur.

Hij tuurt door het vijftien centimeter grote gat de opslagruimte in, waar het zwakke licht van een batterijlantaarn bewegende schaduwen omhoog en op het lage plafond werpt. De schaduwen pompen en stoten in het donker. Bob likt zijn lippen. Hij leunt dichter naar het gat toe, valt bijna om in zijn benevelde toestand en moet steun zoeken tegen de propaangastank. Hij kan een klein deel van Scott Moons puistige kont zien rijzen en dalen in het gele licht. Megan ligt met gespreide benen onder de jonge vent, met van verrukking gekrulde tenen.

Bob Stookey voelt hoe zijn hart in zijn borst wordt samengeknepen en zijn adem stokt.

Wat hem nog het meeste biologeert, is niet de pure overgave waarmee de twee geliefden erop los gaan, en ook niet het dierlijke gegrom en gejank dat opklinkt. Wat Bob Stookey helemaal in vervoering brengt, is de aanblik van Megan Lafferty's olijfkleurige huid in het lamplicht, haar roodbruine krullen in een waaier op de deken onder haar hoofd, haar haar zo glanzend en glimmend als honing. Bob kan zijn starende ogen niet van haar afhouden en voelt een steeds sterker wordend verlangen in zich opwellen.

Bob kan zijn blik niet van haar afwenden, zelfs niet wanneer hij achter zich een vloerplank hoort kraken.

'O... Bob... Het spijt me... Ik wilde niet...'

De stem komt uit het schemerduister van de deuropening aan de andere kant van de winkel, die via de gang naar het kantoortje aan de voorzijde leidt. Bob rukt zich weg bij het gat in de muur en draait zich om naar de indringster, maar valt dan bijna om. Hij moet zich aan de propaangastank vasthouden. 'Ik probeerde niet... Dit is niet wat... Ik... Ik heb niet...'

'Het is wel goed... Ik wilde alleen maar... Ik wilde alleen maar controleren of je in orde was.' Lilly staat in de deuropening en draagt een katoenen truitje met een gebreide sjaal en een joggingbroek; haar nachtgoed. Ze wendt haar verbonden gezicht af en kijkt opzij, met in haar ogen een vreemde combinatie van medelijden en walging. De verwondingen rond haar ogen zijn al een heel stuk geheeld. En ze kan zich ook beter bewegen, nu haar ribben aan het genezen zijn.

'Lilly, ik was niet...' Bob wankelt naar haar toe, met zijn grote handen omhoog in een berouwvol gebaar, en struikelt dan over een losse vloerplank. Hij tuimelt om en gaat hijgend languit tegen de vloer. De neukgeluiden in de aangrenzende kamer gaan verbazingwekkend genoeg gewoon door; een cadans van puffend en op elkaar kletsend vlees zonder vast ritme.

'Alles in orde, Bob?' Lilly rent naar hem toe, knielt naast hem neer en probeert hem overeind te helpen.

'Niets aan de hand, niets aan de hand.' Hij duwt haar zachtjes van zich af. Hij komt dronken overeind. Hij kan haar niet aankijken. Hij weet niet wat hij met zijn handen aan moet. Hij kijkt om zich heen. 'Ik dacht dat ik buiten iets verdachts hoorde.'

'Iets verdachts?' Lilly kijkt naar de vloer, naar de muur... overal naar, behalve naar Bob. 'O... oké.'

'Maar het was niets.'

'O... dat is mooi.' Lilly loopt langzaam achteruit. 'Ik wilde alleen maar kijken of alles in orde was met je.'

'Alles in orde, alles in orde. Het begint laat te worden, ik ga maar eens naar bed, denk ik.'

'Goed, Bob. Doe dat.'

Lilly draait zich om en gaat er snel vandoor, en Bob Stookey blijft alleen achter in het lantaarnlicht. Hij staat daar nog even naar de vloer te staren. Hij vindt de fles Jack, drukt met zijn duim de dop eraf en zet hem aan zijn lippen.

Hij gooit de resterende drank in drie ademloze teugen achterover.

'Ik vraag me alleen af wat er gebeurt als hij geen drank meer heeft.'

Lilly heeft haar dikke ski-jack aan en draagt een gebreide baret. Ze volgt Josh over een smal, slingerend pad door de zuilen van de dennenbomen. Josh baant zich een weg door het gebladerte, met het 18,5 mm-hagelgeweer in zijn enorme armen, en gaat op weg naar een drooggevallen beekbedding, die vol zwerfkeien en massa's dood hout ligt. Hij heeft zijn sjofele houthakkersjack aan en zijn lange gebreide muts op, en je kunt zijn adem zien als hij praat. 'Hij vindt nog wel wat... maak je geen zorgen om die oude Bob... zuiplappen komen op de een of andere manier altijd weer aan drank. Ik maak me eerlijk gezegd veel meer zorgen dat we zonder voedsel komen te zitten.'

Ze naderen de oevers van de beek, en het is in het bos zo stil als in een kapel. De eerste sneeuw van het seizoen dwarrelt door de hoge takken boven hen, warrelt rond op de wind en blijft aan hun gezicht kleven.

Ze zitten nu al bijna twee weken in Fortnoy's. Ze hebben meer dan de helft van hun drinkwatervoorraad verbruikt en zijn door bijna al het blikvoedsel heen. Josh is tot de conclusie gekomen dat ze hun ene doos patronen voor het jachtgeweer beter kunnen gebruiken om herten of konijnen mee te schieten dan zich tegen een aanval van zombies te verdedigen. Bovendien hebben de kampvuren, het lawaai en de activiteit in het tentenstadje de afgelopen dagen ook de meeste lopers in de omgeving van het tankstation aangetrokken. Josh doet op dit moment een beroep op wat hij zich herinnert van toen hij als jongen met zijn oom Vernon op Briar Mountain ging jagen. Hij moet zijn jagersneus hervinden en de oude vaardigheden oproepen. Ooit was Josh een jager met arendsogen. Maar nu, met zijn krakkemikkige eekhoorntjesgeweer en zijn bevroren vingers... nu wist hij het nog zo net niet.

'Ik maak me zorgen om hem, Josh,' zegt Lilly. 'Hij is een beste vent, maar hij heeft wel zo zijn probleempjes.'

'Wie niet?' Josh werpt een blik over zijn schouder en ziet Lilly de heuvel afdalen en voorzichtig over een omgevallen boomstronk stappen. Ze ziet er voor het eerst sinds het incident met Chad Bingham weer sterk uit. Haar gezicht is aardig genezen en er is nog maar weinig verkleuring te zien. De zwelling rond haar oog is een stuk minder geworden, ze hinkt niet meer en ontziet de rechterkant van haar lichaam ook niet meer. 'Hij heeft je mooi opgelapt.'

'Ja, ik voel me een stuk beter.'

Josh blijft aan de rand van de beek staan en wacht op haar. Ze komt naast hem staan. Hij ziet sporen in de hard samengeperste modder op de bodem van de beekbedding. 'Zo te zien is hier een hert overgestoken. Als we de beekbedding volgen, komen we volgens mij nog wel een paar beesten tegen.'

'Kunnen we eerst even kort wat rusten?'

'Natuurlijk,' zegt Josh, en hij gebaart haar op een zwerfkei te gaan zitten. Dat doet ze. Hij gaat ook zitten en legt zijn jachtgeweer op zijn schoot. Hij slaakt een zucht. Hij krijgt een enorme aandrang om zijn arm om haar heen te slaan. Wat is er met hem aan de hánd? Te midden van al die verschrikkingen als een stomme tiener overmand door kalverliefde?

Josh kijkt omlaag. 'Ik vind het mooi hoe jullie voor elkaar zorgen, jij en die oude Bob.'

'Ja, en jij zorgt voor ons allemaal.'

Josh zucht opnieuw. 'Ik zou willen dat ik beter voor mijn mama had kunnen zorgen.'

Lilly kijkt hem aan. 'Je hebt me nooit verteld wat er gebeurd is.'

Josh haalt diep adem. 'Ik heb je al verteld dat ze al heel wat jaren behoorlijk ziek was... dacht een paar keer dat ik haar zou verliezen... maar ze heeft nog lang genoeg geleefd om...' Hij zwijgt verder, en het verdriet verscheurt hem vanbinnen, zwelt aan en overrompelt hem compleet.

Lilly ziet het verdriet in zijn ogen. 'Het geeft niet, Josh, als je het niet wilt...'

Hij maakt een zwak gebaar; een zwaai met zijn grote, bruine hand. 'Ik vind het niet erg om je te vertellen wat er gebeurd is. Ik probeerde destijds nog wel gewoon elke ochtend naar mijn werk te gaan en mijn geld te verdienen in de begindagen van de Verwording, toen er nog maar enkele bijters gesignaleerd waren. Heb ik je ooit verteld wat ik doe? Mijn beroep?'

'Je hebt me verteld dat je kok was.'

Hij knikt. 'En een behoorlijk vooraanstaande ook, al zeg ik het zelf.' Hij kijkt haar aan, en zijn stem wordt milder. 'Ik heb altijd al een echt diner voor je willen klaarmaken.' Zijn ogen worden vochtig. 'Mijn mama heeft me de basisvaardigheden geleerd, God hebbe haar ziel. Ze heeft me geleerd een broodpudding klaar te maken, waarvan de tranen je in de ogen zouden springen en je buikje heel erg blij zou worden.'

Lilly glimlacht naar hem, maar dan vervaagt haar glimlach. 'Wat is er met je mama gebeurd, Josh?'

Hij staart lange tijd naar het dunne laagje sneeuw op de samenge-klitte bladeren en raapt de energie bij elkaar om het verhaal te vertel-len. 'Muhammad Ali kan niet tippen aan mijn mama... ze was een vechter, ze vocht tegen die ziekte als een kampioen, jarenlang. Maar gastvríj? Ze was zo gastvrij als de dag lang is. Verwaarloosde honden en buitenbeentjes, ze wilde iedereen wel in huis nemen: de meest haveloze individuen, door de wol geverfde bietsers, daklozen, het maakte niet uit. Ze nam ze in huis en noemde ze 'mijn lieve kind', bakte maïsbrood voor ze en zette zoete thee voor ze, totdat ze van haar stalen of in haar zitkamer begonnen te vechten.'

'Zo te horen was ze een heilige, Josh.'

Hij haalt opnieuw zijn schouders op. 'Het waren niet de beste leefomstandigheden voor mij en mijn zussen, dat zeg ik je eerlijk. We verhuisden veel, bezochten meerdere scholen, en elke dag als we thuiskwamen, troffen we een huis vol vreemden aan, maar ik hield van het ouwetje.'

'Ik begrijp wel waarom.'

Josh moet iets wegslikken. Hier komt het. Het akelige deel, het gedeelte dat hem tot de dag van vandaag in zijn dromen achtervolgt. Hij staart naar de sneeuw op de bladeren. 'Het gebeurde op een zon-dag. Ik wist dat mijn mama achteruitging, dat ze niet meer helder kon denken. Een arts zei dat het het begin van alzheimer was. De doden begonnen de sociale woningbouwprojecten al te bereiken, maar men zette nog wel de alarmsirenes aan en er waren nog aankondigingen en zo. Onze straat was die dag afgezet. Toen ik naar mijn werk vertrok, zat mama gewoon bij het raam naar buiten te staren naar hoe die dingen door de afzettingen glipten en dan door die SWAT-gasten werden neergeknald. Ik dacht er verder niet echt over na. Ik dacht dat ze wel goed zat.'

Hij zwijgt even, en Lilly zegt niets. Het is hun allebei duidelijk dat hij dit met iemand moet delen, anders zou het altijd aan hem blijven knagen. 'Ik probeerde haar later die dag nog te bellen. Maar ik kreeg geen verbinding en dacht dat geen nieuws goed nieuws was. Volgens mij was het tegen halfzes toen ik er die dag mee ophield.'

Hij slikt de brok in zijn keel door. Hij voelt dat Lilly's blik op hem gericht is.

'Ik sla de hoek om aan het begin van mijn straat. Ik laat mijn identiteitskaart zien aan de gasten bij de wegafzetting en zie een heleboel activiteit verderop in de straat. SWAT-gasten lopen af en aan. Vlak voor mijn appartementenblok. Ik kom aanrijden. Ze brullen naar me dat ik als de donder moet maken dat ik wegkom, en ik zeg tegen ze dat ze even moeten dimmen, omdat ik er woon. Ze laten me erdoor. Ik zie dat de voordeur van ons appartementenblok wagenwijd openstaat. Er lopen agenten af en aan. Sommige agenten hebben...'

De woorden blijven Josh in de keel steken. Hij haalt diep adem. Hij vermant zich. Hij veegt vocht uit zijn ogen. 'Sommige mannen hadden van die dingen bij zich, hoe noem je dat, monsterpotjes? Voor menselijke organen en zo? Ik storm de trap met twee treden tegelijk op. Ik geloof dat ik een van die agenten omver heb gelopen. Ik kom bij onze voordeur op de eerste verdieping, en er staan van die gasten in gaspakken de ingang te blokkeren, en ik duw ze opzij, en ga naar binnen en ik zie...'

Josh voelt het verdriet via zijn strot omhoogkomen en hem in een wurggreep nemen. Hij zwijgt even om op adem te komen. Zijn tranen branden en lopen langs zijn kin omlaag.

'Josh, je hoeft niet...'

'Nee, het gaat wel, ik moet... wat ik daarbinnen zag... Ik wist meteen wat er gebeurd was. Dat wist ik op het moment dat ik dat open raam en die gedekte tafel zag. Mama had het trouwservies uit de kast gehaald. Je wil niet geloven hoeveel bloed er was! Ik bedoel, het leek er wel mee geverfd.' Hij hoort zijn stem stokken en zwemt tegen een tranenvloed in. 'Er lagen zeker zes van die dingen op de vloer. Die gasten van de SWAT moeten met ze afgerekend hebben. Er was... niet veel van mama over.' Hij krijgt een brok in zijn keel, slikt, krimpt ineen van de brandende pijn in zijn borst. 'Er lagen... stukken van haar op tafel. Naast het mooie, porseleinen serviesgoed. Ik zag... Ik zag... haar vingers... helemaal afgekloven naast de juskom... wat er van haar lichaam over was... zat onderuitgezakt in een stoel... haar hoofd hing slap opzij... haar hals lag open...'

'Oké... Josh, je hoeft niet... het spijt me... Het spijt me zo erg.'

Josh kijkt haar aan alsof hij haar gezicht in een nieuw licht ziet, zoals het daar in de diffuse schittering van de sneeuw hangt, haar ogen ver weg als in een droom.

Door haar tranen heen kijkt Lilly Caul de grote man in de ogen, en haar hart wordt samengeknepen. Ze wil hem vasthouden, ze wil deze tedere reus troosten, zijn enorme schouders strelen en hem vertellen dat het allemaal goed gaat komen. Ze heeft zich nog nooit zo verbonden met iemand gevoeld, en ze gaat er kapot aan. Ze verdient zijn vriendschap niet, zijn trouw, zijn bescherming en zijn liefde. Wat moet ze zeggen? Je moeder is nu in een beter oord? Ze weigert dit uiterst gewichtige moment te verlagen door met wat domme clichés te komen.

Ze begint iets te zeggen, maar Josh gaat weer verder met zijn verhaal. Zijn stem is zacht, uitgeput en verslagen, en hij blijft haar aankijken. 'Ze heeft die dingen uitgenodigd om maïsbrood met bonen te komen eten... ze heeft ze binnengelaten... zoals verwaarloosde honden... want dat is wat ze doet. Houdt van alle schepselen Gods.' De grote man zakt in elkaar en zijn schouders beginnen te schokken, terwijl er tranen via de grijze baardstoppels op zijn kaak op de voorkant van zijn houthakkersjack van het Leger des Heils druppelen. 'Ze bleef ze waarschijnlijk "mijn lieve kind" noemen... tot ze haar uiteindelijk opaten.'

Dan laat de grote man zijn hoofd hangen en brengt hij een onrustbarend geluid voort: half snik, half waanzinnig gelach. Er beginnen weer tranen over zijn reusachtige, scherpe, bruine gezicht te lopen.

Lilly komt dichter bij hem zitten. Ze legt haar hand op zijn schouder. Ze zegt nog niets. Ze raakt zijn enorme handen aan, die het hagelgeweer op zijn schoot omklemmen. Hij kijkt haar aan met een gezichtsuitdrukking waaruit spreekt dat hij er emotioneel doorheen zit. 'Het spijt me dat ik zo...' zegt hij amper hoorbaar.

'Het geeft niet Josh. Het geeft niet. Ik zal er altijd voor je zijn. Ik ben nu bij je.'

Hij richt zijn hoofd op, veegt zijn gezicht af en slaagt erin zwak te glimlachen. 'Daar lijkt het wel op, ja.'

Ze kust hem, kort, maar wel op zijn lippen, net iets meer dan een vriendschappelijke smakkerd. De kus duurt misschien maar enkele seconden.

Josh laat het geweer vallen, slaat zijn armen om haar heen en beantwoordt haar kus. Terwijl de grote man zijn lippen op de hare drukt, wordt Lilly overvallen door tegenstrijdige emoties. Ze voelt zich wegdrijven op de door de wind voortgejaagde sneeuw. Ze kan de verborgen gevoelens die haar doen duizelen niet benoemen. Heeft ze medelijden met deze man? Manipuleert ze hem weer? Hij smaakt naar koffie en Juicy Fruit-kauwgom. De koude sneeuw raakt Lilly's wimpers, en de warmte van Josh' lippen doet de kou smelten. Hij heeft zoveel voor haar gedaan. Ze heeft haar leven wel tien keer aan hem te danken. Ze opent haar mond, drukt haar borstkas tegen de zijne, en dan rukt hij zich los.

'Is er iets?' Ze kijkt hem aan en bestudeert zijn grote, trieste, bruine ogen. Heeft ze iets verkeerds gedaan? Heeft ze een grens overschreden?

'Helemaal niets, meisje.' Hij glimlacht, bukt zich en kust haar op haar wang. Het is een warme kus, zacht en teder, een belofte dat er meer zullen volgen. 'Timing, weet je,' zegt hij dan. Hij pakt het hagelgeweer op. 'Niet veilig hier... het voelt niet goed.'

Even is het Lilly niet duidelijk of hij het over het bos of over hun tweeën heeft. 'Het spijt me als ik...'

Hij raakt teder haar lippen aan. 'Ik wil dat het echt precies goed is... wanneer de tijd komt.'

Zijn glimlach is de onschuldigste, puurste en liefste glimlach die Lilly ooit heeft gezien. Ze beantwoordt zijn glimlach en haar ogen worden wazig. Wie had kunnen denken dat ze te midden van alle verschrikkingen een perfecte heer zou tegenkomen?

Lilly wil net nog iets zeggen, maar dan trekt een doordringend geluid hun aandacht.

Josh hoort het zwakke geroffel van hoeven als eerste en duwt Lilly met zachte hand naar achteren. Hij heft de enkele, roestige loop van het hagelgeweer op. Het geroffel wordt luider. Josh duwt met zijn duim de haan naar achteren.

Eerst denkt hij dat hij het zich verbeeldt. Boven over de oeverwal komt een troep dieren uit het gebladerte direct boven hen stormen. Door alle bladeren en steenslag die ze in hun kielzog opwerpen, is het aanvankelijk onmogelijk vast te stellen uit wat voor dieren de waas van vacht bestaat. 'Bukken!' Josh trekt Lilly achter een dode boomstam aan de rand van de beekbedding.

'Wat ís dat?' Lilly gaat gehurkt achter de door houtworm aangevreten boomstam zitten.

'Avondeten!' Josh houdt het achtervizier van het geweer voor zijn ogen en richt op de aanstormende herten, een kleine groep damherten met hun borstelige oren plat naar achteren en ogen zo groot als biljartballen. Maar iets weerhoudt Josh ervan te schieten. Zijn hart gaat tekeer in zijn borst en hij krijgt overal kippenvel. Het besef slaat bij hem in als een bom.

'Josh, wat is er?'

Josh stapt uit de baan van de op hol geslagen kudde, die gebroken takjes en stenen opwerpt, en de herten razen vlak langs hem voorbij.

Josh richt het geweer op de donkere schaduwen die achter de dieren opdoemen. 'Rennen, Lilly.'

'Wat? Nee!' Ze staat op achter de dode boomstam en ziet de herten over de beekbedding springen. 'Ik laat je niet achter!'

'Steek de beek over, ik blijf vlak achter je!' Josh richt het hagelgeweer op de gedaanten die de heuvel afdalen en zigzaggend door het kreupelhout naderen.

Lilly ziet de horde van minstens twintig zombies naar hen toe komen sjokken, langs bomen schampen en tegen elkaar aan botsen. 'O, shit!'

'Rennen!'

Lilly klautert de met grind bedekte goot over en duikt de schaduw van het aangrenzende bos in.

Josh loopt achteruit en richt met het voorvizier op de voorste rij van de naderende zwerm.

In de fractie van een seconde voordat hij schiet, ziet hij vreemd gebouwde lichamen en excentrieke kledij. Hun rare, verbrande gezichten en kostuums zijn onherkenbaar verwoest. En ineens beseft

Josh wat er is geworden van de vroegere eigenaren van de verloren circustent met drie ringen stoelen, de ongelukkige leden van het Cole Brothers' Family Circus.

6

Josh lost een schot.

De knal scheurt de lucht open, en de hagel slaat een deuk in het voorhoofd van de dichtstbijzijnde dwerg. Een meter of vijf verderop deinst het kleine, rottende lijk stuiptrekkend naar achteren en knalt tegen drie andere dwergen met bebloede clownsgezichten en grauwende, zwarte tanden op. De kleine zombies, onvolgroeid en misvormd als ziekelijke gnomen, dwalen in verschillende richtingen af.

Josh werpt nog een laatste blik op de onwerkelijke indringers, die hem steeds dichter naderen.

Achter de dwergen komt een bonte verzameling dode circusartiesten de oeverwal af wankelen. Een reusachtige sterke man met een krulsnor, wiens spierstelsel in bloederige groeven is opengescheurd, schuifelt voort naast een vrouwelijk kadaver met morbide obesitas. Ze is halfnaakt, en haar vetrollen bungelen voor haar genitaliën. Haar troebele ogen liggen begraven in een gezicht dat net zo vol gezwellen zit als er klontjes in bedorven deeg zitten.

De achterhoede wordt gevormd door een bij elkaar geraapt zooitje dode circusartiesten, freaks en slangenmensen, dat de anderen domweg volgt. Malloten met hersenontsteking en piepkleine, happende monden strompelen voort naast haveloze trapeze-artiesten met door koudvuur aangetaste gezichten in rijkversierde lovertjespakken. Ze worden gevolgd door verschillende doden met geamputeerde ledematen, die zich spastisch voortbewegen. De groep komt met horten en stoten in beweging, maar is woest en hongerig als een school piranha's.

Josh draait zich om en springt in één keer over de drooggevallen beekbedding.

Hij klautert de tegenoverliggende oeverwal op en duikt het aangrenzende bos in, met het hagelgeweer over zijn schouder. Er is geen tijd om het te herladen. Hij ziet Lilly in de verte naar de dichter opeengepakte bomen rennen. Hij haalt haar binnen enkele seconden in en leidt haar naar het oosten.

Het tweetal verdwijnt in de schemering voordat wat er nog rest van het Cole Brothers' Family Circus zelfs maar de kans krijgt om de beek wankelend over te steken.

Op hun weg terug naar het benzinestation stuiten Josh en Lilly op een kleinere kudde herten. Josh heeft geluk en weet een van de jongere dieren met een enkel schot om te leggen. De harde knal weerklinkt in de lucht. Ze zijn ver genoeg van Fortnoy's verwijderd om er niemand naartoe te lokken, maar dichtbij genoeg om hun trofee naar huis te kunnen slepen. Het witstaarthert gaat hijgend en stuiptrekkend neer.

Lilly kan haar ogen maar moeilijk van het karkas afhouden, terwijl Josh zijn riem om de achterpoten van het dier slaat en het dampende stoffelijk overschot bijna een kilometer terug naar Fortnoy's sleept. In deze Plaagwereld heeft de dood van mens of dier in welke context dan ook nieuwe implicaties gekregen.

Die avond heerst er een wat opgewektere stemming onder de bewoners van het tankstation.

Josh maakt het hert schoon achter in het garagegedeelte, in dezelfde verzinkte spoelbakken waarin ze zich wassen, en hij slacht voldoende van het dier om nog weken van te kunnen eten. Het vlees dat hij overhoudt, bewaart hij buiten, in de strenger wordende kou op de achterplaats. En hij maakt een feestmaal van orgaanvlees, ribben en buikvlees klaar, dat hij langzaam laat koken in de bouillon van een pakje oploskippensoep, dat ze in de onderste la van het bureau in het kantoortje van Fortnoy's hadden gevonden, samen met schijfjes kraailook en brandnetelstengels. Ze hebben wat perziken in blik als bijgerecht bij het gaargesmoorde hert en zitten allemaal te schransen.

De lopers laten hen het grootste gedeelte van de avond met rust, en er is geen spoor te bekennen van de circusdoden of doden uit een andere enclave. Het valt Josh op dat Bob tijdens het eten zijn ogen niet van Megan kan afhouden. De oudere man lijkt op de jonge vrouw te vallen, en om de een of andere reden baart dat Josh zorgen. Bob doet nu al dagen zeer koel en bot tegen Scott. En ondanks het feit dat de jongen daar in zijn ononderbroken labiele toestand helemaal niets van heeft gemerkt, heeft Josh toch het gevoel dat de instabiele chemische verbanden die hun kleine stam bijeenhouden op de proef worden gesteld, onder druk worden gezet en aan het veranderen zijn.

Later die avond zitten ze rond de houtkachel Josh' zelfgemaakte sigaren te roken en wat van Bobs whiskyvoorraad op te drinken. Voor het eerst sinds ze uit het tentenstadje vertrokken zijn, misschien wel sinds de komst van de plaag, voelen ze zich bijna normaal. Ze hebben het over ontsnappen. Ze praten over onbewoonde eilanden, tegengif en vaccins, en over het hervinden van geluk en stabiliteit. Ze halen herinneringen op aan de dingen die ze als vanzelfsprekend beschouwden voordat de plaag uitbrak: boodschappen doen bij de kruidenier, in het park spelen en uit eten gaan, naar tv-programma's kijken en de krant lezen op zondagmorgen, naar clubs gaan om livemuziek te horen en in de Starbucks zitten, in Apple Stores winkelen, wifi gebruiken en post ontvangen via die anachronistische figuur die als 'de postbode' bekendstond.

Ze hebben allemaal zo hun eigen favoriete pleziertjes. Scott treurt over het uitsterven van goede wiet en Megan verlangt naar de dagen dat ze in haar favoriete bar kon rondhangen, Nightlies in Union City, en er lekker van de gratis komkommerhapjes en garnalenspiesjes kon snoepen. Bob mist zijn tien jaar oude bourbon net zo erg als een moeder naar een verloren kind zou smachten. Lilly herinnert zich hoe ze zich bezondigde aan het afstruinen van winkels met tweedehands kleding en uitdragerijen om de perfecte sjaal, trui of blouse te vinden, toen het vinden van afgedankte kleding nog geen zaak van overleven was. En Josh herinnert zich hoeveel gourmetwinkels er in de wijk Little Five Points in Atlanta te vinden waren, waar je alles van goede kimchi tot zeldzame roze truffelolie kon krijgen.

Door de grillen van de wind, of misschien door het lawaai van hun gelach in combinatie met het tikken en ratelen van de houtkachel, worden de verontrustende geluiden die die avond vanuit het tentenstadje over de bomen komen aanwaaien urenlang niet opgemerkt.

Wanneer er een einde komt aan hun kleine feestmaal en iedereen zich naar zijn eigen slaapmatje op de vloer van het garagegedeelte heeft teruggetrokken, denkt Josh op een gegeven moment onder het getik van de wind tegen de glazen deuren iets vreemds te horen doorklinken. Maar hij gaat er simpelweg van uit dat het de wind en zijn fantasie zijn.

Josh biedt aan de eerste wacht op zich te nemen en gaat in het kantoortje aan de voorkant zitten, zodat hij zich ervan kan verzekeren dat de geluiden inderdaad niets te betekenen hebben. Maar er gaan uren voorbij voordat hij iets ongewoons hoort of ziet.

Bijna de hele voorgevel van het kantoortje bestaat uit een groot, smerig vlakglazen raam. Een groot gedeelte van het glas wordt geblokkeerd door planken, rekken met kaarten, reisgidsen en kleine luchtverfrissers met dennengeur. De stoffige koopwaar maakt het onmogelijk te zien of er vanuit of vanachter de zee van dennenbomen in de verte problemen op hen afkomen.

De kleine uurtjes gaan voorbij, en uiteindelijk valt Josh op zijn stoel in slaap.

Zijn ogen blijven gesloten tot 4.43 uur, wanneer hij van de eerste zwakke motorgeluiden op de heuvel wakker schrikt.

Lilly wordt wakker van het geluid van zware laarzen, die vanuit het kantoortje de deur naar het garagegedeelte binnen komen stampen. Ze gaat met een bevroren kont rechtop tegen de garagemuur zitten en heeft niet in de gaten dat Bob al wakker is geworden in zijn nest van dekens aan de andere kant van de garage.

Bob Stookey zit rechtovereind en kijkt om zich heen. Hij heeft de motorgeluiden blijkbaar seconden nadat ze Josh in het kantoortje wakker hadden gemaakt ook gehoord. 'Wat is er verdomme aan de hand?' mompelt hij. 'Het klinkt daarbuiten als de Indy 500.'

'Allemaal opstaan,' zegt Josh, die de garage binnenstormt en verwoed de vettige vloer afspeurt. Hij is duidelijk op zoek naar iets.

'Wat is er?' Lilly veegt de slaap uit haar ogen, en haar hart begint te bonzen. 'Wat is er aan de hand?'

Josh komt naar haar toe. Hij gaat op zijn hurken naast haar zitten en spreekt haar zacht maar dringend toe. 'Er is daarbuiten iets aan de hand, voertuigen die snel en heel roekeloos rijden en dat soort dingen. En ik wil niet overrompeld worden.'

Ze hoort het gebrul van motoren en het gepingel van rondvliegend grind. De geluiden komen dichterbij. Lilly's mond wordt droog van paniek. 'Josh, waar ben je naar op zoek?'

'Kleed je aan, meisje, snel.' Josh kijkt weer om zich heen. 'Bob, heb jij die doos .38mm-patronen gezien die we hebben meegenomen?'

Bob Stookey komt moeizaam overeind en staat onhandig zijn werkbroek over zijn lange ondergoed aan te trekken. Een door het dakraam binnenvallende strook maanlicht trekt strepen over zijn diep doorgroefde gelaat. 'Die heb ik daar op de werkbank neergelegd,' zegt hij. 'Wat gaan we doen, schipper?'

Josh holt ernaartoe en pakt de doos munitie. Hij steekt zijn hand onder zijn houthakkersjack, trekt het pistool met de extra korte loop tussen zijn broekriem vandaan, klapt de cilinder open en laadt de .38, terwijl hij zegt: 'Lilly, ga jij de tortelduifjes maar halen. Bob, ik wil dat je dat eekhoorntjesgeweer van je pakt en ook naar de voorkant komt.'

'Wat als ze goede bedoelingen hebben, Josh?' Lilly trekt haar trui aan en stapt in haar modderige laarzen.

'Dan hoeven we ons nergens zorgen over te maken.' Hij draait zich weer snel om naar de deuropening. 'Opschieten, allebei.' Hij wankelt de garage uit.

Lilly holt met bonzend hart en een huid die prikkelt van angst door de garage en stormt door de doorgang over het smalle gangpad van de winkel. Een eenzame, hangende lantaarn verlicht haar pad.

'Hé, jongens! Wakker worden!' zegt ze, en ze bonkt hard op de deur van de opslagruimte.

Schuifelgeluiden, blote voeten op koude vloerplanken, en dan gaat de deur op een kier open. Megans slaperige, verwarde hoofd tuurt naar buiten in een wolk skunkwiet. '¿Qué pasa? Gast... wat ís er verdomme?'

'Opstaan, Megan, we hebben een probleem.'

Megan krijgt onmiddellijk een gespannen en ongeruste uitdrukking op haar gezicht. 'Lopers?'

Lilly schudt krachtig haar hoofd. 'Volgens mij niet, of ze moeten geleerd hebben om auto te rijden.'

Enkele minuten later voegt Lilly zich ook bij Bob en Josh buiten voor Fortnoy's onder de ijzige, kristalheldere lucht van net voor zonsopgang. Scott en Megan staan dicht op elkaar in de deuropening van het kantoortje achter hen en hebben dekens om zich heen geslagen. 'O, mijn god,' zegt Lilly bijna in zichzelf.

Iets meer dan een kilometer verderop rijst een enorme rookmassa op over de toppen van de naburige bomen en ontneemt het zicht op de sterren. De horizon erachter gloeit ziekelijk roze op, en het lijkt alsof de zwarte zee van dennenbomen in brand staat. Maar Lilly weet dat het niet het bos is dat in brand staat.

'Wat hebben ze gedaan?'

'Dit is foute boel,' mompelt Bob, met het hagelgeweer in zijn koude handen.

'Achteruit,' zegt Josh, terwijl hij de haan van de .38-revolver met zijn duim naar achteren trekt.

De motorgeluiden komen nu echt dichtbij, misschien een paar honderd meter van hen verwijderd, en ze komen de slingerende landweg op. De bron van het lawaai wordt nog aan het oog onttrokken door het voorhangsel van de nacht en door de bomen langs het terrein. Hun koplampen veroorzaken wild rondschietende lichtbundels en hun banden slippen en razen over het grind. Lichtbundels schieten door de lucht, verlichten daarna de boomtoppen en vallen vervolgens weer terug op de weg.

Een van de koplampen verlicht kort het uithangbord van Fortnoy's, en Josh mompelt: 'Wat is verdomme hun probléém?'

Lilly staart naar het eerste voertuig dat in zicht komt, een recent model sedan, dat de slingerende grindweg op komt zwaaien en dan in een slip raakt. 'Wat dóén ze?'

'Ze stoppen niet! Ze stóppen niet!' Bob begint achteruit weg te lopen van de twee bundels dodelijk halogeenlicht.

De auto komt slippend de parkeerplaats op en raast stuurloos over de vijftig meter ronde grindsteentjes langs het terrein van Fortnoy's, waarbij de achterkant een donderkop van stof opwerpt in de indigoblauwe kilte van voor zonsopgang.

'Kijk uit!'

Josh komt in actie en grijpt Lilly bij haar mouw om haar in veiligheid te brengen, terwijl Bob zich omdraait naar het kantoortje en uit alle macht tegen de twee geliefden begint te schreeuwen, die zich met opengesperde ogen in de deuropening aan elkaar vastklampen.

'Kom naar buiten!'

Megan rukt haar stonede vriendje weg uit de deuropening en sleurt hem mee over het gebarsten cementen platform naast de tankeilanden. De sedan, die naarmate hij steeds dichterbij komt een gedeukte Cadillac DeVille blijkt te zijn, giert en komt met slingerende kont op het gebouw af. Bob haast zich naar Megan. Scott slaakt een vervormde schreeuw.

Dan komt er ook nog een beschadigde suv met een kapotte bagagebox gierend de parkeerplaats op razen. Bob pakt Megan vast en duwt haar zachtjes naar het doornloze struikgewas voorbij de garagedeuren. Scott zoekt dekking achter een vuilcontainer. Josh en Lilly duiken achter een autowrak in de buurt van het uithangbord.

De sedan maait de dichtstbijzijnde benzinepomp omver en rijdt met furieus jankende motor verder. Het andere voertuig draait slippend rond. Lilly zit achter het wrak en kijkt van zo'n vijftien meter afstand geschokt toe hoe de sedan het raam aan de voorkant binnenrijdt.

Het misselijkmakende gekraak van glas en metaal doet Lilly met een ruk opschrikken. Puin en vonken schieten in het rond, terwijl de sedan het gebouw binnendringt.

De auto blijft doorrijden, waarbij de achterwielen jankend rondtollen op de vloer, en verwoest het halve gebouw met de kracht van een gigantische sloopkogel. Lilly slaat haar hand voor haar mond. De voorste helft van het dak van Fortnoy's stort in boven op de auto, die tot stilstand komt in het winkelgedeelte.

De suv ramt met zijn zijkant tegen de dieselpomp, waardoor de dampen in brand vliegen. Er schiet een trechter van vuur omhoog, die aan de opstijgende dampen likt. De ramen van de suv lichten op met een zwak geel licht van iets wat daarbínnen brandt. Lilly dankt God in stilte dat de brandstofreservoirs leeg zijn, anders zouden zij en haar vrienden inmiddels zijn opgeblazen.

De suv komt schuin tot stilstand onder de overkapping, en zijn groot licht brandt nog altijd fel, zodat het gebouw als door toneel-spots bij een hallucinatoir toneelstuk wordt verlicht.

Even valt er een stilte op het terrein en zijn het geknetter van vlammen en het gesis van vloeistoffen de enige geluiden.

Josh komt voorzichtig achter het autowrak vandaan en heeft nog altijd zijn .38-revolver in zijn hand. Lilly komt bij hem staan en wil iets zeggen in de trant van 'Wat wás dat net verdomme allemaal?' maar dan ziet ze dat de koplampen van de suv recht bij het gebouw naar binnen schijnen, zodat er een brede lichtpoel op de achterkant van de sedan valt.

Er beweegt iets achter het door enorme sterren van gebroken glas gebarsten achterraam van de auto. Lilly ziet de achterkant van de schouders van iemand die zich langzaam omdraait en onhandig om zijn as draait, zodat een bleek, verkleurd gezicht zichtbaar wordt.

En ineens begrijpt Lilly precies wat er is gebeurd.

Al snel begint de situatie in Fortnoy's in rap tempo uit de hand te lopen. Josh roept op paniekerige fluistertoon naar de anderen: 'Ga bij het gebouw vandaan!'

Aan de andere kant van het terrein zitten Bob, Megan en Scott nog altijd op hun hurken tussen de struiken achter de vuilcontainer. Ze staan langzaam op en willen terugroepen.

'Ssshhhh!' Josh wijst naar het gebouw, doelend op de gevaren daarbinnen, en fluistert luid genoeg om hen in beweging te krijgen: 'Schiet op! Kom hiernaartoe!'

Bob begrijpt hem onmiddellijk en pakt Megans hand vast, waarna hij om de flakkerende vlammen van de dieselpomp heen loopt. Scott volgt hen.

Lilly komt naast Josh staan. 'Wat gaan we doen? Al onze spullen liggen daarbinnen.'

De voorkant van het pompstation en de helft van het interieur zijn compleet verwoest, de vonken knetteren nog na en de hoofdleiding zet de koude vloeren nog steeds onder water.

In de gloed van de koplampen van de suv gaat een van de klapperende achterdeuren opeens iets verder open en stapt er met grillige, spastische bewegingen een in lompen gehuld, ontbindend been uit.

'Het is gedaan, meisje,' fluistert Josh. 'Een verloren wedstrijd... vergeet het.'

Bob en de anderen voegen zich bij Josh en Lilly, en even staan ze daar nog altijd in geschokte toestand allemaal wat op adem te komen. Bob heeft nog steeds het hagelgeweer in zijn zwetende handen. Megan ziet bleek. 'Wat is er verdomme gebeurd?' mompelt ze bijna retorisch.

'Ze zullen wel geprobeerd hebben om weg te komen,' oppert Josh. 'Moeten een passagier bij zich hebben gehad die gebeten was, en toen zijn ze in de auto overgegaan.'

In het vernielde gebouw komt een zombie uit de sedan, net alsof er een soort misvormde foetus wordt geboren.

'Bob, heb je je sleutels bij je?'

Bob kijkt Josh aan. 'Die zitten in de pick-up.'

'In het contact?'

'Handschoenenvak.'

Josh richt zich tot de anderen. 'Ik wil dat jullie hier allemaal blijven wachten en die loper goed in de gaten houden. En er kunnen er daarbinnen nog meer zijn. Ik ga de pick-up halen.'

Josh draait zich om, maar Lilly grijpt hem vast. 'Wacht! Wacht!

Wil je me vertellen dat we al onze spullen gewoon daar gaan achter-laten, al onze proviand?'

'Geen andere keuze.'

Hij loopt om de linkerkant van de rokende pompen heen, terwijl de anderen er verdoofd en sprakeloos bij staan. Een meter of acht verderop laat de SUV een dreun horen. Een half openstaande deur gaat krakend verder open en het licht van het vuur laait op. Lilly deinst achteruit.

Megans adem stokt, omdat ze ziet hoe er zich nog een dood ding uit het voertuig wurmt.

Bob propt met trillende handen onhandig een hagelpatroon in het staartstuk.

De anderen lopen terug naar de weg, terwijl Scott hysterisch mompelt: 'Shit, man, shit... shit... shit... shit... shit... shit... shit...'

Het ding dat uit de SUV stapt is onherkenbaar verbrand en wankelt met een geopende mond vol zwart slijm op hen af. Op de achter-kant van zijn kraag en een deel van zijn linkerschouder knetteren nog piepkleine vlammen, en de rook hangt als een stralenkrans om zijn hoofd. Het is blijkbaar een volwassen man, wiens huid voor de helft van zijn gezicht is weggebrand. Hij is amper in staat rechtop te blijven staan en schuifelt langzaam op de geur van mensen af.

Het lukt Bob niet om het patroon er goed in te krijgen, zó erg trilt hij nu.

Niemand ziet het oplichten van achterlichten aan de overkant van het terrein achter de rij autowrakken, en niemand hoort de mo-tor van de grote pick-up ratelend aanslaan of het hardere ronken van de motor daarna en het gepiep van zich ingravende achterbanden.

De brandende zombie loopt op Megan af, die zich omdraait om weg te rennen en over een stuk los grind struikelt. Ze gaat languit op de stoep en Scott slaakt een gil. Lilly probeert haar te helpen en Bob worstelt met het hagelgeweer.

De loper is nog maar enkele tientallen centimeters van hen verwijderd, wanneer er een waas van metaal verschijnt.

Josh rijdt met de Ram recht achteruit tegen de zombie aan, en de klap van de uitstekende trekhaak doorboort het ding, zodat het verkoolde lichaam in een wolk van vonken wegvliegt. Het ding breekt doormidden, zodat het bovenlichaam de ene kant op wordt geslingerd en de benen de andere kant.

Een van de zwart geworden, sissende organen raakt Megan tegen haar rug, zodat ze met hete, olieachtige gal en lichaamsvloeistoffen bespat wordt. Ze schreeuwt het uit.

De pick-up komt slippend naast hen tot stilstand. Ze stappen allemaal snel in en trekken de hysterische Megan via de achterklep naar binnen. Josh trapt hem op zijn staart.

De pick-up scheurt van het parkeerterrein de slingerende toegangsweg op.

Er is alles bij elkaar maar drieënhalve minuut verstreken sinds de aanval... maar in die tijd is het lot van alle vijf overlevenden onherroepelijk veranderd.

Ze besluiten de heuvel af te rijden en naar het noorden te gaan, en rijden vervolgens over de slingerweg door het bos naar het tentenstadje. Ze doen voorzichtig aan, rijden zonder licht en houden hun ogen wijd open. Achter in de camper turen Scott en Megan door het raam in het brandschot, terwijl Bob en Lilly zij aan zij in de cabine naast Josh koortsachtig geconcentreerd het landschap afspeuren. Niemand zegt een woord. Ze koesteren allemaal een onuitgesproken angst om de omvang van de schade in het tentenstadje te gaan onderzoeken, ook omdat de voorraden van het uitgestrekte kamp nu van levensbelang voor hen zijn geworden.

Inmiddels is de ochtend aangebroken en beginnen de randen van de lichtblauwe horizon achter de bomen de schaduwen al uit de ravijnen en greppels te jagen. De lucht is bitterkoud en ruikt naar de roet van recente branden. Josh houdt beide handen aan het stuur, terwijl de pick-up door de koele schemering boven het tentenstadje slingert.

'Stop! Josh! Stop!'

Josh trapt op de rem op de top van een heuvel die uitkijkt over de zuidelijke rand van het kamp. De pick-up komt schuivend tot stilstand.

'O, mijn god.'

'Godallemachtig!'

'Laten we omkeren.' Lilly kauwt op haar vingernagel en staart door een opening in het gebladerte. Ze kan zien wat er van het tentenstadje in de verte is overgebleven. De lucht ruikt naar verbrand vlees en iets ergers, iets dodelijks en smerigs, zoals een massa-infectie. 'We hebben hier niets te zoeken.'

'Wacht even.'

'Josh...'

'Wat is er daarbeneden in hemelsnaam gebeurd?' mompelt Josh tegen niemand in het bijzonder, terwijl hij door de opening in de bomen staart, die zich als een voortoneel boven het grasland vijftig meter lager heeft geopend. Vroege bundels zonnestralen schieten door de rookslierten omlaag en laten de verwoesting er haast onwerkelijk uitzien, als beelden uit een stomme film. 'Het lijkt wel of Godzilla het kamp heeft aangevallen.'

'Denk je dat er iemand is doorgedraaid?' Lilly blijft naar de rokende ruïnes staren.

'Ik denk het niet,' zegt Josh.

'Denk je dan dat lopers dit gedaan hebben?'

'Ik weet het niet, misschien kwam er een fijne grote zwerm langs en is er brand uitgebroken.'

Op het grasveld beneden staan langs de randen van het kamp brandende, wanordelijk opgestelde auto's. Tientallen kleinere tenten staan ook nog in brand en werpen zwarte rookpluimen op in de bijtende lucht. Van de circustent midden op het grasveld is niet veel meer over dan een smeulend endoskelet van metalen palen en richtlijnen. Zelfs de dicht samengeperste grond brandt her en der, alsof iemand er klodders vloeibare vlammen op heeft gelepeld.

Het ligt er bezaaid met narokende lichamen. Een onwerkelijke fractie van een seconde lang moet Josh denken aan de ramp met de *Hindenburg*, aan de brandende brokstukken van het luchtschip in zijn rampzalige doodsstrijd.

'Josh...'

De grote man draait zich om en kijkt naar Lilly, die haar hoofd heeft omgedraaid en de bosrand aan weerszijden van de grote pick-up afspeurt. Haar stem zakt een paar registers en klinkt nu bijna verdwaasd van angst. 'Josh... eh... we moeten hier weg.'

'Wat is er?'

'Allejezus!' Bob ziet wat Lilly ziet, en de spanning in de cabine wordt om te snijden. 'Zorg dat we hier wegkomen, schipper!'

'Waar hebben jullie het...'

Dan ziet Josh het probleem: talloze schimmige gedaanten komen uit de bomen tevoorschijn, bijna in een soort synchrone marsorde, als een reusachtige school uit de diepten gelokte vissen. Sommige smeulen nog na, en er stijgen dunne rooksliertjes op uit hun gescheurde kleren. Andere hobbelen met robotachtige honger en voor zich uitgestrekte, gekromde klauwen voort. Vele honderden door staar wit geworden ogen weerspiegelen het vale licht van de dageraad, terwijl ze zich automatisch op het eenzame voertuig in hun midden richten. De haren op Josh' dikke nek gaan overeind staan.

'Rijden, Josh!'

Hij rukt aan het stuur en trapt de gaspedaal helemaal in, zodat de 5,7-litermotor brult. De pick-up schiet in een halve draai, waarbij het voertuig door een tiental zombies ploegt en een kleine dennenboom neermaait. Het lawaai is ongelooflijk; het vochtige gekraak van verdraaide, dode ledematen en het breken van hout, samen met steenslag en bloed dat tegen het voorpaneel van de auto opspat. De achterkant van de auto slingert hevig en knalt tegen een groepje lopers, zodat Megan en Scott door de camper vliegen. Josh rijdt de weg weer op en geeft vol gas, waarna ze met veel lawaai de heuvel af scheuren in de richting waar ze vandaan kwamen.

Ze hebben amper de verbindingsweg aan de voet van de heuvel bereikt als ze doorkrijgen dat er zich minstens drie zombies als eenden-mossels aan de pick-up hebben vastgeklampt.

'Shit!' Josh ziet in zijn zijspiegel dat eentje zich aan de bestuur-derskant van de auto vastklampt, vlak bij het achterpaneel, met zijn voeten op de treeplank. Hij zit verstrikt in dikke touwen, en zijn ge-scheurde kleren zijn achter het ijzeren beslag van de camper blijven hangen. 'Jongens, niet in paniek raken... we hebben wat aanhangers!'

'Wát!' Lilly draait zich om naar het passagiersraam en ziet opeens een dood gezicht achter het glas verschijnen, zoals een duveltje uit een doosje. Het gezicht vertrekt en gromt naar haar, waarbij zijn inktzwarte kwijl op de wind wegvliegt. Lilly schrikt zo erg dat haar adem hoorbaar stokt.

Josh concentreert zich op de weg, slaat wild af en rijdt dan met een constante snelheid van zo'n zeventig kilometer per uur naar het noorden, op weg naar de tweebaanshoofdweg, waarbij hij met opzet slingert in een poging de zombies kwijt te raken.

Er hebben zich twee lopers vastgeklampt aan de bestuurderskant en eentje aan de passagierskant, en ze houden zich stevig vast. Of-wel ze zitten vast aan het voertuig, ofwel ze zijn door hun spastische honger zo sterk dat ze zich vast kunnen blijven houden. 'Bob! Heb je nog van die patronen in de cabine liggen?'

'Die liggen achterin!'

'Shit!'

Bob kijkt Lilly kort aan. 'Volgens mij ligt er een koevoet op de vloer achter de passagiersstoel, lieverd...'

De truck zwenkt opzij. Een van de lopers wordt losgerukt en tuimelt op de weg, waarna hij van een wal naar beneden tolt. Achterin klinkt gedempt geschreeuw. Ze horen glas breken aan de andere kant van de wand. Lilly vindt het vettige, bijna een meter lange stuk ijzer met het gebogen uiteinde op de achtervloer. 'Gevonden!'

'Geef maar aan mij, liefje!'

Josh kijkt in de zijspiegel en ziet een tweede zombie zijn houvast verliezen en op de voorbijrazende bestrating onder de wielen vallen. De pick-up rijdt over de hobbel van het lijk en scheurt verder.

'Aan de kant, Lilly, en bedek je gezicht!' brult Bob met zijn knarsende, hijgende stem, terwijl hij zich omdraait naar het raam van de couchette.

Lilly duikt in elkaar en bedekt haar hoofd en gezicht, waarna Bob naar de zombie achter het raam slaat.

Het gebogen uiteinde van de koevoet knalt tegen het raam, maar gutst alleen maar een kuiltje in het gewapende veiligheidsglas. De in bungeetouwen verstrikte zombie gromt, en zijn levenloze gegrom weerklinkt in dopplereffect op de wind.

Bob schreeuwt en slaat dan zo hard hij kan achter elkaar met de koevoet tegen het raam, totdat de gebogen punt door het veiligheidsglas breekt en zich in het dode gezicht begraaft. Lilly wendt haar gezicht af.

De koevoet doorboort de bovenkant van de mond van het kadaver en blijft steken. Bob staart er vol afgrijzen naar. Achter het mozaïek van gebroken glas blijft het gespietste hoofd nog even in de wind hangen. De doffe gloed in de haaiachtige knopen van ogen is nog niet verdwenen, en de mond maalt nog rond het stuk ijzer alsof het wezen de koevoet probeert op te eten.

Lilly kan er niet naar kijken. Ze duikt dieper in de hoek en trilt onbeheersbaar.

Josh maakt weer een slinger, en eindelijk wordt de zombie losgerukt en valt hij tegen de bestrating, waarna hij onder de wielen verdwijnt. De rest van het raam wordt eruit geblazen, zodat er een gaas van gebroken glas implodeert en de cabine binnen dwarrelt. Bob deinst overspoeld door adrenaline achteruit, en Josh blijft verder scheuren, terwijl Lilly zich in foetushouding oprolt op de achterbank.

Ze bereiken eindelijk de grote toegangsweg, waar Josh naar het zuiden begint te rijden en een hogere snelheid aanhoudt. 'Hou jullie vast, jongens!' schreeuwt hij hard genoeg voor de mensen achterin.

Zonder verder nog een woord te zeggen, gaat Josh nog harder rijden, zijn handen versmolten met het stuur, en hij zigzagt en slingert nog een paar kilometer verder om de groepjes verlaten autowrakken heen. Hij houdt zijn zijspiegel in de gaten en zorgt ervoor dat ze een goed eind weg zijn en veilig buiten bereik van de zwerm.

Wanneer ze een kilometer of acht zijn weggereden van de onheilsplek, remt Josh af en parkeert hij op de grindberm langs een verlaten stuk landelijke woestenij. De stilte die hen omringt is onwerkelijk. Ze horen alleen maar hun hartslag in hun oren en het hoge, trieste gefluit van de wind.

Josh kijkt over zijn schouder naar Lilly. De uitdrukking op haar licht gekneusde gezicht, de manier waarop ze haar armen om haar opgetrokken knieën heeft geslagen en huivert alsof ze last van onderkoeling heeft – hij maakt zich er allemaal zorgen om. 'Gaat het wat, meisje van me?'

Het lukt Lilly de brok angst in haar keel door te slikken en hem aan te kijken. 'Ja, geweldig, joh.'

Josh knikt en brult dan luid genoeg om achter in de camper verstaanbaar te zijn: 'Iedereen oké daar achterin?'

Megans gezicht achter het raam spreekt boekdelen. Haar blozende gelaatstrekken staan strak van de spanning en ze steekt schoorvoetend een neutrale duim naar hen op.

Josh draait zich weer om en staart door de voorruit. Hij hijgt alsof hij van een sprintje moet bijkomen. 'Ik weet het nu zeker: er komen steeds meer van die vervloekte dingen.'

Bob wrijft hijgend over zijn gezicht en probeert de rillingen af te schudden. 'En ze worden brutaler ook, als je het mij vraagt.'

Na een korte stilte zegt Josh: 'Het moet snel voorbij zijn geweest.'

'Ja.'

'Arme drommels hadden geen idee wat hun overkwam.'

'Tja.' Bob veegt zijn mond af. 'Misschien moeten we teruggaan en proberen die dingen uit het kamp weg te lokken.'

'Waarom?'

Bob kauwt op de binnenkant van zijn wang. 'Ik weet het niet... er zouden nog overlevenden kunnen zijn.'

Er hangt nu een langere stilte in de cabine, totdat Lilly uiteindelijk zegt: 'Dat lijkt me niet waarschijnlijk, Bob.'

'Misschien zijn er nog wel wat spullen over die we zouden kunnen gebruiken.'

'Te riskant,' zegt Josh, terwijl hij het landschap blijft afspeuren. 'Waar zijn we eigenlijk in godsnaam, Bob?'

Bob diept een kaart op uit een volgepropt vak in de deur. Hij vouwt hem met trillende handen open en laat zijn nagel over de piepkleine haarvaten van ongenummerde landweggetjes gaan. Hij is nog steeds niet op adem gekomen. 'Voor zover ik kan uitmaken, zitten we ergens ten zuiden van Oakland, in tabaksland.' Hij probeert de kaart recht te houden in zijn trillende handen. 'De weg waarop we rijden staat niet op de kaart, of in ieder geval niet op déze kaart.'

Josh staart in de verte. De ochtendzon valt vol op de smalle twee-baansweg. De ongenummerde weg, die door onkruid wordt geflan-keerd en waarop ongeveer elke twintig meter een verlaten autowrak staat, slingert over een plateau tussen twee tabakslanderijen. De ak-kers aan weerszijden van de ongenummerde tweebaansweg zijn door verwaarlozing overwoekerd, en het onkruid en de kudzu slingeren door de latten van de door storm beschadigde vangrails omhoog. De overwoekerde, vervallen aard van de akkers is een afspiegeling van de maanden die zijn verstreken sinds de plaag is uitgebroken.

Bob vouwt de kaart op. 'Wat nu?'

Josh haalt zijn schouders op. 'Ik heb al in geen kilometers een boerderij gezien, dus het lijkt erop dat we diep genoeg in de rimboe zitten om een volgende zwerm van die dingen te ontlopen.'

Lilly klimt weer terug op de achterbank. 'Wat vind jij, Josh?'

Hij zet de pick-up weer in zijn versnelling. 'Wat mij betreft gaan we verder naar het zuiden.'

'Waarom het zuiden?'

'Om te beginnen rijden we dan van de bevolkingscentra van-daan.'

'En...?'

'En misschien kunnen we als we blijven doorrijden... wel het koude weer in onze achteruitkijkspiegel houden.'

Hij geeft wat gas en wil de weg weer oprijden, maar Bob pakt zijn arm vast.

'Niet zo snel, schipper.'

Josh zet de pick-up stil. 'Wat is er nu weer?'

'Ik wil niet de brenger van slecht nieuws zijn,' Bob wijst naar de benzinemeter, 'maar ik heb er gisteravond de laatste druppels van mijn voorraadje in gegooid.'

De naald staat net iets onder de E.

7

Ze zoeken in de omgeving naar benzinetanks om brandstof uit over te tappen of tankstations die ze kunnen leeghalen, maar ze vinden helemaal niets. De meeste autowrakken op het verlaten stuk landweg zijn helemaal uitgebrand of met kurkdroge benzinetanks achtergelaten. Ze zien slechts her en der wat doden lopen over de akkers in de verte, eenzame kadavers die ver genoeg doelloos ronddolen om eenvoudig te kunnen mijden.

Ze besluiten die nacht in de Ram te slapen en houden om de beurt de wacht, nadat ze hun portie ingeblikt voedsel en vers water gekregen hebben. Dat ze zo diep in de rimboe zitten, blijkt zowel een zegen als een vloek te zijn. Het zorgelijke gebrek aan brandstof en proviand wordt goedgemaakt door het gebrek aan lopers.

Josh waarschuwt iedereen dat ze zacht moeten praten en zo min mogelijk geluid moeten maken tijdens hun ballingschap in dit kale achterland.

Wanneer die eerste nacht valt en de temperatuur keldert, laat Josh de motor zo lang mogelijk draaien, en uiteindelijk gaat hij ertoe over om de verwarming op de accu te laten draaien. Hij weet dat hij dat niet lang kan volhouden. Ze bedekken het gebroken raam van de couchette met karton en breed plakband.

Ze slapen allemaal onrustig die nacht in de krappe ruimte van de pick-up. Megan, Scott en Bob liggen in de camper, Lilly ligt achter in de cabine en Josh ligt voorin, waar hij zijn enorme lichaam amper kan uitstrekken op de twee grote kuipstoelen.

De volgende dag hebben Josh en Bob geluk en vinden ze anderhalve kilometer naar het westen een omgekieperde, dichte bestelauto. Zijn achteras is gebroken, maar de rest van de auto is intact en de benzinetank zit nog bijna vol. Ze tappen een kleine zeventig liter over naar drie verschillende jerrycans en zijn weer voor het middaguur terug bij de Ram. Ze vertrekken en rijden naar het zuidoosten. Ze leggen nog een kilometer of dertig af door het braakliggende boerenland en stoppen dan om te overnachten onder een oude, verlaten spoorbrug, waar de wind onophoudelijk zijn trieste aria door de hoogspanningskabels laat klinken.

In het donker van de stinkende pick-up hebben ze hevige discussies over de vraag of ze moeten blijven rijden of dat ze een plek moeten vinden waar ze kunnen neerstrijken. Ze kibbelen over bijzaken: wie waar slaapt, de voedselverdeling, over gesnurk en stinkende voeten. En allemaal beginnen ze op elkaars zenuwen te werken. Het vloeroppervlak in de camper is minder dan tien vierkante meter, en het meeste daarvan ligt vol met afgedankte troep van Bob. Scott en Megan slapen opeengepakt als sardientjes tegen de achterklep, terwijl Bob ligt te woelen en te draaien in zijn halfnuchtere delirium.

Zo leven ze bijna een week lang en rijden ze zigzaggend in zuidwestelijke richting. Ze volgen het spoor van de West Central Georgia Railway en tappen waar mogelijk brandstof over. Hun zelfbeheersing nadert een breekpunt. De wanden van de camper beginnen op hen af te komen.

In het donker komen de verontrustende geluiden achter de bomen met de nacht dichterbij.

Op een morgen zitten Josh en Lilly op de voorbumper van de Ram samen een thermosfles oploskoffie te drinken in het vroege ochtendlicht, terwijl Scott en Megan achterin liggen te dutten. De wind voelt kouder aan en de lucht hangt lager en is doordrongen van de geur van de winter. 'Zo te voelen komt er nog meer sneeuw aan,' merkt Josh zachtjes op.

'Waar is Bob naartoe?'

'Hij zegt dat hij ergens in het westen niet ver hiervandaan een kreek heeft gezien en is met zijn vishengel op pad gegaan.'

'Heeft hij het jachtgeweer meegenomen?'

'Een hakmes.'

'Ik maak me zorgen om hem, Josh. Hij trilt nu continu.'

'Hij redt zich wel.'

'Gisteravond zag ik hem een fles mondspoelwater opdrinken.'

Josh kijkt haar aan. Lilly's verwondingen zijn bijna helemaal genezen en haar ogen staan voor het eerst sinds het pak slaag helder. De bloeduitstortingen zijn haast allemaal verdwenen en ze heeft het spalkverband om haar ribben er gistermiddag afgehaald. Ze bleek ook zónder bijna normaal te kunnen lopen. Maar de pijn over het verlies van Sarah Bingham knaagt nog steeds aan haar. Josh kan het verdriet op haar slapende gezicht geëtst zien staan, diep in de nacht. Josh heeft vanaf de voorbank naar de slapende Lilly liggen kijken. Het is het mooiste wat hij ooit gezien heeft. Hij verlangt ernaar haar weer te kussen, maar de omstandigheden hebben geen ruimte gelaten voor dat soort luxe. 'We zullen er allemaal een stuk beter aan toe zijn als we wat echt eten vinden,' zegt Josh dan. 'Ik begin zwaar genoeg te krijgen van koude pasta uit blik.'

'En het water begint ook op te raken. En er is nog iets anders wat me dwarszit en waar ik geen warm, behaaglijk gevoel van krijg.'

Josh kijkt haar aan. 'En dat is?'

'Wat als we weer een zwerm tegenkomen? Ze zouden de pick-up verdomme omver kunnen duwen, Josh. Dat weet je net zo goed als ik.'

'Des te meer reden om te blijven rijden en verder naar het zuiden te gaan, verder de bewoonde wereld uit.'

'Dat weet ik wel, maar...'

'We zullen ook eerder proviand vinden als we in beweging blijven.'

'Dat begrijp ik, maar...'

Lilly zwijgt, omdat ze het silhouet van een gedaante helemaal in de verte hun kant op ziet komen. Hij loopt op misschien driehonderd meter afstand over de spoorbrug en volgt de rails. De lange, smalle schaduw van de gedaante tekent zich af tegen de stofdeeltjes in het ochtendlicht en valt omlaag door de verbindingslatten en dwarsbalken. Hij loopt te snel voor een zombie.

'Als je het over de duivel hebt,' zegt Josh nu hij de gestalte eindelijk herkent.

De oudere man komt met een lege emmer en een telescoophengel naar hen toe lopen. Hij hobbelt snel voort tussen de rails en heeft een ernstige uitdrukking op zijn gezicht. 'Hallo, jongens!' roept hij buiten adem, terwijl hij de trapladder naast het viaduct bereikt.

'Niet zo hard, Bob,' waarschuwt Josh hem, en hij loopt met Lilly naast zich naar de voet van de spoorbrug.

'Wacht maar tot jullie zien wat ik gevonden heb,' zegt Bob, die de trap afdaalt.

'Heb je een grote gevangen dan?'

Hij springt op de grond. Hij komt weer op adem, en zijn ogen glinsteren van opwinding. 'Nee, meneer, ik heb die vervloekte kreek zelfs helemaal niet kunnen vinden.' Hij grijnst zijn uiteenstaande tanden bloot. 'Maar ik heb wel iets veel beters gevonden.'

De Walmart staat bij de kruising van twee provinciale snelwegen, zo'n anderhalve kilometer van de spoorlijn. Het hoge snelwegbord met de kenmerkende blauwe letters en de gele, stralende ster is goed te zien vanaf de verhoogde brugschragen langs het bos. De dichtstbijzijnde stad is hier vele kilometers vandaan, maar dit soort afgelegen megastores zijn lucratieve winkelvestigingen voor boerengemeenschappen, en helemaal voor gemeenschappen die zo dicht bij een belangrijke autosnelweg als de U.S. 85 liggen, met de afrit naar Hogansville maar een kilometer of tien naar het westen.

'Goed... laten we het zó aanpakken,' zegt Josh tegen de anderen,

133

nadat hij de auto heeft stilgezet voor de ingang van het terrein, die gedeeltelijk wordt geblokkeerd door een verlaten dieplader, waarvan de voorkant om een paal van een van de reclameborden is gevouwen. De lading bestaat grotendeels uit stukken hout en ligt verspreid over de brede rijstroken die naar het enorm uitgestrekte parkeerterrein leiden, dat bezaaid ligt met autowrakken en verlaten voertuigen. De reusachtige laagbouw van de megastore in de verte lijkt verlaten, maar schijn kan bedriegen. 'We controleren eerst het hele terrein en rijden gewoon een paar rondjes om de situatie in kaart te krijgen.'

'Het ziet er behoorlijk verlaten uit, Josh,' zegt Lilly, die op de achterbank op haar duimnagel zit te bijten. Gedurende de hele, een kwartier durende rit over stoffige landweggetjes heeft Lilly elke beschikbare vingernagel tot bloedens toe afgekloven. Nu zit ze op een nagelriem te knagen.

'Moeilijk te zeggen door er alleen maar naar te kijken,' merkt Bob op.

'Hou jullie ogen open en let op lopers of elke andere beweging,' zegt Josh, terwijl hij de pick-up in zijn versnelling zet en langzaam over het losgeslagen hout hobbelt.

Ze rijden twee keer om het terrein heen en houden de schaduwplekken bij laadplatforms en ingangen goed in de gaten. De auto's op het perceel zijn allemaal leeg, en sommige zijn niet meer dan zwartgeblakerde, uitgebrande omhulsels. De meeste glazen winkeldeuren zijn eruit geblazen. Er glinstert een tapijt van gebroken glasscherven in het koude middaglicht voor de hoofdingang. In de winkel zelf is het zo donker als in een kolenmijn. Er beweegt niets. In de hal liggen een paar lichamen op de vloer. Wat zich hier ook afgespeeld mocht hebben, had al een behoorlijke tijd geleden plaatsgevonden.

Na zijn tweede ronde houdt Josh halt voor de winkel. Hij zet de auto in de parkeerstand, maar laat de motor lopen en kijkt of er inderdaad nog drie kogels in de cilinder van de .38 zitten. 'Oké, ik wil de pick-up niet onbeheerd achterlaten,' zegt hij terwijl hij zich naar Bob omdraait. 'Hoeveel patronen heb jij nu nog?'

Bob klapt het eekhoorntjesgeweer met trillende handen open. 'Eén in elke kamer en eentje in mijn zak.'

'Oké, nou dacht ik dus...'

'Ik ga met je mee,' zegt Lilly.

'Niet zonder wapen, niet voordat we zeker weten dat het daarbinnen veilig is.'

'Ik pak achter wel een grote schep,' zegt ze. Ze werpt een blik over haar schouder en ziet het uilige en verwachtingsvolle gezicht van Megan achter het raam, die haar hals uitstrekt om door de voorruit te kunnen kijken. Lilly kijkt Josh weer aan. 'Je zult daarbinnen wel een extra paar ogen kunnen gebruiken.'

'Je moet een vrouw nooit tegenspreken,' mompelt Bob, waarna hij de passagiersdeur openduwt en de winderige, gure lucht van een middag in de late herfst instapt.

Ze lopen naar de achterkant, openen de achterklep van de camper en zeggen tegen Megan en Scott dat ze in de cabine moeten blijven en de motor moeten laten draaien tot ze het allesveiligteken krijgen. En als ze problemen zien aankomen, moeten ze als een gek claxonneren. Megan en Scott stribbelen niet echt tegen.

Lilly pakt een van de grote scheppen en volgt Josh en Bob dan over de cementen entree van de voorzijde van de winkel, terwijl het geluid van hun knerpende voetstappen op het gebroken glas door de wind overstemd wordt.

Josh forceert een van de automatische deuren, en ze lopen de hal in.

Ze zien de oude man zonder hoofd in een opgedroogde plas bloed op het vlekkerige parket vlak bij de ingang liggen. Het bloed is inmiddels zo zwart als lavaglas geworden, en de gerafelde draden van zijn inwendige organen steken uit zijn hals. Op het blauwe vest van de kleine winkelmedewerker zit een naamkaartje gespeld, waarop WALMART staat, met daaronder ELMER K. Het grote insigne van een lachend gezichtje zit onder de bloedspatten. Lilly staart nog lange tijd naar de arme, onthoofde Elmer K, terwijl ze dieper de lege winkel ingaan.

De lucht is er bijna net zo koud als buiten en ruikt naar koperkleurige schimmel, bederf en ranzige eiwitten, zoals die van een reusachtige composthoop. Constellaties van kogelgaten sieren de lateibalk boven het haarverzorgingscentrum aan de linkerkant, terwijl bonte rorschachpatronen van verstoven slagaderlijk bloed de entree van de opticien bedekken. De planken zijn leeggeplunderd of op de grond gesmeten.

Josh steekt een van zijn enorme handen op en maant zijn metgezellen even stil te blijven staan, terwijl hij naar de stilte luistert. Hij speurt de vele vierkante meters winkelruimte af, die grotendeels bezaaid ligt met onthoofde lichamen, ondefinieerbare tekenen van een bloedbad, omgegooide winkelkarretjes en rotzooi. De kassabanden op een rij aan de rechterkant staan stil en zitten onder het bloed. De apotheek, de cosmeticabalie en de drogist aan de linkerkant zijn ook vergeven van de kogelgaten.

Josh geeft een teken aan de anderen en loopt met zijn wapen in de aanslag behoedzaam verder. Zijn zware laarzen knerpen over het puin, terwijl hij dieper het stinkende schemerduister inloopt.

Hoe verder ze van de deuren bij de ingang komen, hoe donkerder de winkelpaden worden. Het vale daglicht dringt nauwelijks door tot de paden met kruidenierswaren rechts in de verte, waar wat er gemorst is samen met gebroken glas en menselijke resten op de vloer ligt, of tot de afdelingen interieur, kantoor en mode aan de linkerkant, waar kleding en uit elkaar getrokken etalagepoppen over de vloer verspreid liggen. De afdelingen helemaal achter in de winkel, speelgoed, elektronica, sportartikelen en schoenen, zijn in complete duisternis gehuld.

Alleen de schrale, zilverkleurige stralen van de accu-aangedreven noodverlichting werpen licht op de schaduwrijke diepten van de winkelpaden aan het andere uiteinde van de winkel.

Ze vinden zaklantaarns op de ijzerwarenafdeling en werpen hun lichtbundels op de verste hoeken van de winkel, terwijl ze alle bruikbare proviand en gereedschappen in zich opnemen. Hoe verder ze op onderzoek gaan, hoe opgewondener ze beginnen te worden. Tegen de tijd dat ze een compleet rondje over het veertienhonderd vierkante meter grote winkeloppervlak hebben gelopen, waarbij ze nog maar enkele stoffelijke overschotten in vroege staat van ontbinding zijn tegengekomen, naast ontelbare op de grond gegooide planken en voor het geluid van hun voetstappen wegvluchtende ratten, zijn ze ervan overtuigd dat de winkel veilig is. Het is waar dat de beste spullen al meegenomen zijn, maar het is er wél veilig.

Voorlopig tenminste.

'Volgens mij hebben we hier het rijk alleen,' zegt Josh uiteindelijk als het trio weer in het verstrooide licht van de entreehal staat.

Ze laten hun wapens en zaklantaarns zakken. 'Zo te zien is het er hier heftig aan toegegaan,' zegt Bob.

'Ik ben natuurlijk geen rechercheur.' Josh kijkt om zich heen naar de met bloedvlekken besmeurde muren en vloeren, die voor schilderijen van Jackson Pollock zouden kunnen doorgaan. 'Maar volgens mij zijn hier een tijd geleden een paar mensen zombie geworden, en vervolgens kreeg je golfjes van mensen die kwamen kijken wat er nog te halen viel.'

Lilly kijkt Josh aan, en ze heeft nog steeds een gespannen, nerveuze uitdrukking op haar gezicht. Ze kijkt naar de onthoofde winkelmedewerker. 'Denk je dat we het hier wat kunnen opruimen en er misschien een tijdje kunnen blijven?'

Josh schudt zijn hoofd. 'We zouden een te makkelijk doelwit zijn. Deze winkel is veel te verleidelijk.'

'En het is ook een goudmijn,' voegt Bob toe. 'Zat spullen op de bovenste planken, misschien wel magazijnen met goederen achterin. Het kan allemaal zeer bruikbaar zijn voor ons.' Zijn ogen glinsteren, en Josh kan wel zien dat de oude man de bovenste planken van de drankafdeling, die nog vol met ongeopende flessen drank staan, nauwgezet geïnventariseerd heeft.

'Ik heb een paar kruiwagens en handkarretjes gezien op de tuinafdeling,' zegt Josh. Hij kijkt Bob aan, kijkt dan Lilly aan en grijnst. 'Volgens mij hebben we het geluk voor de verandering eens aan onze kant.'

Ze laden drie kruiwagens vol met gewatteerde jassen, winterlaarzen, thermisch ondergoed, lange, gebreide mutsen en handschoenen van de modeafdeling. Ze nemen ook nog een stel walkietalkies, sneeuwkettingen, sleepkabels, een dopsleutelset, noodkaarsen, motorolie en antivries mee. Ze halen Scott op om te helpen en laten Megan achter in de pick-up om uit te kijken naar indringers.

Uit de kruideniersafdeling, waar het meeste vlees, de verse groenten, het fruit en de zuivelproducten verdwenen zijn of allang bedorven, nemen ze verpakkingen met havermoutpap, rozijnen, proteïnerepen, Japanse soepnoedels, potten pindakaas, gedroogde vleesreepjes, blikken soep, spaghettisaus, vruchtensap, droge pasta, ingeblikt vlees, sardines en koffie en thee mee.

Bob kijkt wat er nog over is in de apotheek. De meeste barbituraten, pijnstillers en angstonderdrukkende medicijnen zijn al verdwenen, maar hij vindt nog genoeg restjes om een particuliere praktijk mee te beginnen. Hij pakt wat benzocaïne voor EHBO-gevallen, amoxicilline tegen infecties, epinefrine om een hart weer tot leven te wekken, Adderal om alert te blijven, lorazepam om de zenuwen te kalmeren, Celox om bloedverlies te stelpen, naproxen tegen de pijn, loratadine voor het openhouden van luchtwegen en een ruim assortiment vitamines.

Van andere afdelingen nemen ze onweerstaanbare luxeartikelen mee, dingen die nu niet echt absoluut noodzakelijk zijn om te overleven, maar die desondanks even voor wat afleiding zouden kunnen zorgen van de wrede strijd om in leven te blijven. Lilly komt terug met een stapel gebonden boeken uit de kiosk, voor het merendeel romans. Josh vindt een verzameling met de hand gerolde Costa Ricaanse sigaren achter de balie van de klantenservice. Scott ontdekt een dvd-speler op batterijen en kiest een stuk of tien films uit. Ze nemen ook een paar bordspelen, doosjes speelkaarten, een telescoop en een kleine digitale stemrecorder mee.

Ze brengen de lading naar de pick-up en proppen de camper tot de nok toe vol met de buit, voordat ze weer teruggaan en aan de schat aan nuttige spullen in de duisternis achter in de winkel beginnen.

'Schijn eens naar links, meisje,' vraagt Josh aan Lilly vanaf het winkelpad voor de sportafdeling. Josh heeft twee grote, robuuste plunjezakken vast, die ze bij de bagagegoederen vandaan hebben.

Scott en Bob staan vlakbij en kijken verwachtingsvol toe terwijl Lilly de smalle lichtbundel van haar zaklantaarn over het rampgebied laat gaan waar eens voetballen en honkbalknuppels voor kinderen werden verkocht.

De gele lichtbundel valt op vernielde rekken met tennisrackets en hockeysticks, op van onderdelen ontdane fietsen en stapels sportkleren en honkbalhandschoenen, die verspreid over de met bloed bespatte grond liggen. 'Ho... dáár ja, Lilly,' zegt Josh. 'Houden zo.'

'Shit,' zegt Bob achter Lilly's rug. 'Zo te zien zijn we te laat.'

'Iemand is ons voor geweest,' moppert Josh, terwijl de zaklantaarn de kapotte glazen vitrinekast links van de hengels en visbenodigdheden beschijnt. De vitrine is leeg, maar aan de uitsparingen en haakjes te zien heeft er een breed scala aan jachtgeweren, sportpistolen en legale handvuurwapens voor privégebruik in de dichte kast gestaan. De rekken aan de muur achter de vitrinekast zijn ook leeg.

'Schijn eens even op de vloer, schatje.'

In de zwakke lichtkegel liggen een paar verdwaalde patronen en kogels op de vloer.

Ze lopen naar de balie van de wapenafdeling, en Josh laat de plunjezakken vallen. Daarna wurmt hij zijn grote gedaante achter de vitrinekast. Hij pakt de zaklantaarn en schijnt ermee over de vloer. Hij ziet een paar losse dozen munitie, een fles wapenolie en een bonboekje, maar er steekt ook een stomp, zilverkleurig voorwerp onder de vitrinekast uit. 'Wacht even... niet zo snel.'

Josh gaat op zijn hurken zitten. Hij voelt onder de toonbank en trekt het stompe, stalen uiteinde van een loop onder de bodem van de vitrinekast vandaan.

'Kijk, dáár hebben we wat aan,' zegt hij, en hij houdt het vuurwapen in het licht, zodat de anderen het kunnen zien.

'Is dat een Desert Eagle?' Bob komt een stap dichterbij. 'Is dat een .44?'

Josh kijkt naar het pistool in zijn hand zoals een jongetje naar een pakje onder de kerstboom. 'Wat het ook is, hij is loodzwaar. Dat ding weegt zeker een kilo of vier.'

'Mag ik?' Bob neemt het pistool over. 'Jezus... dat is verdomme de houwitser onder de pistolen.'

'Nu hebben we alleen nog kogels nodig.'

Bob controleert de patroonhouder. 'Gemaakt door retegoede Hebreeërs, werkt op gas... de enige semiautomaat in zijn soort.' Bob kijkt op de bovenste planken. 'Schijn eens omhoog... eens kijken of hierboven wat .50-Express ligt.'

Al snel vindt Josh op de bovenste plank een stapeltje dozen, waarop 50-c-r staat. Hij trekt zich op en pakt een stuk of vijf dozen.

Ondertussen drukt Bob met zijn duim op de ontspanner, en de patroonhouder valt in zijn vettige hand. Zijn stem wordt zacht en laag, alsof hij het tegen een geliefde heeft. 'Niemand ontwerpt zulke goede vuurwapens als de Israëli's... zelfs de Duitsers niet. Deze jongen gaat door tankbepantsering heen.'

Scott, die met een zaklantaarn achter Bob staat, zegt uiteindelijk: 'Gozer, ben je van plan met dat ding te gaan schieten of te gaan neuken?'

Na een korte, ongemakkelijke stilte, barsten ze allemaal in lachen uit. Zelfs Josh kan zijn lachen niet inhouden. En ondanks het feit dat hun gelach broos en nerveus is, breekt het wel de spanning in dat stille warenhuis van bloed en leeggeplunderde planken. Ze hebben een goede dag gehad. Ze hebben hier in deze tempel van discountconsumentisme de hoofdprijs gewonnen. Maar bovendien hebben ze hier naast proviand nog iets veel waardevollers gevonden: ze hebben een sprankje hoop gekregen dat ze de winter zullen doorkomen... dat ze heel misschien veilig het einde van deze nachtmerrie zullen halen.

Lilly is de eerste die het geluid hoort. Ze houdt onmiddellijk op met lachen en kijkt om zich heen alsof ze geschrokken uit een droom ontwaakt. 'Wat was dat?'

Josh stopt ook met lachen. 'Wat is er?'

'Hoorde je dat?'

Bob kijkt haar aan. 'Wat is er aan de hand, liefje?'

'Ik hoorde iets.' Haar stem is laag en er klinkt paniek in door.

Josh zet zijn zaklantaarn uit en kijkt Scott aan. 'Zet dat ding uit, Scott.'

Scott schakelt hem ook uit, en het achterste gedeelte van de winkel wordt in duisternis gehuld.

Lilly's hart gaat tekeer, terwijl ze daar even in het donker staan te luisteren. Het is stil in de winkel. Dan doorklieft gekraak voor de tweede keer de stilte.

Het komt van de voorkant van de winkel. Een wringend geluid, zoals het gepiep van roestig metaal, maar heel zwak, zó zwak dat het onmogelijk te identificeren is.

'Bob, waar is je hagelgeweer?' fluistert Josh.

'Dat heb ik voor laten liggen, bij de kruiwagens.'

'Lekker dan.'

'Wat als het Megan is?'

Josh denkt hierover na. Hij laat zijn blik over de uitgestorven winkel gaan. 'Megan! Ben jíj dat?'

Geen antwoord.

Lilly slikt lucht. Ze wordt duizelig. 'Denk je dat lopers de deur kunnen openduwen?'

'Een sterk windje zou hem nog open kunnen blazen,' zegt Josh, die naar de .38 op zijn rug tussen zijn broekriem grijpt. 'Bob, hoe handig ben je met dat retegoede pistool?'

Bob heeft al een van de dozen met munitie opengebroken. Hij graait met trillende, vieze vingers naar kogels. 'Zover was ik al, schipper.'

'Goed, luister...'

Josh begint fluisterend instructies te geven, maar dan weerklinkt er een ander geluid, gedempt, maar duidelijk herkenbaar als het geluid van krakende, bevroren scharnieren ergens bij de ingang. Iemand of iets komt de winkel binnen.

Bob staat met trillende handen onhandig kogels in een lege patroonhouder te duwen. Hij laat hem vallen op de grond, zodat de kogels over de vloer rollen.

'Gast!' fluistert Scott, terwijl hij nerveus toekijkt hoe Bob op handen en knieën de verdwaalde kogels oppakt, zoals een kleine jongen die als een gek knikkers bijeenraapt.

'Luister,' sist Josh het gezelschap toe. 'Scott, jij en Bob nemen de linkerflank. Ga door de kruidenierswarenafdeling naar de voorkant van de winkel. En jij gaat met mij mee, meisje. We pakken onderweg bij de tuinafdeling wel een bijl.'

Bob zit nog op de grond, maar hij is er eindelijk in geslaagd de kogels in de patroonhouder te krijgen, waarna hij hem in het pistool ramt en zich weer overeind werkt. 'Gelukt. Kom op, junior, daar gaan we.' Ze gaan op pad en lopen in het donker naar het vale licht.

Lilly volgt Josh door het schemerduister van de afdeling autoonderhoud, langs leeggeroofde planken en bergen afval overal op de tegelvloer, langs de afdeling interieur en kantoor, en langs hobby. Ze maken zo min mogelijk geluid en blijven laag en dicht bij elkaar. Josh communiceert met handgebaren. Hij heeft de .38 in zijn ene hand en zijn andere hand komt opeens omhoog ten teken dat Lilly zich niet moet verroeren.

Ze horen nu duidelijk schuifelende voetstappen in de entree van de winkel.

Josh wijst naar een omgevallen stelling op de doe-het-zelfafdeling. Lilly kruipt achter een rek met gloeilampen en ziet dat de vloer bezaaid is met harken, snoeischaren en handbijlen. Ze pakt een van de bijlen op en komt weer achter de gloeilampen vandaan, met bonzend hart en kippenvel van angst.

Ze lopen naar de entree. Lilly ziet aan de andere kant van de winkel af en toe iets bewegen, waar Scott en Bob langs de westelijke muur van de kruideniersafdeling ook dichterbij komen. Inmiddels lijkt wat er ook de Walmart is binnengeglipt zich stil en rustig te houden. Lilly hoort alleen maar haar roffelende hart.

Josh gaat gehurkt achter de balie van de apotheek zitten. Lilly voegt zich bij hem. 'Blijf achter me, en als een van die dingen me voorbijkomt, sla hem dan stevig midden op zijn hoofd met dat ding,' fluistert Josh haar toe.

'Ik weet heus wel hoe ik een zombie moet doodmaken, Josh,' fluistert Lilly scherp terug.

'Dat weet ik wel, schatje, ik wil alleen maar zeggen... zorg dat je eerste klap hard genoeg is.'

Lilly knikt.

'Ik tel tot drie,' fluistert Josh. 'Klaar?'

'Klaar.'

'Eén, twee...'

Josh zwijgt en blijft als aan de grond genageld staan. Lilly hoort iets wat niet klopt.

Josh grijpt haar vast en drukt haar tegen de onderkant van de apotheekbalie. Terwijl ze daar verlamd door besluiteloosheid gehurkt zitten, worden Lilly's gedachten maar door één onlogisch gegeven beheerst.

Zombies praten niet.

'Hallo?' De stem weergalmt door de lege winkel. 'Is daar iemand?'

Josh aarzelt nog een kort moment achter de balie en gaat in zijn door paniek overmeesterde gedachten zijn opties langs. De stem klinkt vriendelijk... op een bepaalde manier... duidelijk van een man en zwaar, met misschien iets van een accent erin.

Josh kijkt over zijn schouder naar Lilly. Ze heeft de bijl vast als een honkbalknuppel en staat met trillende lippen van angst klaar om te slaan. Josh steekt zijn grote hand omhoog en maakt een 'geef-me-nog-even-gebaar'. Hij laat de haan van de revolver los en wil net in beweging komen, maar dan klinkt er een andere stem, waardoor de dynamiek van de situatie onmiddellijk verandert.

'Laat haar gaan, klootzakken!'

Josh komt snel achter de balie vandaan, met zijn .38 in de aanslag.

Lilly volgt hem met haar bijl.

Er staat een groep van zes zwaarbewapende mannen in de entree.

'Rustig... kalm aan, rustig, rustig aan nu... hóla!' De leider staat voor het groepje mannen en lijkt achter in de twintig of hoogstens begin dertig. Hij heeft een krachtig aanvalsgeweer in zijn handen, waarvan hij de loop dreigend heeft opgeheven. Hij is lang, slank en heeft een gebruinde huid. Hij draagt een bandana op zijn hoofd en de mouwen van zijn flanellen overhemd zijn afgeknipt. Hij heeft sterk gespierde armen.

Aanvankelijk gebeurt alles zó snel dat Josh het niet kan bijhouden, terwijl hij met de loop van zijn .38 op de man met de bandana gericht blijft staan.

Bob Stookey komt als een commando vanachter de rijen kassa's op de indringers afstormen, met zijn Desert Eagle stevig in beide handen geklemd en opengesperde, roodomrande ogen vol dronken heldhaftigheid. 'Laat haar gaan!' De reden voor zijn woede staat achter de man met de bandana en wordt vastgehouden door een jonger lid van het groepje plunderaars. Megan Lafferty wringt zich kwaad in alle bochten om aan de greep van een zwarte jongeman met woeste ogen te ontkomen, die een viezige hand over haar mond klemt om haar stil te houden.

'Bob... niet doen!' brult Josh zo hard als hij kan, en het bulderende gezag van zijn stem lijkt abrupt een einde te maken aan Bobs bravoure. De oudere man begint te aarzelen aan het uiteinde van de rij kassa's en komt zo'n meter of vijf van de vent die Megan gevangenhoudt schokkerig tot stilstand. De oude zuiplap staat Megan hulpeloos hijgend aan te staren. Josh kan wel zien dat Bob compleet over zijn toeren is.

'Even kalm aan, iedereen!' gebiedt Josh zijn mensen.

Scott Moon komt achter Bob vandaan en heeft het oude hagelgeweer in de aanslag.

'Scott, rustig met dat hagelgeweer!'

De man met de bandana op zijn hoofd laat zijn AK-47 niet zakken. 'Laten we even dimmen, mensen, kom op... we willen niet in een soort O.K. Corral-situatie terechtkomen.'

Achter de vent met de donkere huidskleur staan vijf andere mannen met zware wapens. Het zijn voor het merendeel dertigers, zwart en blank, sommige in hiphopstraatkleding, andere in versleten legeruitrusting en bodywarmers. Ze zien er uitgerust en goed doorvoed uit, en misschien wel een beetje high. Maar het belangrijkste is dat ze er wat Josh betreft uitzien alsof ze net zo lief zouden beginnen te schieten als zich met enige vorm van diplomatie in te laten.

'We willen geen problemen,' zegt Josh, maar hij weet vrijwel zeker dat de toon van zijn stem, zijn gespannen gezicht en het feit dat hij de loop van zijn revolver ook nog niet heeft laten zakken een tegenovergesteld signaal afgeven aan de man met de bandana. 'Toch, Bob? Zijn we oké?'

Bob mompelt iets onverstaanbaars. De Desert Eagle blijft op de man gericht, en een kort en ongemakkelijk moment lang staan de twee groepen tegenover elkaar, met vuurwapens op belangrijke onderdelen van elkaars anatomie gericht. Josh schat hun kansen niet hoog in, omdat de indringers genoeg vuurkracht in huis hebben om met een klein garnizoen af te rekenen. Maar aan de andere kant heeft het groepje van Josh drie werkende vuurwapens, die op dit moment stuk voor stuk op de leider van de stropersgroep gericht zijn. En zijn uitschakeling zou een ernstige kink in de kabel van de groepsdynamiek binnen deze kleine bende kunnen veroorzaken.

'Laat die meid gaan, Haynes,' draagt de man met de bandana zijn onderdaan op.

'Maar wat dan met...'

'Laat haar gaan, zei ik.'

De zwarte jongeman met de woeste ogen duwt Megan naar haar

kameraden toe, en Megan struikelt en valt bijna, maar slaagt er dan in om overeind te blijven en naar Bob te strompelen. 'Wat een zooitje klootzakken!' moppert ze.

'Alles in orde, liefje?' vraagt Bob, die zijn vrije arm om haar heen slaat, maar zijn ogen of de loop van de magnum niet van de indringers afhoudt.

'Die klootzakken hebben me beslopen,' zegt ze, terwijl ze de mannen dreigend aankijkt en over haar polsen wrijft.

De man met de bandana laat zijn geweer zakken en spreekt Josh aan. 'Luister, je moet tegenwoordig het zekere voor het onzekere nemen, we wisten niet wie jullie waren... we zijn gewoon voorzichtig.'

Josh is niet overtuigd en houdt de .38 nog altijd op de borst van de man gericht. 'Wat heeft dat te maken met het feit dat jullie dat meisje uit de pick-up ontvoerd hebben?'

'Zoals ik al zei... we wisten niet met hoevelen jullie waren... wie ze zou gaan waarschuwen... we wisten helemaal niets.'

'Ben je de eigenaar van deze winkel?'

'Nee... hoe bedoel je? Nee.'

Josh glimlacht onhartelijk naar hem. 'Laat me dan iets voorstellen... over hoe we dit gaan aanpakken.'

'Ga je gang.'

'Er liggen hierbinnen nog genoeg spullen... waarom laten jullie ons er niet gewoon langs, en dan mogen jullie de rest hebben.'

De man met de bandana draait zich om naar zijn troepen. 'Laten zakken die geweren, jongens. Kom op. Even kalm aan nu. Kom op.'

De rest van de indringers gehoorzaamt haast met tegenzin en laat de wapens zakken.

De man met de bandana kijkt Josh weer aan. 'Ik heet Martinez... Het spijt me dat we zo slecht van start zijn gegaan.'

'Ik heet Hamilton, aangenaam, en ik zou het op prijs stellen als jullie ons zouden laten passeren.'

'*No problema, mi amigo...* maar mag ik jóú dan ook iets voorstellen voordat we hier van elkaar afscheid gaan nemen?'

'Ik luister.'

'Zien jullie om te beginnen misschien kans om te stoppen met die vuurwapens op ons gericht te houden?'

Josh houdt zijn ogen op Martinez gericht en laat zijn revolver zakken. 'Scott... Bob... doe maar... het is oké.'

Scott legt het jachtgeweer over zijn schouder en gaat tegen een kassaband geleund staan luisteren. Bob laat met tegenzin de loop van zijn Desert Eagle zakken, schuift hem achter zijn broekriem en houdt zijn arm om Megan heen.

Lilly zet haar handbijl met de kop omlaag op de grond en leunt tegen de balie van de apotheek aan.

'Bedankt, dat stel ik op prijs.' Martinez ademt diep in en dan met een zucht weer uit. 'Wat ik me afvraag is het volgende: jullie lijken me verstandige lui. Jullie hebben het recht om al die koopwaar daar mee te nemen... maar mag ik vragen waar jullie het naartoe gaan brengen?'

'Eerlijk gezegd gaan we het helemaal nergens naartoe brengen,' zegt Josh. 'Het is voor onderweg.'

'Trekken jullie rond?'

'Wat doet dat ertoe?'

Martinez haalt zijn schouders op. 'Luister, ik weet dat je geen enkele reden hebt om me te vertrouwen, maar zoals de zaken ervoor staan, mensen zoals wij... we kunnen elkaar wederzijds tot voordeel zijn. Begrijp je wat ik bedoel?'

'Eerlijk gezegd niet, nee... Ik heb geen flauw idee waar je het over hebt.'

Martinez zucht. 'Laat me open kaart spelen. We zouden hier nu elk onze eigen weg kunnen gaan, even goede vrienden, en elkaar het beste kunnen wensen...'

'Klinkt wat mij betreft goed,' zegt Josh.

'Maar wij hebben een betere optie,' zegt de man.

'En die is?'

'Een ommuurde plaats, een klein eindje verderop, met mensen zoals jij en ik, die proberen een plek te creëren waar ze kunnen wonen.'

'Ga verder.'

'Niet meer op de vlucht, dat is wat ik bedoel. We hebben ons een gedeelte van een stadje weten toe te eigenen. Het is niet veel... nog. We hebben wat muren neergezet. Een plek om voedsel te verbouwen. Generators. Verwarming. En we hebben zeker nog wel ruimte voor vijf extra mensen.'

Josh zegt niets. Hij kijkt Lilly aan. Hij kan haar gezicht niet lezen. Ze ziet er uitgeput, bang en verward uit. Hij kijkt naar de anderen. Hij kan Bob zien nadenken. Scott kijkt naar de grond. Megan staart de indringers dreigend aan door de strengen van haar krullende haar.

'Denk er maar eens over na, man,' gaat Martinez verder. 'We zouden wat er hier nog allemaal over is kunnen verdelen en het daarbij kunnen laten, of we zouden met elkaar kunnen samenwerken. Goede, sterke ruggen kunnen we altijd gebruiken. Als ik jullie zou willen beroven, jullie zou willen lastigvallen, of jullie te grazen zou willen nemen... zou ik dat dan niet allang gedaan hebben? Ik heb geen enkele reden om problemen te veroorzaken. Kom met ons mee, Hamilton. Wat zeg je ervan? Er wacht jullie daarbuiten onderweg niets anders dan nog meer ellende en een aanstormende winter. Wat zeg je ervan, man?'

Josh kijkt Martinez lang aan en zegt dan uiteindelijk: 'Geef ons even een momentje.'

Ze verzamelen zich bij de kassabalies.

'Gast, dat kun je toch verdomme niet menen,' zegt Megan op lage, gespannen fluistertoon tegen Josh. De anderen staan op een kluitje in een halve kring om de grote man heen. 'Denk je er echt over om met dat tuig ergens mee naartoe te gaan?'

Josh likt zijn lippen. 'Ik weet het niet... hoe langer ik naar die gasten kijk, hoe meer ze net zo bang en van hun stuk lijken als wij.'

'Misschien kunnen we het daar gewoon gaan bekijken, zien hoe het er is,' valt Lilly hem bij.

Bob kijkt Josh aan. 'Vergeleken met wonen in tenten met een stelletje heethoofden? Hoeveel slechter kan het worden?'

Megan kreunt. 'Ligt het aan mij, of hebben jullie verdomme allemaal je verstand verloren?'

'Megan, ik weet het niet,' zegt Scott. 'Volgens mij, weet je, ik bedoel, wat hebben we te verliezen, of zo?'

'Hou je mond, Scott.'

'Oké, luister,' zegt Josh, die een reusachtige hand opsteekt en zo een einde aan de discussie maakt. 'Volgens mij kan het geen kwaad om ze te volgen en die plek van hen te bekijken. We houden onze wapens bij ons en onze ogen open, en we nemen pas een besluit als we het er gezien hebben.' Hij kijkt Bob aan, en dan Lilly. 'Akkoord?'

Lilly ademt diep in en knikt dan naar hem. 'Ja... akkoord.'

'Lekker dan,' moppert Megan, waarna ze achter de anderen aan naar de entree loopt.

Er is nóg een uur en de gecombineerde inspanningen van de twee groepen voor nodig om de rest van de winkel te doorzoeken op zware spullen die de stad nodig heeft. Ze halen al het hout, de mest, potaarde, zaden, hamers en spijkers weg uit het tuincentrum. Lilly bemerkt een zekere gespannenheid in het ongemakkelijke bestand tussen de twee contingenten. Ze houdt Martinez vanuit haar ooghoeken in de gaten en er begint haar een onuitgesproken hiërarchie binnen het zooitje ongeregeld van de stropersgroep duidelijk te worden. Martinez is overduidelijk de leider, die de anderen met niet meer dan gebaren en knikjes aanwijzingen geeft.

Tegen de tijd dat ze Bobs Ram en de twee voertuigen van het ommuurde stadje, een dichte bestelwagen en een dieplader, tot de nok toe hebben gevuld, begint het te schemeren. Martinez gaat achter het stuur van de bestelwagen zitten en zegt tegen Bob dat hij achter de dieplader moet aanrijden... en het konvooi gaat op weg naar het stadje.

Wanneer ze van het stoffige parkeerterrein van de Walmart vertrekken en de toegangsweg naar de snelweg oprijden, zit Lilly achter in het slaapcompartiment door de met insecten besmeurde vooruit te staren, terwijl Bob zijn best doet om de uitlaatgassen uitbrakende dieplader bij te houden. Ze passeren kluwens autowrakken en dichte bossen aan weerszijden van de landweg, waarachter de schaduwen dieper worden. Er komt een fijne nevel van ijzel op de noordenwind aandrijven.

In het staalgrijze schemerduister kan Lilly het voorste voertuig, dat verschillende autolengtes voor hen rijdt, amper zien. Ze vangt in de zijspiegel een blik op van Martinez, en van zijn getatoeëerde arm die op de buitenrand van het open raam rust terwijl hij rijdt.

Het kan zijn dat Lilly het zich inbeeldt, maar ze is er bijna zeker van dat ze Martinez zijn met een bandana getooide hoofd naar zijn passagiers ziet omdraaien, waarna hij een onderonsje met zijn kameraden heeft dat een luide reactie aan hen ontlokt.

De mannen beginnen hysterisch te lachen.

II

ZO EINDIGT DE WERELD

Het kwade dat de mens doet, overleeft hem,
en het goede gaat vaak met hem mee in het graf.
WILLIAM SHAKESPEARE

8

Het konvooi stopt twee keer onderweg naar het ommuurde stadje. De eerste stop is bij de aansluiting tussen Highways 18 en 109, waar een gewapende wachtpost even overlegt met Martinez voordat hij gebaart dat de voertuigen kunnen doorrijden. In een nabije greppel ligt een stapel stoffelijke overschotten nog wat te smeulen na een geïmproviseerde brandstapel. De tweede stop is bij een wegversperring vlak bij het plaatsnaambord. De ijzel is inmiddels overgegaan in natte sneeuw, die in schuine vlagen over het asfalt wordt geblazen; een zeer zeldzaam verschijnsel voor Georgia zo vroeg in december.

'Zo te zien hebben ze behoorlijk wat vuurkracht in huis,' merkt Josh op vanaf de bestuurdersstoel, terwijl hij zit te wachten tot de twee mannen in grijsbruine camouflagepakken met M1-geweren hun babbeltje met Martinez hebben afgerond, zo'n drie autolengtes voor de Ram. De door de koplampen opgeworpen schaduwen ontnemen het zicht op de pratende gezichten in de verte. Er dwarrelt sneeuw rond, en de ruitenwissers van de Ram bewegen in een traag ritme. Lilly en Bob zeggen niets en houden het onderonsje onrustig in de gaten.

Het is nu helemaal donker geworden, en de afwezigheid van een hoogspanningsnet en het slechte weer geven de buitenste ringen van het stadje iets middeleeuws. Op sommige plaatsen zien ze vlammen in olievaten, en de tekenen van een recente schermutseling ontsieren de boomrijke dalen en groepjes dennenbomen rond het stadje. In de verte getuigen de verschroeide daken, de van kogelgaten vergeven trailers en de kapotte elektriciteitslijnen van een reeks ordeverstoringen uit het verleden.

Josh ziet dat Lilly het met roestplekken bezaaide groene bord verderop in de gloed van de koplampen zit te bestuderen. De paal is in de witte, zanderige grond geslagen.

WELKOM IN WOODBURY

INWONERS: 1102

Lilly kijkt Josh aan en zegt: 'Wat voor gevoel heb jij bij dit alles?'

'Daar ben ik nog niet uit. Maar het ziet ernaar uit dat we te horen krijgen wat er van ons verwacht wordt.'

Verderop keert Martinez zijn gesprekspartner de rug toe, waarna hij zijn kraag opzet en in sneeuwvlokken die oplichten in de lichtbundels van de koplampen naar de Ram begint te sjokken. Hij komt resoluut aanlopen, maar heeft nog altijd die sympathieke glimlach op zijn donkere gezicht. Hij trekt zijn kraag nog wat verder omhoog tegen de kou en loopt naar Josh' raam toe.

Josh draait het raam omlaag. 'En?'

Martinez glimlacht. 'Jullie zullen jullie vuurwapens voorlopig moeten inleveren.'

Josh staart hem aan. 'Het spijt me, vriend, maar dat gaat niet gebeuren.'

Hij blijft joviaal glimlachen. 'Regels van de stad... je weet hoe het is.'

Josh schudt langzaam zijn hoofd. 'Dat gaat niet gebeuren.'

Martinez tuit peinzend zijn lippen en begint dan nog breder te glimlachen. 'Ik kan het jullie ook eigenlijk niet kwalijk nemen, nu jullie zoiets als dit aantreffen. Weet je wat? Kunnen jullie dat jachtgeweer voorlopig nog even in de pick-up laten?'

Josh zucht. 'Dat is wel bespreekbaar, ja.'

'En zouden jullie de handvuurwapens dan willen wegstoppen? Uit het zicht?'

'Akkoord.'

'Oké... als jullie een snelle rondleiding willen, kan ik wel met jullie meerijden. Kan er nog iemand bij?'

Josh draait zich om en knikt naar Bob. De oudere man haalt zijn schouders op, maakt zijn veiligheidsgordel los en stapt uit, waarna hij zich naast Lilly achter in de cabine wurmt.

Martinez loopt om naar de passagierskant en klimt in de cabine. Hij ruikt naar rook en machineolie. 'Doe maar kalmpjes aan, kameraad,' zegt hij, terwijl hij het vocht van zijn gezicht veegt en naar de bestelwagen voor hen wijst. 'Gewoon die gast in de bestelwagen volgen.'

Josh geeft wat gas, en ze rijden achter de bestelauto aan de wegversperring door.

Ze hobbelen over een paar spoorlijnen en rijden het stadje vanuit het zuidoosten binnen. Lilly en Bob zeggen niets, daarachter in de cabine, en Josh speurt de directe omgeving af. Rechts van hem staat een kapot bord boven een met dode lichamen en gebroken glas bezaaide parkeerplaats, waarop PIGGLY IGGLY staat. De levensmiddelenwinkel is aan één kant ingestort alsof er dynamiet is ontploft. Langs de weg die men zowel Woodbury Highway als Main Street noemt, staan hoge hekken van harmonicagaas, die op sommige plaatsen hol of juist bol staan. De kale stukken grond liggen bezaaid met weerzinwekkende hompen mensenvlees en verbogen stukken verschroeid metaal. De witte, zanderige aarde glimt bijna in de besneeuwde duisternis; een griezelig tafereel, dat doet denken aan een oorlogsgebied in de woestijn, maar dan pal in het hart van Georgia.

'We hadden een paar weken geleden stevige mot met een zwerm bijters.' Martinez steekt een Viceroy aan en draait zijn raam een klein stukje open. De rook kringelt naar buiten in de door de wind voortgedreven sneeuw en verdwijnt spoorloos. 'Het begon hier al een tijdje uit de hand te lopen, maar gelukkig hebben koelhoofdiger personen de overhand gekregen. We maken hier zo een scherpe bocht naar links.'

Josh volgt de bestelwagen door een haarspeldbocht en vervolgens over een smaller stuk weg.

Iets verderop in het donker, achter een sluier van door de wind voortgejaagde ijzel, komt het hart van Woodbury in zicht. Vier vierkante huizenblokken met bakstenen gebouwen van rond de eeuwwisseling staan samen met elektriciteitslijnen dicht opeen rond een centraal kruispunt met winkels, houten huizen en flats. Veel ervan is omgeven door hekken van harmonicagaas en lege bouwterreinen, die er kortgeleden aan toegevoegd lijken te zijn. Josh herinnert zich nog een tijd dat een stadje zoals dit 'een gat' werd genoemd.

Woodbury lijkt zich ongeveer een zestal huizenblokken naar alle kanten uit te strekken, met in het westen en noorden grotere, uit het beboste moerasland uitgehakte openbare ruimten. Uit sommige schoorstenen op de daken en uit ventilatiesleuven stijgen dikke, zwarte rookzuilen op: uitlaatgassen van generators of van houtkachels en open haarden. De meeste straatlantaarns zijn niet verlicht, maar sommige gloeien wel op in het donker, omdat ze blijkbaar van noodstroom gebruikmaken.

Wanneer het konvooi het centrum van het stadje nadert, ziet Josh dat de bestelwagen naar de rand van een bouwterrein rijdt. 'We zijn al maanden bezig met de muur,' legt Martinez uit. 'We hebben nu bijna twee vierkante huizenblokken rondom beschermd, en we zijn van plan nog verder uit te breiden en de muur steeds verder naar achteren te verplaatsen terwijl we vorderen.'

'Geen slecht idee,' mompelt Josh nauwelijks hoorbaar, terwijl hij peinzend naar de indrukwekkende, bijna vijf meter hoge muur kijkt, die gemaakt is van stukken hout en planken, geplunderde balken van blokhutten, gevelbeplating en korte balkjes, en zich langs de rand van Jones Mill Road uitstrekt. De barricade draagt her en der nog de littekens van de recente aanvallen door lopers, en zelfs in de sneeuwrijke duisternis roepen de krassen van klauwen, de gerepareerde stukken, de gaten van afgeketste kogels en de pikzwarte bloedvlekken van alles op bij Josh.

Het stadje gonst van sluimerend geweld, als in een soort terugkeer naar het wilde Westen.

Josh zet de pick-up stil, terwijl de achterdeuren van de bestelwagen openvliegen en een van de jonge honden uit de laadruimte springt en vervolgens naar een naad in het vestingwerk loopt. Hij trekt een scharnierend gedeelte open en zwaait het hek voldoende wijd open om de twee voertuigen door te laten. De bestelwagen rijdt rammelend door de kier en Josh rijdt erachteraan.

'We zijn zo ongeveer met vijftig man,' vervolgt Martinez, die een lange haal van zijn Viceroy neemt en de rook uit het raam blaast. 'Dat gebouw daar rechts is een soort voedselcentrum. Daar slaan we al onze proviand, het flessenwater en de medicijnen op.'

In het voorbijrijden ziet Josh het flets geworden, oude bord: DEFOREST'S VOEDING EN ZADEN. De winkelpui is gebarricadeerd en versterkt met tralies en planken, en voor de deur staan twee gewapende bewakers een sigaret te roken. Het hek gaat achter hen dicht, en ze rollen langzaam voort, terwijl ze dieper de beveiligde zone inrijden. Andere inwoners staan toe te kijken hoe ze voorbijrijden, groepjes op plankenpaden en in halletjes, hun geschokte, levenloze gezichten verborgen achter sjaals en dassen. Niemand lijkt erg vriendelijk, of blij hen te zien.

'Er zit een arts bij, we hebben een functionerend medisch centrum en nog veel meer.' Martinez gooit zijn sigarettenpeuk uit het raam. 'We hopen het gebied binnen de muren eind deze week nog met ten minste één huizenblok te vergroten.'

'Niet slecht geregeld,' merkt Bob op vanaf de achterbank, terwijl hij alles met zijn waterige ogen in zich opneemt. 'En wat is dat daar in hemelsnaam, als ik vragen mag?'

Josh ziet de bovenkant van een reusachtig bouwwerk een paar huizenblokken voorbij het ommuurde gebied, waar Bob nu met een vettige vinger naar wijst.

In de nevelige duisternis lijkt het wel alsof er een vliegende schotel midden op een grasveld achter het stadsplein geland is. Het ding wordt omgeven door zandwegen, en in de sneeuw boven de cirkelvormige rand fonkelt zwakke verlichting.

'Dat was vroeger een zandcircuit,' zegt Martinez grijzend. In de groene gloed van de dashboardverlichting ziet de grijnslach er haast wolfachtig en duivels uit. 'Heikneuters houden wel van een race-wedstrijdje.'

'Vroeger?' vraagt Josh.

'Zo heeft de baas vorige week besloten: geen races meer, omdat het te veel lawaai maakt. Het rumoer trok bijters aan.'

'Is er hier iemand de baas dan?'

De grijns op het gezicht van Martinez stolt tot iets onleesbaars. 'Maak je geen zorgen, vriend. Je zult hem gauw genoeg ontmoeten.'

Josh werpt een snelle blik op Lilly, die druk op haar vingernagels bijt. 'Ik weet niet of we wel zo lang gaan blijven.'

'Dat moeten jullie zelf weten.' Martinez haalt onverschillig zijn schouders op. Hij trekt een paar leren Carnaby-handschoenen zonder vingers aan. 'Maar vergeet niet wat ik gezegd heb over wederzijds voordeel.'

'Ik zal eraan denken.'

'Onze appartementen zitten allemaal vol, maar we hebben nog wel wat plekken in het stadscentrum waar jullie kunnen overnachten.'

'Goed om te weten.'

'Ik zeg het je, als we die muur eenmaal verder uitgebreid hebben, hebben jullie het wat wonen betreft voor het uitkiezen.'

Josh zegt niets.

Martinez houdt ineens op met grijnzen, en in het vale groene licht lijkt het alsof hij zich betere dagen herinnert, misschien een gezin, misschien iets pijnlijks. 'Ik heb het over huizen met zachte bedden, privacy... paaltjeshekken en bomen.'

Er valt een lange, ongemakkelijke stilte.

'Laat me je eens iets vragen, Martinez.'

'Vraag maar.'

'Hoe ben jij hier eigenlijk terechtgekomen?'

Martinez slaakt een diepe zucht. 'Om heel eerlijk te zijn, kan ik me dat niet herinneren.'

'Hoe dat zo?'

Hij haalt weer zijn schouders op. 'Ik was alleen, mijn ex-vrouw werd gebeten en mijn kind was ervandoor gegaan. Ik gaf gewoon zo'n beetje helemaal nergens meer om, behalve om het doden van bijters. Ik heb als een dolle huisgehouden en heb een hele sloot van die lelijke klootzakken omgelegd. Een paar plaatselijke inwoners hebben me bewusteloos in een greppel gevonden en hebben me hiernaartoe gebracht. Ik zweer bij God dat ik me verder niet veel meer kan herinneren.' Hij houdt zijn hoofd iets schuin alsof hij er nog eens over nadenkt. 'Maar ik ben blij dat ze dat gedaan hebben, zeker nu.'

'Hoe bedoel je?'

Martinez kijkt hem aan. 'Het is hier niet perfect, maar het is hier wel veilig, en het zal alleen nog maar veiliger worden. En dat is voor een groot deel te danken aan de man die hier nu de leiding heeft.'

Josh kijkt hem ook aan. 'En hij is neem ik aan die baas over wie je het net had?'

'Precies.'

'En je zegt dat we de kans krijgen die vent te ontmoeten?'

Martinez steekt een gehandschoende hand op alsof hij wil zeggen:

wacht maar even. Hij haalt een kleine portofoon uit de borstzak van zijn flanellen overhemd. Hij drukt met zijn duim de schakelaar in en praat in de microfoon. 'Haynes, breng ons naar het gemeentehuis... ze zitten daar op ons te wachten.'

Josh en Lilly wisselen weer een veelbetekenende blik uit, terwijl het voorste voertuig de hoofdweg verlaat en het stadsplein oprijdt, waar een standbeeld van Robert E. Lee een met kudzu begroeide muziekkapel bewaakt. Ze naderen een uit flagstones opgetrokken overheidsgebouw aan de verste hoek van het park. De stenen traptreden en de zuilengang zijn spookachtig vaal in de door sneeuw benevelde duisternis.

De vergaderzaal ligt aan de achterzijde van het gemeentehuis, aan het einde van een lange, smalle gang met aan weerszijden glazen deuren die naar privékantoren leiden.

Josh en de rest verzamelen zich in de rommelige vergaderkamer, waar hun laarzen op het parket staan na te druppelen. Ze zijn uitgeput en helemaal niet in de stemming om kennis te maken met het welkomstcomité van Woodbury, maar Martinez zegt ze dat ze geduld moeten hebben.

Terwijl ze staan te wachten tikt de sneeuw tegen de hoge ramen. De kamer, die wordt verwarmd door straalkachels en wordt verlicht door laag brandende Coleman-lantaarns, ziet eruit alsof het zijn portie verhitte discussies wel gehad heeft. Het afbrokkelende pleisterwerk van de muren draagt de littekens van geweld. De vloer is bezaaid met omgegooide klapstoelen en ligt vol met tot een prop gemaakte documenten. Josh ziet bloedvegen op de voorwand, vlak bij een gescheurde vlag van de staat Georgia. Zoemende generatoren in de krochten van het gebouw laten de vloer trillen.

Ze moeten iets meer dan vijf minuten wachten. Josh begint te ijsberen en Lilly en de anderen gaan op klapstoelen zitten. Dan weerklinkt het geluid van zware laarzen buiten in de gang. Iemand fluit, terwijl de voetstappen dichterbij komen.

'Welkom, mensen, welkom in Woodbury.' De stem vanuit de deuropening is laag en nasaal, en loopt over van de geveinsde jovialiteit.

Alle hoofden draaien zich om.

Er staan drie mannen in de deuropening, met een glimlach op hun gezicht die niet in overeenstemming is met hun kille, toegeknepen, starende ogen. De man in het midden straalt een vreemd soort energie uit, die Lilly aan pauwen en vechtvissen doet denken. 'We kunnen hier altijd meer goede mensen gebruiken,' zegt hij, en hij loopt de kamer binnen.

Hij is broodmager en draagt een smoezelige visserstrui. Zijn pikzwarte haar zit woest in de war en hij heeft een beginnend snorretje, dat hij al bijknipt en stileert tot de contouren van een Fu Manchu-snor. Hij heeft een vreemde, nauwelijks waarneembare, nerveuze tic: hij knippert vaak met zijn ogen.

'Ik heet Philip Blake,' zegt hij, 'en dit hier zijn Bruce en Gabe.'

De twee andere mannen, die allebei ouder zijn, volgen de jongere man op de voet als twee waakhonden. De begroeting van deze twee bestaat uit niet veel meer dan wat gegrom en geknik, terwijl ze daar net iets achter de man genaamd Philip blijven staan.

Gabe staat aan de linkerkant en is een blanke, gedrongen, gespierde vent, met een dikke nek en het korte stekeltjeshaar van een marinier. Bruce staat rechts en is een onvriendelijke zwarte man met een onyxmarmeren geschoren hoofd. Beide mannen houden een indrukwekkend automatisch aanvalsgeweer voor hun borst en hebben hun vingers aan de trekker. Lilly kan aanvankelijk haar ogen niet van de geweren afhouden.

'Mijn verontschuldigingen voor de zware artillerie,' zegt Philip, die naar het wapentuig achter zich wijst. 'We hadden vorige maand een opstootje hier in de stad, en het was er een tijdje gevaarlijk. We kunnen nu geen enkel risico meer nemen. Er staat te veel op het spel. En jullie heten...?'

Josh stelt de groep voor, waarbij hij iedereen langsgaat en bij Megan eindigt.

'Je lijkt op iemand die ik ooit gekend heb,' zegt Philip tegen Megan, en de man laat nu zijn ogen over haar hele lichaam gaan. Het bevalt Lilly maar niets hoe die vent naar haar vriendin kijkt. Het is heel subtiel, maar het zit haar dwars.

'Dat hoor ik vaak,' zegt Megan.

'Of misschien is het wel een beroemd iemand. Ziet ze er niet uit als een of andere beroemdheid, jongens?'

De 'jongens' achter hem hebben geen mening. Philip knipt met zijn vingers. 'Die meid uit *Titanic*!'

'Carrie Winslet?' oppert de man die Gabe heet.

'Nee, stomme idioot, niet Carrie, het is Káte... Káte... vervloekte Káte Winslet.'

Megan glimlacht scheef naar Philip. 'Men zegt wel dat ik op Bonnie Raitt lijk.'

'Ik ben dól op Bonnie Raitt,' zegt Philip enthousiast. '"Let's Give 'Em Something to Talk About".'

Josh laat van zich horen. 'Dus jij bent die baas over wie men het heeft?'

Philip draait zich om naar de grote man. 'Ik beken.' Philip loopt glimlachend naar Josh toe en steekt een hand uit. 'Josh, was het toch?'

Josh schudt de hand van de man. De uitdrukking op het gezicht van Josh is neutraal, beleefd en respectvol. 'Klopt. We stellen het op prijs dat we een tijdje bij jullie mogen blijven. Maar ik weet niet of het voor lang zal zijn.'

Philip blijft naar hem glimlachen. 'Je bent er net, vriend. Relax.

Kijk het hier rustig aan. Een veiligere plek om te wonen zullen jullie niet vinden. Geloof me.'

Josh knikt. 'Zo te zien hebben jullie de problemen met de lopers onder controle.'

'We krijgen onze portie ook wel, hoor, daar wil ik heel eerlijk over zijn. Om de paar weken komt er wel een groep door. We zaten een paar weken geleden stevig in de problemen, maar we zijn weer orde op zaken aan het stellen in het stadje.'

'Zo te zien wel, ja.'

'We draaien in feite op ruilhandel.' Philip Blake kijkt om zich heen en bekijkt elk van de nieuwkomers zoals een coach een nieuw team zou kunnen opnemen. 'Ik heb begrepen dat jullie vandaag een grote klapper hebben gemaakt in een Walmart.'

'We mogen niet klagen.'

'Als jullie iets nodig hebben, kunnen jullie dat krijgen door te ruilen.'

Josh kijkt hem aan. 'Ruilen?'

'Goederen, diensten... wat jullie maar in te brengen hebben. Zolang jullie je medeburgers maar respecteren, geen problemen maken, jullie aan de regels houden en meehelpen... kunnen jullie blijven zo lang jullie willen.' Hij kijkt Josh aan. 'Heren met jouw... fysieke talenten... kunnen we hier wel gebruiken.'

Josh denkt hierover na. 'Dus je bent een soort gekozen functionaris?'

Philip werpt een blik op zijn bewakers, waarna de andere mannen beginnen te grijnzen en Philip in lachen uitbarst. Hij wrijft in zijn vreugdeloze ogen en schudt zijn hoofd. 'Ik ben meer een soort... hoe noemen ze dat ook alweer?... "pro tem"? President pro tem?'

'Sorry?'

Philip wuift de vraag weg. 'Laat ik het zo zeggen: nog niet zo heel lang geleden had een stel machtsbeluste klootzakken het hier voor het zeggen, dat naast hun schoenen ging lopen. Ik zag dat er leider-schap nodig was en heb me toen beschikbaar gesteld.'

'Beschikbaar gesteld?'

Philips glimlach verdwijnt. 'Ik ben naar voren getreden, vriend. In dit soort tijden is sterk leiderschap een noodzaak. We hebben hier ook gezinnen. Vrouwen en kinderen. Oude mensen. Je moet iemand hebben die de deur in de gaten houdt, iemand... die knopen kan door-hakken. Begrijp je wat ik bedoel?'

Josh knikt. 'Zeker.'

Gabe, die nog steeds staat te grijnzen achter Philip, mompelt: 'President pro tem... geweldig.'

Vanaf de andere kant van de ruimte zegt Scott, die op een venster-bank zit: 'Je ziet er in ieder geval wél uit als een president, gozer... met die twee gasten van de geheime dienst.'

De groep valt een ongemakkelijk moment stil, terwijl Scotts van de wiet hijgerige en giechelende stemmetje wegsterft en Philip zich omdraait om de blower aan de overkant van de vergaderzaal aan te kijken. 'Wat was je naam ook alweer, kerel?'

'Scott Moon.'

'Nou, Scott Moon, dat van president weet ik zo net nog niet. Ik heb mezelf nooit echt als het presidentiële type gezien.' Hij glim-lacht weer kil. 'Hoogstens als gouverneur.'

Ze overnachten in de sportzaal van de plaatselijke middelbare school. Het verouderde bakstenen gebouw, dat zich buiten de om-muurde zone bevindt, staat aan de rand van een enorm grote atle-tiekbaan vol ondiepe graven. Harmonicagazen hekken vertonen de schade van een recente aanval van lopers. In de sporthal staat het gelakte basketbalveld vol geïmproviseerde veldbedden. De lucht is doordrongen van urine, lichaamsgeuren en ontsmettingsmiddel.

De nacht duurt lang voor Lilly. De stinkende gangen en overdekte passages die de donkere schoollokalen verbinden, kraken en kreunen de hele nacht in de wind, terwijl overal in de donkere sporthal onbekenden liggen te woelen, te hoesten, te hijgen en koortsige overdenkingen liggen te mompelen. Om de haverklap begint er een kind te schreeuwen.

Op een gegeven moment werpt Lilly een blik op het veldbed naast haar, waarop Josh onrustig ligt te sluimeren, en ze ziet dat de grote man met een ruk wakker schrikt uit een nachtmerrie.

Lilly steekt haar hand naar hem uit. De grote man pakt hem vast.

De volgende ochtend zitten de vijf nieuwkomers dicht bij elkaar om het bed van Josh, terwijl het asgrijze zonlicht schuin omlaag valt en met stofdeeltjes gevulde strepen trekt over de zieken en gewonden, die ineengedoken op hun povere, vlekkerige lakens zitten. Lilly moet denken aan kampen uit de Amerikaanse Burgeroorlog en aan geïmproviseerde lijkenhuizen. 'Ligt het aan mij,' zegt ze op zachte fluistertoon tegen haar medereizigers, 'of heeft deze plek inderdaad een vreemde vibe?'

'Dat is nog zacht uitgedrukt,' zegt Josh.

Megan geeuwt en rekt zich uit. 'Het is in ieder geval stukken beter dan Bobs kleine kerker-op-wielen.'

'Zo is het maar net,' valt Scott haar bij. 'Wat mij betreft elke dag van de week een klotestretcher in een stinkende sporthal.'

Bob kijkt Josh aan. 'Je moet toegeven, schipper... er is wat voor te zeggen om hier een tijdje te blijven.'

Josh vetert zijn laarzen dicht en trekt zijn houthakkersjas aan. 'Ik weet het niet met deze plek.'

'Wat is er dan?'

'Ik weet niet. Wat mij betreft bekijken we het per dag.'

'Ik ben het met Josh eens,' zegt Lilly. 'Iets zit me niet helemaal lekker aan dit stadje.'

'Wat is er mis mee?' Megan haalt haar vingers door haar haar en verkreukelt haar krullen. 'Het is veilig, ze hebben proviand, ze hebben wapens.'

Josh veegt zijn mond peinzend af. 'Luister, ik kan niemand vertellen wat hij moet doen. Maar doe gewoon voorzichtig. Hou elkaar een beetje in de gaten.'

'Helemaal mee eens,' zegt Bob.

'Bob, wat mij betreft houden we de pick-up voorlopig op slot.'

'Begrepen.'

'Hou je .44 paraat.'

'Doen we.'

'En we moeten allemaal altijd weten waar de pick-up op dat moment staat, weet je, voor de zekerheid.'

Daar zijn ze het allemaal mee eens, en vervolgens spreken ze af om zich die ochtend in groepjes op te splitsen en de rest van het stadje te onderzoeken, om er hoogte van te krijgen bij daglicht. Ze zullen elkaar die middag weer ontmoeten bij de middelbare school, waarna ze opnieuw zullen bekijken of ze vertrekken of blijven.

Lilly en Josh lopen uit de middelbare school het verblindende daglicht in en zetten hun kraag op tegen de wind. De sneeuw is overgewaaid, en het weer is stormachtig geworden. Lilly's maag rammelt. 'Heb je zin in een ontbijtje?' stelt ze Josh voor.

'We hebben wat van die spullen uit de Walmart in de pick-up liggen, als je nog een keer gedroogde vleesreepjes met pasta uit blik aankan.'

Lilly huivert. 'Ik kan volgens mij geen blik spaghettirondjes meer zien.'

'Ik heb een idee.' Josh klopt op de borstzak van zijn flanellen jasje. 'Kom op... ik trakteer.'

Ze slaan af naar het westen en lopen over de hoofdstraat. In het bitter koude, grauwe daglicht beginnen de eerste barstjes zichtbaar te worden in het stadje. De meeste winkelpuien zijn leeg, dichtgespijkerd of gebarricadeerd, en de stoep is besmeurd met slipsporen en olievlekken. In sommige ramen en borden zitten kogelgaten. Voorbijgangers kijken niet op of om. Her en der is op kale stukken grond vies wit zand te zien. Het hele stadje lijkt wel op zand te zijn gebouwd.

Niemand begroet Lilly en Josh tijdens hun wandeling door het ommuurde gebied. De meeste mensen die op dit vroege uur op straat zijn, hebben bouwmaterialen of voorraadpakketten bij zich en lijken hun bestemming zo snel mogelijk te willen bereiken. Er hangt een naargeestige, gevangenisachtige sfeer. Kwadranten van het stadje zijn afgezet met reusachtige, tijdelijke hekken van harmonicagaas. Het gegrom van bulldozers drijft op de wind. Aan de oostelijke horizon loopt een man met een zwaar geweer op en neer over de bovenrand van de racearena.

'Goedemorgen, heren,' zegt Josh tegen drie ouwe knakkers die op vaten voor de voeding- en zadenwinkel zitten en Lilly en Josh als buizerds bekijken.

Een van de oude mannen, een verschrompelde, bebaarde trol met een gescheurde overjas aan en een slappe vilthoed op, glimlacht met een mond vol rotte tanden. 'Morgen, grote man. Jullie zijn die nieuwelingen, hè?'

'Gisteravond binnengekomen, ja,' zegt Josh tegen hem.

'Hebben jullie even mazzel.'

De drie oudjes beginnen rochelend te grinniken als om een binnenpretje.

Josh glimlacht en reageert niet op het gelach. 'Ik begrijp dat dit het voedselcentrum is?'

'Zo zou je het kunnen noemen, ja.' Nog meer slijmerig gegrinnik. 'Hou je vrouw in de gaten.'

'Dat zal ik doen,' zegt Josh, en hij pakt Lilly's hand vast. Ze lopen de trap op en gaan naar binnen.

In het vale licht strekt zich een lange, smalle winkel voor hen uit, die naar terpentine en schimmel ruikt. De planken zijn eruit gehaald, en het staat er tot het plafond toe vol met kratten met textiel en kleding, toiletpapier, jerrycans water van vier liter, bedlinnen en dozen waarvan niet duidelijk is wat erin zit. De enige aanwezige klant, een in gewatteerde jassen en sjaals gehulde oudere vrouw, ziet Josh en schiet langs hem de deur uit, waarbij ze haar ogen afwendt. De kille lucht trilt van de kunstmatige warmte van straalkachels en knettert van menselijke spanningen.

De balie bevindt zich in de achterhoek van de winkel tussen tot aan de nok opgestapelde zakken zaden en wordt door twee gewapende bewakers geflankeerd.

Josh loopt naar de balie. 'Een goede morgen allemaal.'

De man in de rolstoel kijkt hem met toegeknepen ogen aan. 'Allemachtig! Jij bent een grote vent, zeg,' merkt hij op. Zijn lange, verwilderde baard beweegt mee. Hij draagt een vaal geworden legeroverall, en een hoofdband houdt zijn vette, staalgrijze paardenstaart in bedwang. Zijn gezicht is een landkaart van verval, van zijn druipende, roodomrande ogen tot aan zijn met zweren bezaaide gok.

Josh negeert de opmerking. 'Ik vroeg me af of jullie ook verse groenten en fruit hebben? Of misschien wat eieren, zodat we die tegen iets van ons zouden kunnen ruilen?'

De man in de rolstoel staart hem aan. Josh voelt dat de wantrouwende blikken van de gewapende bewakers op hem gericht zijn. De mannen zijn allebei jong en zwart en dragen een soort bendekleding. 'Waar denk je dan aan?'

'Nou, we hebben gisteren met Martinez een heleboel spullen uit een Walmart vandaan gehaald... dus ik vraag me af of we iets kunnen regelen.'

'Dat is tussen jullie en Martinez. Wat heb je nog meer voor me?'

Josh wil antwoord geven, maar ziet dan dat de drie mannen allemaal naar Lilly staren, en de manier waarop ze dat doen maakt Josh woedend.

'Wat kan ik hiervoor kopen?' vraagt Josh uiteindelijk. Hij trekt zijn manchet omhoog en zit aan de gesp van zijn horlogebandje. Hij krijgt hem los en legt het sporthorloge op de balie. Het is geen Rolex, maar het is ook geen Timex. Het horloge met stopwatch heeft hem tien jaar geleden driehonderd dollar gekost, toen hij nog behoorlijk verdiende met zijn cateringwerk.

De man in de rolstoel kijkt langs zijn vlekkerige neus omlaag naar het glimmende ding op de balie. 'Wat is dat in godsnaam?'

'Dat is een Movado, makkelijk vijfhonderd waard.'

'Nou, hier niet, hoor.'

'Ach kom, alsjeblieft? We eten al weken uit blik.'

De man pakt het horloge op en inspecteert het met een norse uitdrukking op zijn gezicht, alsof het ding met uitwerpselen bedekt is. 'Ik geef je vijftig dollar aan rijst en bonen, dikke plakken bacon en die Egg Beaters daar.'

'Kom op, man. Vijftig dollar maar?'

'We hebben achter ook nog wat witte perziken liggen, net binnen, die wil ik jullie er ook nog wel bij geven. Dat is alles wat ik kan doen.'

'Ik weet het niet.' Josh kijkt naar Lilly, die hem schouderophalend aanstaart. Josh kijkt de man in de rolstoel weer aan. 'Ik weet het niet, man.'

'Daarmee komen jullie met zijn tweeën wel een week door.'

Josh zucht. 'Het is een Movado, man. Dat is een fijn stuk vakwerk.'

'Luister eens, ik ga niet in discussie met...'

Achter de bewakers klinkt een baritonstem op, die de man in de rolstoel onderbreekt. 'Wat is er verdomme aan de hand?'

Alle hoofden draaien zich om naar een persoon die om de hoek van de voorraadkamer komt lopen en zijn bebloede handen aan een handdoek afveegt. De lange, broodmagere, verweerde man heeft een vreselijk smerig slagersschort voor, waarvan de stof vol zit met bloedvlekken en beenmerg. Hij heeft een scherp, zongebruind gezicht, waarin zijn ijsblauwe ogen nog beter uitkomen, en kijkt Josh dreigend aan. 'Is er een probleem, Davy?'

'Alles kits, Sam,' zegt de man in de rolstoel, die zijn ogen niet van Lilly afhoudt. 'Deze mensen waren een beetje ontevreden met mijn aanbod en stonden net op het punt weg te gaan.'

'Wacht even.' Josh steekt zijn handen berouwvol op. 'Het spijt me als ik je beledigd heb, maar ik heb niet gezegd dat ik zou...'

'Alle voorstellen zijn onherroepelijk,' deelt Sam de Slager mee, waarna hij zijn smerig uitziende handdoek op de balie gooit en Josh boos aankijkt. 'Behalve...' Hij lijkt van gedachten veranderd te zijn. 'Laat maar, vergeet het.'

Josh kijkt de man aan. 'Behalve als wat?'

De man met het schort kijkt de anderen aan en tuit dan peinzend zijn lippen. 'Nou, zie je... wat de meeste mensen hier doen, is werken voor hun schulden; meehelpen met de muur, met het repareren van hekken, met het opstapelen van zandzakken en dat soort zaken. Je zult zeker meer waar voor je geld krijgen door die grote spierbundels van je in ruil aan te bieden.' Hij kijkt naar Lilly. 'En er zijn natuurlijk nog allerlei andere diensten die iemand zou kunnen verlenen, allerlei andere manieren om meer waar voor je geld te krijgen.' Hij grijnst. 'Zeker een lid van het vrouwelijke geslacht.'

Lilly krijgt door dat de mannen achter de balie haar nu allemaal aankijken, allemaal met een wellustige grijns op hun gezicht. Eerst is ze erdoor verrast en staat ze maar wat te knipperen met haar ogen. Dan voelt ze alle bloed uit haar gezicht wegtrekken. Ze wordt duizelig. Ze wil de tafel omverschoppen of de naar schimmel ruikende vergaderzaal uit stormen, alle spullen omgooien en ze zeggen dat ze allemaal moeten opzouten. Maar de angst die haar keel verkrampt, haar oude aartsvijand, verlamt haar, en ze staat als aan de grond genageld. Ze vraagt zich af wat er in hemelsnaam met haar aan de hand is. Hoe heeft ze zó lang kunnen overleven zonder verorberd te worden? Dat ze na alles wat ze heeft meegemaakt niet eens een paar seksistische viespeuken aankan?

Josh reageert eerder. 'Oké, weten jullie wat... dit is niet nodig.'

Lilly kijkt naar de grote zwarte man en ziet zijn enorme vierkante kaak aanspannen. Ze vraagt zich af of Josh bedoelt dat het idee dat Lilly haar seksuele diensten zou aanbieden niet nodig is of dat hij daarmee op de botte, vrouwonvriendelijke opmerkingen van die schurken doelt. Het wordt heel stil in de winkel. Sam de Slager kijkt Josh recht in de ogen.

'Niet zo snel oordelen, grote vent.' Er gloeit een vonkje minachting op in de humorloze, blauwe ogen van de slager. Hij veegt zijn slijmerige handen af aan het schort. 'Een meid met zo'n lichaam, daar kun je een maand lang van ontbijten met net zoveel biefstuk met eieren als je maar wilt.'

De grijns op het gezicht van de andere mannen verandert in gelach. Maar de slager glimlacht maar amper. Zijn uitdrukkingsloze, starende blik lijkt met de intensiteit van een booglasser op Josh gericht te zijn. Lilly's hart begint te razen.

Ze legt een hand op Josh' arm, die trilt onder zijn houthakkersjas, zijn pezen zo gespannen als telefoondraden. 'Kom op, Josh,' zegt ze bijna onhoorbaar. 'Het is wel goed. Pak je horloge en dan gaan we.'

Josh glimlacht respectvol naar de lachende mannen. 'Biefstuk met eieren. Dat is een goeie. Luister. Hou het horloge maar. We willen die bonen en Egg Beaters en de rest er wel voor hebben.'

'Ga hun proviand voor ze halen,' zegt de slager, die nog altijd zijn helblauwe ogen op Josh gericht houdt.

De twee bewakers verdwijnen een tijdje naar achteren om de spullen te verzamelen. Ze komen terug met een krat gevuld met bruine papieren zakken, die onder de olie zitten. 'Bedankt,' zegt Josh zacht terwijl hij het voedsel aanpakt. 'We zullen jullie maar weer met rust laten. Een fijne dag nog.'

Josh duwt Lilly naar de deur, en Lilly is zich de hele weg naar buiten hyperbewust van de op haar achterste gerichte blikken van de mannen.

Die middag wordt de aandacht van de inwoners van het stadje getrokken door rumoer op een van de lege kavels aan de noordgrens van het stadje.

Aan de andere kant van een van de harmonicagazen hekken, achter een groepje bomen, klinkt misselijkmakend gekrijs op in de wind. Josh en Lilly horen het geschreeuw en rennen er langs de rand van het bouwterrein naartoe om te zien wat er aan de hand is.

Ze zijn amper bij een hoge berg grind aangekomen, waar ze bovenop klimmen om verder te kunnen zien, of er klinken drie pistoolschoten boven de toppen van de bomen zo'n honderdvijftig meter verderop.

Josh en Lilly gaan op hun hurken in het afnemende zonlicht zitten, met de wind in hun gezicht, en wanneer ze om een hoop afval heen gluren, zien ze vijf mannen in de verte naast een gat in het hek staan. Een van hen is Blake, de zelfbenoemde Governor. Hij draagt een lange jas en lijkt een automatisch pistool in zijn hand te hebben. De spanning straalt van het tafereel af.

Op de grond voor Blake zit een tienerjongen bekneld in het gescheurde harmonicagaas van het hek. Hij bloedt uit bijtwonden en klauwt in de grond in een wanhopige poging zich uit het hek los te wurmen en naar huis terug te keren.

In het schaduwrijke bos direct achter de jongen liggen drie dode lopers op een hoop, hun schedels doorboord door vuurschoten. Het verhaal achter wat er zojuist gebeurd is begint vorm te krijgen in Lilly's brein.

De jongen was er blijkbaar in zijn eentje tussenuit geknepen om het bos te verkennen en werd toen aangevallen. Nu probeert de zwaargewonde en besmette jongen in veiligheid te komen. Hij ligt van pijn en angst op de grond te kronkelen, terwijl Blake gevoelloos naast hem staat en met de onbewogen blik van een begrafenisondernemer op hem neerkijkt.

Lilly schrikt op van de zware knal van het 9mm-pistool in Philip Blakes hand. Het hoofd van de jongen explodeert, en het lichaam zakt onmiddellijk in elkaar.

'Ik vind het hier helemaal niks, Josh, zelfs niet maar een klein beetje.' Lilly zit op de achterbumper van de Ram slokjes lauwe koffie uit een kartonnen bekertje te nemen.

Het is donker geworden op hun tweede avond in Woodbury, en het stadje heeft Megan, Scott en Bob al in de schoot genomen, zoals een meercellig organisme dat van angst en wantrouwen leeft en elke dag nieuwe levensvormen opneemt. De leiders van de stad hebben de nieuwkomers een plek om te wonen aangeboden, een studio boven een dichtgespijkerde drogisterij aan het einde van Main Street, een eind buiten het ommuurde gebied, maar hoog genoeg boven straatniveau om veilig te zijn. Megan en Scott hebben er al veel van hun spullen naartoe verhuisd en hebben zelfs hun slaapzakken geruild tegen een klein beetje plaatselijk verbouwde wiet.

Bob heeft een open kroeg binnen de veilige zone gevonden en heeft al de helft van zijn aandeel van de producten uit de Walmart geruild voor een paar drankbonnetjes en wat dronken kameraadschap.

'Ik vind het hier ook maar niks, meisje,' valt Josh haar bij, terwijl hij achter Bobs camper loopt te ijsberen, zijn adem zichtbaar in de kou. Zijn reusachtige handen zijn vettig van het spekvet van het diner dat hij daarnet op de Coleman-brander van de camper heeft klaargemaakt, en hij veegt ze af aan zijn houthakkersjas. Hij en Lilly zijn de hele dag dicht in de buurt van de Ram gebleven om te proberen tot een besluit te komen over wat ze moeten doen. 'Maar we hebben momenteel nu ook weer niet zóveel mogelijkheden. Het is hier beter dan op de open weg.'

'Echt?' Lilly huivert in de kou en trekt aan de kraag van haar gewatteerde jas. 'Weet je dat zeker?'

'We zitten hier tenminste beschut.'

'Beschut waartegen? Het zijn niet de muren en de hekken die dingen buiten moeten houden waar ik me zorgen over maak...'

'Ik weet het, ik weet het.' Josh steekt een lange, dunne sigaar op en blaast een paar rooksluiers uit. 'Er hangt hier een behoorlijk gespannen sfeertje. Maar dat geldt tegenwoordig voor bijna overal waar je komt.'

'Jezus.' Lilly huivert opnieuw en neemt kleine slokken koffie. 'Waar is Bob trouwens?'

'Die zit te drinken met die kerels in het taphuis.'

'Jezus christus.'

Josh loopt naar haar toe en legt een hand op haar schouder. 'Maak je geen zorgen, Lil. We rusten wat uit, we slaan wat spullen in... Ik zal in ruil wat werken... en we gaan hier tegen het einde van de week weer weg.' Hij gooit zijn sigaartje weg en gaat naast haar zitten. 'Ik zal je niets laten overkomen.'

Ze kijkt hem aan. 'Beloof je dat?'

'Dat beloof ik.' Hij kust haar op haar wang. 'Ik zal je beschermen, meisje van me. Altijd. Altijd...'

Ze kust hem nu ook.

Hij slaat zijn armen om haar heen en kust haar op haar lippen. Ze gooit haar armen om zijn dikke nek, en dan komt van het een het ander. Zijn enorme, tedere handen vinden de onderkant van haar rug, en hun kus verandert in iets heters en wanhopigers. Hun lichamen verstrengelen zich, en hij duwt haar weer terug in de camper, de beschutting van de duisternis in.

Ze laten de achterklep open en letten nergens anders op dan op elkaar, en beginnen de liefde te bedrijven.

De seks is beter dan waarop ze allebei hadden durven hopen. Lilly verliest zichzelf in de ondoordringbare duisternis, waar het licht van een ijzige herfstmaan door de kier naar binnen schijnt, terwijl Josh al zijn eenzame verlangen uitstort in een paar zware zuchten. Hij schudt zijn jas af, trekt zijn onderhemd uit, en zijn huid ziet er bijna blauwzwart uit. Lilly schuift haar bh omhoog en over haar hoofd, zodat het zachte gewicht van haar borsten zich over haar ribbenkast uitspreidt. Wanneer Josh zachtjes bij haar naar binnen dringt en op stoom begint te raken, krijgt ze kippenvel op haar onderbuik.

Ze bedrijven koortsachtig de liefde. Lilly vergeet alles, zelfs de wrede leefwereld buiten de camper.

Een minuut, een uur; tijd betekent nu niets, alles gaat in een waas voorbij.

Daarna liggen ze met ineengestrengelde benen tussen de troep in Bobs camper. Lilly's hoofd rust op de reusachtige kromming van Josh' biceps, en ze hebben een laken over zich heen tegen de kou. Josh drukt zijn lippen op de zachte draaiingen van Lilly's oor en fluistert: 'Het komt wel goed.'

'Ja,' mompelt ze.

'We gaan het redden.'

'Absoluut.'

'Samen.'

'Zo is het maar net.' Ze legt haar rechterarm over Josh' enorme borstkas en kijkt hem in zijn trieste ogen. Ze voelt zich vreemd. Opgewekt en licht in haar hoofd. 'Ik heb lang uitgekeken naar dit moment.'

'Ik ook.'

Ze laten zich overspoelen en wegvoeren door de stilte en blijven nog een tijdlang zo liggen, zich niet bewust van de gevaren die op de loer liggen... zich niet bewust van de wrede buitenwereld, die zijn greep versterkt.

Maar belangrijker nog: ze zijn zich niet bewust van het feit dat ze worden bespied.

9

Op hun derde dag in het stadje komen de winterregens binnenrollen en wordt er een donkergrijze sluier van ellende over Woodbury getrokken. Het is al vroeg in december, Thanksgiving is voorbijgegaan zonder dat er maar een vorkbeentje werd gebroken, en de vochtigheid en de kou beginnen zich in de gewrichten van de mensen te nestelen. De zanderige kavels langs Main Street veranderen in natte pleisterkalk, en het riool loopt vol en uiteindelijk over van de smerige afvloeiing. Een mensenhand borrelt op uit een van de putroosters.

Die dag besluit Josh zijn beste koksmes, een Japanse Shun, te ruilen voor beddengoed, handdoeken en zeep. Hij weet Lilly over te halen om haar spullen naar het studioappartement boven de stomerij te verhuizen, waar ze sponsbaden kunnen nemen en even verlost zijn van de krappe leefomstandigheden in de camper. Lilly blijft het grootste gedeelte van de dag binnen en houdt zich bezig met verwoed dagboekaantekeningen op een rol inpakpapier maken en met het plannen van haar ontsnapping. Josh houdt haar goed in de gaten. Hij heeft een slecht voorgevoel, slechter dan hij onder woorden kan brengen.

Scott en Megan zijn nergens te bekennen. Lilly vermoedt dat Megan inmiddels wel genoeg begint te krijgen van Scott en haar seksuele diensten aanbiedt in ruil voor drugs.

Die middag treft Bob Stookey een stel verwante zielen aan in de krochten van het racecomplex, waar een doolhof van uit lichte cementen bouwblokken opgetrokken opslagruimtes en werkplaatsen tot een geïmproviseerd ziekenhuis is verbouwd. Terwijl de ijskoude regen tegen de metalen balken en stijlen van de arena boven hen slaat, zodat er voortdurend een dof, sissend gezoem door de botten van het gebouw weerklinkt, geven een man van middelbare leeftijd en een jonge vrouw Bob een uitgebreide rondleiding.

'Ik moet zeggen dat Alice hier haar rol als beginnend verpleegster snel heeft opgepikt,' zegt de man met de leesbril met draadstalen montuur en de vlekkerige laboratoriumjas, terwijl hij Bob en de jongedame door een open doorgang naar een rommelige onderzoekskamer leidt. Hij heet Stevens, en is een keurige, intelligente en laconieke man, die wat Bob betreft niet in dit wilde stadje thuis lijkt te horen. De surrogaatverpleegster, die ook een tweedehands laboratoriumjas draagt, ziet er jonger uit dan ze is. Ze heeft vlechten in haar doffe, blonde haar, dat van haar meisjesachtige gezicht naar achteren is getrokken.

'Ik ben er nog mee bezig,' zegt de jonge vrouw, die achter de mannen aan de schaars verlichte ruimte inloopt. De vloer vibreert zacht door de trillingen van een centrale generator. 'Ik zit zo ongeveer halverwege het tweede jaar van de verpleegopleiding.'

'Jullie weten allebei vast meer dan ik,' geeft Bob toe. 'Ik ben maar een oude hospik.'

'Ze heeft vorige maand haar vuurproef gehad, mag je wel zeggen,' zegt de arts, die naast een beschadigd röntgenapparaat gaat staan. 'Het ging er hier een tijdje heftig aan toe.'

Bob kijkt om zich heen, ziet de bloedvlekken en de tekenen van chaotische triages, en vraagt dan wat er is gebeurd.

De arts en de verpleegster wisselen een bezorgde blik. 'Machts-wisseling.'

'Sorry?'

De arts zucht. 'Op een plek als deze vindt er altijd een soort natuurlijke selectie plaats. Alleen de onvervalste psychopaten overleven. Dat is geen fraai gezicht.' Hij haalt diep adem en glimlacht dan naar Bob. 'Maar het is evengoed fijn om er nog een dokter bij te hebben.'

Bob veegt zijn mond af. 'Ik weet niet in hoeverre ik tot hulp kan zijn, maar ik moet toegeven dat het zeker fijn zou zijn om eens te kunnen vertrouwen op de vaardigheden van een echte arts.' Bob gebaart naar een van de oude, gedeukte apparaten. 'Ik zie dat jullie daar een oud Siemens-apparaat hebben staan. Daar zeulde ik in Afghanistan altijd mee rond.'

'Tja, we zijn nu niet bepaald het Bellevue, maar we hebben de basisdingen uit de buurtklinieken vandaan kunnen halen. We hebben infuuspompen, infusievloeistof, een paar monitors, ECG, EEG... maar onze apotheek stelt weinig voor.'

Bob vertelt hem over de medicijnen die hij in de Walmart heeft gevonden. 'Jullie mogen ervan hebben wat jullie nodig hebben,' zegt hij. 'Ik heb een paar extra dokterstassen vol met de gebruikelijke dingen. Ik heb verbandmateriaal over, je zegt het maar. Wat je nodig hebt, mag je hebben.'

'Dat is geweldig, Bob. Waar kom je vandaan?'

'Oorspronkelijk uit Vicksburg, maar ik woonde in Smyrna toen de Verwording plaatsvond. En jullie dan?'

'Atlanta,' antwoordt Stevens. 'Ik had een kleine praktijk in Brookhaven voordat alles naar de kloten ging.'

'Ik ook uit Atlanta,' zegt de jonge vrouw. 'Ik studeerde aan Georgia State.'

Stevens heeft een vriendelijke uitdrukking op zijn gezicht. 'Heb je gedronken, Bob?'

'Hè?'

Stevens gebaart naar de zilverkleurige heupfles die gedeeltelijk uit Bobs heupzak steekt. 'Heb je vandaag gedronken?'

Bob buigt terneergeslagen en beschaamd zijn hoofd. 'Jawel, meneer.'

'Drink je elke dag, Bob?'

'Jawel, meneer.'

'Sterkedrank?'

'Ja, meneer.'

'Ik wil je niet op je nummer zetten, hoor, Bob.' De arts geeft Bob een schouderklopje. 'Ik heb er niets mee te maken. Ik veroordeel je niet. Maar mag ik je vragen hoeveel je zo op een dag achteroverslaat?'

Bobs borst verkrampt van vernedering. Alice kijkt uit respect even de andere kant op. Bob overwint zijn schaamte. 'Ik heb geen flauw idee. Soms een paar biertjes, soms een fles sterkedrank als ik eraan kan komen.' Bob kijkt de slanke, bebrilde arts aan. 'Ik zou het begrijpen als je niet wilt dat ik in de buurt van je...'

'Rustig maar, Bob. Je begrijpt me verkeerd. Ik vind het geweldig.'

'Hè?'

'Blijf drinken. Drink zoveel je kunt.'

'Sorry?'

'Zou je een slokje kunnen missen?'

Bob trekt de heupfles langzaam uit zijn zak en houdt zijn blik op de arts gericht.

'Dank je.' Stevens neemt de fles aan, knikt een bedankje en neemt een slok. Hij veegt zijn mond af en biedt de heupfles ook aan Alice aan.

De jonge vrouw wuift hem weg. 'Nee, bedankt, het is een beetje vroeg op de dag voor mij.'

Stevens neemt nog een slokje en geeft de heupfles dan weer terug. 'Als je hier wat langer verblijft, zul je zwaar moeten gaan drinken.'

Bob stopt de fles terug in zijn zak. Hij zegt niets.

Stevens glimlacht weer, en er ligt iets hartverscheurends achter die glimlach. 'Dat is mijn recept, Bob. Zo dronken mogelijk blijven.'

Aan de andere kant van het racecomplex komt onder de noordzijde van de arena een pezig, gedrongen persoon uit een ongemarkeerde metalen deur naar buiten. Hij kijkt naar de lucht. Het is even gestopt met regenen, en er rest nu nog een laag plafond van roetbruine wolken. De gespierde heer heeft een pakketje bij zich, dat in een versleten wollen deken met de kleur van dood gras is verpakt. Het geheel is aan de bovenkant dichtgeknoopt met een stuk koord van ongelooide huid.

De pezige man steekt de straat over en begint over de stoep te lopen. Zijn ravenzwarte haar is glad van het vocht en zit vandaag in een paardenstaart naar achteren.

Tijdens het lopen schiet zijn bovennatuurlijk alerte blik alle kanten op, praktisch tegelijkertijd, en hij neemt alles wat er om hem heen gebeurt in zich op. De afgelopen weken waren de emoties die hem geplaagd hadden bekoeld, en de stem in zijn hoofd doet er inmiddels het zwijgen toe. Hij voelt zich sterk. Dit stadje is zijn bestaansreden, de brandstof die hem gretig en scherp houdt.

Hij wil afslaan op de kruising tussen Canyon en Main, maar ziet dan vanuit zijn ooghoeken een gedaante. De oudere man, de dronkenlap die een paar dagen geleden met die nikker en die meiden was binnengekomen, komt het pakhuis aan het zuidelijke uiteinde van het racecomplex uit. De gerimpelde oude vent blijft even staan om een slok uit zijn heupfles te nemen. Zelfs van een huizenblok afstand kan de gespierde man de blik op zijn gezicht na het doorslikken en het ineenkrimpen door het branden duidelijk zien.

In de verte trekt de oudere man een scheef gezicht, terwijl de alcohol door zijn keelgat stroomt, en die gezichtsuitdrukking komt de pezige man op een of andere vreemde manier bekend voor. Dat gezicht vol schaamte en eenzaamheid geeft de potige man een vreemd, sentimenteel, bijna teder gevoel. De oudere man stopt de fles weer weg en begint naar Main Street te hobbelen, met dat karakteristieke, half manke, halfdronken loopje dat veel daklozen krijgen na jaren zwaar leven op straat. De man gaat erachteraan.

Een paar minuten later kan de gespierde man de verleiding niet weerstaan om naar de zuiplap te roepen. 'Hé daar, makker!'

Bob Stookey hoort de knarsende stem met een licht accent uit een klein, zuidelijk provinciestadje wel, maar door de wind kan hij niet bepalen waar het geluid vandaan komt.

Bob blijft aan de rand van Main Street staan en kijkt om zich heen. Het stadje is vandaag grotendeels verlaten, omdat de regenbuien de inwoners naar binnen jagen.

'Bob, is het toch?' zegt de stem nu van dichterbij, en Bob ziet uiteindelijk iemand vanachter hem naderen.

'O, hallo... hoe gaat het?'

De man slentert geforceerd glimlachend naar Bob toe. 'Met mij gaat het prima, Bob, dank je.' Koolzwarte haarslierten hangen voor het scherpe gezicht van de man. Hij heeft een pakket bij zich, waaruit vocht lijkt te lekken dat op de stoeptegels druppelt. De mensen hier in dit stadje zijn deze man de Governor gaan noemen, een naam die is blijven hangen, en dat vindt deze vent allemaal prima. 'Hebben jullie je plek al een beetje gevonden in ons kleine gehucht?'

'Zeker.'

'Heb je dokter Stevens al ontmoet?'

'Jawel, meneer. Beste vent.'

'Noem me maar Governor.' De glimlach wordt iets vriendelijker. 'Alle anderen noemen me blijkbaar zo. En weet je? Ik vind het eigenlijk wel lekker klinken ook.'

'Dan houden we het op Governor,' zegt Bob, die een blik werpt op het pakket dat de man vastheeft. De deken lekt bloed. Bob kijkt snel de andere kant op. Hij is ervan geschrokken, maar doet net of hij niets gezien heeft. 'Het ziet ernaar uit dat de buien zijn overgewaaid.'

De man blijft glimlachen. 'Loop even met me mee, Bob.'

'Prima.'

Ze lopen over het gebarsten trottoir naar de tijdelijke muur die tussen de rij winkels en de buitenste straten staat. Het geluid van knallende spijkerpistolen is goed te horen boven het geraas van de wind. De muur strekt zich steeds verder uit langs de zuidelijke rand van het zakencentrum. 'Je doet me aan iemand denken,' zegt de Governor na een lange stilte.

'Kate Winslet zal het wel niet zijn, lijkt me.' Bob heeft genoeg alcohol gedronken om wat losser te worden. Hij grinnikt zacht terwijl hij verder hobbelt. 'En Bonnie Raitt vast ook niet.'

'Goed gezegd, Bob.' De Governor kijkt naar zijn pakketje en ziet hoe bloeddruppels kleine vlekken ter grootte van een munt op de trottoirtegels achterlaten. 'Wat een troep maak ik ervan.'

Bob kijkt de andere kant op en begint snel over iets anders. 'Zijn jullie allemaal niet bang dat dat lawaai daar lopers zal aantrekken?'

'We hebben het onder controle, Bob, maak je daar maar geen zorgen over. We hebben aan de bosrand mannen opgesteld staan en we proberen het lawaai tot een minimum te beperken.'

'Dat is goed om te horen... jullie hebben de zaakjes hier behoorlijk op orde.'

'We doen ons best, Bob.'

'Ik heb tegen dokter Stevens gezegd dat hij kan pakken wat hij nodig heeft uit de medische voorraden die ik nog heb.'

'Ben je ook arts dan?'

Bob vertelt de man over Afghanistan, over het oplappen van mariniers en dat hij eervol ontslag had gekregen.

'Heb je kinderen, Bob?'

'Nee, meneer... het is altijd alleen maar ik en Brenda gebleven, mijn vrouw. We hadden een kleine trailer net buiten Smyrna, geen slecht leven.'

'Je kijkt naar mijn pakketje, hè, Bob?'

'Nee, meneer... wat het ook is, het zijn mijn zaken niet. Ik heb er niets mee te maken.'

'Waar is je vrouw?'

Bob gaat wat langzamer lopen, alsof alleen praten over Brenda Stookey al zwaar op hem drukt. 'Ik heb haar tijdens een aanval van lopers vlak na de Verwording verloren.'

'Dat spijt me.' Ze naderen een stuk van de muur waar een poort in zit. De Governor blijft staan, klopt een paar keer, en de naad gaat open. Afval waait op, terwijl een werkman de poort naar achteren trekt, naar de Governor knikt en de twee binnenlaat. 'Mijn huis staat een klein eindje verderop in de straat,' zegt de Governor met een knikje van zijn hoofd naar de oostkant van het stadje. 'Een kleine flat met twee verdiepingen... kom mee, dan schenk ik een borrel voor je in.'

'De gouverneurswoning?' grapt Bob. Hij kan er niets aan doen. De zenuwen en de drank beginnen hem parten te spelen. 'Moet u geen wetsvoorstellen aannemen?'

De Governor staat stil, draait zich om en glimlacht naar Bob. 'Nú weet ik aan wie je me doet denken.'

In die fractie van een seconde, waarin hij daar zo in dat grijze, bewolkte daglicht staat, ervaart de pezige man, die zichzelf vanaf dat moment ook echt als de Governor zal gaan zien, een geestelijke aardverschuiving. Hij staat daar naar een lompe, diep doorgroefde, alcoholische oude knakker uit Smyrna te staren, die als twee druppels water lijkt op Ed Blake, de ouweheer van de Governor. Ed Blake had dezelfde mopsneus, prominente wenkbrauwen en kraaienpoten rond roodomrande ogen. En Ed Blake was ook een zware drinker, net zoals deze vent, en hij had eenzelfde soort humor. Ed Blake flapte er met hetzelfde dronken genoegen sarcastische opmerkingen uit om iemands gevoelens met woorden te kwetsen, wanneer hij zijn gezin geen pak slaag gaf met de rug van zijn grote, eeltige handen.

En opeens borrelt er op een golf van sentimenteel verlangen een andere, diep begraven kant van de Governor op. Hij wordt haast duizelig bij de herinnering aan de grote Ed Blake in betere tijden; een eenvoudige boerenkinkel en arbeider, die zijn demonen lang genoeg probeerde te beteugelen om een liefhebbende vader te zijn. 'Je doet me denken aan iemand die ik lang geleden gekend heb,' zegt de Governor uiteindelijk, en de toon van zijn stem wordt vriendelijker terwijl hij Bob Stookey in de ogen kijkt. 'Kom op, laten we wat gaan drinken.'

De rest van hun tocht door de veilige zone praten de twee mannen zachtjes, maar openhartig, zoals oude vrienden.

Op een gegeven moment vraagt de Governor aan Bob wat er met zijn vrouw is gebeurd.

'Waar we woonden, op dat caravanterrein...' zegt Bob langzaam en ernstig, terwijl hij verder hobbelt en aan donkere dagen terugdenkt. 'We werden op een dag onder de voet gelopen door lopers. Ik probeerde ergens buiten wat proviand bij elkaar te sprokkelen toen het gebeurde... tegen de tijd dat ik terugkwam waren ze al bij ons binnen geweest.'

Hij zwijgt even en de Governor zegt niets, maar loopt gewoon zwijgend en in afwachting verder.

'Ze hadden hun tanden al in haar gezet, en ik heb ze zo goed als ik kon bij haar vandaan gehouden... en... blijkbaar hadden ze alleen maar genoeg van haar gegeten om haar te laten terugkomen.'

Er valt weer een martelende stilte. Bob likt zijn droge lippen. De

Governor ziet wel dat de man heel erg aan een borrel toe is, dat hij zijn medicijn nodig heeft om de herinneringen een halt toe te roepen.

'Ik kon me er niet toe brengen om haar zelf af te maken.' Dit zegt Bob zwaar ademend en met een verkrampte stem. Zijn druipogen lopen vol. 'Ik ben er niet trots op dat ik haar heb achtergelaten. Ik weet vrijwel zeker dat ze daarna een paar andere mensen te grazen heeft genomen. Haar arm en haar onderlichaam waren behoorlijk verminkt, maar ze kon nog gewoon rondlopen. Die mensen die ze te pakken heeft gekregen... hun dood is mijn schuld.'

Het blijft een tijdje stil.

'Het is soms moeilijk om los te laten,' durft de Governor uiteindelijk te zeggen, waarbij hij omlaag kijkt naar zijn gruwelijke pakketje. Het gedruppel is iets minder geworden, omdat het bloed inmiddels is gestold tot de stroperigheid van melasse. Dan merkt de Governor dat Bob peinzend naar de bloeddruppels kijkt en ze met gefronst voorhoofd bestudeert. Hij ziet er bijna nuchter uit.

Bob gebaart naar het gruwelijke pakketje. 'Je hebt een naaste die overgegaan is, hè?'

'Dom ben je niet... hè, Bob?'

Bob veegt peinzend zijn mond. 'Ik heb er nooit aan gedacht om Brenda te voederen.'

'Kom op, Bob, ik wil je iets laten zien.'

Ze komen aan bij het bakstenen gebouw met twee verdiepingen aan het einde van het huizenblok, en Bob volgt de Governor naar binnen.

'Blijf even achter me staan, Bob.' De Governor wurmt een sleutel in een nachtslot op de deur aan het einde van een gang op de bovenverdieping. De deur klikt open, en vanbinnen klinkt zacht gegrom. 'Ik zou het op prijs stellen als je wat je zo gaat zien voor jezelf zou houden, Bob.'

'Geen probleem... ik zal er niets over zeggen.'

Bob loopt achter de Governor aan en komt in een spartaans ingericht tweekamerappartement terecht. Het ruikt er naar bedorven vlees en ontsmettingsmiddel, en de ramen zijn met zwarte industriele verf beschilderd. Een tot op de grond reikende spiegel vlak bij de voorhal is bedekt met krantenpapier en afplaktape. Door een deuropening is te zien dat de spiegel in de badkamer verdwenen is, en dat alleen een vage, ovale omtrek boven de wasbak nog van zijn vroegere aanwezigheid getuigt. Alle spiegels in het huis zijn verwijderd.

'Ze betekent alles voor me,' zegt de Governor. Bob volgt de man naar de andere kant van de woonkamer, waar ze door een kort gangetje en vervolgens via een doorgang naar een krappe wasruimte lopen, waar het rechtopstaande lijk van een meisje met een ketting vastzit aan een in de muur verankerde U-beugel.

'O, mijn god.' Bob blijft op afstand. Het dode meisje heeft nog vlechten in en draagt een overgooier, alsof ze op het punt staat naar de kerk te gaan. Ze grauwt en spuugt en haalt naar hen uit, waarbij ze haar ketting helemaal straktrekt in de verankering. Bob doet een stap naar achteren. 'Och, mijn god.'

'Rustig maar, Bob.'

De Governor gaat op zijn hurken voor de kleine zombie zitten en legt het pakketje op de vloer. Het meisje hapt met klapperende, zwart geworden tanden om zich heen. De Governor pakt een mensenhoofd uit, waarvan de schedelholte aan één kant openligt als gevolg van een schot van zeer dichtbij.

'Godallemachtig.' Bob ziet dat het mensenhoofd, waarvan de schedelholte aan één kant al krioelt van de maden, gesierd wordt door kort stekeltjeshaar, alsof het ooit aan een soldaat of een marinier heeft toebehoord.

'Dit hier is Penny... ze is enig kind,' legt de Governor uit, terwijl hij het druipende, afgehakte hoofd binnen bereik van het vastgeketende kadaver schuift. 'We kwamen uit een provinciestadje dat Waynesboro heet. Penny's moeder, mijn geliefde vrouw Sarah, kwam nog voor de Verwording om in een auto-ongeluk.'

Het kind voedt zich.

Bob kijkt tegelijkertijd geschokt en gebiologeerd toe vanuit de deuropening hoe de minizombie slurpt en op het zachte weefsel in de schedelholte kauwt alsof ze het vlees van een kreeft eruit vist.

De Governor kijkt toe hoe ze eet. De slurpgeluiden vullen de ruimte. 'Mijn broer Brian en ik gingen er samen met een paar vrienden van me en Penny hier op uit naar groenere weiden. We vertrokken naar het westen, zijn een tijdje in Atlanta gebleven, hebben ons bij andere mensen aangesloten en hebben ook wat mensen verloren. We zijn naar het westen blijven gaan.'

Het kleine lijk bedaart en leunt nu tegen de muur, waar ze met haar kleine, vette, scharlakenrood besmeurde vingers diep in de uitgeholde schedel op zoek is naar de laatste restjes.

De stem van de Governor zakt een octaaf. 'We raakten in een handgemeen met een stel voddenbalen in een boomgaard niet ver hiervandaan.' Hij komt even niet uit zijn woorden. Hij huilt niet, maar zijn stem breekt wel een beetje. 'Ik liet mijn broer op Penny passen, terwijl ik ze ging verjagen... en van het een kwam het ander.'

Bob kan zich niet verroeren. Hij krijgt er geen woord uit in deze benauwde kamer met bevlekte tegels, blootliggend leidingwerk en door schimmel donker geworden voegwit. Hij kijkt naar de kleine gruwel, die nu een tevreden uitdrukking op haar ziekelijke gezicht heeft. Er hangen draadjes hersenweefsel aan haar kleine tuitlippen, en terwijl ze achteroverleunt, rollen haar grijswitte ogen naar achteren in haar hoofd.

'Mijn broer heeft er een grandioze puinhoop van gemaakt, en mijn meisje kwam te overlijden,' legt de Governor vervolgens uit. Hij heeft zijn hoofd gebogen, en zijn kin rust op zijn borst. Zijn stem loopt over van emotie. 'Brian was zwak, en meer valt er verder niet over te zeggen. Maar ik kon haar niet loslaten.' Hij kijkt Bob met rode, vochtige ogen aan. 'Ik weet dat je begrijpt wat ik bedoel, Bob. Ik kon mijn kleine meid niet loslaten.'

Bob begrijpt het wel. Zijn borst verkrampt van verdriet om zijn Brenda.

'Ik geef mezelf er de schuld van dat Penny is overleden en weer is teruggekomen.' De Governor staart naar de grond. 'Ik hield haar in leven met kleine stukjes, en we bleven doorrijden naar het westen. Tegen de tijd dat we bij Woodbury aankwamen, had schuldgevoel mijn broer tot complete waanzin gedreven.'

Het ding dat vroeger een meisje was laat de schedel vallen alsof ze een oesterschaal weggooit. Ze kijkt met haar melkachtige ogen om zich heen alsof ze uit een droom ontwaakt is.

'Ik heb Brian als een zieke hond moeten afmaken,' fluistert de Governor bijna in zichzelf. Hij doet een stap dichter naar het kleine ding toe dat vroeger een kind was. Zijn stem is bijna levenloos geworden. 'Soms zie ik nog altijd mijn Penny in haar... als ze rustig is, zoals nu.'

Bob moet iets wegslikken. Tegenstrijdige gevoelens razen en golven door hem heen: walging, verdriet, angst, diepgeworteld verlangen en zelfs mededogen voor deze geesteszieke persoon. Hij laat zijn hoofd hangen en zegt: 'Je hebt het stevig te verduren gehad.'

'Moet je eens zien, Bob.' De Governor knikt naar de kleine zombie. Het kindwezen houdt haar hoofd iets schuin en staart de Governor verward aan. Het wezen knippert met haar ogen. Er flakkert een sprankje Penny Blake op achter haar ogen. 'Mijn meisje zit nog steeds daarbinnen. Toch, liefje?'

De Governor loopt naar het geketende wezen, gaat op zijn hurken zitten en streelt haar lijkbleke wang.

Bob verstart en zegt: 'Voorzichtig, je wilt niet dat ze...'

'Daar is mijn mooie, kleine meisje.' De Governor streelt het samengeklitte haar van het ding. De minizombie knippert met haar ogen. Het ziekelijk bleke gezicht verandert. Ze knijpt haar ogen toe en trekt haar zwart geworden lippen op van kleine, rottende tanden.

Bob doet een stap naar voren. 'Kijk uit...'

Het Penny-ding hapt met haar kaken naar het onbeschutte vlees van de pols van de Governor, maar de Governor trekt hem nog net op tijd weg. 'Hola!'

De kleine zombie trekt haar ketting strak, krabbelt overeind en klauwt om zich heen... terwijl de Governor zich terugtrekt. Hij spreekt in kindertaal tegen haar. 'Rebels rakkertje van me... had je pappie bijna te pakken!'

Bob wordt licht in zijn hoofd. Hij voelt zijn walging toenemen en zijn maaginhoud dreigt omhoog te komen.

'Zou je me een plezier willen doen, Bob, en even in dat geopende pakket waar het hoofd in zat willen voelen?'

'Wat?'

'Zou je zo vriendelijk willen zijn om dat laatste lekkernijtje in die zak daar te pakken?'

Bob houdt zijn braaksel in en draait zich om. Hij kijkt in het pakketje op de vloer. In een opdrogende klodder bloed op de bodem van de zak ligt een bleke mensenvinger, zo te zien van een man. Er zit haar op de knokkels, en uit het gerafelde uiteinde steekt een klompje wit bot.

Er schiet iets los in Bob, zoals een elastiekje dat plotseling knapt, en hij haalt een zakdoek uit zijn zak, bukt zich en pakt de vinger op.

'Waarom neem jíj de honneurs niet waar, mijn vriend,' stelt de Governor voor. Hij torent trots uit boven het happende zombiekind en heeft zijn handen in zijn zij.

Bob heeft het gevoel dat zijn lichaam uit zichzelf in beweging komt en een eigen wil heeft. 'Ja... goed.'

'Ga je gang.'

Bob staat slechts centimeters buiten de reikwijdte van de ketting, die tegen de u-beugel knalt, terwijl het Penny-ding luid naar hem grauwt en brabbelt. 'Ja... waarom niet?'

Bob houdt de vinger op een armlengte afstand voor zich uit en voert hem aan het wezen.

Het kleine lijk schrokt het ding weg, valt op haar knieën en propt de vinger met twee handen in haar kleine, vraatzuchtige put van een mond. De misselijkmakende, vochtige geluiden vullen de wasruimte.

De twee mannen staan er nu zij aan zij naar te kijken. De Governor slaat zijn arm om zijn nieuwe vriend.

Tegen het einde van de week hebben de mannen die aan de muur werken de rand van het derde huizenblok bereikt, langs Jones Mill Road, waar het dichtgespijkerde en met graffiti bekladde postkantoor staat. Op de bakstenen muur langs het parkeerterrein heeft een of andere grappenmaker die een paar jaar letterkunde heeft gestudeerd met een verfspuit de woorden DIT IS HOE DE WERELD EINDIGT NIET MET EEN KNAL MAAR MET EEN LOPER geschreven; een constante herinnering aan het uiteenvallen van de samenleving en van de overheidsdiensten zoals we die kennen.

Op zaterdag belandt Josh in een werkploeg die dolly's met stukken hout van de ene kant van het trottoir naar de andere kant sleurt, en ruilt hij zijn spierkracht tegen voedsel, zodat hij en Lilly te eten blijven hebben. Hij heeft geen waardevolle spullen meer over om te ruilen, en de afgelopen paar dagen heeft Josh kloteklussen gedaan, zoals het legen van latrines en het schoonmaken van dierenkarkassen in de rokerij. Maar hij doet het werk graag voor Lilly.

Josh is zo verliefd geworden op de vrouw dat hij 's nachts nadat Lilly in zijn armen in slaap is gevallen heimelijk zijn tranen de vrije loop laat in de verlaten duisternis van de flat in het gebouw zonder lift. Josh wordt overvallen door de ironie van het feit dat hij de liefde vindt te midden van de ravage van deze plaag. Josh is zo vervuld van een soort roekeloze hoop en van de dromerige bijwerkingen van de eerste echt intieme relatie in zijn leven, dat hij de afwezigheid van de andere leden van zijn groep amper opmerkt.

Hun clubje lijkt uit elkaar gevallen te zijn. Josh vangt zo nu en dan 's nachts een glimp van Megan op, wanneer ze schaars gekleed en stoned langs het hekwerk van de woonhuizen kruipt. Josh heeft geen idee of ze nog iets met Scott heeft. Scott is in feite verdwenen. Niemand lijkt te weten waar hij is, en de trieste waarheid is dat het niemand erg veel lijkt te kunnen schelen. Megan lijkt het druk genoeg te hebben. Tussen de ongeveer vijftig inwoners van Woodbury zitten maar een stuk of tien vrouwen, en van die vrouwen zitten er maar vier nog niet in de menopauze.

Maar Bobs ogenschijnlijke promotie tot stadsmascotte baart hem veel meer zorgen. De Governor heeft blijkbaar interesse opgevat voor die ouwe Bob en heeft de man doorlopend voorzien van goede whisky, barbituraten en nu ook van sociaal aanzien. En Josh vertrouwt het leiderschap van die psychopaat ongeveer net zoveel als hij een van de lopers zou vertrouwen als trainer van het jeugdhonkbalteam.

Maar deze zaterdagmiddag zet Josh dat alles uit zijn hoofd, terwijl hij een pallet met gevelbeplating aflaadt aan het einde van de tijdelijke muur. Andere werkmannen lopen langs de zijkanten van de barricade en spijkeren planken op hun plaats. Sommige mannen gebruiken hamers en andere mannen gebruiken spijkerpistolen die aan gas aangedreven generatoren verbonden zijn. Het lawaai is zorgwekkend, om niet te zeggen ondraaglijk.

'Stapel ze daar maar op bij de zandzakken, makker,' zegt Martinez met een gemoedelijk knikje en een M1-aanvalsgeweer op zijn heup.

Martinez heeft zijn karakteristieke bandana op en zijn mouwloze camouflageoverhemd aan, en hij is nog altijd de vriendelijkheid
zelve. Josh krijgt maar geen hoogte van de man. Hij lijkt de even-
wichtigste van de hele Woodbury-kliek, maar de lat ligt hier niet erg
hoog. Martinez heeft de taak leiding te geven aan de continu wisse-
lende bewakersploegen op de muren en brengt nauwelijks tijd door
met de Governor, hoewel het stel twee handen op één buik is. 'Probeer alleen zo min mogelijk lawaai te maken, vriend,' voegt hij er
nog met een knipoog toe, 'als het even kan.'

'Begrepen,' zegt Josh, die naar hem knikt en de stukken spaan-
plaat van één twintig bij één tachtig van de pallet op de grond begint
te tillen. De winterzon staat hoog aan de lucht vandaag, en het zweet
breekt hem uit op zijn nek en zijn rug. Hij trekt zijn houthakkersjas
uit en heeft het stapelwerk binnen enkele minuten afgerond.

Martinez komt naar hem toe. 'Waarom ga je voor de lunch niet
nog een lading halen?'

'Begrepen,' zegt Josh en hij trekt de lege dolly weg van de stapel,
keert vervolgens om en loopt over het voetpad terug, waarbij hij zijn
jas, met daarin zijn .38 met extra korte loop, aan een hekpaal laat
hangen.

Josh vergeet soms dat de revolver in zijn jaszak zit. Hij heeft het
ding nog niet hoeven gebruiken sinds ze in Woodbury zijn. De bewakers houden het allemaal behoorlijk goed in de gaten.

De afgelopen week hebben er zelfs maar een paar aanvallen plaatsgevonden langs de bosrand of op de zijwegen. En die werden eenvoudig en onmiddellijk de kop ingedrukt door het goed bewapende team
hobbysoldaten. Volgens Martinez hebben de huidige machthebbers
in Woodbury op loopafstand van het stadje een wapenopslagplaats
op een basis van de nationale garde ontdekt. Een compleet arsenaal
aan militair wapentuig, waarvan de Governor nuttig gebruik heeft
gemaakt.

Eigenlijk zijn aanvallen van lopers niet de Governors grootste zorg. De menselijke bevolking van Woodbury lijkt wel te verzieken onder de druk van het leven na de plaag. Men is snel geïrriteerd. Mensen beginnen tegen elkaar uit te vallen.

Josh overbrugt de afstand van twee huizenblokken tussen het bouwterrein en het pakhuis in minder dan vijf minuten, terwijl hij over Lilly nadenkt en over zijn toekomst met haar. Omdat hij in gedachten verzonken is, merkt hij de geur die hem begint te omgeven zodra hij het houten gebouw aan de rand van de spoorlijnen nadert niet op.

Het pakhuis was ooit een opslagschuur voor het zuidelijke eindstation van de Chattooga en Chickamauga Railway. Tabaksplanters hebben de hele twintigste eeuw hun balen met onbewerkte bladeren via deze spoorlijn voor verdere verwerking naar het noordelijker gelegen Fayetteville vervoerd.

Josh sjokt naar het lange, smalle gebouw en parkeert de dolly voor de deur. Het gebouw is op het hoogste punt van zijn gehavende puntdak minstens tien meter hoog. De buitenmuurbekleding is stokoud, splintert af en draagt de sporen van verwaarlozing. Het enige, hoge raam naast de deur is eruit gebroken en vervolgens dichtgespijkerd. Het ziet eruit als een verwoest museum, een overblijfsel van het oude Zuiden. Werkmannen gebruiken het gebouw nu om het hout droog te houden en om bouwmateriaal op te slaan.

'Josh!'

Bij het horen van de vertrouwde stem die de wind vanachter hem meevoert, blijft Josh bij de ingang staan. Hij draait zich om en ziet Lilly komen aandraven. Ze heeft een vermoeide glimlach op haar slanke gezicht en is zoals altijd excentriek gekleed: slappe hoed, veelkleurige sjaals en een jas van prairiewolfbont, die ze met een oudere vrouw in het stadje had weten te ruilen.

'Meisje van me, wat een welkome verrassing,' zegt Josh, en hij pakt haar vast en trekt haar in een stevige, maar tedere omhelzing naar zich toe. Ze omhelst hem ook, maar niet echt met volle overgave, meer met een soort platonische knuffel, zodat Josh zich eens te meer afvraagt of hij misschien te hard van stapel is gelopen tegen haar. Of misschien heeft hun vrijpartij een of andere complexe dynamiek tussen hen veranderd. Of misschien heeft hij niet aan haar verwachtingen voldaan. Ze lijk wat terughoudend met haar genegenheid. Een heel klein beetje. Maar Josh zet het uit zijn hoofd. Misschien is het alleen de stress.

'Kunnen we praten?' zegt ze, en ze kijkt hem ernstig en somber aan.

'Natuurlijk... kom je me helpen?'

'Na jou,' zegt ze, en ze gebaart naar de ingang. Josh draait zich om en trekt de deur open.

Aanvankelijk merken ze de geur van dood vlees, die zich vermengt met de schimmelige, bedompte duisternis in de opslagschuur, niet eens op. En ze zien ook niet dat er een opening zit tussen twee versteende stukken van de gipsplaatwand aan de achterzijde van de schuur, of dat de achterkant van het gebouw gevaarlijk blootligt op een stuk ongetemd bos. Het gebouw strekt zich zeker dertig meter naar achteren uit in de duisternis en is behangen met spinnenwebben. Het ligt er vol afgedankte stukken rails, die zo roestig en aangevreten zijn dat ze een aardekleur hebben gekregen.

'Wat is er aan de hand, meisje?' Josh loopt over de vloer van lichte bouwstenen naar een stapel houten gevelbeplating. De platen zien eruit alsof ze onderdeel van een schuur zijn geweest, en de donkerrood geverfde groeven splinteren af en zijn met modderkorsten bedekt.

'We moeten verder, Josh, we moeten uit dit stadje weg... voordat er iets vreselijks gebeurt.'

'Binnenkort, Lilly.'

'Nee, Josh. Ik meen het. Luister naar me.' Ze trekt aan zijn arm, zodat hij zich omdraait en ze elkaar aankijken. 'Het kan me niet schelen of Megan en Scott en Bob blijven... we moeten deze plek verlaten. Het lijkt aan de buitenkant wel allemaal zo gezellig en geregeld als in een familieserie op tv, maar eronder is het verrot.'

'Ik weet het... Ik moet alleen...'

Hij zwijgt, omdat hij vanuit zijn ooghoeken door de latten waarmee het raam is dichtgespijkerd een wazige gestalte ziet.

'O, mijn god, Josh, heb je...'

'Ga achter me staan,' zegt hij, terwijl hij zich een aantal dingen tegelijk realiseert. Hij ruikt de geur die zich door de muskus van de vochtige schuur verspreidt, hij hoort het lage, schraperige gegrom dat van de achterzijde van het gebouw komt en hij ziet een taartpunt daglicht door een gat in de hoek stralen.

En het ergste is dat Josh ook beseft dat hij zijn revolver in zijn jas heeft laten zitten.

10

Op datzelfde moment klinkt er buiten de opslagschuur een salvo automatisch geweervuur.

Het dichtgespijkerde raam naast de voordeur barst naar binnen open, en Lilly schrikt op in het donker van de schuur. Josh draait zich razendsnel om naar de stapel hout.

Drie grauwende zombies, die met hun gezamenlijke gewicht door het stokoude hout hebben weten te breken, beginnen de schuur in te klimmen. De twee mannen en een vrouw, ieder met diepe wonden in het gezicht en opengereten wangen, zodat het tandvlees en de tanden als rijen dof ivoor blootliggen, tuimelen de duisternis binnen. Een koor van gegrom weergalmt in het gebouw.

Dit alles is nog maar amper tot Josh doorgedrongen, of hij hoort vanuit de achterkant van de donkere schuur geschuifel op hem af komen. Hij draait zich weer om en ziet de reusachtige loper in zijn overall, naar alle waarschijnlijkheid een vroegere boer. Zijn ingewanden hangen er als slijmerige bidkralen uit, terwijl hij door de zonnestralen vol stofdeeltjes naar hem toe sloft en wankelend tegen stapels kratten en bergen oude bielzen botst.

'Lilly, ga áchter me staan!'

Josh schiet naar de stapel hout en tilt een enorm houten paneel op, dat hij als een schild voor hen houdt. Lilly drukt zich zwaar hijgend tegen zijn rug aan en begint te hyperventileren van angst. Josh tilt de plaat op en begint naar de grote loper toe te lopen. Hij vordert zo traag als een vleugelverdediger die van het middenveld naar het achterveld vertrekt om een quarterback onderuit te halen.

Josh smijt de houtplaat tegen de loper, die een kwijlerige kreun uitstoot.

Door de kracht van de klap wordt het grote lijk achterwaarts tegen de vloer geworpen. Josh werpt zich met de houtplaat boven op het ding. Lilly gooit zich er ook bovenop. Het gewicht van hun lichamen zorgt ervoor dat het ding tegen de vloer van lichte bouwblokken wordt gedrukt, en zijn dode ledematen kronkelen onder het paneel, waarbij zijn zwart geworden vingers onder de zijkanten van het hout uitsteken en naar lucht klauwen.

Buiten in de wind luidt een noodklok.

'Godverdomme!'

Josh verliest zijn zelfbeheersing en begint met de plaat tegen de reusachtige, dode boer aan te rammen, zodat Lilly van zijn rug wordt geworpen. Josh staat op en begint met zijn werklaars op het paneel te stampen, zodat de schedel van de zombie gekraakt wordt. Josh springt nu op en neer op de houtplaat en stoot met een van woede vertrokken gezicht een reeks vervormde, loeiende kreten uit.

Hersenweefsel stroomt en sproeit onder de bovenkant van de houtplaat vandaan, totdat het misselijkmakende gekraak van dode schedelbotten afneemt en de boer uiteindelijk niet meer beweegt. Er stroomt een enorme hoeveelheid zwarte vloeistof onder het hout vandaan.

Dit alles gebeurt binnen enkele seconden, terwijl Lilly doodsbenauwd achteruitloopt. Opeens klinkt er op straat voor de schuur een stem; een bekende stem, kalm en beheerst ondanks het volume. 'Bukken, mensen! Ga op de vloer liggen!' Ergens in zijn achterhoofd herkent Josh de stem van Martinez, en tegelijkertijd herinnert hij zich dat de drie andere lopers hen van de voorkant van de schuur naderen.

Josh springt van de houtplaat af, draait zich snel om en ziet de drie lopers op Lilly afkomen en hun spastische, levenloze armen naar haar uitstrekken. Lilly gilt. Josh schiet naar haar toe en kijkt onderweg uit naar een wapen. Er ligt alleen maar schroot en zaagsel op de vloer.

Lilly loopt gillend naar achteren, en het lawaai van haar geschreeuw vermengt zich met een bulderende, gezaghebbende stem buiten voor de ingang: 'Op de grond, mensen! Op de grond, nú!'

Josh begrijpt het onmiddellijk, en hij pakt Lilly vast om haar tegen de vloerblokken te trekken.

De drie dode dingen doemen met geopende, kwijlende monden boven hen op en zijn nu zó dichtbij dat Josh de walgelijke geur van hun stinkende adem kan ruiken.

De gevel licht op, en een salvo automatisch geweervuur prikt een parelketting van gaten in de gipsplaatwand, elk gat een speldenpunt daglicht. Het salvo doorzeeft het middenlijf van de drie rechtopstaande kadavers en laat ze een macabere watusi dansen in het donker.

Het lawaai is oorverdovend. Houtsplinters, brokken pleisterwerk en stukken rottend vlees regenen neer op Josh en Lilly, die hun hoofden bedekken.

Josh vangt vanuit zijn ooghoeken een glimp op van het macabere gedans van de lopers, die op een drumbeat zonder vast ritme met hun lichaam schokken en trekken, terwijl felle lichtbundeltjes de duisternis doorkruisen.

Schedels barsten open. Kleine deeltjes vliegen in het rond. De dode gestalten zakken in elkaar en gaan een voor een tegen de grond. Het spervuur houdt aan. Dunne stroken daglicht vullen de schuur met een weefgetouw van doods, helder zonlicht.

Het wordt stil. Josh hoort voor de schuur het gedempte gerinkel van gebruikte patronen die op de stoep vallen. Hij hoort het vage gekletter van het verschuiven van grendels en van staartstukken die herladen worden, het door de wind verstrooide gezamenlijke gehijg van de inspanning.

Er gaat een moment voorbij.

Hij keert zich naar Lilly toe, die naast hem ligt en hem vastklampt, waarbij ze in elke hand een stuk overhemd van hem vastheeft. Ze lijkt even bijna in catatonische toestand en houdt haar gezicht tegen de vloerblokken gedrukt. Josh trekt haar dicht tegen zich aan en streelt haar rug.

'Gaat het?'

'Geweldig... helemaal prima.' Ze lijkt uit haar angstaanval te ontwaken en kijkt omlaag naar de steeds groter wordende poel hersenvloeistof. De doorzeefde en van ingewanden beroofde lichamen liggen maar centimeters bij hen vandaan. Lilly gaat rechtop zitten.

Josh staat op en helpt haar overeind. Hij wil net nog iets zeggen, maar dan wordt zijn aandacht getrokken door het gekraak van oud hout bij de ingang. De bovenste helft van de deur is doorzeefd met kogels, maar wat er nog van over is, gaat piepend open.

Martinez tuurt naar binnen. Hij praat gehaast en resoluut. 'Zijn jullie twee in orde?'

'Alles in orde,' zegt Josh tegen hem, en dan hoort hij een geluid in de verte. Luide, boze stemmen weerklinken op de wind. Een gedempte knal.

'We moeten nog een ander brandje blussen,' zegt Martinez, 'als jullie oké zijn, tenminste.'

'Alles in orde.'

Martinez draait met een kortaf knikje weg van de deuropening en verdwijnt in het bewolkte daglicht.

Twee huizenblokken ten oosten van de spoorlijnen is in de buurt van de barricade een gevecht uitgebroken. Vechtpartijen zijn de normaalste zaak van de wereld in Woodbury. Twee weken geleden kregen een paar bewakers van de slager het met elkaar aan de stok over het rechtmatige eigendom van een veel doorgebladerd nummer van het tijdschrift *Barely Legal*. Dokter Stevens had voordat die dag voorbij was de kaak van een van de vechtersbazen weer in de kom moeten zetten en had de van bloeduitstortingen vergeven linkeroogkas van de andere vent moeten oplappen.

Meestal worden deze vechtpartijen min of meer privé gehouden, door ze binnen uit te vechten of laat op de avond. Ze kunnen zomaar uitbreken, om het triviaalste wat je maar kunt bedenken. Iemand kijkt een ander op een verkeerde manier aan, iemand vertelt een grap waardoor iemand anders zich beledigd voelt of iemand ergert zich gewoon mateloos aan iemand anders. De Governor maakt zich nu al weken zorgen over de toenemende frequentie van het aantal vechtpartijen.

Maar tot vandaag waren de meeste van die kleine knokpartijen privéaangelegenheden gebleven.

Het handgemeen van vandaag vindt op klaarlichte dag plaats,

vlak voor het voedselcentrum, onder de ogen van zeker twintig toeschouwers... en de menigte lijkt de hevigheid van het gevecht te versterken. Eerst kijken de toeschouwers nog met afkeer toe, terwijl de twee jonge vechtersbazen elkaar met blote vuisten te lijf gaan in de ijskoude wind, hun onelegante vuistslagen vol wrevel en woede, hun ogen verlicht door ongeleide razernij.

Maar al snel verandert er iets in de menigte. Boos geschreeuw gaat over in geroep en geloei. Bloeddorst laait op in de ogen van het galerijpubliek. De stress van de plaag komt er in boos hyenagehuil en psychotische juichkreten uit, en sommige jongere mannen staan plaatsvervangend met hun vuisten te zwaaien.

Martinez en zijn bewakers komen precies op het hoogtepunt van het gevecht aanlopen.

Dean Gorman, een ultraconservatieve boerenjongen uit Augusta met een gescheurd spijkerpak aan en heavy-metal-tatoeages, schopt de benen onder het lijf van Johnny Pruitt vandaan, een dikke, pafferige wietroker uit Jonesboro. Pruitt, die het in zijn bolle hoofd heeft gehaald om kritiek te uiten op het footballteam van de Augusta State Jaguars, gaat nu met een zucht tegen de zanderige grond.

'Hé! Even dimmen daar!' Martinez komt van de noordkant van de straat aan en heeft zijn M1, die nog warm is van het opstootje in de opslagschuur bij het spoor, op zijn heup. Hij wordt op de voet gevolgd door drie bewakers, die hun geweren ook voor zich vasthouden. Bij het oversteken van de straat zijn de kemphanen voor Martinez moeilijk te zien achter de halve cirkel van juichende toeschouwers.

Alles wat hij ziet is een stofwolk, rondvliegende vuisten en samenscholend publiek.

'Hé!'

Binnen de kring van toeschouwers ramt Dean Gorman met de stalen neus van zijn werklaars tegen Johnny Pruitts ribben, zodat de dikke vent jankend van pijn wegrolt. De menigte juicht. Gorman springt boven op de jongen, maar Pruitt antwoordt met een knietje in Gormans kruis. Het publiek loeit. Gorman tuimelt op zijn zij en grijpt zijn edele delen vast, terwijl Pruitt uithaalt met een reeks zijwaartse vuistslagen tegen Gormans gezicht. Er vliegen donkere slierten bloed uit Gormans neus op het zand.

Martinez begint omstanders opzij te duwen en baant zich een weg naar het strijdperk.

'Martinez! Wacht even!'

Martinez voelt hoe een hand zich als een bankschroef om zijn arm klemt, en als hij zich omdraait, ziet hij de Governor.

'Wacht heel even,' zegt de pezige man op fluistertoon, met een fonkelend sprankje interesse in zijn diepliggende ogen. Zijn krulsnor is donker en dik geworden, wat zijn gezicht een roofdierachtige uitdrukking geeft. Hij heeft een overhemd van kamerdoek, een spijkerbroek en hoge, nauwe motorlaarzen aan. Eroverheen draagt hij een zwarte kamerjas, waarvan de panden majestueus in de wind wapperen. Hij ziet eruit als een gedegenereerde paladijn uit de negentiende eeuw, een zelfverzonnen kruising tussen een revolverheld en een pooier. 'Ik wil iets bekijken.'

Martinez laat zijn wapen zakken en buigt zijn hoofd iets naar het gevecht toe. 'Ik maak me gewoon zorgen dat een van hen definitief het loodje legt.'

Intussen heeft Big Johnny Pruitt zijn vadsige vingers om Dean Gormans keel geklemd en begint Gorman naar adem te snakken en bleek te worden. Het handgemeen verandert binnen een paar seconden van een keiharde knokpartij in een gevecht op leven en dood. Pruitt is niet van plan los te laten. De menigte schreeuwt lelijke, vervormde toejuichingen. Gorman spartelt en stuiptrekt. Hij heeft geen lucht meer en zijn gezicht krijgt de kleur van een aubergine. Zijn ogen puilen uit en hij sproeit bloederig speeksel.

'Hou op je zorgen te maken, opoe,' mompelt de Governor, die geconcentreerd toekijkt met die holle ogen van hem.

En dan beseft Martinez dat de Governor niet naar het gevecht als zodanig kijkt. Zijn ogen schieten heen en weer binnen de halve cirkel van schreeuwend publiek; de Governor kijkt naar de toeschouwers. Hij lijkt elk gezicht in zich op te nemen, elk jakhalsachtig gehuil, al het gejouw en elke gil.

Ondertussen begint Dean Gorman op de grond te verslappen in de houdgreep van Johnny Pruitts worstenvingers. Gormans gezicht krijgt de kleur van droog cement. Zijn ogen rollen naar achteren in zijn hoofd en hij houdt op met worstelen.

'Oké, zo is het wel genoeg... trek hem eraf,' zegt de Governor tegen Martinez.

'Iedereen aan de kant!'

Martinez houdt zijn geweer met beide handen vast en baant zich een weg door de menigte.

Die grote, dikke Johnny Pruitt laat onder dreiging van de loop van de MI uiteindelijk los, en Gorman ligt op de grond te stuiptrekken. 'Ga Stevens halen,' draagt Martinez een van zijn bewakers op.

De menigte is nog steeds opgefokt door alle opwinding en stoot een collectief gekreun uit. Sommige mensen mopperen, en er klinkt wat boegeroep uit frustratie over de anticlimax.

De Governor staat er afzijdig bij en neemt het allemaal in zich op. Wanneer de toeschouwers zich beginnen te verspreiden en hoofdschuddend weglopen, komt de Governor naar Martinez toe, die nog steeds bij de kronkelende Gorman staat.

Martinez kijkt de Governor aan. 'Hij haalt het wel.'

'Mooi.' De Governor werpt een blik op de jongeman op de grond. 'Ik denk dat ik ineens weet wat ik met die gardisten aan moet.'

Op hetzelfde moment zitten vier mannen met elkaar te fluisteren onder de ondergrondse verdiepingen van het racecomplex, in de duisternis van een geïmproviseerde detentiecel.

'Het gaat nooit werken,' zegt de eerste man sceptisch. Hij zit in de hoek in zijn boxershort met pisvlekken naar de schaduwen van zijn medegevangenen te staren, die om hem heen op de grond zijn gaan zitten.

'Hou toch je muil, Manning,' sist de tweede man. De vijfentwintigjarige, broodmagere Barker kijkt door lange strengen vet haar zijn medegevangenen kwaad aan. Barker was ooit de sterpupil van majoor Gene Gavin in Camp Ellenwood, Georgia, en was voorbestemd om speciale operaties uit te gaan voeren bij het 221ᵉ Military Intelligence Battalion. Maar nu is Gavin er dankzij die psychopaat van een Philip Blake niet meer, en is er van Barker niet veel meer over dan een haveloos, halfnaakt, kruipend hoopje in de kelder van een of andere godverlaten catacombe, waar hij moet zien te overleven op koude havermoutpap en wormstekig brood.

De vier gardesoldaten zitten nu al drie weken in 'huisarrest' hierbeneden, vanaf het moment dat Philip Blake hun bevelvoerend officier, Gavin, onder de ogen van tientallen inwoners van het stadje in koelen bloede had doodgeschoten. En nu werken alleen nog de honger en de pure woede in hun voordeel, en het feit dat Barker direct links van de afgesloten toegangsdeur met een ketting aan de muur van lichte bouwblokken vastzit, een plek waarvandaan je iemand mogelijk zou kunnen bespringen als hij de cel binnenkomt... zoals Blake bijvoorbeeld, die hier met enige regelmaat beneden komt om er gevangenen uit te halen, een voor een, om een of ander hels lot tegemoet te gaan.

'Hij is niet dom, Barker,' zegt een derde man hijgend vanuit de tegenoverliggende hoek van de cel. Stinson is ouder en zwaarlijviger, een oudgediende met een slecht gebit, die ooit een afdeling inkoop en orderverwerking runde op de basis van de nationale garde.

'Ik ben het met Stinson eens,' zegt Tommy Zorn, die onderuit-gezakt in zijn ondergoed tegen de achterwand zit, zijn ondervoede lichaam rijkelijk bedekt met huiduitslag. Zorn werkte ooit als bezorger op de basis van de nationale garde. 'Zo'n truc zal hij meteen doorzien.'

'Niet als we voorzichtig zijn.'

'Wie van ons gaat er dan verdomme doen alsof hij dood is?'

'Dat maakt niet uit, ik zal degene zijn die korte metten met hem maakt als hij de deur opendoet.'

'Volgens mij heeft deze plek je van je verstand beroofd, Barker. Echt. Wil je eindigen zoals Gavin? En zoals Greely en Johnson en...'

'Nee, laffe klootzak! We zullen allemaal eindigen zoals zij als je er niets aan doet!'

Het volume van Barkers stem, die zo strak klinkt als een hoog-spanningskabel, breekt het gesprek af alsof er een schakelaar wordt omgezet. De vier gardisten zitten lange tijd in het donker zonder een woord te zeggen.

Uiteindelijk zegt Barker: 'Een van jullie mietjes hoeft alleen maar te doen alsof hij dood is. Dat is alles wat ik vraag. Ik sla hem bewus-teloos als hij binnenkomt.'

'Het probleem is om het overtuigend te laten lijken,' zegt Manning.

'Smeer jezelf in met stront.'

'Ha ha, heel grappig.'

'Snij jezelf, veeg het bloed over je gezicht en laat het dan drogen, weet ik veel. Wrijf in je ogen tot ze bloeden. Wil je hieruit komen?'

Er volgt een nog langere stilte.

'Jullie zijn verdomme gardisten. Willen jullie hier wegrotten als maden?'

Na een volgende lange stilte zegt Stinson in het donker: 'Oké, ik doe het wel.'

Bob volgt de Governor door een beveiligde deur aan een van de uit-einden van het racecomplex. Daar lopen ze een smalle ijzeren trap af en daarna door een smalle, uit cementen bouwblokken opgetrokken gang, terwijl hun voetstappen klepperen en weergalmen in het vale licht. Boven hun hoofd branden door generators verlichte bouwlampen als noodverlichting.

'Eindelijk wíst ik het, Bob,' zegt de Governor, terwijl hij aan een sleutelring met lopers zit te rommelen die aan een lange ketting aan zijn broekriem vastzit. 'Wat deze toko nodig heeft... is entertainment.'

'Entertainment?'

'De Grieken hadden hun theater, Bob... De Romeinen hadden hun circussen.'

Bob heeft geen idee waar de man het over heeft, maar hij loopt gehoorzaam achter hem aan en veegt zijn droge mond af. Hij is heel erg hard aan een borrel toe. Hij knoopt zijn grijsbruine jas los, en de zweetparels breken hem uit op zijn verweerde voorhoofd. Dat komt ook door de bedompte, muffe vochtigheid van het kerkerachtige, ce-menten ondergrondse onder het racecomplex.

Ze lopen langs een afgesloten deur, en Bob zou zweren dat hij de gedempte, karakteristieke geluiden van herrezen doden hoort. Een zweem van rottend vlees vermengt zich met de schimmelige stank van de gang. Bobs maag draait zich om.

De Governor leidt hem naar een metalen deur met een smal raam aan het einde van de gang. Er is een scherm omlaag getrokken over het gewapende draadglas.

'We moeten de burgers tevreden houden,' mompelt de Governor, die bij de deur blijft stilstaan en naar de juiste sleutel op zoek is. 'We moeten de mensen eronder houden, handelbaar... kneedbaar.'

Bob wacht terwijl de Governor een dikke ijzeren sleutel in de deurgrendel steekt. Maar net als hij het slot wil openrukken, draait de Governor zich om en kijkt Bob aan. 'We hadden hier een tijdje geleden wat problemen met de nationale garde. Ze dachten dat ze de baas konden spelen over de mensen, mensen konden commanderen... ze dachten dat ze een klein koninkrijk voor zichzelf konden opbouwen.'

Bob is in de war, duizelig en misselijk. Hij knikt maar wat en zegt niets.

'Ik heb er hierbeneden een stel achter de hand gehouden.' De Governor knipoogt alsof hij een kind vertelt waar de glazen pot met koekjes staat. 'Er waren er zeven.' De Governor zucht. 'Nu zijn er nog maar vier... ze zijn erdoorheen gevlogen zoals Grant door Richmond vloog.'

'Erdoorheen gevlogen?'

De Governor snuift en kijkt ineens schuldig naar de grond. 'Ze hebben een hoger doel gediend, Bob. Voor mijn meisje... voor Penny.'

Bob beseft met plotseling opkomende misselijkheid waar de Governor het over heeft.

'Hoe dan ook...' De Governor draait zich weer om naar de deur. 'Ik wist dat ze voor allerlei dingen van pas zouden komen... maar nu ken ik ook hun ware bestemming.' De Governor glimlacht. 'Gladiatoren, Bob. Voor het algemeen welzijn.'

Vervolgens gebeuren er meerdere dingen tegelijk: de Governor draait zich om en rukt het scherm omhoog, terwijl hij tegelijkertijd een lichtschakelaar omzet... en achter het draadglas flikkert opeens een rij tl-buizen aan tegen het plafond, die de binnenkant van een dertig vierkante meter grote cel verlichten. Op de grond ligt een enorm grote vent te kronkelen. Hij heeft alleen gescheurd ondergoed aan en zit onder het bloed. Zijn zwarte lippen trekt hij in een afzichtelijke grimas op van zijn tanden.

'Dat is nou jammer.' De Governor fronst zijn voorhoofd. 'Het ziet ernaar uit dat een van hen is overgegaan.'

Het geschreeuw van de andere gevangen in de cel wordt gedempt door de afgesloten deur. Ze rukken aan hun kettingen en smeken om gered te worden van deze zojuist in een bijter veranderde collega. De hand van de Governor verdwijnt in de plooien van zijn kamerjas, en hij trekt zijn .45mm-Colt met paarlemoeren handvat. Hij controleert het magazijn en mompelt: 'Blijf maar buiten, Bob. Ik ben zo klaar.'

Hij klikt het slot open en gaat de cel binnen, maar dan valt de man achter de deur onverwacht aan.

Barker stoot een vervormde kreet uit en grijpt de Governor van achteren vast, waarbij de aan zijn enkel bevestigde ketting nog iets uitrekt tot het uiterste en de ankerbout uit de muur trekt. De Governor struikelt verrast en laat hijgend de .45 op de planken vloer vallen. Het pistool klettert op de grond en tolt meer dan een meter weg.

Bob staat in de deuropening te schreeuwen, terwijl Barker zijwaarts naar de enkels van de Governor kruipt en ze vastgrijpt. Hij zet zijn smerige, ongeknipte vingernagels in het vlees van de Governor. Barker probeert de sleutelring met lopers te grijpen, maar die zit knel onder de benen van de Governor.

De Governor brult het uit en kruipt als een bezetene naar het gevallen pistool.

De andere mannen beginnen ook te schreeuwen en zien dat Barker wat er nog van zijn gezonde verstand over is verliest en naar de enkels van de Governor duikt. Hij gromt met een soort verwilderde, withete moordlust, opent zijn mond en bijt hard in het gevoelige stuk huid rond de achillespees van de Governor. De Governor loeit het uit.

Bob staat als door de bliksem getroffen verlamd achter de half openstaande deur toe te kijken.

Barker bijt tot bloedens toe. De Governor schopt naar de gevangene en grijpt naar het pistool. De andere mannen proberen zich los te rukken en brullen onverstaanbare waarschuwingen, terwijl Barker uithaalt naar de benen van de Governor. De Governor strekt zijn hand uit naar het pistool, dat maar enkele centimeters buiten zijn bereik ligt... totdat de lange, pezige vingers van de Governor uiteindelijk grip krijgen op de handgreep van de Colt.

De Governor draait zich in één snelle beweging om, richt het enkelwerkende, semiautomatische pistool op Barkers gezicht en schiet het magazijn leeg.

Er vlamt een reeks droge, hete knallen op in de cel. Barker vliegt naar achteren als een marionet aan wiens draden een ruk wordt gegeven. De kogels doorboren zijn gezicht en komen er in een pluim van bloednevel aan de achterkant van zijn schedel weer uit. Het donkere, karmozijnrode spul besproeit de muur van lichte bouwblokken naast de deur, en er komt ook wat op Bob terecht, die geschrokken terugdeinst.

Aan de overkant van de cel beginnen de andere mannen te schreeuwen, een onverstaanbaar geheel van onzinwoorden en wanhopig gesmeek, terwijl de Governor overeind komt.

'Alsjeblieft, alsjeblieft, ik ben niet overgegaan... ik bén niet over!' Stinson, de grote vent, gaat rechtop zitten aan de overkant van de ruimte en bedekt schreeuwend zijn met bloed bedekte gezicht. Zijn trillende lippen zijn zwart gemaakt met muurschimmel en smeervet uit de deurscharnieren. 'Het was een truc! Een truc!'

De Governor drukt met zijn duim de lege patroonhouder uit de Colt, en het magazijn valt op de grond. Hij staat zwaar te hijgen en pakt een nieuw magazijn uit zijn achterzak, dat hij in de handgreep duwt. Hij trekt de slede naar achteren en richt de loop kalm op Stinson, terwijl hij de grote man meedeelt: 'Je ziet er wat mij betreft wél uit als een vervloekte bijter.'

Stinson beschermt zijn gezicht. 'Het was Barkers idee, het was een stomme actie, alsjeblieft, ik wilde er niet aan meedoen, Barker was aan het doordraaien, alsjeblieft... alsjeblíéft!'

De Governor vuurt snel achter elkaar vijf schoten af. Iedereen schrikt zich kapot van het lawaai.

De tegenoverliggende muur verandert vlak boven Stinsons hoofd in een vuurwerkshow. De ene na de andere pleisterwolk springt met een oorverdovend lawaai op van de wand. Er spatten vonken op, en sommige afketsende kogels schieten in het plafond.

De enige bouwlamp die er hangt spat uiteen in een stortvloed van glasdeeltjes. Iedereen laat zich op de grond vallen.

Uiteindelijk stopt de Governor met schieten en staat hij met zijn ogen knipperend op adem te komen. Hij spreekt Bob aan, die nog steeds in de deuropening staat. 'Dit hier, Bob, is een leermoment.'

Aan de overkant van de cel heeft Stinson op de grond in zijn broek geplast. Hij is vernederd, maar tenminste ongedeerd. Hij slaat zijn handen voor zijn gezicht en huilt zacht.

De Governor hinkt naar de grote man toe en laat een dun spoor van bloeddruppels achter. 'Zie je, Bob... wat deze jongens vanbinnen opbrandt en ze ertoe brengt dit soort stomme streken uit te halen, gaat juist supersterren van ze maken in de arena.'

Stinson kijkt met een gezicht vol snot op, nu de Governor boven hem opdoemt.

'Ze beseffen het niet, Bob.' De Governor richt de loop op Stinsons gezicht. 'Maar ze hebben zojuist het eerste examen van de gladiatorschool gehaald.' De Governor kijkt Stinson dreigend aan. 'Doe je mond open.'

Stinson begint hikkend te snikken van angst en perst er hijgend uit: 'Kom op, alsjeblíéft...'

'Doe je mond open.'

Stinson krijgt zijn mond open. In de deuropening aan de overkant van de cel kijkt Bob Stookey de andere kant op.

'Zie je, Bob,' zegt de Governor, die de loop langzaam in de mond van de grote man steekt. Het wordt doodstil in de ruimte, en de an-

dere mannen kijken geschokt en gegrepen toe. 'Gehoorzaamheid...
moed... domheid. Is dat niet het motto van de padvinders?'

Zonder waarschuwing laat de Governor de trekker los en trekt
de loop uit de mond van de huilende man. Hij draait zich om en
hinkt naar de uitgang. 'Hoe zei Ed Sullivan het ook altijd weer...? Het
wordt een geweldige sssshooooow!'

De spanning verlaat de ruimte als uit een blaas die leegloopt, en er
komt een galmende stilte voor in de plaats.

'Zou je me een plezier willen doen, Bob?' mompelt de Governor,
terwijl hij het doorzeefde lichaam van artilleriesergeant eerste klasse
Trey Barker onderweg naar buiten passeert. 'Ruim het hier op...
maar breng het lichaam van die klootzak niet naar het crematorium.
Breng hem maar naar het ziekenhuis.' Hij knipoogt naar Bob. 'Dan
neem ik hem daar wel van je over.'

Een dag later ligt Megan Lafferty 's ochtends vroeg voor zonsopgang
naakt en koud op haar rug op een kapot veldbed in het donker van
een smerig studioappartement, de woning van een van de bewakers,
wiens naam ze zich niet kan herinneren. Denny? Daniel? Megan was
gisteravond te stoned om de naam goed opgeslagen te hebben. Nu
dringt de magere jongeman met de tatoeage van een cobra tussen
zijn schouderbladen met ritmische overgave bij haar naar binnen,
zodat het veldbed kraakt en piept.

Megan denkt ergens anders aan en staart naar het plafond. Ze concentreert zich op de verzameling dode vliegen in de schaal van de
plafonnière en probeert de afschuwelijke, pijnlijke, kleverige wrijving van zijn pompende erectie te doorstaan.

De inrichting van de kamer bestaat uit het veldbed, een krakkemikkige ladekast, armoedige, voor het open raam dichtgetrokken
gordijnen, waardoorheen zo nu en dan een decemberwindje fluit, en
stapel na stapel kratten gevuld met proviand. Sommige van die goe-

deren zijn aan Megan beloofd in ruil voor seks. Ze ziet aan een haak op de deur een ketting van rafelige, vlezige objecten hangen, die ze eerst per abuis voor droogbloemen aanziet.

Maar nu ze er beter naar kijkt, blijken de bloemen daar in het donker mensenoren te zijn, naar alle waarschijnlijkheid van lopers afgesneden trofeeën.

Megan probeert niet te denken aan Lilly's laatste woorden tegen haar, toen ze gisteravond nog rond het flakkerende licht van een brandend olievat zaten. 'Het is mijn lichaam, liefje, en dit zijn hopeloze klotetijden,' had Megan zich verdedigd in een poging om haar gedrag te rechtvaardigen. Lilly had met afschuw gereageerd. 'Ik kom nog liever om van de honger dan dat ik voor hoer ga spelen voor voedsel.' En vervolgens had Lilly meteen en voor altijd officieel een punt achter hun vriendschap gezet. 'Het kan me ook niet meer schelen, Megan, ik ben er klaar mee. Het is voorbij, ik wil niets meer met je te maken hebben.'

Nu weerklinken haar woorden in de enorme, lege kloof in Megans ziel. Het gat in haar binnenste zit er al jaren en bestaat uit een gigantisch vacuüm van verdriet, een bodemloze put van zelfwalging die in haar jeugd al vorm had gekregen. Het is haar nooit gelukt deze bron van verdriet te vullen, en nu heeft de wereld van de plaag hem als een etterende, zuigende wond opengetrokken.

Ze sluit haar ogen en denkt aan verdrinken in een diepe, donkere oceaan, maar dan hoort ze een geluid.

Haar ogen schieten open. Het geluid komt onmiskenbaar van vlak voor het raam. Het is zwak, maar toch goed hoorbaar in de winderige stilte van de decemberlucht vlak voor zonsopgang. Het weerklinkt over de daken: twee paar sluikse voetstappen, een stel inwoners dat door de duisternis sluipt.

De jongen met de cobra heeft inmiddels genoeg gekregen van zijn gedrogeerde seksuele inspanningen en is van Megans lichaam afgegleden. Hij ruikt naar opgedroogd zaad, slechte adem en van urine doordrongen lakens, en begint te snurken zodra zijn achterhoofd het kussen raakt. Megan werkt zich uit bed en past op dat ze haar catatonische klant niet wakker maakt.

Ze trippelt zachtjes over de koude vloer naar het raam en kijkt naar buiten.

Het stadje sluimert in de grijze duisternis. De ventilatiesleuven en schoorstenen boven op de gebouwen tekenen zich af tegen het vale licht. Twee in het halfduister nauwelijks zichtbare gedaanten sluipen naar de uiterste hoek van het westelijke hek, hun adem in vochtige wolkjes in het koude, vroege ochtendlicht. Een van de gestalten torent boven de andere uit.

Megan herkent eerst Josh Lee Hamilton en daarna Lilly, terwijl de twee spookachtige gedaanten een kleine honderdvijftig meter verderop vlak bij de hoek van de barricade blijven staan. Megan wordt overspoeld door melancholie.

Wanneer het duo over het hek verdwijnt, voelt dat als zo'n groot verlies dat Megan op haar knieën valt en voor wat wel een eeuwigheid lijkt stilletjes in de stinkende duisternis zit te huilen.

'Gooi maar naar beneden, meisje,' fluistert Josh. Hij kijkt omhoog naar Lilly, die boven op het hek balanceert, met één voet erover en de andere voet nog achter zich op de rand. Josh is zich hyperbewust van de doezelende wachtpost honderd meter ten oosten van hen, die ineengezakt op de stoel van een bulldozer zit, zijn uitzicht geblokkeerd door de enorme omtrek van de stam van een wintereik.

'Komt-ie.' Lilly werkt ongemakkelijk de rugzak van haar schouder en gooit hem over het hek naar Josh. Hij vangt hem. De rugzak weegt bijna vijf kilo. Josh' .38 met extra korte loop zit erin, een bikhamer met een inklapbare steel, een schroevendraaier, een paar repen en twee plastic flessen kraanwater.

'Voorzichtig aan.'

Lilly klimt naar beneden en springt op de harde grond aan de andere kant van het hek.

Ze maken dat ze uit de onmiddellijke omgeving van het stadje vandaan komen. De zon komt op, en ze willen een goed eind uit het zicht van de nachtwaker zijn voordat Martinez en zijn mannen opstaan en naar hun post terugkeren. Josh heeft een slecht gevoel over de situatie in Woodbury. Het lijkt wel alsof zijn diensten een steeds lagere inruilwaarde krijgen. Gisteren moest hij toch zeker drie ton hekplaten versleept hebben, en toch beweert Sam de Slager dat Josh achterloopt met het aflossen van zijn schulden, dat hij misbruik maakt van het ruilhandelsysteem en dat hij met zijn arbeid niet alle dikke plakken spek en alle fruit die hij heeft afgenomen kan betalen.

Des te meer reden voor Josh en Lilly om de stad uit te glippen om te kijken of ze misschien zelf aan proviand kunnen komen.

'Blijf dicht bij me, meisje,' zegt Josh, en hij leidt haar langs de bosrand.

Ze blijven in de schaduwen, en terwijl de zon opkomt, lopen ze vlak langs de rand van een reusachtige begraafplaats aan hun linkerhand. Oeroude wilgen hangen boven gedenkplaten uit de tijd van de Amerikaanse burgeroorlog, en het spookachtige licht van de vroege zonsopgang geeft de plek een griezelige, troosteloze aanblik. Veel van de grafstenen zijn omgevallen en sommige graven liggen wijd open. Het knekelveld doet de huid achter op Josh' nek prikkelen, en hij laat Lilly haast maken naar de kruising van Main en Canyon Drive.

Ze slaan af naar het noorden en lopen de pecannotenboomgaarden buiten de stad in.

'Let goed op reflectoren langs de kant van de weg,' zegt Josh terwijl ze een flauwe helling naar de beboste heuvels beginnen te beklimmen. 'Of postbussen. Of iets wat op een privéoprijlaan lijkt.'

'Wat als we niets anders dan bomen vinden?'

'Er moet toch ergens een boerderij zijn... iets.' Josh blijft de bomen aan weerszijden van de smalle, geasfalteerde weg goed in de gaten houden. De zon is op, maar het bos aan weerszijden van Canyon Drive is nog donker en barst van de wiegende schaduwen. Geluiden vermengen zich met elkaar, zodat wervelende blaadjes beginnen te klinken als schuifelende voetstappen achter de bomen. Josh blijft staan, graait in de rugzak, haalt zijn revolver eruit en controleert de cilinder.

'Is er iets?' Lilly's ogen volgen de revolver en schieten dan naar het bos. 'Hoor je iets?'

'Niets aan de hand, meisje.' Hij schuift het vuurwapen tussen zijn broekriem en begint de heuvel weer te beklimmen. 'Zolang we ons stilhouden en in beweging blijven... is er niets aan de hand.'

Ze lopen nog zo'n vijfhonderd meter in stilte verder. Ze lopen achter elkaar, en hun hyperalerte blik keert telkens weer terug naar de heen en weer wiegende boomtakken in het diepere woud en naar de schaduwen achter de schaduwen. De lopers hebben Woodbury met rust gelaten sinds het incident bij de spoorschuur, maar Josh heeft het gevoel dat ze er weer aan komen. Hij begint behoorlijk nerveus te worden over het feit dat ze zo ver van het stadje zijn afgedwaald, maar dan ziet hij het eerste teken dat wijst op een woonhuis.

De reusachtige tinnen postbus in de vorm van een kleine blokhut staat aan het einde van een ongemarkeerde privéoprijlaan. Alleen de letters L. HUNT onthullen de identiteit van de eigenaar, en de cijfers 20034 zijn in het van roest vergeven metaal geperst.

Ongeveer vijftig meter achter die eerste postbus vinden ze nog meer postbussen. Het zijn er een stuk of tien, en aan het begin van een oprijlaan staat nog een groepje van zes. Josh begint het gevoel te krijgen dat ze de jackpot hebben gewonnen. Hij haalt de bikhamer uit de rugzak en geeft hem aan Lilly. 'Hou deze paraat, liefje. We volgen deze oprijlaan, die met al die postbussen.'

'Ik blijf vlak achter je,' zegt ze, waarna ze achter de grote man aan het kronkelige grindpad oploopt.

De eerste monstruositeit komt in zicht achter de bomen en lijkt in het vroege ochtendlicht wel een luchtspiegeling. Het gebouw staat op een open plek alsof het vanuit de ruimte hier geland was. Langs een of andere boulevard met bomen in Connecticut of Beverly Hills zou het huis amper misstaan, maar hier in de vervallen, landelijke onderwereld staat Josh er echt compleet perplex van. Meer dan drie verdiepingen rijzen op boven het door onkruid overwoekerde gazon. Het verlaten herenhuis is een modern wonder van architectuur; een en al cantilevers en uitstekende balustrades, en tjokvol kleinere puntdaken. Het ziet eruit als een van de verloren meesterwerken van Frank Lloyd Wright. Ze zien in de achtertuin een stuk van een zwembad dat zich tot de horizon lijkt uit te strekken en vol bladeren ligt. De sporen van verwaarlozing zijn duidelijk zichtbaar op de enorme balkons, waar ijspegels van neerhangen en plakken smerige sneeuw aan de vloerplanken kleven. 'Vast het zomerhuis van een of andere tycoon,' oppert Josh.

Ze volgen de weg omhoog door de bomen en vinden nog meer verlaten huizen.

Eentje ziet eruit als een victoriaans museum, met reusachtige torens die tussen de pecannotenbomen oprijzen, als van een Moors paleis. Een ander huis is bijna helemaal van glas, met een veranda die boven een adembenemende heuvel uitsteekt. Elk landhuis heeft zijn eigen privézwembad, koetshuis, garage voor zes auto's en een uitgestrekt gazon. Elk huis is donker, dichtgespijkerd en zo dood als een mausoleum.

Lilly blijft staan voor het donkere, in glas gehulde wonder en kijkt op naar de veranda's. 'Denk je dat we er binnen kunnen komen?'

Josh grijnst. 'Geef me die hamer maar eens, meisje... en ga wat naar achteren.'

Ze vinden een schat aan proviand, ondanks al het bedorven voedsel en de sporen van eerdere inbraken, waarschijnlijk te danken aan de Governor en zijn bandieten. In sommige huizen vinden ze gedeeltelijk bevoorrade provisiekasten en barmeubels en linnenkasten propvol schoon beddengoed. Ze vinden werkruimtes met meer gereedschap dan in kleine ijzerwarenwinkels. Ze vinden vuurwapens, drank, brandstof en medicijnen. Ze verbazen zich erover dat de Governor en zijn mannen deze huizen nog niet compleet geplunderd hebben. En het beste is nog wel de totale afwezigheid van lopers.

Later staat Lilly in de hal van een ongeschonden huis in Cape Cod-stijl om zich heen te kijken naar de rijkversierde tiffanylampen. 'Denk jij wat ik denk?'

'Ik weet het niet, meid, wat denk je dan?'

Ze kijkt hem aan. 'We zouden in een van deze huizen kunnen wonen, Josh.'

'Ik weet het niet.'

Ze kijkt om zich heen. 'Ons gedeisd houden, onder de radar blijven.'

Josh denkt erover na. 'Misschien moeten we het hier eerst eens rustig aankijken. Een tijdje uit zicht blijven en kijken of iemand anders hiervan weet.'

'Maar dat is nog het mooiste eraan, Josh, ze zijn hier al geweest... ze zullen het met rust laten.'

Hij zucht. 'Laat me erover nadenken, meisje van me. Het misschien met Bob bespreken.'

Bij het doorzoeken van de garages vinden ze een paar luxeauto's onder dekzeilen. Ze beginnen plannen te maken voor de toekomst en bespreken de mogelijkheid om weer op weg te gaan. Zodra ze kans zien om het er met Bob over te hebben, zullen ze een besluit nemen.

Ze keren die avond terug naar het stadje en glippen via het grote bouwterrein langs de zuidrand van de barricade ongemerkt het ommuurde gebied binnen.

Ze houden hun ontdekking voor zich.

Helaas hebben Josh en Lilly geen van beiden het enige, doorslaggevende nadeel van de luxe enclave opgemerkt. De meeste achtertuinen zijn ongeveer dertig meter diep en strekken zich uit tot aan de rand van een steile afgrond, waarachter een rotsige helling steil afloopt naar een diep ravijn. Daar in de door de winter verdorde vallei van dat ravijn, in een door een wirwar van dode stengels van klimplanten en dikkere takken verborgen droge rivierbedding, dolen zeker honderd zombies doelloos rond en botsen zo nu en dan tegen elkaar.

Wanneer de geluiden en de geur van mensen de wezens eenmaal hebben aangetrokken, zullen ze er minder dan achtenveertig uur over doen om centimeter voor centimeter die helling op te kruipen.

11

'Ik begrijp nog steeds niet waarom we hier niet gewoon een tijdje kunnen wonen,' blijft Lilly die volgende middag aandringen, terwijl ze neerploft op een botergele leren bank, die tegen een reusachtig panoramaraam in een van de in glas gehulde herenhuizen staat. Het raam beslaat de hele achterzijde van de benedenverdieping van het huis en biedt uitzicht over het niervormige zwembad in de achtertuin, dat nu met een dekzeil is afgedekt waarop een sneeuwkorst ligt. Winterwinden rammelen aan de ramen, en fijne, vrieskoude ijzel sist tegen het glas.

'Ik zeg niet dat het geen mogelijkheid is,' zegt Josh vanaf de andere kant van de kamer, waar hij eetgerei uit een la met fijn tafelzilver uitkiest en in een plunjezak stopt. Het wordt langzaam avond op de tweede dag dat ze de enclave verkennen, en ze hebben voldoende proviand verzameld om een eigen huis mee te bevoorraden. Ze hebben wat proviand verstopt in schuren en stallen buiten de muren van Woodbury. Ze hebben vuurwapens, gereedschap en blikconserven in Bobs camper opgeslagen, en ze hebben het plan opgevat een van de voertuigen weer aan de praat te krijgen.

Josh loopt zuchtend naar de bank en gaat naast Lilly zitten. 'Ik ben er nog steeds niet van overtuigd dat deze woonhuizen veilig zijn,' zegt hij.

'Kom op... gast... deze huizen zijn net forten, de eigenaren hebben ze zowat verzegeld achtergelaten voordat ze er in hun privéjets vandoor gingen. Ik kan geen nacht langer in dat griezelige stadje slapen.'

Josh kijkt haar droevig aan. 'Schatje, ik beloof je... op een dag zal al deze ellende voorbij zijn.'

'Echt? Denk je dat echt?'

'Ik weet het zeker, meisje. Iemand zal uitdokteren wat er fout is gegaan... een of andere bolleboos van het centrum voor ziektepreventie en -bestrijding zal een tegengif vinden, zodat de mensen in hun graf blijven liggen.'

Lilly wrijft in haar ogen. 'Ik zou willen dat ik jouw vertrouwen had.'

Josh raakt haar hand aan. '"Ook dit gaat voorbij", schatje. Het is zoals mijn mama altijd zei: "Het enige waarop je in deze wereld kunt rekenen, is dat je er niet op kunt reken dat er maar iets hetzelfde blijft; alles verandert."' Hij kijkt haar aan en glimlacht. 'Het enige wat nooit zal veranderen, schatje, is wat ik voor jóú voel.'

Ze zitten daar een moment te luisteren hoe het stille huis tikkend tot rust komt en de wind het huis met ijzelsalvo's bombardeert, terwijl er buiten aan de overkant van de achtertuin iets begint te bewegen. De bovenkanten van tientallen hoofden rijzen langzaam op achter de rand van de afgrond in de verte. Lilly en Josh merken de rij rottende gezichten niet op, omdat ze nu met hun rug naar het raam zitten. De groep zombies komt tevoorschijn uit de schemering van het ravijn.

Lilly is in gedachten verzonken en is zich niet bewust van de naderende dreiging. Ze legt haar hoofd op Josh' enorme schouder. Ze voelt zich een beetje schuldig. Aan de manier waarop hij haar aanraakt en zijn ogen elke ochtend oplichten wanneer ze wakker worden op het koude, harde bed in dat appartement op de bovenverdieping, kan ze merken dat Josh met de dag verliefder op haar wordt.

Aan de ene kant hunkert Lilly naar dat soort genegenheid en intimiteit... maar aan de andere kant houdt ze ook nog steeds afstand. Ze blijft gereserveerd en voelt zich schuldig dat ze deze relatie heeft laten opbloeien uit angst en omdat het haar goed uitkomt. Ze heeft een zeker plichtsgevoel ten opzichte van Josh. Maar dat is geen basis voor een relatie. Wat ze doet is verkeerd. Ze is hem de waarheid schuldig.

'Josh...' Ze kijkt hem aan. 'Ik wil je zeggen... dat je een van de geweldigste mannen bent die ik ooit heb ontmoet.'

Hij grijnst en merkt het verdriet in haar stem niet echt op. 'Nou, je mag er zelf ook zijn, hoor.'

Door het achterraam is nu duidelijk te zien hoe ten minste vijftig wezens over de rand omhoogklauteren en het gazon op kruipen. Ze begraven hun klauwachtige vingers in de graszoden en slepen hun dode gewicht schokkerig naar voren. Sommige komen moeizaam overeind en beginnen met hongerige, geopende monden naar het in glas gehulde gebouw te sjokken. Voorop loopt een dode bejaarde in een ziekenhuisschort, wiens lange grijze haar zoals bij een zijdeplant slap neerhangt.

In het luxueus ingerichte huis, achter ruiten van veiligheidsglas en zich niet bewust van de steeds dichterbij komende dreiging, zit Lilly haar woorden te wegen. 'Je bent zo goed voor me geweest, Josh Lee... Ik weet niet hoelang ik in mijn eentje had kunnen overleven... en daarvoor zal ik je altijd dankbaar zijn.'

Nu draait Josh zijn hoofd naar haar toe en verdwijnt de grijns van zijn gezicht. 'Waarom krijg ik opeens het gevoel dat er een "maar" aan zit te komen?'

Lilly likt peinzend haar lippen. 'Deze plaag, deze epidemie, wat het ook is... het doet dingen met mensen... laat ze dingen doen die ze anders nooit zouden doen.'

Josh' grote, bruine gezicht betrekt. 'Wat wil je daarmee zeggen, meisje van me? Er zit je iets dwars.'

'Ik wil alleen maar zeggen... misschien... ik weet het niet... misschien heb ik het tussen ons wel iets te ver laten komen.'

Josh kijkt haar aan en lijkt een tijdje onzeker naar woorden te zoeken. Hij schraapt zijn keel. 'Ik weet niet of ik je wel kan volgen.'

De lopers hebben inmiddels de achtertuin overgenomen. Het enorme regiment omsingelt het huis. Hun valse refrein van grommende, kreunende uitingen is door het dikke glas niet te horen en wordt ook nog eens overstemd door het geroffel van ijzel. Sommige zombies, onder wie de oude, langharige ziekenhuispatiënt, een mank lopende vrouw zonder kaak en een stel met brandwonden overdekte wezens, zijn het huis al tot op minder dan twintig meter genaderd. Sommige monsters struikelen dommig over de rand van het zwembad en vallen door het met sneeuw bedekte dekzeil, en andere volgen de leiders met een bloeddorst die uit hun biljartballen van ogen straalt.

'Begrijp me niet verkeerd,' zegt Lilly binnen de hermetisch afgesloten omgeving van het glazen herenhuis. 'Ik zal altijd van je houden, Josh... altijd. Je bent geweldig. Maar het is gewoon... deze wereld waarin we leven, het verdraait de dingen. Ik wil je nooit pijn doen.'

Zijn ogen worden vochtig. 'Wacht. Ho even. Zeg je nu dat je in andere omstandigheden nooit iets met me begonnen zou zijn?'

'Nee... God, nee. Ik vind het heerlijk om bij je te zijn. Ik wil alleen geen verkeerde indruk wekken.'

'Een verkeerde indruk waarover dan?'

'Dat onze gevoelens voor elkaar... dat ze, ik weet niet, een gezonde oorsprong hebben.'

'Wat is er ongezond aan onze gevoelens?'

'Ik bedoel alleen maar dat... dat de angst je verwart. Ik ben sinds die hele ellende is begonnen mezelf niet meer geweest. Ik wil dat je nooit denkt dat ik je alleen maar gebruik om beschermd te worden... om te kunnen overleven... dat bedoel ik.'

Josh schiet vol. Hij moet iets wegslikken en probeert te bedenken wat hij moet zeggen.

Normaal gesproken zou hij de veelbetekenende stank opmerken die via het ventilatiesysteem het huis binnensijpelt; de geuren van in stront gesmoord, bedorven vlees. Of hij zou de diepe bastoon van het gedempte gebrom buiten de muren van het huis horen, dat nu ook van de voorkant en de zijkanten van het gebouw komt, en niet alleen uit de achtertuin. Het geluid is nu zo luid en laag dat het huis op zijn grondvesten lijkt te trillen. Of hij zou uit zijn ooghoeken door de ruitvormige ramen in de voorhal en achter de dichtgetrokken gordijnen in de woonkamer de krioelende massa zien, die van alle kanten op hen afkomt. Maar hij heeft alleen maar aandacht voor de aanslag op zijn hart.

Hij balt zijn vuisten. 'Waarom zou ik dat in vredesnaam ooit denken, Lil?'

'Omdat ik een lafaard ben!' Ze kijkt hem met een doordringende blik aan. 'Omdat ik je verdomme aan je lot heb overgelaten. Dat zal altijd zo blijven.'

'Lilly, alsjeblieft geen...'

'Oké... luister naar me.' Ze krijgt haar emoties onder controle. 'Ik wil alleen maar zeggen dat we het volgens mij iets rustiger aan moeten doen en elkaar wat...'

'O, nee... o, shit... shit, shít!'

De plotselinge paniek op Josh' gezicht verdrijft binnen een fractie van een seconde alle andere gedachten uit Lilly's geest.

Het eerste wat Josh van de indringers ziet, is een weerspiegeling op het oppervlak van een ingelijste familiefoto aan de overkant van de kamer. De ingelijste portretfoto hangt boven een spinet en laat de stijfjes glimlachende vorige eigenaren zien, samen met een poedel met strikjes in. De spookachtige silhouetten bewegen als afbeeldingen van geesten over de foto. De vage beeldschaduw toont het panoramaraam aan de achterzijde van het huis, het raam achter de bank, waardoorheen nu een bataljon zombies zichtbaar is, dat zich een weg naar het huis baant.

Josh springt overeind, draait zich snel om en ziet het achterraam barsten.

De dichtstbijzijnde zombies, hun dode gezichten tegen het glas gedrukt en geplet door de langzaam bewegende stormloop achter hen, laten zwarte sporen van gal en slijm achter op het raam. Het gebeurt allemaal heel snel. De haarscheurtjes spreiden zich als met een lagesnelheidscamera opgenomen beelden van spinnenwebben naar elke hoek uit, terwijl nog eens tientallen herrezen lijken tegen de menigte duwen en een enorme druk op het raam uitoefenen.

Het glas begeeft het op het moment dat Josh Lilly vastpakt en haar van de bank trekt.

Er klinkt een enorme knal, alsof de kamer door een bliksemstraal wordt getroffen, en die wordt gevolgd door het verschijnen van vele honderden uitgestrekte armen en happende kaken. Hun lichamen tuimelen op een golf van gebroken glas over de achterkant van de bank, zodat de vochtige wind de luxe huiskamer binnenstormt.

Josh komt zonder erbij na te denken in beweging en sleept Lilly met één hand mee naar de overkant van de overwelfde hal aan de voorzijde van het huis, terwijl het hellekoor van dode stembanden achter hen tjirpt en knarst en het landhuis wordt gevuld met dierentuingeluiden en de stank van de dood. De gevoelloze, van de honger trillende zombies hebben erg weinig tijd nodig om weer op de been te komen en staan op waar ze gevallen zijn, waarna ze snel naar voren hobbelen om molenwiekend en grommend naar hun vluchtende prooi te sjokken.

Josh steekt de voorhal in een flits over en rukt de voordeur open.

Hij wordt begroet door een muur van ondoden.

Hij deinst achteruit en Lilly begint te gillen. Ze trekt zich geschrokken terug, terwijl de batterij dode armen en knijperachtige vingers zich naar hen uitstrekken. Achter de armen gromt en brabbelt een mozaïek van dode gezichten. Sommige kwijlen bloed dat zo zwart is als motorolie, en andere gezichten liggen helemaal open en glinsteren van de roze pezen en spieren in het beschadigde gezichtsweefsel. Een van de gekromde handen krijgt een stuk van Lilly's jasje te pakken, en Josh trekt hem eraf, terwijl hij een bulderend geloei uitstoot. 'Klootzakken!' Er raast een golf adrenaline door Josh' lijf, en hij krijgt zijn vrije hand om de rand van de deur.

Hij ramt de deur dicht met een stuk of zes rondzwaaiende armen ertussen, en de combinatie van Josh' spierkracht en de luxe-uitvoering van de zware deur zorgt voor zo'n harde klap dat elk van de zes lichaamsuiteinden worden afgehakt.

Spartelende ledematen van verschillende lengte liggen verspreid over de dure Italiaanse plavuizen te trillen en bloed te spetteren.

Josh pakt Lilly vast en begint naar het midden van het huis te lopen, maar hij blijft aan de voet van de wenteltrap staan, omdat hij ziet dat het er wemelt van de bewegende lijken. Ze zijn door de hordeur van de berging aan de oostzijde van het huis gekomen en zijn ook door het hondenluik aan de westkant naar binnen gekropen. Bovendien hebben ze zich door kieren in het solarium ten noorden van de keuken weten te wurmen. Nu omsingelen ze Josh en Lilly aan de voet van de trap.

Josh grijpt Lilly's jasje bij de achterkant van de kraag vast en trekt haar de trap op.

Terwijl ze de wenteltrap oplopen, trekt Josh zijn revolver en begint te schieten. Het eerste schot dat opvlamt is een complete misser die een kuiltje in de lateibalk langs de doorgang maakt. Josh kan niet goed richten, omdat hij Lilly tree voor tree de trap op sleurt, terwijl de grommende, tandenknarsende, molenwiekende horde hen onhandig volgt.

Sommige lopers lukt het niet om de trap te bestijgen en glijden weer naar beneden, terwijl andere op hun handen en knieën terechtkomen en erin slagen om verder omhoog te kruipen. Halverwege de wenteltrap lost Josh nog een schot. Hij raakt een dode schedel, zodat er vochtig weefsel op de trapstijlen en de kroonluchter terechtkomt. Sommige zombies tuimelen als bowlingkegels de trap weer af. Maar inmiddels zijn ze met zovelen op de trap dat ze over elkaar heen beginnen te klimmen en met de bezeten honger van paaiende zalmen langzaam de trap op komen. Josh blijft maar schieten. Te midden van de donderslagen wellen zwarte lichaamssappen op, maar het heeft geen zin; het zijn er te veel, veel te veel om af te slaan. Josh weet het en Lilly weet het ook.

'Deze kant op!' brult Josh als ze de overloop op de bovenverdieping bereiken.

Josh krijgt ineens een volledig gevormd idee, terwijl hij Lilly naar de laatste deur aan het einde van de gang sleurt. Josh herinnert zich dat hij gisteren de ouderslaapkamer gecontroleerd heeft, waar hij wat bruikbare geneesmiddelen in het medicijnkastje aantrof en het uitzicht vanuit de erker op de bovenverdieping stond te bewonderen. Hij herinnert zich ook de reusachtige wintereik die er vlak naast het raam op wacht staat.

'Híérin!'

De lopers bereiken de bovenkant van de trap. Een van hen botst tegen de trapstijl en struikelt voorover, waarbij hij een vijftal andere zombies omkegelt, van wie er drie naar beneden vallen. Het drietal glijdt langs de kromming van de wenteltrap omlaag en laat slijmerige sporen olieachtig bloed achter.

Ondertussen is Josh aan het andere uiteinde van de gang bij de slaapkamerdeur aangekomen. Hij gooit hem open en trekt Lilly de ruime kamer in. De deur slaat achter hen dicht. De stilte en rust in de slaapkamer, met zijn meubels in Lodewijk xiv-stijl, reusachtige hemelbed, luxe dekbed van Laura Ashley en bergen rijkelijk met kant en ruches afgezette kussens, vormen een onwerkelijk contrast met de stinkende, lawaaierige dreiging die door de gang op de deur afkomt. Het geschuifel van voetstappen nadert. De lucht raakt doordrongen van hun stank.

'Ga naar het raam, meisje! Ik ben zo terug!' Josh draait zich snel om en haast zich naar de badkamer, terwijl Lilly naar de enorme erker met katoenfluwelen raambekleding loopt. Ze gaat op haar hurken zitten en wacht buiten adem af.

Josh trekt de badkamerdeur open en schiet de luxueuze, naar zeep ruikende ruimte van Italiaans tegelwerk, chroom en glas in. Te midden van de Zweedse sauna en een enorm grote jacuzzi gooit hij het kastje onder de ingebouwde wastafel open. Hij vindt een grote, bruine fles met ontsmettingsalcohol.

Binnen enkele seconden heeft hij de fles open en staat hij alweer in de slaapkamer zelf. Hij doordrenkt alles van de heldere vloeistof door die over de gordijnen, het beddengoed en het antieke, mahoniehouten meubilair te gooien. De druk van het dode gewicht van bewegende lijken die tegen de slaapkamerdeur samendrommen, doet de houten deurnaden kraken. Josh begint nog meer haast te maken.

Hij gooit de lege fles weg en staat met één grote sprong in de erker.

Aan de andere kant van het prachtig geslepen, door fijntjes geplooide gordijnen omlijste glas-in-lood van het panoramaraam staat een gigantische oude eik, die tot boven de dakpunten oprijst. Zijn kronkelige, kale takken strekken zich in het winterlicht uit tot voorbij het weerhaantje op de nok van het dak. Een van de knoestige takken strekt zich voor het raam op de bovenverdieping uit en komt tot op centimeters van de slaapkamer.

Josh wringt het middelste raam met smeedijzeren scharnieren open. 'Kom op, meisje, tijd om het schip te verlaten!' Hij schopt de hor eruit, grijpt Lilly vast, trekt haar omhoog over de vensterbank en schuift haar door de opening de ijskoude wind in. 'Klim op die grote tak!'

Lilly steekt haar handen onhandig uit naar de kronkelige tak, die zo breed is als het spronggewricht van een varken, met schors zo ruw als cementstuc, en klemt zich er wanhopig aan vast. Ze drukt zich ertegenaan en begint over de tak te schuifelen. De wind fluit. De val van zes meter lijkt ver weg, alsof ze er door een omgekeerde telescoop naar kijkt. Lilly beweegt naar het midden van de boom en ziet het dak van het koetshuis, dat maar net binnen springafstand is, niet altijd even scherp onder zich.

Net op het moment dat de deur het uiteindelijk begeeft, duikt Josh de slaapkamer weer in.

Zombies stromen de kamer binnen. Vele struikelen over elkaar en strekken zich wankelend en grommend naar hem uit. Een man zonder arm, van wie één oogkas een krater zo zwart en leeg als een kankergezwel is, sjokt snel op de grote zwarte man af, die bij het raam paniekerig in zijn zak staat te graaien. De ruimte weergalmt met een gekreunde kakofonie. Josh vindt zijn zippo-sigarenaansteker.

Op het moment dat de loper zonder oog toeslaat, ontsteekt Josh het butagas en gooit hij de aansteker op de met alcohol overgoten rand om het bed. Vlammen springen onmiddellijk op, terwijl Josh naar de aanvallende zombie trapt, zodat het kadaver achterwaarts over de vloer wankelt.

De loper stuitert over het brandende bed en valt languit op het van alcohol doordrenkte tapijt, terwijl het vuur al hoger aan de pilasters van het hemelbed likt. Er komen steeds meer lijken binnen, aangevuurd door het opflakkerende licht, de hitte en het lawaai.

Josh wacht geen moment langer en draait zich om, waarna hij weer door het raam naar buiten springt.

Het duurt minder dan een kwartier voordat de bovenverdieping van het glazen huis in vlammen opgaat, en nog eens vijf minuten voordat het hele bouwwerk instort in een vloedgolf van vonken en rook. De bovenverdieping stort op de benedenverdieping, sleurt de wenteltrap mee en slokt de wirwar van antieke spullen en de dure vloerbedekking op. De menigte lopers in het huis wordt geslachtofferd in vlammengeisers, en de vuurzee wordt weer gevoed door het methaangas van bederf dat uit de herrezen lijken vloeit. Binnen twintig minuten is meer dan tachtig procent van de zwerm uit het ravijn verslagen in de vuurstorm en is er niet veel meer van over dan verkoolde, hardgebakken stukjes in de smeulende verwoesting van het landhuis.

Vanwege de constructie van het gebouw, met zijn spectaculaire omhulsel van kamerbrede ramen, fungeert het huis gedurende die twintig minuten vreemd genoeg als een schoorsteen, zodat de vuurzee wordt aangewakkerd, maar ook snel is uitgebrand. Het heetste deel van de vuurstorm gaat recht omhoog, zodat de boomtoppen verschroeien maar de schade beperkt blijft. De andere huizen in de omgeving blijven gespaard. De wind voert geen vonken mee, en de veelzeggende rookwolk blijft verborgen achter de beboste heuvels, onzichtbaar voor de inwoners van Woodbury.

In de tijd dat het huis erover doet om uit te branden, weet Lilly voldoende moed bij elkaar te rapen om van de laagste tak van de eik op het dak van het koetshuis te springen. Vervolgens klimt ze via de achtermuur naar beneden naar de achterdeur van de garage. Josh volgt haar. Inmiddels staan er nog maar enkele lopers rond het huis, en Josh rekent eenvoudig met hen af met de resterende drie patronen in de cilinder van zijn .38.

Ze gaan de garage in en vinden de plunjezak waarin ze een gedeelte van wat ze gisteren bij elkaar hadden gescharreld, voor de veiligheid hadden bewaard. In de zware, canvas reistas zitten een jerrycan met achttien liter benzine, een slaapzak, een koffiezetapparaat, een kilo donker gebrande koffie, wintersjaals, een doos pannenkoekmix, notitieblokken, twee flessen behoorlijke wijn, batterijen, balpennen, dure rode aalbessenjam, een doos matses en een rol klimtouw.

Josh herlaadt de revolver met extra korte loop met de laatste zes kogels in zijn snellader. Daarna sluipen ze door de achterdeur naar buiten, met de plunjezak over Josh' schouder, en kruipen langs de buitenmuur. Ze hurken neer in het struikgewas vlak bij de hoek van de garage en wachten tot het laatste bewegende lijk naar het licht en het lawaai van de brand loopt, voordat ze het terrein snel oversteken en het aangrenzende bos in duiken.

Ze banen zich zonder een woord te wisselen zigzaggend een weg door de bomen.

De toegangsweg ten zuiden van hen ligt er verlaten bij in het afnemende daglicht. Josh en Lilly blijven in de schaduw van een drooggevallen beekbedding, die parallel aan de slingerende asfaltweg loopt. Ze lopen in oostelijke richting door het weidse, hellende landschap terug naar het stadje.

Ze leggen meer dan anderhalve kilometer af zonder te praten, zoals een oud, getrouwd stel in de nasleep van een ruzie. De angst en de adrenaline zijn eindelijk uit hun systeem verdwenen en vervangen door een trillerig soort uitputting.

Door de nipte ontsnapping aan de aanval in het huis en de daaropvolgende brand is Lilly in een paniektoestand geraakt. Ze schrikt op van geluiden aan weerszijden van het pad en lijkt maar niet voldoende lucht in haar longen te kunnen krijgen. Ze blijft de stank van lopers op de wind ruiken en denkt dat ze geschuifel achter de bomen hoort, dat misschien wel of misschien ook niet meer dan de echo's van hun eigen vermoeide voetstappen is.

Wanneer ze aan het einde van Canyon Road afslaan, zegt Josh uiteindelijk: 'Ik wil even één ding heel duidelijk hebben: zeg je nu dat je me alleen maar gebruikt?'

'Josh, ik heb niet...'

'Om beschermd te worden? En dat is alles? Dat is hoe diep je gevoelens gaan?'

'Josh...'

'Of... zeg je dat je gewoon niet wil dat ik het gevóél heb dat je dat doet?'

'Dat heb ik niet gezegd.'

'Ja, schatje, ik ben bang van wel, dat is precies wat je zei.'

'Dit is belachelijk.' Lilly steekt haar handen in de zakken van haar ribfluwelen jasje en loopt verder. Door een laag vuil en as ziet de stof van haar jasje er in het late middaglicht roetgrijs uit. 'Laten we het er gewoon maar bij laten. Ik had niets moeten zeggen.'

'Nee!' Josh schudt langzaam zijn hoofd tijdens het lopen. 'Dat kun je niet maken.'

'Waar heb je het over?'

Hij kijkt haar kort aan. 'Denk je dat dit een bevlieging is?'

'Wat bedoel je?'

'Alsof het zomerkamp is? Alsof we allemaal weer aan het einde van de vakantie naar huis gaan, na ontmaagd te zijn en huiduitslag van de gifsumak te hebben opgelopen?' Zijn stem klinkt bits. Lilly is nog nooit op zo'n toon door Josh Lee Hamilton toegesproken. Zijn diepe baritonstem komt dicht in de buurt van woede en zijn vooruitgestoken kin verloochent het verdriet dat hem doorklieft. 'Je kunt niet zo'n bommetje plaatsen en dan vervolgens weglopen.'

Lilly slaakt een vermoeide zucht en kan niet bedenken wat ze moet zeggen. Ze lopen weer een tijdje in stilte verder. Ze zien in de verte de muur van Woodbury opdoemen, en ook de meest westelijke rand van het bouwterrein komt in zicht. De bulldozer en de kleine hijskraan staan er werkeloos bij in het afnemende licht. De bouwploegen hebben door schade en schande geleerd dat de zombies vaker bijten in de uren van het schemerduister, net zoals zalm en forel.

Uiteindelijk zegt Lilly: 'Wat wil je verdomme dan dat ik zeg, Josh?'

Hij staart naar de grond, terwijl hij doorloopt en nadenkt. De plunjezak rammelt en slaat tegen zijn heup tijdens het lopen. 'Dat het je spijt, bijvoorbeeld? Of dat je erover nagedacht hebt en misschien gewoon bang bent om een hechte band met iemand te krijgen, omdat je geen pijn wilt lijden, omdat je zelf hebt geleden. Dat je het allemaal terugneemt, wat je gezegd hebt, dat je het terugneemt en dat je echt net zoveel van me houdt als ik van jou. Wat dacht je daarvan, hè?'

Ze kijkt hem aan, met een brandende keel van de rook en de angst. Ze heeft zo'n vreselijke dorst. Ze heeft dorst, ze is verward en ze is bang. 'Waarom denk je dat ik heb geleden?'

'Gewoon een gokje.'

Ze kijkt hem weer aan. Woede balt zich als een vuist in haar maag. 'Je kent me niet eens.'

Hij kijkt haar nu ook aan, met opengesperde en gegriefde ogen. 'Neem je me nou in de maling?'

'We hebben elkaar... is het amper twee maanden geleden leren kennen? Een stel doodsbange mensen. Niemand kent elkaar. We moeten ons allemaal gewoon... behelpen.'

'Dat meen je toch niet? Na alles wat we hebben meegemaakt? En dan zou ik je niet eens kénnen?'

'Josh, dat is niet wat ik...'

'Plaats je me op hetzelfde niveau als Bob en die blower? Megan en die gasten in het kamp? Bingham?'

'Josh...'

'Alles wat je de afgelopen week tegen me hebt gezegd... en wat zeg je dan nu? Dat je hebt gelogen? Dat je die dingen alleen maar hebt gezegd om me een beter gevoel te geven?'

'Ik meende wat ik heb gezegd,' mompelt ze zacht. Ze wordt overvallen door schuldgevoel. Even denkt ze terug aan dat vreselijke moment waarop ze de kleine Sarah Bingham verloor, toen de ondoden uitzwermden over het meisje op dat godverlaten terrein voor de circustent. De hulpeloosheid en de verlammende ontzetting die Lilly die dag in haar greep hadden. Het verlies, de pijn en het verdriet zo diep als een put. Het probleem is dat Josh gelijk heeft. Lilly heeft in de ban van hun nachtelijke vrijpartijen dingen gezegd die niet helemaal waar zijn. In zekere zin houdt ze van hem, geeft ze om hem en heeft ze sterke gevoelens voor hem... maar ze projecteert iets zieks dat diep vanbinnen zit op hem, iets wat met angst te maken heeft.

'Nou, lekker dan,' zegt Josh Lee Hamilton uiteindelijk hoofdschuddend.

Ze naderen de opening in de muur buiten het stadje. In de doorgang, een breed stuk tussen twee onaffe gedeelten van de barricade, staat een houten hek dat aan één kant met een kabeltouw vastzit. Ongeveer vijftig meter verderop zit een eenzame bewaker op het dak van een oplegger met een MI-karabijn op zijn heup de andere kant op te kijken.

Josh loopt met ferme stappen op het hek af en maakt bozig het kabeltouw los, waarna hij het hek opengooit. Het rammelende geluid weergalmt. Lilly krijgt kippenvel van paniek. 'Josh, voorzichtig. Ze zullen ons horen,' fluistert ze.

'Kan me geen reet schelen,' zegt hij, terwijl hij het hek voor haar openzwaait. 'Het is geen gevangenis. Ze kunnen ons niet tegenhouden om te gaan en staan waar we willen.'

Ze volgt hem door het hek en via een zijweg naar Main Street.

Op dit uur zwerven er maar weinig mensen rond op straat. De meeste inwoners van Woodbury zitten veilig binnen aan het avondeten of zoeken vergetelheid in drank. De generators brengen een griezelig gebrom voort achter de muren van het racecircuit, en sommige stadionlampen erboven flikkeren. De wind raast door de kale bomen op het plein, en dode bladeren vliegen over de trottoirs.

'Jij je zin,' zegt Josh, terwijl ze rechtsaf gaan en in oostelijke richting door Main Street naar hun flat sjokken. 'Dan neuken we gewoon alleen maar met elkaar. Af en toe een snelle beurt om de spanning te ontladen. Geen poespas of onnodige drukte...'

'Josh, dat is niet...'

'Je zou hetzelfde kunnen krijgen van een fles slechte sterkedrank en een vibrator... maar hé, een warm lichaam is wel zo lekker af en toe, toch?'

'Kom op, Josh. Waarom doe je nou zo? Ik probeer alleen maar...'

'Ik wil het er niet meer over hebben,' zegt hij bits, terwijl ze het voedselcentrum naderen.

Er hangt een groepje mannen rond voor de winkel. Ze staan hun handen te warmen boven een vlammende vuurpot van brandend afval in een olievat. Sam de Slager is er ook bij. Hij draagt een morsige overjas over zijn schort vol bloedvlekken. Wanneer hij de twee gedaanten vanuit het westen ziet naderen, trekt zijn uitgemergelde gezicht samen van afkeer en vernauwen zijn diamantblauwe ogen.

'Prima, Josh, laat dan maar.' Lilly steekt haar handen dieper in haar zakken en schudt langzaam haar hoofd, terwijl ze naast de grote man verder loopt. 'Wat jij wilt.'

Ze lopen langs het voedselcentrum.

'Hé! *Green Mile!*' roept Sam de Slager met een staalharde, afgemeten stem, die klinkt als het geschraap van een mes op een slijpsteen. 'Kom eens even hier, grote man.'

Lilly blijft woedend staan.

Josh loopt naar de mannen toe. 'Ik heb een naam, hoor,' zegt hij mat.

'O, neemt u mij niet kwalijk, hoor,' zegt de slager. 'Wat was het ook alweer... Hamilburg? Hammington?'

'Hamilton.'

De slager glimlacht zonder het te menen. 'Nou, nou, weledele heer Hamilton, zou ik een momentje van uw waardevolle tijd mogen, als u het niet te druk heeft?'

'Wat wil je?'

De slager blijft ijzig naar hem glimlachen. 'Alleen maar uit nieuwsgierigheid, hoor, maar wat zit er in die tas?'

Josh staart hem aan. 'Niet veel bijzonders... gewoon wat kleine spullen.'

'Kleine spullen, hè? Wat voor kleine spullen dan?'

'Dingen die we onderweg hebben gevonden. Niets wat iemand zou interesseren.'

'Je beseft toch wel dat je je schuld nog niet hebt afbetaald voor die ándere kleine spullen die ik jullie een paar dagen geleden heb gegeven, hè?'

'Waar heb je het over?' Josh blijft hem aanstaren. 'Ik heb deze week elke dag in de bouwploeg gewerkt.'

'Je hebt het nog niet helemaal afbetaald, jongen. Die lichte stookolie groeit niet aan de bomen.'

'Je zei dat ik er veertig uur voor moest werken.'

De slager haalt zijn schouders op. 'Je hebt me verkeerd begrepen, grote vent. Kan gebeuren.'

'Hoezo?'

'Ik zei veertig uur bóven op de uren die je al gemaakt hebt. Begrepen?'

De staarwedstrijd duurt nog een ongemakkelijk moment langer. Alle gesprekken rond het vuur in het afvalvat vallen stil. Alle ogen richten zich op de twee mannen. Iets aan de manier waarop Josh' gespierde schouderbladen zich spannen onder zijn houthakkersjas bezorgt Lilly kippenvel.

Josh haalt uiteindelijk zijn schouders op naar de man. 'Dan zal ik nog maar wat meer gaan werken.'

Sam de Slager geeft een klein knikje met zijn magere, scherpe gezicht naar de plunjezak. 'En ik zou ook graag willen dat je de spullen die je daar in die tas hebt zitten bij wijze van aflossing overdraagt.'

De slager maakt een beweging in de richting van de plunjezak en strekt zijn hand ernaar uit.

Josh trekt hem met een ruk weg.

De stemming slaat om met de snelheid van een elektrisch circuit dat opstart. De andere mannen, voor het merendeel oude leeglopers met hondenogen en grijs vlashaar voor hun gezicht, beginnen instinctief achteruit weg te lopen. De spanning stijgt. De stilte versterkt het latente, broeiende geweld alleen maar, en het zachte knetteren van het vuur is het enige geluid naast dat van de wind.

'Josh, het is wel goed.' Lilly doet een stap naar voren en probeert te bemiddelen. 'We hebben geen van die...'

'Nee!' Josh rukt de plunjezak bij haar vandaan, terwijl hij zijn blik constant op de donkere, bloeddoorlopen ogen van de slager gericht houdt. 'Niemand neemt ons deze tas af!'

De stem van de slager zakt een octaaf en wordt vals en donker. 'Ik zou er nog maar eens heel goed over nadenken voordat je mot met me zoekt, grote jongen.'

'Maar ik zoek helemaal geen mot met je,' zegt Josh tegen de man met het bebloede schort voor. 'Ik zeg alleen hoe het zit. De spullen in deze tas zijn gewoon van ons. En niemand neemt hem van ons af.'

'Wie wat vindt, mag het houden?'

'Precies.'

De oude mannen trekken zich verder terug, totdat Lilly het gevoel heeft dat ze samen met twee in het nauw gedreven dieren in een of andere flikkerende, ijskoude boksring staat. Ze probeert iets te verzinnen waarmee ze de spanning wat kan verlagen, maar haar woorden blijven in haar keel steken. Ze strekt haar hand uit naar Josh' schouder, maar hij trekt hem terug alsof hij een schok krijgt. De slager kijkt Lilly kort aan. 'Ik zou maar tegen je aanbidder hier zeggen dat hij de fout van zijn leven maakt.'

'Laat haar erbuiten,' zegt Josh tegen hem. 'Dit is tussen jou en mij.'

De slager zuigt peinzend aan de binnenkant van zijn wang. 'Weet je wat... ik ben een redelijk man... Ik zal je nog één kans geven. Als je mij die spullen geeft, zal ik een streep door je schuld zetten. Dan doen we net alsof deze kleine woordenwisseling nooit heeft plaatsgevonden.' Iets wat in de buurt van een glimlach komt, maakt de plooien in het verweerde gezicht van de slager dieper. 'Daar is het leven te kort voor. Begrijp je wat ik bedoel? En hier al helemaal.'

'Kom op, Lilly,' zegt Josh zonder zijn blik van de levenloze ogen van de slager af te wenden. 'We hebben wel wat beters te doen dan hier een beetje te staan ouwehoeren.'

Josh keert de voorkant van de winkel de rug toe en begint de weg verder af te lopen.

De slager graait weer naar de plunjezak. 'Geef me die vervloekte tas!'

Terwijl de twee mannen midden op straat samenkomen, schiet Lilly naar voren.

'Josh, néé!'

De grote man draait om zijn as en ramt met het volle gewicht van zijn schouder tegen de borst van de slager. Het is een plotselinge en wilde beweging, die Josh in zijn jaren op het speelveld gebruikte om

237

ruimte te maken voor een halfback. De man met het bebloede schort voor vliegt naar achteren, en de lucht wordt uit zijn longen gestoten. Hij struikelt over zijn eigen voeten en valt hard op zijn kont, waarna hij met knipperende ogen van schrik en woede op de grond zit.

Josh draait zich om, loopt weer verder de straat in en roept over zijn schouder: 'Lilly, ik zei kom op, laten we gaan!'

Lilly ziet niet dat de slager ineens met zijn lichaam op de grond begint te kronkelen in een poging om iets onder zijn schort vandaan te trekken, dat op zijn rug tussen zijn broekriem zit. Lilly ziet de glinstering van blauw staal in de hand van de slager niet, en ze hoort ook de veelzeggende klik niet wanneer hij met zijn duim de haanpal van zijn semiautomatische pistool omzet. En ze ziet ook de waanzin in de ogen van de slager niet, totdat het te laat is.

'Josh, wacht!'

Lilly is halverwege het trottoir en is Josh al tot op drie meter genaderd, wanneer de knal de lucht openbreekt. Het gebrul van het 9mm-pistool is zo enorm dat het de ramen tot een half huizenblok verderop doet trillen. Lilly duikt instinctief naar de grond en komt zo hard op het asfalt neer dat de lucht uit haar longen wordt gedreven.

Dan heeft ze haar stem weer terug en begint ze te gillen, terwijl er een groep duiven van het dak van het voedselcentrum opvliegt, en de zwerm aasetende vogels zich als zwart borduurwerk breed uitstrekt in de donker wordende lucht.

12

Lilly Caul zou zich de rest van haar leven stukjes van die dag blijven herinneren. Ze zou zich de rode rozet van bloed en weefsel herinneren, die ze als een kwastje aan de meubelbekleding uit het achterhoofd van Josh Lee Hamilton zag opbloeien. De wond verscheen een nanoseconde voordat de knal van het schot met de 9mm Glock Lilly's oren bereikte. Ze zou zich herinneren dat ze struikelde en twee meter achter Josh op het trottoir viel, en hoe ze daarbij een kies brak en met een snijtand door haar tong beet. Ze zou zich haar tuitende oren herinneren, en dat de rug van haar handen en haar onderarmen bezaaid waren met fijne, glinsterende bloedspatten.

Maar Lilly zou zich vooral de aanblik van Josh Lee Hamilton herinneren, die op straat in elkaar zakte alsof hij in zwijm viel, waarbij zijn reusachtige benen slap en wankel werden als die van een lappenpop. Dat was misschien wel het meest verwonderlijke: de manier waarop de reus van een vent ogenblikkelijk zijn vastheid leek te verliezen. Je zou verwachten dat zo iemand niet makkelijk de geest geeft, of dat hij als een grote sequoia of een door een sloopkogel geramd historisch monument tegen de grond gaat, zodat de grond onder hun voeten letterlijk zou trillen van de knal. Maar in werkelijkheid zou Josh Lee Hamilton die dag in het afnemende, blauwe winterlicht bezwijken zonder zelfs maar een kik te geven.

Hij zou simpelweg omvallen als een zwijgende hoop op het koude trottoir.

In de directe nasleep van de gebeurtenissen krijgt Lilly het over haar hele lichaam koud en spreidt er zich kippenvel uit over haar huid. Alles wordt tegelijkertijd wazig maar ook kristalhelder, alsof haar geest zich van haar aardgebonden lichaam afsplitst. Ze heeft geen controle meer over wat ze doet. Ze komt overeind zonder dat ze zich er zelfs maar van bewust is.

Ze loopt met automatische, verdoofde stappen als van een robot naar de gevallen man toe. 'Nee, wacht... nee, nee, wacht, wacht, wacht,' brabbelt ze, terwijl ze de stervende reus nadert. Haar knieën raken de grond. De tranen lopen over haar gezicht, terwijl ze haar hand uitstrekt en zijn enorme hoofd vasthoudt. 'Laat iemand... haal een dokter... nee... haal... íemand... laat verdomme íemand een dokter halen!' wauwelt ze.

Er komt bloed op haar mouwen, nu ze haar handen om Josh' gezicht heeft geslagen, dat voortdurend vertrekt in zijn doodsstrijd en van de ene in de andere gelaatsuitdrukking lijkt over te gaan. Zijn ogen rollen naar achteren en hij knippert nog een paar laatste keren met zijn ogen, die Lilly's gezicht op de een of andere manier vinden en zich er met zijn laatste sprankje leven op richten. 'Alicia... doe het raam dicht.'

Er vonkt nog iets op in zijn bewustzijn: een herinnering aan een oudere zus, die als een uitdovende sintel wegsterft in zijn getraumatiseerde brein.

'Alicia, doe het...'

Zijn gezicht valt stil, en zijn ogen bevriezen en verharden als knikkers in hun kassen.

'Josh, Josh...' Lilly schudt hem door elkaar alsof ze een motor weer aan de praat probeert te krijgen. Hij is niet meer. Ze kan door haar tranen heen niets zien, en alles wordt wazig. Ze voelt de vochtigheid van zijn doorboorde schedel op haar polsen en voelt vervolgens iets strakgetrokken worden rond haar nek.

'Laat hem met rust,' zegt een schorre, woedende stem achter haar.

Lilly realiseert zich dat iemand haar van het lichaam trekt. De vingers van een grote mannenhand hebben de stof van haar jaskraag vast en trekken haar naar achteren.

Er knapt iets diep vanbinnen bij haar.

De tijd lijkt uitgerekt en vervormd te worden, zoals in een droom. De slager trekt het meisje van het lichaam. Hij sleept haar terug naar de stoeprand, waar ze met haar achterhoofd tegenaan smakt. Ze ligt nu stil omhoog te staren naar de slungelige man met het schort voor.

De slager staat hijgend boven haar te trillen van de adrenaline. Achter hem blijven de ouwe sokken met opengesperde druipogen tegen de winkelpui staan, waar ze wegkruipen in hun te wijde, versleten kleren.

Verderop in de straat verschijnen nu ook andere mensen in het schemerduister, die vanuit deuropeningen en om hoeken staan te turen.

'Kijk nu eens wat jullie tweeën hebben aangericht!' spreekt de slager Lilly beschuldigend toe, terwijl hij het pistool op haar gezicht richt. 'Ik probeerde redelijk te zijn!'

'Maak er maar een einde aan.' Ze sluit haar ogen. 'Maak het maar af... doe maar.'

'Ik ga je toch niet vermoorden, stomme trut!' Hij geeft haar een klap met zijn vrije hand. 'Luister je wel? Heb ik je aandacht?'

Er weergalmen voetstappen in de verte van iemand die hun kant op komt rennen, maar dat horen ze aanvankelijk niet. Lilly opent haar ogen. 'Je bent een moordenaar,' zegt ze tussen bloederige tanden door. Haar neus bloedt ook. 'Je bent nog erger dan een vervloekte loper.'

'Dat is jóúw mening.' Hij slaat haar nogmaals. 'En nu wil ik dat je naar me luistert.'

De pijn van de klap werkt verfrissend op Lilly. Ze komt ervan bij haar positieven. 'Wat wil je?'

Een huizenblok verderop klinken roepende stemmen op en komen de rennende voetstappen steeds dichterbij, maar de slager hoort niets anders dan zijn eigen stem. 'Ik zal de restschuld van *Green Mile* op jou verhalen, meisje.'

'Loop naar de hel!'

De slager bukt zich en grijpt haar achter haar nek bij de kraag van haar jasje vast. 'Je zult die kleine, magere kont van je voor je moeten laten werken, totdat je...'

Lilly's knie komt hard genoeg omhoog om de testikels van de man helemaal in zijn bekken omhoog te laten schieten. De slager wankelt en stoot een snikkende ademtocht uit, die klinkt alsof er stoom uit een gebroken uitlaat ontsnapt.

Lilly springt overeind en zet haar nagels in het gezicht van de slager. Haar nagels zijn tot op de huid afgebeten, dus veel schade richten ze niet aan, maar de man wordt er verder door naar achteren gedreven. Hij haalt uit naar haar. Ze deinst achteruit voor de vuistslag, die haar schouder schampt. Ze geeft hem weer een trap tegen zijn ballen.

De slager strekt wankelend zijn hand uit naar zijn pistool.

Martinez is inmiddels nog maar een half huizenblok van hen verwijderd, rennend naar het tafereel. Hij wordt gevolgd door twee van zijn bewakers en schreeuwt: 'Wat is hier verdomme aan de hand?'

De slager heeft zijn Glock tussen zijn broekriem vandaan gehaald en draait zich om naar de naderende mannen.

De potige, pezige Martinez slaat onmiddellijk toe en ramt met de kolf van zijn M1 de rechterpols van de slager naar beneden. Het geluid van knarsende tere botjes overstemt de wind. De Glock vliegt uit de hand van de slager, die slijmerig begint te loeien.

Een van de bewakers, een zwarte jongeman met een te grote hoody aan, komt net op tijd aan om Lilly vast te pakken en haar van deze confrontatie weg te trekken. Ze wringt zich in alle bochten in de armen van de bewaker, terwijl hij haar op afstand houdt.

'Ingerukt, klootzak!' buldert Martinez, die het aanvalsgeweer op de wankelende slager richt. Maar de slager grijpt onmiddellijk en voordat Martinez kan reageren de schacht van de karabijn vast.

De twee mannen worstelen om het geweer, en door het getrek en geduw botsen ze achterwaarts tegen het vuurvat. De inhoud van het vat valt eruit, zodat er een werveling van vonken omhoogvliegt. Het duo wankelt naar de winkelpui toe. De slager smijt Martinez tegen de glazen deur aan, waardoor het glas vol haarscheurtjes komt te zitten. Martinez slaat met het geweer tegen het gezicht van de slager.

De pijnlijk geraakte slager deinst terug en grist de MI uit Martinez' handen. Het aanvalsgeweer vliegt over het trottoir. De oude mannen gaan er geschrokken vandoor, terwijl andere stadsbewoners van alle kanten komen aanlopen, van wie sommige al wild en woedend beginnen te schreeuwen. De tweede bewaker, een oudere man met een pilotenbril op en een sjofele bodywarmer aan, houdt de menigte op afstand.

Martinez deelt een harde rechter uit tegen de kaak van de slager, zodat deze dwars door de gebarsten glasplaat van de deur vliegt.

De slager landt in de hal van de winkel en valt languit op de tegelvloer, die nu met glasscherven bezaaid ligt. Martinez klimt achter hem aan naar binnen.

Martinez houdt de slager met een spervuur van keiharde klappen tegen de grond, en er vliegen roze draden van spuug en bloed in het rond. De slager bedekt paniekerig zijn gezicht en probeert terug te vechten door krachteloos om zich heen te slaan, maar Martinez weet de man te overmeesteren.

Met zijn laatste vuistslag, een zwaaistoot tegen de kaak van de slager, slaat hij de man bewusteloos.

Even hangt er een ongemakkelijke stilte, terwijl Martinez op adem staat te komen. Hij staat naast de man met het schort over zijn knokkels te wrijven en probeert zich te oriënteren. Het lawaai van de menigte voor het voedselcentrum is aangegroeid tot een dof gebrul, waarvan het meeste bestaat uit gejuich voor Martinez. Het klinkt als een gestoorde bijeenkomst om de aanwezigen op te peppen.

Martinez begrijpt maar niet wat er zojuist is gebeurd. Hij heeft Sam de Slager nooit echt gemogen, maar aan de andere kant kan hij

zich niet voorstellen waarom die klootzak het in zijn hoofd had gehaald zijn wapen tegen Hamilton te trekken.

'Waar ben jij nou verdomme mee bezig?' vraagt Martinez aan de
man op de grond. Het is een beetje een retorische vraag, omdat hij
niet echt een antwoord verwacht.

'De man wil duidelijk een ster zijn.'

De stem komt vanuit het gapende, gekartelde gat van de ingang
achter Martinez.

Martinez draait snel om zijn as en ziet de Governor in de deuropening staan. Hij heeft zijn gespierde armen over elkaar geslagen, en de
lange panden van zijn kamerjas flapperen in de wind. De man heeft
een ondoorgrondelijke uitdrukking op zijn gezicht, een mengeling
van verbijstering, minachting en onheilspellende nieuwsgierigheid.
Gabe en Bruce staan als norse totems achter hem.

Martinez is meer dan ooit in verwarring. 'Wát wil hij zijn?'

De gezichtsuitdrukking van de Governor verandert. Zijn donkere ogen glimmen van inspiratie boven zijn nu volgroeide krulsnor,
waarvan de punten tot aan de uiteinden van zijn gefronste wenkbrauwen reiken. Martinez weet dat hij op zijn tellen moet passen.
'Vertel me eerst maar eens wat er hier precies is gebeurd,' zegt de
Governor op vlakke, uitdrukkingsloze toon.

'Hij heeft niet geleden, Lilly... onthoud dat... geen pijn... hij is gewoon als een nachtkaars uitgegaan.' Bob zit vlak bij de stoeprand op
zijn hurken naast Lilly, die met haar hoofd omlaag in elkaar gedoken op de grond zit, terwijl de tranen op haar schoot druppen. Bob
heeft zijn EHBO-doos open op de stoep naast haar staan en dept haar
beschadigde gezicht met een in jodium gedoopt wattenstaafje. 'Dat
is meer dan waarop de meesten van ons in dit schijthuis van een wereld kunnen hopen.'

'Ik had het moeten voorkomen,' zegt Lilly met een slappe, verzwakte stem, en ze klinkt als een trekpop op haar laatste benen. Haar traanbuizen zijn leeg gehuild. 'Dat had ik gekund, Bob, ik had ze kunnen tegenhouden.'

Er valt een lange stilte, en de wind ratelt in de overhangende dakranden en hoogspanningskabels. Praktisch de gehele bevolking van Woodbury heeft zich in Main Street verzameld om naar de nasleep van het gevecht te staan gapen.

Josh ligt op zijn rug onder een laken naast Lilly. Iemand heeft het lichaam slechts minuten daarvoor met het geïmproviseerde doodskleed bedekt, en de plooien zijn inmiddels doordrenkt van rode bloedvlekken van Josh' hoofdwonden. Lilly streelt zijn been teder, knijpt er dwangmatig in en masseert het alsof ze hem wakker zou kunnen maken. Strengen haar zijn losgeraakt uit Lilly's paardenstaart en waaien voor haar geschramde, terneergeslagen gezicht.

'Stil maar, liefje,' zegt Bob, die de fles Betadine weer in de EHBO-doos opbergt. 'Jullie konden er niets aan doen, helemaal niets.' Bob werpt een bezorgde blik op het gekartelde, gebroken glas van de ingang van het voedselcentrum. Hij kan nog net zien dat de Governor en zijn mannen in de hal met Martinez staan te praten. Het bewusteloze lichaam van de slager ligt in de schaduw. De Governor maakt een weids gebaar naar het lichaam en legt iets uit aan Martinez. 'Het is doodzonde allemaal,' zegt Bob, die wegkijkt. 'Doodzonde, verdomme.'

'Er zat geen greintje kwaad in hem,' zegt Lilly zacht, terwijl ze naar de steeds groter wordende bloedvlek aan de bovenkant van het laken kijkt. 'Als híj er niet was geweest, zou ik niet meer in leven zijn... hij heeft mijn leven gered, Bob, hij wilde alleen maar...'

'Jongedame...?'

Lilly kijkt op bij het horen van een onbekende stem en ziet achter Bob een oudere man staan, met een bril op en een laboratoriumjas aan. En weer achter die man staat een vierde persoon, een jonge vrouw van ergens in de twintig met blonde vlechten. Ook zij draagt

245

een versleten laboratoriumjas en ze heeft een stethoscoop en een bloeddrukband om haar nek hangen.

'Lilly, dit is Doc Stevens,' zegt Bob, en hij knikt naar de man. 'En dat daar is Alice, zijn verpleegster.'

De jonge vrouw knikt eerbiedig naar Lilly en wikkelt de band af.

'Lilly, zou ik even een blik op die kneuzingen in je gezicht mogen werpen?' vraagt de arts, terwijl hij op zijn hurken naast haar komt zitten en de oordopjes van zijn stethoscoop in zijn oren stopt. Lilly zegt niets en kijkt alleen maar weer naar de grond. De arts houdt de stethoscoop zachtjes tegen haar hals, tegen haar borstbeen en tegen de andere plaatsen waar hij haar polsslag kan meten. Hij inspecteert haar wonden, en klopt zachtjes op haar ribben. 'Het spijt me van je verlies, Lilly,' mompelt de arts.

Lilly zegt niets.

'Sommige van die wonden had ze al,' licht Bob toe, terwijl hij overeind komt en iets naar achteren gaat.

'Zo te zien zitten er haarscheurtjes in nummer acht en negen, en ook in het sleutelbeen,' zegt hij, terwijl hij zijn vingers zachtjes tussen haar fleecejasje duwt. 'Allemaal bijna genezen. En haar longen klinken schoon.' Hij haalt de stethoscoop uit zijn oren en hangt hem weer om zijn nek. 'Lilly, laat het ons weten als je iets nodig hebt.'

Het lukt haar te knikken.

De arts weegt zijn woorden en zegt: 'Lilly, ik wil gewoon dat je weet dat...' Hij zwijgt even en lijkt op zoek naar de juiste woorden. 'Niet iedereen in dit stadje is... zó. Ik weet dat het op dit moment amper een schrale troost is.' Hij kijkt op naar Bob, vervolgens naar het verbrijzelde raam van het voedselcentrum en dan weer naar Lilly. 'Ik wil maar zeggen dat je niet moet schromen om naar de kliniek te komen... als je ooit met iemand wilt praten, of als iets je dwarszit of als je iets nodig hebt.'

Wanneer hij geen reactie krijgt van Lilly, slaakt de arts een zucht en komt hij overeind. Hij wisselt nerveuze blikken uit met Bob en Alice.

Bob gaat weer op zijn hurken naast Lilly zitten en zegt heel zacht: 'Lilly, liefje, we zullen nu toch zijn lichaam moeten verplaatsen.'

Eerst hoort ze hem nauwelijks en dringt het eigenlijk niet tot haar door wat hij zegt.

Ze blijft gewoonweg naar de stoep staren en met een leeg gevoel het been van de dode man strelen. Tijdens antropologiecolleges op Georgia Tech had ze les gehad over de Algonquin-indianen, die geloven dat de geest van de doden verzoend moet worden. Na de jacht ademden ze letterlijk de laatste ademtochten van een stervende beer in om het dier te eren, het in hun eigen lichaam op te nemen en het de laatste eer te bewijzen. Maar Lilly voelt alleen maar verlatenheid en verlies opstijgen uit het afkoelende lijk van Josh Lee Hamilton.

'Lilly?' Bobs stem klinkt alsof hij haar vanuit een afgelegen zonnestelsel toespreekt. 'Vind je het goed als we het lichaam weghalen, liefje?'

Lilly zwijgt.

Bob knikt naar Stevens. De arts knikt naar Alice, die zich omdraait en een teken geeft aan de twee mannen die verderop met een inklapbare brancard klaarstaan. De twee mannen, allebei van middelbare leeftijd en kroegvrienden van Bob, komen dichterbij. Ze klappen de brancard uit en knielen centimeters van Lilly verwijderd naast het lichaam neer. De eerste man begint het enorm grote lichaam voorzichtig op de brancard te duwen, maar dan kijkt Lilly plotseling naar hen op. Ze pinkt haar tranen weg.

'Laat hem met rust,' mompelt ze op nauwelijks hoorbare fluistertoon.

Bob legt een hand op haar schouder. 'Lilly, liefje...'

'Ik zei: laat hem met rust! Raak hem niet aan! Blijf verdomme van hem af!'

Haar deerniswekkende geschreeuw doorklieft de verwaaide stilte van de straat en trekt de aandacht van alle aanwezigen. Toeschouwers een half huizenblok verderop houden op met praten en kijken haar kant op. Mensen in deuropeningen turen om hoeken om te zien wat er aan de hand is. Bob gebaart naar de twee kroegvrienden dat ze weg moeten gaan, en ook Stevens en Alice trekken zich ongemakkelijk zwijgend terug.

Door alle commotie zijn er ook een paar gedaanten uit het voedselcentrum naar buiten gekomen. Ze staan nu in de gekartelde opening van de ingang naar de trieste bedoening te staren.

Bob kijkt op en ziet de Governor met over elkaar geslagen armen op de met glas bezaaide drempel staan. Hij staat de situatie met zijn listige, donkere ogen op te nemen. Bob loopt bedeesd naar de ingang toe.

'Ze draait wel bij,' zegt Bob op vertrouwelijke toon tegen de Governor. 'Ze is er nu gewoon nog een beetje kapot van.'

'Wie kan haar dat kwalijk nemen?' zegt de Governor peinzend. 'In één klap je broodwinning verliezen.' Hij kauwt een moment op de binnenkant van zijn wang en denkt na. 'Laat haar maar even met rust. We ruimen de troep later wel op.' Hij staat nog wat langer te denken, waarbij hij zijn blik op het dode lichaam naast de stoeprand gericht houdt. 'Gabe... kom 's hier!' roept hij uiteindelijk over zijn schouder.

De gedrongen man met het stekeltjeshaar en de coltrui aan komt naar hem toe lopen.

'Ik wil dat je die klootzak van een slager bij kennis brengt. Breng hem naar het detentieblok en gooi hem in de cel bij de gardisten,' zegt de Governor zacht.

Gabe knikt, draait om zijn as en glipt het voedselcentrum weer in.

'Bruce!' roept de Governor naar zijn tweede man. De zwarte man met het geschoren hoofd en het kevlarvest aan komt met een AK-47 op zijn heup aanlopen.

'Ja, baas.'

'Ik wil dat je iedereen optrommelt en naar het plein brengt.'

De zwarte man houdt vol ongeloof zijn hoofd iets schuin. 'Iedereen?'

'Je hebt me gehoord... iedereen.' De Governor knipoogt naar hem. 'We gaan een kleine gemeenteraadsvergadering beleggen.'

'We leven in gewelddadige tijden. We staan allemaal onder enorme druk. Elke dag van ons leven.'

De Governor blaft in een megafoon, die Martinez in de in onbruik geraakte brandweerkazerne heeft gevonden. Het geluid van zijn schorre rokersstem reikt helemaal tot aan de kale bomen en de fakkels. De duisternis is ingevallen in het stadje, en de complete bevolking staat op een kluitje in het donker aan de rand van de muziekkapel op het midden van het plein. De Governor staat op de stenen traptreden van het bouwwerk en spreekt zijn onderdanen toe met de doordringende autoriteit van een politicus, gekruist met die van een bevlogen motivatiespreker.

'Ik weet onder welke druk jullie allemaal staan,' gaat hij verder, terwijl hij over de treden op en neer loopt en het moment tot het uiterste uitbuit. Zijn stem weergalmt over het plein en weerkaatst tegen de dichtgespijkerde winkelpuien aan de overkant van de straat. 'We hebben allemaal de afgelopen maanden ons eigen verdriet te verwerken gehad... hebben allemaal wel een naaste verloren.'

Hij zwijgt even uit puur effectbejag, en ziet veel gezichten naar de grond keren, met ogen die glinsteren in het licht van de fakkels. Hij voelt het gewicht van het verdriet dat op hen neerdrukt. Hij glimlacht inwendig en wacht geduldig tot het moment voorbij is.

'Wat er vandaag bij de winkel gebeurd is, had niet hoeven gebeuren. Jullie grijpen in dit leven naar het zwaard... dat snap ik. Maar dit had niet hoeven gebeuren. Het was een symptoom van een groter kwaad. En dat kwaad gaan we bestrijden.'

Hij kijkt kort achterom naar het oosten en ziet de ineengedoken gedaanten rond het in een doodskleed gewikkelde lichaam van de zwarte man. Bob zit op zijn hurken achter de jonge vrouw die Lilly heet en streelt haar rug, terwijl hij als in trance naar de gevelde reus onder het bebloede laken staart.

De Governor richt zich weer tot zijn publiek. 'Vanaf vanavond gaan we onszelf ertegen wapenen. Vanaf nu zullen de zaken hier anders gaan. Dat beloof ik jullie... het zal er hier anders aan toegaan. Er zullen nieuwe regels gaan gelden.'

Hij loopt nog wat meer op en neer en kijkt de toeschouwers stuk voor stuk aan met zijn doordringende blik.

'Wat ons onderscheidt van die monsters daarbuiten, is beschaving!' Hij benadrukt het woord 'beschaving' zo hard dat het van de daken terugkaatst. 'Orde! Wetten! De oude Grieken begrepen dat heel goed. Zij wisten van de strenge aanpak. "Catharsis" noemden ze dat.'

Sommige gezichten staren hem nerveus en verwachtingsvol aan.

'Zien jullie dat racecircuit daar?' zegt hij in de megafoon. 'Kijk maar eens goed!'

Hij draait zich om en geeft een seintje aan Martinez, die in de schemer aan de voet van de muziekkapel staat. Martinez drukt een knop in op een portofoon en fluistert iets tegen iemand aan de andere kant. Dit is het gedeelte waarop de Governor heeft gehamerd dat het nauwkeurig getimed wordt.

'Vanaf vanavond,' gaat de Governor verder, terwijl hij ziet hoeveel hoofden zich omdraaien naar de grote, donkere, op de kleigrond ten westen van het stadje neergezette vliegende schotel, waarvan de enorme komvormige rand zich tegen de sterrenhemel aftekent. 'Vanaf dit moment zal dát ons nieuwe Griekse theater zijn!'

De grote xenonschijnwerpers boven het racecircuit springen plotseling een voor een aan met de pracht en praal van een vuurwerkshow: eerst de metaalachtige knallen, en dan stralen ze enorme zilverkleurige lichtbundels uit naar de arena. Deze truc roept een hoorbare, gezamenlijke zucht op bij veel toeschouwers rond de muziekkapel, en sommige mensen beginnen spontaan te applaudisseren.

'De toegang is gratis!' De Governor voelt de energie stijgen en knetteren, als een soort statische elektriciteit, en praat verder op hen in. 'De audities zijn begonnen, mensen. Willen jullie vechten in de ring? Dan hoef je alleen maar de regels te overtreden. Dat is alles wat je hoeft te doen. De wet overtreden.'

Terwijl hij op en neer loopt, kijkt hij de mensen aan en daagt hen uit om te reageren. Sommigen kijken elkaar aan, anderen knikken, en weer anderen lijken elk moment 'halleluja' naar hem te kunnen gaan roepen.

'Als iemand de wet overtreedt, dan moet hij gaan vechten! Zo simpel is het. Als je de wetten niet kent, hoef je er alleen maar naar te vragen. Lees de vervloekte grondwet. Kijk in de Bijbel. "Doe dat ook een ander..." Gulden regel en zo. Maar luister naar wat ik zeg. Als je iemand anders een beetje te veel áándoet... dan ga je vechten.'

Een paar mensen schreeuwen goedkeurend, en de Governor voedt zich met deze energie, waarna hij het vuurtje verder opstookt. 'Voortaan geldt: als je iemand iets aandoet, als je de wet overtreedt, dan ga je vechten!'

Er voegen zich nog een paar stemmen bij het rumoer, en het lawaai reikt tot aan de hemel.

'Als je van iemand steelt, dan moet je vechten!'

Nu brult de menigte haar goedkeuring uit, en er volgt een koor van deugdzaam geloei.

'Als je met de vrouw van een ander neukt, dan moet je vechten!'

Er klinken nog meer stemmen op, en alle angst en frustratie komt eruit.

'Als je iemand vermoordt, dan ga je vechten!'

Het gejuich begint te verworden tot een kakofonie van kwaad geschreeuw.

'Als je een ander op wat voor manier ook iets aandoet, en helemaal als het de dood van een ander tot gevolg heeft, dan zul je moeten vechten. In de arena. Voor Gods aangezicht. Tot de dood.'

Het geschreeuw ontaardt in een mengeling van applaus, gejuich en geloei. De Governor wacht tot het wegvloeit als een zich terugtrekkende golf.

'Het begint vanavond,' zegt hij bijna op fluistertoon, en de megafoon kraakt. 'Het begint met déze idioot, de vent die de dorpswinkel runt: Sam de Slager. Hij denkt dat hij voor rechter, jury en beul kan spelen.'

De Governor wijst plotseling naar de arena en schreeuwt met een stem die een charismatisch kerkleider niet zou misstaan: 'Wie heeft er zin in wat vergelding? Wie heeft wel oren naar wat recht en gezag?'

Iedereen begint te schreeuwen.

Lilly kijkt op en ziet de plotselinge aftocht van de bijna veertig mensen een half huizenblok verderop. De menigte gaat uiteen in een lawaaierige massa en beweegt zich bijna als één geheel, als een reusachtige amoebe van opgewonden geheven vuisten en onverstaanbaar, kwaad gejuich. De groep steekt de straat over en loopt naar het racecircuit in de arena, die in een uitgestrekte halfschaduw van zilverkleurig licht tweehonderd meter naar het westen ligt. Lilly's maag draait zich om bij de aanblik.

Ze kijkt de andere kant op en mompelt: 'Je kunt het lichaam nu wel weghalen, Bob.'

Bob bukt zich en streelt zachtjes haar schouder. 'We zullen goed voor hem zorgen, liefje.'

Ze staart in de verte. 'Zeg tegen Stevens dat ik het wil afhandelen.'

'Doe ik.'

'We gaan hem morgen begraven.'

'Dat klinkt prima, liefje.'

Lilly kijkt hoe de menigte burgers in de verte de arena binnenloopt. Even haalt ze zich scènes uit oude griezelfilms voor ogen, van boze groepen inwoners met fakkels en primitieve wapens, die Frankensteins kasteel omsingelen, dorstig naar het bloed van het monster.

Ze huivert. Ze realiseert zich dat ze nu allemaal monsters zijn geworden, allemaal, Lilly en Bob ook. Woodbury is nu het monster.

13

Bob Stookey kan zijn nieuwsgierigheid niet bedwingen. Nadat hij Lilly naar haar appartement boven de stomerij heeft gebracht en haar tien milligram alprazolam heeft gegeven om te kunnen slapen, gaat hij bij Stevens langs. Ze treffen voorbereidingen om Josh' lichaam naar zijn tijdelijke rustplaats in het geïmproviseerde lijkenhuis onder het racecircuit te verplaatsen. Daarna loopt Bob terug naar zijn camper en pakt hij een fles whisky van achterin. En vervolgens gaat hij weer terug naar de arena.

Tegen de tijd dat hij bij de zuidelijke ingang aankomt, klinkt er vanuit het bouwwerk een aanzwellend, knetterhard lawaai uit de menigte op, als van golven die zich op een strand storten. En dat alles wordt nog versterkt door de stalen steunbalken van de arena. Bob sluipt door de donkere, vochtige tunnel naar het licht toe. Hij blijft net in de mond van de zuidelijke poort staan en neemt een stevige slok van de fles sterkedrank. Hij vermant zich en onderdrukt zijn zenuwen. De whisky brandt, en hij krijgt tranen in zijn ogen.

Hij loopt het licht in.

Aanvankelijk ziet hij alleen maar wazige, onduidelijke gedaanten verderop op het terrein binnen de ring, aan het oog onttrokken door de reusachtige harmonicagazen hekken die voor de toeschouwers oprijzen. De tribunes aan weerszijden van hem zijn bijna leeg. De inwoners zitten verspreid over de balkonlagen boven hem. Ze klappen, juichen en strekken hun halzen uit om te zien wat er gebeurt. Bob knippert met zijn ogen in de felle schittering van de booglichten. De lucht is doordrongen van de geur van oud, verbrand rubber en benzine, en Bob moet zijn ogen toeknijpen om te kunnen onderscheiden wat er daarbeneden op het circuit gebeurt.

Hij doet een stap naar voren, buigt zich naar het hek toe en tuurt door het harmonicagaas.

Op het modderige stuk land binnen de racebaan zijn twee mannen in gevecht met elkaar. Sam de Slager is halfnaakt en draagt alleen een onderbroek vol bloedspatten. Zijn ontblote borst is niet strak en zijn buik hangt over zijn broeksband. Hij zwaait met een geïmproviseerde houten knuppel naar Stinson, de grote, dikkige gardist van middelbare leeftijd. Stinsons camouflagebroek is donker van de lichaamsvloeistoffen. Hij wankelt en deinst met een ruk achteruit in een poging de aanval te ontwijken. Hij heeft een machete van bijna een halve meter in zijn vettige hand. Aan het uiteinde van de knuppel van de slager zijn aan één kant roestige spijkers bevestigd. Hij raakt de zijkant van Stinsons gezicht en rijt het vlees open.

Stinson wankelt naar achteren en spuugt speeksel en strengen dik bloed uit.

De menigte stoot een salvo gejoel en kwaad gejuich uit als Stinson over zijn eigen voeten struikelt. De gezette gardist gaat tegen de grond, en er stuift zand op in het natriumlicht. De machete vliegt uit zijn hand en landt in het zand. De slager slaat weer toe met de knuppel. De spijkers doorboren Stinsons halsader en linkerborstspier voordat de man kans ziet om weg te rollen. Het publiek loeit.

Bob kijkt kort de andere kant op en voelt zich misselijk en duizelig. Hij neem nog een enorme slok van zijn whisky en laat het brandende gevoel zijn afgrijzen sussen. Hij neemt nog een slok, en dan nog eentje, en weet uiteindelijk genoeg moed te verzamelen om weer naar het gevecht te kijken. De slager blijft op Stinson inslaan en er spuiten bloedfonteinen op, zo zwart als teer in de natriumgloed, die de samengeperste grond binnen de racebaan besproeien.

Er staat bij elke toegangspoort langs het brede zandcircuit om het binnenveld een gewapende bewaker geconcentreerd naar de schermutseling te kijken, met zijn aanvalsgeweer in de aanslag. Bob slaat nog meer whisky achterover en wendt zijn blik af van de gruwelijke slachtpartij. Hij kijkt naar de bovenste regionen van het racecircuit. Het grote beeldscherm is zwart en staat niet aan, omdat het waarschijnlijk buiten werking is. De glazen behuizingen van vipboxen langs één kant van de arena zijn voor het merendeel leeg en donker... behalve eentje dan.

De Governor en Martinez staan achter het raam van de middelste box en kijken met ondoorgrondelijke uitdrukkingen op hun gezicht neer op het spektakel.

Bob slaat nog een paar vingers uit de fles whisky achterover, waarvan hij de helft al opheeft, en vermijdt oogcontact met de menigte. Vanuit zijn ooghoeken kan hij hun gezichten zien; van jong en oud, van mannen en vrouwen, allemaal in de ban van het bloederige gevecht. Op veel verwrongen gezichten staat een soort manische verrukking te lezen. Sommige toeschouwers gaan rechtop staan en wuiven met hun handen alsof ze Jezus hebben gevonden.

Beneden op het binnenveld deelt de slager een laatste brute klap uit tegen Stinsons nier, zodat de spijkers in de vlezige onderrug van de gardist verdwijnen. Er borrelt bloed op, dat vervolgens begint te stromen. Stinson zakt in elkaar op de zandgrond. Hij begint te stuiptrekken en te schokken in zijn doodsstrijd. De slager staat hijgend te kwijlen van psychotisch genot, steekt de knuppel in de lucht en kijkt de menigte aan. De toeschouwers reageren met aanzwellend geloei.

Bob Stookey is duizelig van walging en verlamd door angst. Hij neemt nog wat whisky en kijkt naar beneden.

'Volgens míj hebben we een wínnaar!'

De door de geluidsinstallatie versterkte stem weergalmt en wordt opnieuw versterkt, begeleid door scherp, elektronisch gejank. Bob kijkt op en ziet de Governor achter het raam van de middelste box nonchalant in een microfoon praten. Zelfs van deze grote afstand kan Bob het griezelige genot als twee speldenprikken sterrenlicht in de ogen van de Governor zien glinsteren. Bob kijkt weer naar beneden.

'Wacht even! Wacht even! Dames en heren, ik geloof dat hij aan het terugkomen is!'

Bob kijkt op.

Op het binnenveld is de grote hoop op de grond weer tot leven gekomen. Stinson duikt naar de machete, krijgt het handvat met zijn gladde hand vast en draait zich naar de slager toe, die met zijn rug naar hem toe staat. Stinson slaat met zijn allerlaatste krachten toe. De slager draait zich om en probeert zijn gezicht te beschermen tegen de hakkende machete.

Het hakmes zinkt zó diep in de hals van de slager, dat het vast blijft zitten.

De slager staat te wankelen en valt achterover, met de machete nog steeds stevig in zijn halsader. Stinson gaat in een dronken roes op hem af, en door het bloedverlies schuifelt hij wankelend voort, zodat hij griezelig veel op een zombie lijkt. De menigte juicht en brult. Stinson trekt de machete los en slaat er weer keihard mee tegen de hals van de slager, zodat het hoofd van de broodmagere man tussen de vijfde en zesde nekwervel van zijn romp wordt gescheiden. De toeschouwers juichen, terwijl de hals van de slager de grond met zijn levensbloed bevloeit.

Bob kijkt de andere kant op. Hij valt op zijn knieën en houdt met één hand het harmonicagaas vast. Zijn maag draait zich om en hij geeft over op de cementen vloer van de tussenverdieping. De fles valt op de grond, maar breekt niet. Bob spuugt zijn complete maaginhoud er kokhalzend uit. Het lawaai van de menigte verwatert ineens, en alles wordt wazig en onduidelijk in zijn tranige zicht. Hij blijft maar overgeven, totdat er niets anders rest dan dun gal, dat aan zijn lippen blijft hangen. Hij laat zich achterovervallen tegen de eerste lege rij tribunes. Hij pakt de fles op en slokt de rest van de inhoud naar binnen.

'En dat, mensen, dat is wat we gerechtigheid noemen!'

Buiten de arena zou men de straten van Woodbury op dit moment kunnen verwarren met die van elk ander uitgestorven spookschip van een stadje op het platteland van Georgia; verlaten en leeggeplunderd met de komst van de plaag.

Op het eerste gezicht lijken de inwoners allemaal verdwenen te zijn, nu de complete bevolking nog in het stadion gefascineerd zit te kijken naar de laatste momenten van de strijd op leven en dood. Zelfs de stoep voor het voedselcentrum is vrijgemaakt, en elk spoor van de moord is door Stevens en zijn mannen opgeruimd. Het lichaam van Josh is afgevoerd naar het lijkenhuis.

Terwijl de wind het gedempte lawaai van de menigte meevoert, loopt Lilly Caul in het donker over de stoep in haar fleecejasje, gescheurde spijkerbroek en hoge sneakers. Ze kan niet slapen en niet denken, en ze blijft maar huilen. Van het lawaai uit de arena krijgt ze het gevoel dat er insecten over haar lijf krioelen. De Xanax die Bob haar heeft gegeven, heeft alleen maar de pijn wat verzacht, als een laagje gaas over haar voortrazende gedachten. Ze huivert van de kou en blijft in een donkere portiek voor een dichtgespijkerde drogisterij staan.

'Ik heb er natuurlijk niets mee te maken,' zegt een stem vanuit het schemerduister. 'Maar je zou als jonge vrouw niet in je eentje hier op straat moeten rondlopen.'

Lilly draait zich om en ziet de glinstering van een bril met metalen montuur op een donker gezicht. Ze zucht, veegt haar ogen af en kijkt naar de grond. 'Wat maakt het nog uit?'

Dokter Stevens stapt in het flakkerende licht van de fakkels. Hij heeft zijn handen in zijn zakken, zijn laboratoriumjas is tot aan de kraag dichtgeknoopt en hij heeft een sjaal om zijn nek. 'Hoe gaat het met je, Lilly?'

Ze kijkt hem door haar tranen heen aan. 'Hoe het gaat? Gewéldig gewoon.' Ze probeert adem te halen, maar haar longen voelen aan alsof ze vol zand zitten. 'Volgende domme vraag.'

'Je zou moeten proberen te rusten.' Hij loopt naar haar toe en onderzoekt haar verwondingen. 'Je bent nog steeds in shocktoestand, Lilly. Je hebt slaap nodig.'

Ze glimlacht flauwtjes. 'Ik slaap wel als ik dood ben.' Ze krimpt ineen en kijkt weer naar de grond, met tranen in haar brandende ogen. 'Het rare is dat ik hem amper heb gekend.'

'Hij leek me een goede vent.'

Ze richt haar blik op en kijkt de arts aan. 'Is dat eigenlijk nog wel mogelijk?'

'Is wat mogelijk?'

'Een goed mens zijn?'

De arts zucht. 'Waarschijnlijk niet.'

Lilly slikt iets weg en kijkt weer omlaag. 'Ik moet hier weg.' Er gaat een schok door haar lichaam, en er bouwt zich een volgende snik in haar op. 'Ik kan er niet meer tegen.'

Stevens kijkt haar aan. 'Welkom bij de club.'

Er hangt even een ongemakkelijke stilte.

Lilly wrijft in haar ogen. 'Hoe doet u het?'

'Wat?'

'Hier blijven... die hele toestand verdragen. U lijkt me min of meer nog bij uw gezonde verstand.'

De arts haalt zijn schouders op. 'Schijn kan bedriegen. Maar goed... ik blijf om dezelfde reden als waarom ze allemaal blijven.'

'En dat is...?'

'Angst.'

Lilly staart naar de stoeptegels. Ze zegt niets. Wat valt er te zeggen? Het licht van de branders boven de straat neemt af, omdat de pitten opgebrand raken, en de schaduwen worden dieper in de hoeken en gaten tussen de gebouwen. Lilly vecht tegen een in golven opkomende duizeligheid. Ze wil nooit meer slapen.

'Het zal niet heel erg lang meer duren voordat ze weer naar buiten komen,' zegt de arts, met een knikje naar het racecircuit in de verte, 'als ze eenmaal aan hun trekken zijn gekomen bij die kleine griezelshow die Blake voor ze in elkaar heeft gedraaid.'

Lilly schudt haar hoofd. 'Het is verdomme een gekkenhuis hier, en die gast is de meest gestoorde van allemaal.'

'Weet je wat?' De arts maakt een gebaar naar de andere kant van het stadje. 'Waarom gaan we niet een eindje wandelen, Lilly... om de drukte te vermijden.'

Ze ademt zorgelijk uit, haalt dan haar schouders op en mompelt: 'Mij best...'

Dokter Stevens en Lilly wandelen die avond meer dan een uur lang door de verkwikkende kou. Ze lopen kriskras heen en weer langs het buitenste hek aan de oostkant van het stadje en daarna langs de verlaten spoorlijnen binnen het veiligheidshek. Ondertussen stroomt de menigte langzaam uit de arena om met geleste bloeddorst weer naar hun woningen terug te keren. Stevens is degene die het meeste zegt die avond. Hij praat zacht en houdt continu rekening met de luisterende oren van bewakers, die op strategische punten langs de barricade zijn opgesteld en met geweren, verrekijkers en walkietalkies zijn uitgerust.

De bewakers staan in voortdurend contact met Martinez, die zijn mannen met klem heeft opgedragen de zwakke plekken langs de verdedigingsmuur goed in de gaten te houden, en vooral de beboste heuvels ten zuiden en westen van het stadje. Martinez houdt er ernstig rekening mee dat het lawaai van de gladiatorengevechten lopers zal aantrekken.

Terwijl ze zo door de buitenwijken wandelen, wijst Stevens Lilly op de gevaren van een complot tegen de Governor. Stevens waarschuwt haar dat ze moet oppassen wat ze zegt, en hij drukt zich uit in analogieën waarvan het Lilly begint te duizelen. Hij heeft het over Caesar Augustus en over bedoeïenendictators door de geschiedenis heen. En dat het harde leven in woestijngemeenschappen de aanzet vormt tot brute regimes, coups en gewelddadige opstanden.

Uiteindelijk komt Stevens verhaal weer terug bij de jammerlijke realiteit van de zombieplaag, en oppert hij dat bloeddorstige leiders in de huidige situatie zeer waarschijnlijk een noodzakelijk kwaad zijn, een bijwerking van het overleven.

'Zo wil ik niet leven,' zegt Lilly uiteindelijk, terwijl ze langzaam met de arts door een palissade van kale bomen loopt. De wind spuugt lichte ijzel in hun gezicht, die bijt op hun huid en het bos met fijne rijp bedekt. Nog maar twaalf dagen en het is kerst; niet dat iemand er aandacht aan zou schenken.

'Je hebt geen andere keus, Lilly,' mompelt de arts, met gebogen hoofd en zijn sjaal over zijn kin. Hij staart naar de grond tijdens het lopen.

'Je hebt altijd een keus.'

'Echt? Ik weet het niet, Lilly.' Ze lopen een tijdje zwijgend verder. Dan schudt de arts zijn hoofd. 'Ik weet het niet.'

Ze kijkt hem aan. 'Josh Hamilton is nooit een slecht mens geworden. Mijn vader heeft zijn leven voor me opgeofferd.' Lilly haalt diep adem en kan haar tranen maar met moeite bedwingen. 'Het is alleen maar een excuus. Mensen worden slecht geboren. De klotezooi waarin we nu zitten... wekt dat alleen maar tot leven. Brengt de ware persoon naar boven.'

'God sta ons dan bij,' mompelt de arts, bijna meer tegen zichzelf dan tegen Lilly.

De volgende dag, onder een lage, staalgrijze lucht, begraaft een klein groepje mensen Josh Lee Hamilton, die in een geïmproviseerde doodskist ligt. Naast Lilly, Bob, Stevens, Alice en Megan is ook Calvin Deets aanwezig, een van de werkmannen, die het de afgelopen weken steeds beter kon vinden met Josh.

Deets is een man op leeftijd, een uitgemergelde kettingroker, waarschijnlijk in de laatste stadia van longemfyseem. Hij heeft een gezicht als een oud zadel dat te lang in de zon heeft gelegen. Hij blijft eerbiedig achter de voorste rij vrienden staan, met zijn Caterpillar-petje in zijn knoestige handen, terwijl Lilly een paar woorden spreekt.

'Josh groeide op in een gelovig gezin,' zegt Lilly met toegeknepen stem. Ze praat met gebogen hoofd, alsof ze de bevroren grond aan de rand van de speelplaats toespreekt. 'Hij geloofde dat we allemaal naar een beter oord gaan.'

Er zijn nog andere recente graven in het kleine park, sommige met zelfgemaakte kruizen of gedenktekens van zorgvuldig opgestapelde, gepolijste stenen. De berg aarde naast het graf van Josh is meer dan een meter hoog. Ze hebben zijn stoffelijk overschot in een verhuisdoos voor een piano moeten leggen, die Deets in een pakhuis had gevonden. Bob en Deets deden er meerdere uren over om een voldoende groot gat uit te hakken in de bevriezende grond.

'Ik hoop maar dat Josh gelijk heeft, want we zijn allemaal...' Lilly's stem hapert en stokt. Ze sluit haar ogen en de tranen sijpelen onder haar gesloten oogleden vandaan. Bob komt een stap dichterbij en slaat een arm om haar heen. Lilly begint schokkend te snikken. Ze kan niet verder.

'De Vader... de Zoon en... de Heilige Geest. Amen,' zegt Bob zacht. De anderen mompelen hem na. Niemand verroert zich. De wind steekt op en blaast een fijn laagje droge poedersneeuw over de speelplaats. De koude neerslag bijt op hun gezicht.

Bob duwt Lilly zachtjes weg van het graf. 'Kom, liefje... ik breng je naar binnen.'

Lilly biedt weinig weerstand en schuifelt naast Bob weg, terwijl de anderen met gebogen hoofden en terneergeslagen gezichten in stilte weglopen. Even lijkt het erop dat Megan, die een versleten leren jack draagt dat een of andere naamloze, stonede weldoener haar in postcoïtale vervoering heeft gegeven, snel achter Lilly aan wil lopen, misschien om iets tegen haar te zeggen. Maar de vrouw met de pijpenkrullen en de lichtgroene ogen slaakt alleen maar een zorgelijke zucht en blijft op afstand.

Stevens knikt naar Alice, waarna het duo zich omdraait en over de zijweg naar het racecomplex terugloopt. Ze zetten de kraag van hun laboratoriumjas op tegen de wind. Ze zijn halverwege de hoofdstraat en veilig buiten gehoorsafstand van de anderen, als Alice tegen de arts zegt: 'Rook u het?'

Hij knikt. 'Jawel... het wordt aangevoerd op de wind... het komt uit het noorden.'

Alice schudt zuchtend haar hoofd. 'Ik wist dat die idioten de meute zouden aantrekken met al dat lawaai. Moeten we het aan iemand vertellen?'

'Martinez weet het al.' De arts wijst naar de wachttoren achter hen. 'Ik ben bang dat er heel wat wapengekletter aan zit te komen.'

Alice slaakt nog een zucht. 'We zullen het de komende dagen wel druk krijgen, hè?'

'Die gardist heeft ons de helft van onze totale bloedvoorraad gekost, dus we zullen meer donors nodig hebben.'

'Ik doe het wel,' zegt Alice.

'Dat is lief aangeboden van je, maar we hebben voldoende a-positief tot aan de Pasen. En bovendien zal ik je naast die grote vent moeten begraven als ik nog meer van je afneem.'

'Moeten we blijven zoeken naar iemand met o-positief?'

De arts haalt zijn schouders op. 'Dat is net zoiets als zoeken naar een heel klein naaldje in een heel klein hooibergje.'

'Ik heb Lilly nog niet gecontroleerd, of die nieuwe jongen, hoe heet hij ook alweer?'

'Scott? Die blower?'

'Ja.'

De arts schudt zijn hoofd. 'Er is al dagenlang geen spoor van hem te bekennen.'

'Je weet het nooit.'

De arts schudt nog altijd zijn hoofd en steekt zijn handen dieper in zijn zakken, terwijl hij haastig naar de schaduw van betonnen toegangspoorten in de verte loopt. 'Ja... je weet het nooit.'

Lilly voelt zich die avond in haar gekraakte appartement boven de dichtgespijkerde stomerij als verdoofd. Ze is blij dat Bob heeft besloten een tijdje bij haar te blijven. Hij kookt avondeten voor haar, en Lilly drinkt net genoeg van Bobs Schotse single malt en slikt net voldoende generiek slaapmiddel om haar razende gedachten tot rust te laten komen.

Het lawaai buiten het raam op de bovenverdieping neemt af en klinkt verder weg, hoewel Bob er nerveus van lijkt te worden wanneer hij Lilly instopt. Er is daarbuiten op straat iets gaande. Misschien problemen. Maar Lilly kan zich niet concentreren op het rumoer van stemmen en rennende voetstappen in de verte.

Ze heeft het gevoel dat ze zweeft, en zodra ze haar hoofd op het kussen legt, zakt ze weg in een soort halfslaap. De kale vloerplanken en de lakens voor de ramen van de flat vervagen tot witte vergetelheid. Maar vlak voordat ze in de leegte van een droomloze slaap valt, ziet ze Bobs verweerde gezicht boven haar opdoemen.

'Waarom ga je er niet samen met me vandoor, Bob?'

Bob antwoordt niet meteen. Hij haalt zijn schouders op. 'Ik heb er niet echt over nagedacht.'

'We hebben hier niets meer te zoeken.'

Hij kijkt de andere kant op. 'De Governor zegt dat de situatie binnenkort zal verbeteren.'

'Hoe zit dat eigenlijk met jou en hem?'

'Waar heb je het over?'

'Hij heeft je in zijn greep, Bob.'

'Dat is niet waar.'

'Ik begrijp het gewoon niet.' Lilly zakt verder weg. Ze kan de verweerde man nog maar amper op de rand van haar bed zien zitten. 'Hij is gevaarlijk, Bob.'

'Hij probeert alleen maar...'

Lilly hoort de klop op de deur nauwelijks. Ze probeert haar ogen open te houden. Bob loopt naar de deur, en Lilly probeert lang genoeg wakker te blijven om te zien wie er is. 'Bob...? Wie is daar...?'

Voetstappen. Er verschijnen twee gedaanten als geesten boven haar bed. Lilly kan maar met moeite door het gordijn kijken dat over haar ogen valt.

Bob staat naast een uitgemergelde, magere man. Hij heeft donkere ogen, een nauwkeurig bijgeknipte Fu Manchu-snor en pikzwart haar. De man glimlacht, en Lilly raakt buiten bewustzijn.

'Slaap zacht, meisje,' zegt de Governor. 'Je hebt een lange dag gehad.'

De gedragspatronen van de lopers blijven het denkende deel van de inwoners van Woodbury verbazen en in de ban houden. Sommigen geloven dat de ondoden zich voortbewegen als bijen in een korf, en dat ze door iets veel complexers worden gedreven dan door honger alleen. Sommige theorieën hebben te maken met onzichtbare, op feromonen lijkende signalen tussen zombies, zodat ze hun gedragingen kunnen aanpassen aan de chemische samenstelling van hun prooi. Sommige mensen geloven dat hun zintuigen als op een hondenfluitje reageren op zaken die verdergaan dan alleen maar de aantrekkingskracht van geluid, geur of beweging. Geen enkele hypothese heeft de bovenhand, maar de meeste inwoners van Woodbury weten één ding zeker over zombiegedrag: de komst van een horde van welke grootte dan ook is iets om bang en beducht voor te zijn, en niet iets om licht over te denken. Hordes ontstaan meestal spontaan en hebben vervolgens zorgwekkende gevolgen. Een horde, zelfs een kleine zoals het groepje doden dat zich op dit moment ten noorden van de stad aan het vormen is, aangetrokken door het lawaai van de gladiatorenstrijd van de avond ervoor, kan een vrachtwagen omkieperen, hekpalen laten knappen alsof het aanmaakhoutjes zijn of zelfs de hoogste muur laten omvallen.

De afgelopen vierentwintig uur heeft Martinez meer mensen opgeroepen om de aanstaande aanval de kop in te drukken. Bewakers op uitkijkpunten in de noordwestelijke en noordoostelijke hoek van de muur hebben de ontwikkelingen rond de samenscholing op de voet gevolgd, die ruim een kilometer verderop voor het eerst de vorm van een horde begon aan te nemen. Ze hebben er verslag van gedaan hoe de horde in omvang is gegroeid van iets meer dan tien tot bijna vijftig zombies. De groep heeft zich schuifelend en zigzaggend een weg gebaand door de bomen langs Jones Mill Road en heeft de afstand tussen het diepere bos en de buitenwijken van het stadje met een snelheid van ongeveer tweehonderd meter per uur afgelegd. Onderweg hebben zich nog meer zombies bij de groep aangesloten. Blijkbaar komen hordes als geheel nog langzamer vooruit dan individuele lopers. Deze horde heeft er vijftien uur over gedaan om tot op een afstand van vierhonderd meter van de muur te komen.

Nu beginnen sommige van hen tevoorschijn te komen uit de buitenzoom van het bos en het open land tussen het bos en het stadje op te schuifelen. Ze zien er in het nevelige halfduister in de verte uit als kapot speelgoed, als tegen elkaar op botsende opwindsoldaatjes, aangedreven door de gassen in hun slecht werkende motoren. Hun zwart geworden monden vernauwen en verwijden zich als pupillen. Zelfs van deze afstand is het licht van de rijzende maan te zien, als glinsterende muntjes weerspiegelend in hun troebele ogen.

Martinez heeft op strategische plekken langs de muur drie .50-kaliber Browning-machinegeweren opgesteld, die hij te danken heeft aan hun plundertocht door de wapenopslagplaats van de nationale garde. Eentje staat op de motorkap van een graafmachine in de westhoek van de muur. Een tweede staat boven op een hijskraan in de oosthoek. En de derde staat op het dak van een oplegger aan de rand van het bouwterrein. Elk van de drie machinegeweren wordt inmiddels bemand door mannen met headsets op.

Uit het achterstuk van elk wapen bungelen lange, glimmende patroongordels met pantserdoorborende lichtspoorkogels. In stalen dozen naast hen liggen er nog meer.

Andere bewakers nemen posities in op de muur, op ladders en op scheppers van bulldozers. Ze zijn gewapend met semiautomatische geweren en sluipschuttersgeweren voor de lange afstand, waarin 7,62mm-patronen zitten, die door een stapelmuurtje of plaatmetaal kunnen dringen. Deze mannen dragen geen headsets, maar ze weten allemaal dat ze moeten letten op handsignalen van Martinez, die met een portofoon positie heeft gekozen op de rijbrug van een hijskraan in het midden van de parkeerplaats voor het postkantoor. Twee reusachtige, uit het theater afkomstige jupiterlampen worden gevoed door de ronkende generator in de schaduw van het laadplatform voor het postkantoor.

Er klinkt een krakende stem uit de portofoon van Martinez. 'Martinez, ben je daar?'

Martinez drukt met zijn duim de spreekknop in. 'Luid en duidelijk, baas, over.'

'Bob en ik zijn onderweg, we moeten wat vers vlees oogsten.'

Martinez fronst zijn voorhoofd en trekt zijn wenkbrauwen op onder zijn bandana. 'Vers vlees?'

De stem knettert door de kleine luidspreker. 'Hoeveel tijd hebben we nog voordat het feest gaat beginnen?'

Martinez staart naar de donker wordende horizon en ziet dat de dichtstbijzijnde zombies nog altijd zo'n driehonderdvijftig meter van hen verwijderd zijn. Hij drukt de knop weer in. 'Het zal waarschijnlijk zeker nog een uur duren voordat ze zo dichtbij komen dat we met hoofdschoten met ze kunnen afrekenen, misschien iets korter.'

'Mooi,' zegt de stem. 'We zijn er over vijf minuten.'

Bob volgt de Governor door Main Street naar een korte karavaan van in een halve cirkel voor de geplunderde Menards bouwmarkt geparkeerde trucks met oplegger. De Governor loopt met verende tred en ferme passen door de winterse avondlucht, en de hakken van zijn laarzen klepperen op de stoeptegels. 'Op momenten zoals dit,' zegt de Governor tegen Bob terwijl ze stevig doorlopen, 'heb je vast het gevoel dat je weer in die puinzooi in Afghanistan zit.'

'Zeker, ik moet toegeven dat het inderdaad af en toe zo voelt. Ik weet nog dat ik een keer werd opgeroepen om naar het front te rijden om een paar mariniers op te pikken, voor wie de wacht erop zat. Het was 's nachts en zo koud als de neten, net zoals nu. Het luchtaanvalsalarm loeide en iedereen werd opgetrommeld voor een vuurgevecht. Dus ik ben met het pantserinfanterievoertuig naar die godverlaten loopgraaf in het zand gereden, en wat tref ik daar aan? Een stel hoeren uit het plaatselijke dorp dat de mannen een pijpbeurt geeft.'

'Ga weg.'

'Ik verzin het niet.' Bob schudt verbijsterd zijn hoofd en loopt naast de Governor mee. 'Midden in een luchtaanval. Dus ik zeg dat ze moeten kappen en moeten instappen, omdat ik ze anders daar achterlaat. Een van de hoeren komt met de mannen mee in het voertuig, en ik denk: wat maakt het ook uit. Laat maar. Gewoon zo snel mogelijk wegwezen uit de vervloekte frontlinies.'

'Begrijpelijk.'

'Dus ik vertrek met die meid nog steeds druk bezig achter in het lichte pantservoertuig. Maar je raadt nooit wat er toen gebeurde.'

'Hou me niet in spanning, Bob,' zegt de Governor grijnzend.

'Opeens hoor ik een knal achterin en besef ik dat die hoer een opstandelinge is. Ze had een geïmproviseerde bom bij zich, die ze in de laadruimte heeft laten afgaan.' Bob schudt weer zijn hoofd. 'Het brandschot heeft me ertegen beschermd, maar achterin was het een puinhoop. Een van die jongens was zijn benen kwijt.'

'Niet te geloven, zeg,' zegt een verbijsterde Governor, terwijl hij de kring van achttienwielers nadert. Het is nu echt donker geworden, en de gloed van een fakkel verlicht de zijkant van een vrachtwagen van Piggly Wiggly, waarop een grijnzend varken in het vage licht op hen neerkijkt. 'Hou die gedachte even vast, Bob.' De Governor slaat met zijn vuist tegen de oplegger. 'Travis, ben je daar? Hé! Is daar iemand?'

De achterdeur gaat op roestige scharnieren open in een wolk sigarenrook. Een zwaarlijvige zwarte man steekt zijn hoofd uit de laadruimte. 'Hé, baas... wat kan ik voor u doen?'

'Breng een van de lege aanhangwagens onmiddellijk naar de noordelijke muur. We geven je daar wel verdere instructies. Begrepen?'

'Begrepen, baas.'

De zwarte man springt van de achterplank en verdwijnt om de hoek van de vrachtwagen. De Governor haalt diep adem en leidt Bob dan om de kring vrachtwagens heen naar het noorden en via een zijweg naar de barricade. 'Het is verdomme verbijsterend hoe ver een man wil gaan om te kunnen neuken,' zegt de Governor peinzend terwijl ze over de zandweg lopen.

'Ja, hè?'

'Die meiden met wie je bent gekomen, Bob, Lilly en... hoe heet ze?'

'Megan?'

'Die, ja. Dat is een heet ding, die kleine. Toch?'

Bob veegt zijn mond af. 'Ja, dat is een leuke meid.'

'Beetje flirterig... maar goed, wie ben ik om daarover te oordelen?' Hij grijnst weer wellustig. 'We doen wat we doen om ons erdoorheen te slaan. Nietwaar, Bob?'

'Precies.' Bob zwijgt even en zegt dan: 'Tussen jou en mij gesproken... ik heb wel een beetje een oogje op haar.'

De Governor kijkt de oudere man aan met een vreemde mengeling van verbazing en medelijden. 'Die meid, Megan? Nou, prima toch, Bob. Niets om je voor te schamen, hoor.'

Bob kijkt tijdens het lopen naar de grond. 'Ik zou dolgraag één keertje de nacht met haar doorbrengen.' Bobs stem wordt zacht. 'Eén keertje maar.' Hij kijkt de Governor aan. 'Maar, ja... ik weet dat dat niet meer dan een hersenschim is.'

Philip houdt zijn hoofd ietwat schuin naar de oudere man. 'Misschien ook niet, Bob... misschien niet.'

Voordat Bob kan reageren, klinkt er voor hen een reeks knallende geluiden op. Felle lichtexplosies uit de jupiterlampen scheuren plotseling van tegenovergelegen hoeken van de muur de duisternis in de verte open. De zilverkleurige lichtbundels zwaaien opzij naar het aangrenzende terrein en de bomen langs de rand van het bos, zodat ze de naderende horde levende lijken verlichten.

De Governor leidt Bob over het parkeerterrein van het postkantoor naar de loopbrug van de hijskraan, waarop Martinez nu op het punt staat om het bevel te geven het vuur te openen.

'Nog niet schieten, Martinez!' De bulderende stem van de Governor weet de aandacht van alle aanwezigen te trekken.

Martinez kijkt nerveus omlaag naar de twee mannen. 'Weet u dat zeker, baas?'

Achter de Governor rijst het geronk van een Kenworth-vrachtwagen op, dat vergezeld gaat van het karakteristieke gepiep van een oplegger die achteruitrijdt. Bob kijkt over zijn schouder en ziet een achttienwieler achteruit naar de noordelijke toegangspoort rijden. De staande uitlaat van de vrachtwagen spuwt uitlaatgassen uit. Travis hangt uit het bestuurdersraam, kauwt op een sigaar en is druk in de weer met het stuurwiel.

'Geef me je walkietalkie!' De Governor maakt een gebaar naar Martinez, die al de metalen trap tegen de zijkant van de hijskraan afkomt. Bob staat achter de Governor en slaat het hele gebeuren van eerbiedige afstand gade. Iets aan dit hele mysterieuze gedoe zit de oudere man niet lekker.

Aan de andere kant van de muur is de dolende menigte zombies inmiddels tot op tweehonderd meter genaderd.

Martinez bereikt de bodem van de ladder en levert zijn portofoon in. De Governor drukt de spreekknop in en blaft: 'Stevens! Hoor je me? Heb je hem aanstaan?'

Na wat gekraak van statische ruis antwoordt de arts: 'Jawel, ik kan u horen en ik stel het niet op prijs...'

'Even je klep houden. Ik wil dat je die vetklep van een gardist, die Stinson, naar de noordelijke muur brengt.'

'Stinson is nog aan het herstellen, de man heeft veel bloed verloren in jullie kleine...' zegt de krakende stem.

'Spreek me verdomme niet tegen, Stevens... Doe het gewoon, nu!'

De Governor klikt de portofoon uit en gooit hem terug naar Martinez.

'Doe de poort open!' schreeuwt de Governor tegen twee werkmannen die vlakbij met pikhouwelen en nerveuze gezichten op orders staan te wachten.

De twee werkmannen kijken elkaar aan.

'Jullie hebben me gehoord!' buldert de Governor. 'Doe de vervloekte poort open!'

De werkmannen doen wat hun gezegd wordt en gooien de grendel aan één kant van het hek los. Het hek zwaait open, en er komt een vlaag koude, ranzige wind naar binnen.

'Als je het mij vraagt, nemen we te veel risico's met deze procedure,' mompelt Martinez op fluistertoon, waarna hij een magazijn in zijn aanvalsgeweer ramt.

De Governor negeert de opmerking en brult: 'Travis! Achteruit naar je positie!'

De vrachtwagen rijdt schokkend en piepend en rammelend achteruit naar de opening.

'Laat nu de klep zakken!'

Bob wordt compleet in beslag genomen door de gebeurtenissen en staat toe te kijken hoe Travis met een kreun uit de cabine springt en op een drafje naar de achterkant van de vrachtwagen loopt. Hij gooit de verticale deur open en laat de klep op de stoep zakken.

In de gloed van de schijnwerpers is de groep zombies tot op minder dan honderd meter genaderd.

Bobs aandacht wordt getrokken door schuifelende voetstappen achter hem, en hij kijkt over zijn schouder.

Dokter Stevens komt vanuit het schaduwrijke centrum van het stadje het flakkerende licht van brandende vuilnisvaten inlopen. Hij heeft zijn arm om de gewonde gardist geslagen, die naast hem hobbelt met de slome tred van iemand die een beroerte heeft gehad.

'Moet je dit maar eens zien, Bob,' zegt de Governor, die een blik over zijn schouder naar de oudere man werpt en dan met een knipoog vervolgt: 'Dit wordt een stuk beter dan het Midden-Oosten.'

14

Het geschreeuw in de lege oplegger wordt versterkt door de roestige ijzeren vloer en de stalen wanden, en het zwelt steeds harder aan. Het is een door doodsangst ingegeven aria, die Bob in haar greep houdt. Hij staat achter de hijskraan, zodat hij de andere kant op kan kijken, terwijl de bewegende kadavers naar de opening schuifelen, aangetrokken door het lawaai en de geur van angst. Bob heeft nog nooit zó'n behoefte aan een borrel gehad. Hij heeft heel veel borrels nodig. Hij moet zich in de drank dompelen tot hij straalbezopen is.

Ten minste negentig procent van de horde komt op de achterkant van de oplegger af. Ze zijn van allerlei vorm en omvang, in verschillende stadia van ontbinding, en hun verwrongen gezichten stralen dreigende bloeddorst uit. De eerste struikelt over het uiteinde van de klep en smakt met een natte klap met zijn gezicht tegen het opstapje. De anderen zitten er vlak achter en banen zich een weg de helling op, terwijl Stinson begint te krijsen in de laadruimte, zijn gezonde verstand aan flarden gescheurd.

De gezette gardist is met verpakkingslinten en kettingen aan de voorwand van de oplegger vastgebonden, en wanneer de eerste lopers naar binnen schuifelen om zich te voeden, begint hij in zijn broek te plassen.

Buiten de oplegger houden Martinez en zijn mannen een oogje op lopers die zijn afgedwaald langs de barricade. De meesten dolen doelloos rond in de gloed van de wolfraamlampen en richten hun grijze gezichten en starre ogen op naar de nachtelijke lucht, alsof het geschreeuw en gegil misschien uit de hemel komt. Slechts iets meer dan tien doden lopen deze kans om zich te voeden mis. De mannen achter de .50-kalibers richten hun wapen en wachten af tot ze bevel krijgen om de afgedwaalde zombies neer te maaien.

De oplegger vult zich met exemplaren voor de groeiende verzameling laboratoriumratten van de Governor, totdat zo'n vijfendertig lopers een zwerm rond Stinson vormen. Er volgt een ongeziene vreetorgie, en het geschreeuw verandert in waterige, kokhalzende doodskreten, terwijl de laatste zombie wankelend de klep oploopt en in het mobiele abattoir verdwijnt. De geluiden die nu uit de achterkant van de oplegger komen worden haast dierlijk, en Stinson is gedegradeerd tot een jankend, gillend stuk vee in het slachthuis, dat door de kapotte tanden en nagels van de doden wordt verscheurd.

Buiten in de koude duisternis voelt Bob zijn ziel ineenkrimpen, zoals wanneer een iris zich samentrekt. Hij heeft zó hard een borrel nodig dat zijn schedel ervan bonkt. Hij hoort de bulderende stem van de Governor amper.

'Oké, Travis! Trek maar aan de val! Trek maar dicht!'

De vrachtwagenchauffeur kruipt voorzichtig naar de achterkant van de trillende oplegger des doods en grijpt het touw vast, dat van de rand van de deuropening omlaag hangt. Hij trekt er snel en hard aan, en de verticale deur klapt met roestig gekraak neer. Travis schuift snel de deurklink dicht, doet de klep weer omhoog en loopt dan achteruit weg van de oplegger alsof het een tijdbom is.

'Rij hem maar terug naar het racecircuit, Travis! Ik zie je daar zo!'

De Governor draait zich om en loopt naar Martinez, die op de onderste treden van de hijskraan staat te wachten. 'Oké, nu kunnen júllie je pleziertje hebben,' zegt de Governor.

Martinez drukt de spreekknop van de portofoon in. 'Oké, jongens, reken maar af met de rest.'

Bob schrikt op van het plotselinge gebrul van zware artillerie, van het lawaai en de vonken van het .50-kaliber geschut, dat de nacht oplicht. Lichtspoorkogels schieten heet en roze door de duisternis en kruisen de magnesiumwitte lichtbundels van de jupiterlampen. Ze raken hun doelen in zwarte, olieachtige, sliertige bloednevels. Bob wendt zijn hoofd weer af, omdat hij geen interesse heeft om toe te kijken hoe de lopers aan flarden worden geschoten. Maar de Governor denkt daar anders over.

Hij klimt de hijskraanladder halverwege op, zodat hij de festiviteiten kan gadeslaan.

De pantserdoorborende lichtspoorkogels ontdoen de dwaalgasten binnen de kortste keren van hun ingewanden. Schedels spatten uit elkaar en fonteinen van hersenweefsel spuiten op in de nachtelijke lucht. Tanden, haren, kraakbeen en stukjes bot versplinteren. Sommige zombies blijven nog geruime tijd rechtop staan, terwijl de salvo's hen in macabere dodendansjes laten ronddraaien, molenwiekend in het toneellicht. Buiken barsten open. Weefsel stuift op en glinstert in de gloed.

Het schieten houdt net zo abrupt op als het begonnen is, en de stilte schreeuwt in Bobs oren.

Even geniet de Governor nog na van het gebeuren, terwijl de druppelende geluiden overstemd worden door de wegstervende echo's van geweervuur in de bomen in de verte. De laatste paar lopers die nog overeind staan, zakken op de grond in bloederige hopen merg en dood vlees ineen. Van sommige lichamen is niet veel meer over dan een onherkenbare massa vagelijk menselijk vlees. Van sommige van die stapels stijgen dampen op in de koude lucht, de meeste als gevolg van de wrijving van de kogels en niet van enige vorm van lichaamswarmte. De Governor klautert omlaag vanuit zijn verhoogde positie.

Terwijl de vrachtwagen van Piggly Wiggly met zijn lading levende kadavers wegrijdt, staat Bob zijn kotsneigingen te onderdrukken. De gruwelijke geluiden uit de oplegger zijn wat minder luid geworden, nu er van Stinson niet veel meer dan een uitgeholde trog van vlees en botten over is. Nu is vanuit de laadruimte alleen het wegstervende, smakkende lawaai te horen van zich voedende zombies, terwijl de vrachtwagen rammelend op weg gaat naar het terrein rond het racecircuit.

De Governor komt naar Bob toe. 'Zo te zien kan jij wel een borrel gebruiken.'

Bob is niet in staat om antwoord te geven.

'Kom op, laten we een gekoelde vriend pakken,' stelt de Governor voor, waarbij hij de man op zijn rug slaat. 'Ik trakteer.'

De volgende morgen is het noordelijke gedeelte van het stadje al opgeruimd en zijn alle sporen van het bloedbad uitgewist. Mensen gaan hun gewone gangetje alsof er niets gebeurd is, en de rest van die week verloopt zonder verdere incidenten.

De vijf dagen daarna komt er nog wel een enkele loper binnen bereik van het .50-kaliber geschut, aangelokt door het eerdere rumoer van de hordes, maar over het algemeen blijft het rustig. Kerstmis gaat zonder al te veel plichtplegingen voorbij. De meeste inwoners van Woodbury volgen allang geen kalender meer.

De paar halfhartige pogingen om een feestsfeer te creëren, lijken de akelige situatie alleen maar te onderstrepen. Martinez en zijn mannen versieren een boom in de hal van het gemeentehuis en draperen wat glinsterfolie op de muziekkapel op het plein, maar dat is het dan wel. De Governor speelt kerstliedjes af over de geluidsinstallatie van het racecircuit, maar dat is eerder een ergernis dan een genot. Het weer is nog steeds vrij mild. Er valt amper sneeuw en de temperatuur blijft zo rond een graad of acht.

Op kerstavond gaat Lilly naar het ziekenhuis om dokter Stevens naar een paar van haar verwondingen te laten kijken, en na het onderzoek nodigt de arts Lilly uit voor een spontane kerstborrel. Alice komt erbij, en ze maken blikken ham en zoete aardappelen open. Ze breken zelfs een kist cabernet open, die Stevens in de voorraadkast verborgen heeft gehouden, en toosten op vroeger, op betere tijden en op Josh Lee Hamilton.

Lilly merkt dat de arts nauwlettend in de gaten houdt of ze tekenen van posttraumatische stress vertoont, van een depressie of van een ander soort geestelijke stoornis. Maar Lilly heeft zich ironisch genoeg nog nooit in haar leven zó geconcentreerd en vastberaden gevoeld. Ze weet wat ze moet doen. Ze weet dat ze niet veel langer op deze manier kan leven, en ze wacht af tot zich een kans aandient om te ontsnappen. Maar misschien is het op een dieper niveau juist wel Lilly die met observeren bezig is.

Misschien is ze onbewust op zoek naar bondgenoten, medeplichtigen, collaborateurs.

Halverwege de avond komt ook Martinez langs. Stevens heeft de jongeman eerder op de dag uitgenodigd om iets te komen drinken. Lilly komt erachter dat ze niet de enige aanwezige is die weg wil. Na een paar cocktails begint Martinez spraakzamer te worden en onthult hij dat hij bang is dat de Governor hen uiteindelijk te gronde zal richten. Ze wisselen van gedachten over welk het minste van de twee kwaden is: de waanzin van de Governor verdragen of de wijde wereld intrekken zonder veiligheidsnet. Maar ze komen er niet uit. Ze drinken nog wat meer.

Uiteindelijk verzandt de avond in een dronken bacchanaal van vals gezongen kerstliedjes en herinneringen aan voorgaande feestdagen, waarvan ze allemaal alleen maar nog gedeprimeerder worden. Hoe meer ze drinken, hoe slechter ze zich voelen. Maar te midden van al het dronken gedoe komt Lilly een paar nieuwe dingen te weten over deze drie verloren zielen, zowel triviale als belangrijke zaken. Ze komt erachter dat dokter Stevens de slechtste zangstem heeft die ze ooit heeft gehoord, dat Alice stapelverliefd is op Martinez, en dat Martinez naar een ex-vrouw in Arkansas verlangt.

Maar het belangrijkste is dat Lilly het gevoel heeft dat ze met z'n vieren in hun gezamenlijke ellende een band beginnen te krijgen, en dat die band hun tot voordeel kan strekken.

De volgende dag sleept Lilly Caul zich bij zonsopgang uit bed, na een nacht van bewusteloosheid op een veldbed in het ziekenhuis. Ze knippert met haar ogen tegen het scherpe winterlicht dat op het uitgestorven stadje neervalt. Het is kerstochtend, en de lichtblauwe hemel lijkt Lilly's gevoel te onderstrepen dat ze in het vagevuur gevangenzit. Lilly's schedel bonkt pijnlijk, terwijl ze de knopen van haar fleecejasje helemaal tot aan haar kin vastmaakt en vervolgens in oostelijke richting over het trottoir begint te lopen.

Er zijn op dit uur heel weinig inwoners op, en de komst van kerstochtend houdt de mensen binnen. Lilly heeft behoefte om de speelplaats aan de oostelijke rand van het stadje te bezoeken. Het verlaten stuk braakliggend land ligt achter een groepje kale, wilde appelbomen.

Lilly vindt het graf van Josh, met de zanderige aarde nog op een vers samengepakte berg naast zijn gedenksteen. Ze knielt aan de rand van het graf neer en buigt haar hoofd. 'Gelukkig kerstfeest,

Josh,' zegt ze tegen de wind, met een hese stem waarin haar kater en slaapgebrek doorklinken.

Alleen het geritsel van takken dient haar van repliek. Ze ademt diep in. 'Sommige dingen die ik gedaan heb... de manier waarop ik je heb behandeld... daar ben ik niet trots op.' Ze onderdrukt de aandrang om te huilen, terwijl het verdriet in haar aanzwelt. Ze slikt haar tranen in. 'Ik wilde alleen maar dat je zou weten... dat je niet voor niets bent gestorven, Josh... Je hebt me iets belangrijks geleerd... je hebt een verschil gemaakt in mijn leven.'

Lilly staart naar het gebroken witte zand onder haar knieën en weigert te huilen. 'Je hebt me geleerd om niet langer bang te zijn.' Ze mompelt dit tegen zichzelf, tegen de grond, tegen de koude wind. 'Die luxe kunnen we ons nu niet meer veroorloven... dus van nu af aan... ben ik er klaar voor.'

Haar stem sterft weg, en ze blijft er nog lange tijd geknield zitten, zonder zich ervan bewust te zijn dat ze met haar rechterhand door haar spijkerbroek heen in de zijkant van haar been heeft zitten klauwen, en dat zó hard dat de huid tot bloedens toe is gescheurd.

'Ik ben er klaar voor...'

Het is bijna nieuwjaar.

Laat op een avond wordt de man die als de Governor bekendstaat overvallen door de melancholieke stemming van het seizoen. Hij sluit zich met een fles dure champagne en een overvolle, verzinkte emmer met een ruime keuze aan menselijk orgaanvlees op in de achterkamer van zijn woning op de eerste verdieping.

De kleine zombie die met kettingen aan de muur tegenover de wasruimte vastzit, begint te brabbelen en te grauwen wanneer ze hem ziet. Haar ooit engelachtige gezichtje heeft scherpe trekken gekregen door de verstijving, en haar huid is zo geel als bedorven Stilton. Ze trekt haar lippen op van rijen zwart geworden melktanden.

De wasruimte, met zijn kale gloeilampen en blootliggende glaswol-isolatie, is nu geheel doordrongen van haar stank en ruikt naar bederf, naar geïnfecteerde oliën en schimmel.

'Rustig maar, schatje,' mompelt de man met meerdere namen zacht. Hij gaat voor haar op de vloer zitten en zet de fles aan de ene kant van zich neer en de emmer aan de andere kant. Hij haalt een latex operatiehandschoen uit zijn zak en wurmt er zijn rechterhand in. 'Pappie heeft nog wat meer lekkers voor je, om je buikje rond te houden.'

Hij vist een slijmerige, paarsbruine kwab op uit de emmer met ingewanden en gooit hem naar haar toe.

De kleine Penny Blake stort zich op de mensennier, die met een vochtige smak op de vloer voor haar geland is, en strekt haar ketting met een knal tot het uiterste uit. Ze grijpt het orgaan met haar handjes vast en schrokt het menselijke weefsel met dierlijke overgave naar binnen, totdat de bloederige gal tussen haar kleine vingers doorsijpelt en haar gezicht besmeurt met een vlek die de dikte van chocoladesaus heeft.

'Gelukkig nieuwjaar, schat,' zegt de Governor, terwijl hij aan de champagnekurk rommelt. De kurk wil er niet uit. Hij duwt er met zijn duimen tegen tot het ding knalt en er een stroom goudkleurige bubbeldrank over de rand pruttelt en op de versleten tegels valt. De Governor heeft geen idee of het ook echt oudejaarsavond is. Hij weet dat het eraan zit te komen... dus waarom niet vanavond?

Hij staart naar het plasje champagne op de vloer en ziet het kleine beetje koolzuurhoudende schuim verdwijnen in de voegnaden. Hij moet denken aan de nieuwjaarsvieringen uit zijn jeugd.

Vroeger zag hij maanden uit naar oudejaarsavond. Toen hij nog in Waynesboro woonde, kregen hij en zijn vrienden op de dertigste een heel varken bezorgd, dat ze langzaam begonnen te roosteren in de grond achter het huis van zijn ouders. Ze bekleedden de wand van het gat met stenen, op zijn Hawaïaans, en dan hadden ze een feestmaal voor twee dagen. De plaatselijke bluegrassband, de Clinch Mountain Boys, speelde dan de hele nacht door. Philip zorgde voor echt goede wiet, waarmee ze tot de eerste doorfeestten, en Philip zou seks hebben en zich geweldig vermaken met...

De Governor knippert met zijn ogen. Hij kan zich niet herinneren of Philip Blake dat soort dingen deed op oudejaarsavond of dat het Brían Blake was geweest. Hij kan zich niet herinneren waar de ene broer ophoudt en de andere begint. Hij staart knipperend met zijn ogen naar de vloer, waar de champagne een doffe, troebele, verwrongen weerspiegeling van zijn eigen gezicht opwerpt. De krulsnor is nu zo donker als lampzwart, en in zijn diepliggende ogen gloeien kooltjes met iets van waanzin erin. Hij kijkt naar zichzelf en ziet Philip Blake terugstaren. Maar er klopt iets niet. Philip kan over zijn gezicht ook een spookachtig laagje zien liggen van een askleurige, angstige schim die Brian heet.

Penny's vochtige, brabbelende eetgeluiden sterven weg en verdwijnen in de verte, en Philip neemt zijn eerste grote slok champagne. Het brandt in zijn keel en zakt koud en scherp omlaag. De smaak doet hem aan betere tijden denken. Het doet hem denken aan feestdagen, familiereünies en naasten die elkaar na een lange vervreemding weer ontmoeten. Het verscheurt hem vanbinnen. Hij weet wie hij is: hij is de Góvernor, hij is Philip Blake, hij is de man die zaken voor elkaar krijgt.

Maar.

Maar...

Brian begint te huilen. Hij laat de fles vallen en morst nog meer champagne op de tegels, tot bij Penny, die geen weet heeft van de onzichtbare oorlog die op het moment in de geest van haar verzorger woedt. Brian sluit zijn ogen, terwijl de tranen uit de hoeken van zijn oogleden stromen en in snotterige stroompjes over zijn gezicht lopen.

Hij huilt om die oudejaarsavonden van vroeger, om die gelukkige momenten tussen vrienden... en tussen broers. Hij huilt om Penny en hij huilt om haar jammerlijke toestand, waarvoor hij zichzelf de schuld geeft. Hij kan die momentopname en dat op zijn netvlies gebrande beeld niet uit zijn geestesoog bannen: Philip Blake als een koud, bloederig hoopje op de grond naast een meisje aan de rand van het bos ten noorden van Woodbury.

Terwijl Penny met slurpende en smakkende dode lippen eet en Brian zachtjes zit te snikken, hoort hij een onverwacht geluid aan de overkant van de kamer.

Er klopt iemand op de Governors deur.

Het duurt even voordat het geluid tot hem doordringt. Het geklop komt in een reeks korte, aarzelende, voorzichtige roffels, en houdt behoorlijk lang aan voordat Philip Blake beseft dat er daarbuiten in de gang iemand op zijn deur staat te kloppen.

Zijn identiteitscrisis is onmiddellijk verdwenen, en het gordijn in de geest van de Governor wordt net zo abrupt als een algehele stroomstoring weer dichtgetrokken.

Het is in feite Philip die opstaat, zijn operatiehandschoen uittrekt en zich afklopt. Philip die zijn vochtige kin met de mouw van zijn trui afveegt, zijn strakke, hoge laarzen aantrekt en zijn lange, lavazwarte lokken uit zijn ogen veegt. Hij onderdrukt zijn emoties en verlaat de wasruimte, waarna hij de deur achter zich op slot doet.

Het is Philip die de woonkamer met zijn karakteristieke tred doorkruist. Zijn hartslag komt weer tot rust en zijn longen vullen zich met zuurstof. Zijn bewustzijn is weer geheel veranderd in dat van de Governor, en hij ziet weer helder en scherp. Hij doet de deur na de vijfde reeks roffels open. 'Wat is er zo vervloekte belangrijk op dit uur dat je niet kunt...'

Hij herkent de vrouw op zijn stoep niet meteen, en houdt verder zijn mond. Hij had een van zijn mannen verwacht, Gabe of Bruce of Martinez, om hem lastig te vallen over een klein brandje dat geblust moet worden of over dramatisch gedoe tussen de rusteloze inwoners dat uitgevochten moet worden.

'Kom ik ongelegen?' vraagt Megan Lafferty poeslief, en ze houdt dromerig haar hoofd iets schuin. Ze leunt tegen de deurlijst, met de knoopjes van haar bloes onder haar spijkerjasje open, zodat hij ruim uitzicht op haar decolleté krijgt.

De Governor kijkt haar aan met zijn standvastige blik. 'Schatje, ik weet niet wat je momenteel allemaal in je schild voert, maar ik ben net even ergens heel druk mee bezig.'

'Ik dacht gewoon dat u misschien wel wat gezelschap kon gebruiken,' zegt ze met gespeelde onschuld. Ze ziet eruit als een karikatuur van een hoer, met haar wijnkleurige krullen in de war en in suggestieve strengen voor haar stonede gezicht. Ze heeft te veel make-up op en ziet er haast clownesk uit. 'Maar ik heb er natuurlijk begrip voor als u het te druk heeft.'

De Governor slaakt een zucht. Er verschijnt een lichte glimlach in zijn mondhoek. 'Iets zegt me dat je hier niet een kopje suiker komt lenen.'

Megan werpt een blik over haar schouder. De onrust staat op haar gezicht te lezen, is te zien aan de manier waarop haar blik heen en weer schiet tussen de schaduwen in de lege gang en de deur, en aan de manier waarop ze een van haar armen tegen haar zij gedrukt houdt en dwangmatig over het op haar elleboog getatoeëerde Chinese karakter wrijft. Er komt hier nooit iemand. De woning van de Governor is zelfs verboden terrein voor Gabe en Bruce.

'Ik dacht... ik dacht... dat ik...' stottert ze.

'Er is geen enkele reden om bang te zijn, liefje,' zegt de Governor uiteindelijk.

'Ik wilde u niet...'

'Kom dan maar binnen,' zegt hij, en hij pakt haar arm vast. 'Voordat je een dodelijke kou vat.'

Hij trekt haar naar binnen en drukt de deur met een klik dicht. Ze schrikt van de klap waarmee hij de grendel erop gooit. Haar ademhaling slaat op hol, en de Governor kan het rijzen en dalen van haar verrassend grote borsten in haar decolleté, haar zandloperfiguur en haar welgevormde heupen niet missen. Die kleine meid is rijp om een kind te krijgen. De Governor probeert zich te herinneren wanneer hij voor het laatst een condoom heeft gebruikt. Had hij ze opgespaard? Had hij er nog wat in zijn medicijnkastje liggen? 'Wil je iets drinken?'

'Ja, hoor.' Megan kijkt om zich heen naar de spartaanse inrichting van de huiskamer, naar de tapijtrestanten, de niet bij elkaar passende stoelen en de van de achterkant van een vrachtwagen van het Leger des Heils getrokken bank. Heel even fronst ze haar voorhoofd en haalt ze haar neus op, omdat ze waarschijnlijk de geuren opmerkt die het huis vanuit de wasruimte binnendringen. 'Is er wodka?'

De Governor grijnst haar toe. 'Volgens mij moet dat wel lukken.' Hij loopt naar de kast naast het raam aan de voorkant met de luiken ervoor. Hij haalt een fles tevoorschijn en schenkt een paar vingers in twee kartonnen bekertjes. 'Ik moet ook nog ergens wat sinaasappelsap hebben,' mompelt hij. Hij vindt een halfleeg karton met sap.

Hij komt weer terug met de drankjes. Ze drinkt dat van haar in één wilde teug op. Het lijkt wel alsof ze dagenlang in de woestijn verdwaald is geweest, en dat dit haar eerste slok vloeistof is. Ze veegt haar mond af en laat een kleine boer. 'Excuseer... sorry.'

'Je bent een lekker ding,' zegt de Governor grijnzend tegen haar. 'Weet je, Bonnie Raitt komt niet eens bij je in de buurt.'

Ze kijkt naar de vloer. 'Waarom ik kom, ik vroeg me af...'

'Ja?'

'Die gozer bij het voedselcentrum zei me dat u misschien wel wat wiet voor me had, misschien wel Demerol?'

'Duane?'

Ze knikt. 'Hij zei dat u misschien wel wat goed spul zou hebben.'

De Governor neemt een slok van zijn drankje. 'En hoe zou Duane dat dan weten?'

Megan haalt haar schouders op. 'Hoe dan ook, het zit zo...'

'Waarom zou je naar mij komen?' De Governor kijkt haar strak aan met die duistere blik van hem. 'Waarom ga je niet naar je vriend Bob? Hij heeft een complete medicijnkist in die pick-up van hem.'

Ze haalt haar schouders weer op. 'Ik weet niet, ik dacht gewoon dat u en ik, dat we een soort... ruilhandel konden doen.'

Ze kijkt hem aan en bijt op haar onderlip, en de Governor voelt het bloed naar zijn lendenen stromen.

Megan berijdt hem in de maanverlichte duisternis van een aangrenzende kamer. Ze is helemaal naakt en heeft een laagje koud zweet op haar lichaam. Haar haren kleven aan haar gezicht, en ze beweegt met de ongevoelige razernij van een hobbelpaard op een carrousel op en neer op zijn erectie. Ze voelt niets anders dan het pijnlijke stoten. Ze voelt geen angst, geen emotie, geen spijt, geen schaamte. Helemaal niets. Alleen maar de mechanische, lichamelijke inspanning van seks.

Alle lampen in de kamer zijn uit, en het enige licht is afkomstig van het bovenraam boven de gordijnen, waardoorheen het zilverkleurige schijnsel van een winterse maan de stofdeeltjes beschijnt, die de kale muur achter de tweedehands La-Z-Boy-ligstoel van de Governor bespikkelen.

De man hangt languit op de leunstoel, en zijn naakte, slanke lijf kronkelt onder dat van Megan. Hij heeft zijn hoofd achterovergeslagen, en zijn halsaders kloppen. Maar hij maakt erg weinig geluid en geeft weinig blijk van genot. Megan hoort alleen het regelmatige gebrom van zijn ademhaling, terwijl hij woest bij haar naar binnen blijft stoten.

De La-Z-Boy-stoel staat zo opgesteld dat Megans aandacht door de muur achter haar wordt getrokken, die ze vanuit haar ooghoeken kan zien, terwijl ze de man naar een orgasme voelt toewerken en hij op het punt staat om klaar te komen. Er hangen geen foto's in de kamer en er staan geen bijzettafeltjes of schemerlampen. Er is alleen de vage glinstering van rechthoekige voorwerpen aan de muren. Eerst ziet Megan de voorwerpen nog aan voor televisies, een opstelling die haar aan een etalage van een elektronicazaak doet denken. Maar wat zou die vent met meer dan twintig televisies aan moeten? Kort daarna realiseert Megan zich dat ze een laag, borrelend geruis uit de voorwerpen hoort komen.

'Wat is er verdomme aan de hand?' kreunt de Governor onder haar.

Megan heeft zich omgedraaid, en haar ogen proberen te wennen aan de schaduwen die de maan werpt. Ze ziet iets bewegen in de rechthoekige containers. De spookachtige bewegingen doen haar verstijven, zodat hij een strakker gevoel om zijn erectie krijgt. 'Niets... niets... het spijt me... het is gewoon... ik kon er gewoon niets aan doen, maar...'

'Godverdomme, mens!' Hij strekt zijn arm uit en schakelt een kampeerlamp op batterijen aan, die op een krat naast de stoel staat.

Het licht valt op rijen aquariums gevuld met afgehakte mensenhoofden.

Megans adem stokt. Ze glipt van zijn lul af en tuimelt op de grond. Ze heeft moeite met ademhalen. Ze ligt languit op haar rug op het vochtige tapijt, heeft kippenvel over haar hele lichaam en staart naar de glazen containers. De gezombificeerde gezichten bewegen in netjes opgestapelde containers vol vloeistof en stuiptrekken op hun rafelige halzen. Hun monden gaan open en dicht als die van naar zuurstof happende vissen, en ze rollen met hun troebele, blinde ogen in de waterige capsules.

'Ik ben nog niet klaar!' De Governor springt boven op haar, rolt haar om en rukt haar benen van elkaar. Hij heeft nog steeds een stijve en dringt met geweld bij haar binnen. Door de pijnlijke wrijving schieten er pijnscheuten door haar ruggengraat. 'Blijf godverdomme stilliggen!'

Megan ziet een bekend gezicht in de laatste bak aan de linkerkant, en de aanblik ervan doet haar verstenen van schrik. Ze ligt als door de bliksem getroffen languit op haar rug op de vloer. Ze heeft haar hoofd opzij gedraaid en staart vol afgrijzen naar dat smalle gezicht tussen de luchtbellen in dat laatste aquarium, terwijl de Governor genadeloos op haar blijft inbeuken. Ze herkent het geblondeerde haar dat in de vloeistof zweeft en een zeewierachtige krans rond zijn jongensachtige gelaatstrekken vormt, met zijn slap hangende mond, zijn lange wimpers en zijn puntige, kleine neus.

Haar herkenning van Scott Moons afgehakte hoofd valt samen met de warme stroom in haar onderlijf op het moment dat de Governor eindelijk zijn hoogtepunt beleeft.

Bij Megan Lafferty stort diep vanbinnen iets in, net zo blijvend en onherstelbaar als een zandkasteel dat bezwijkt onder het gewicht van een golf.

Even later zegt de Governor: 'Je kunt nu wel weer opstaan, liefje... jezelf wat opknappen.'

Hij zegt dit zonder enige rancune of minachting tegen de vrouw, meer zoals een surveillant die aan het einde van een toets tegen een klaslokaal zegt dat het tijd is om de potloden neer te leggen.

Maar dan ziet hij dat ze naar het aquarium met het hoofd van Scott Moon staart en realiseert hij zich dat dit een moment van de waarheid is, een kans, een belangrijk scharnierpunt in de festiviteiten van de avond. Een besluitvaardig man zoals Philip Blake ziet altijd kansen liggen. Hij weet wanneer hij gebruik moet maken van zijn hogere positie. Hij aarzelt nooit, houdt nooit op en schuwt het vieze werk nooit.

De Governor steekt zijn hand omlaag en vindt de elastieken broeksband van zijn onderbroek, die in elkaar gefrommeld om zijn enkels bungelt, en trekt hem weer aan. Hij staat op en kijkt naar de vrouw die in foetushouding opgekruld op zijn vloer ligt. 'Kom op, schatje... laten we je even schoon krijgen, en dan moeten we even praten, jij en ik.'

Megan drukt haar gezicht tegen de vloer en mompelt: 'Doe me alsjeblieft geen pijn.'

De Governor bukt zich en grijpt haar stevig vast achter bij haar nek, niet te heftig, maar hij heeft wél haar volledige aandacht. 'Ik vraag het je niet nog een keer... opzouten naar de badkamer.'

Ze komt met moeite overeind en houdt zichzelf vast alsof ze elk moment uit elkaar kan barsten.

'Die kant op, liefje.' Hij pakt haar arm ruw beet en duwt haar voor zich uit door de kamer en via de deuropening naar een aangrenzende badkamer.

De Governor staat in de deuropening naar haar te kijken en heeft er spijt van dat hij haar ruw heeft behandeld. Maar hij weet ook dat Philip Blake op een moment als dit geen gas terug zou nemen. Philip zou doen wat nodig was, en hij zou sterk en resoluut zijn. En het deel van de Governor dat vroeger Brian heette, heeft daar maar gehoor aan te geven.

Megan staat over de wasbak gebogen en pakt met trillende handen het washandje op. Ze laat de kraan lopen en veegt zich aarzelend en trillend schoon. 'Ik zweer dat ik het tegen niemand zal vertellen,' mompelt ze door haar tranen heen. 'Ik wil alleen maar naar huis... ik wil gewoon alleen zijn.'

'Dat is waar ik het met je over wil hebben,' zegt de Governor vanuit de deuropening tegen haar.

'Ik zal het niet vertellen...'

'Kijk me aan, liefje.'

'Ik zal niet...'

'Rustig maar. Haal eens diep adem. En kijk me aan. Megan, ik zei: kijk me aan.'

Ze kijkt hem met trillende kin aan, terwijl de tranen over haar wangen lopen.

Hij kijkt haar aan. 'Jij bent vanaf nu met Bob.'

'Ik, sorry... wat?' Ze veegt haar ogen droog. 'Ik ben wat?'

'Jij bent met Bob,' zegt hij. 'Bob Stookey, weet je nog, die vent met wie je hier bent gekomen?'

Ze knikt.

'Jij bent nu met hem. Heb je dat begrepen? Van nu af aan ben je met hem.'

Ze knikt weer langzaam.

'O, en nog iets,' voegt de Governor er nog zachtjes en bijna alsof hij zich bedenkt aan toe, 'als je iemand ook maar over íéts van dit alles vertelt... verdwijnt dat mooie hoofdje van je in de container naast die blower.'

Minuten nadat Megan Lafferty vertrekt en in de schaduwrijke gang verdwijnt om rillend en hyperventilerend haar jasje aan te trekken, trekt de Governor zich terug in de zijkamer. Hij ploft neer op zijn La-Z-Boy, met zijn gezicht naar de rij aquariums.

Hij zit daar geruime tijd met een leeg gevoel naar de glazen containers te staren. Gedempte kreungeluiden weerklinken door de lege kamers achter hem. Het ding dat ooit zijn kleine meid was heeft weer honger. Misselijkheid begint door de Governors slokdarm omhoog te kruipen, zodat zijn ingewanden verkrampen en zijn ogen beginnen te wateren. Hij begint de trillen. Hij wordt overmand door een golf afgrijzen over wat hij heeft gedaan. Het verlamt hem en bevriest zijn pezen.

En onmiddellijk daarna beweegt hij met een ruk naar voren, glijdt van de stoel af en laat zich op zijn knieën vallen om luidruchtig over te geven. Wat er nog van zijn avondeten over is, stroomt weg over het smerige tapijt. Hij kotst op handen en knieën de laatste restjes maaginhoud uit en gaat dan hijgend achteroverzitten tegen de voet van de stoel.

Een deel van hem, dat diep begraven deel dat als Brian bekend-staat, heeft het gevoel dat het wordt overspoeld door walging. Hij krijgt geen lucht. Hij kan niet nadenken. En toch dwingt hij zich-zelf ertoe naar de opgeblazen, ondergedompelde gezichten te blijven kijken, die hem dobberend en bellenblazend aanstaren vanuit hun aquarium.

Hij wil de andere kant op kijken. Hij wil uit de kamer vluchten en maken dat hij wegkomt bij die bewegende, gorgelende, afgehakte hoofden. Maar hij weet dat hij moet blijven staren tot zijn zintuigen zijn verdoofd. Hij moet sterk zijn.

Hij moet voorbereid zijn op wat er gaat komen.

15

Binnen het ommuurde gedeelte in het westen van het stadje hoort Bob Stookey in zijn etagewoning vlak bij het postkantoor een klop op de deur. Hij zit rechtop tegen het hoofdeinde van een koperkleurig bed en legt zijn beduimelde paperback neer, een western van Louis L'Amour met de titel: *The Outlaws of Mesquite*. Hij stapt in zijn versleten instappers en trekt zijn broek aan. Hij heeft wat moeite met de rits, omdat zijn handen trillen.

Nadat hij zich eerder op de avond klem heeft gezopen, voelt hij zich nog steeds wat wankel en onsamenhangend. Door de duizelig-heid ziet hij niet scherp en zijn maag draait zich om. Hij strompelt de kamer uit en loopt door de flat naar de zijdeur, die toegang geeft tot een donker houten bordes boven aan een trap. Bob boert, moet wat gal wegslikken en duwt de deur open.

'Bob... er is iets vreselijks... O, mijn god, Bob,' zegt Megan Lafferty snikkend vanuit de schaduw van de trap. Haar gezicht is nat en afgetobd, haar diepliggende ogen zijn rood, en het lijkt alsof ze elk moment als een glazen beeldje uiteen kan spatten. Ze staat te rillen in de kou en houdt de kraag van haar spijkerjasje stevig vast tegen de bitterkoude wind.

'Kom binnen, schatje, kom binnen,' zegt Bob, terwijl hij de deur verder openduwt en zijn hart iets sneller begint te kloppen. 'Wat is er in hemelsnaam gebeurd?'

Megan wankelt de keuken binnen. Bob pakt haar armen vast en helpt haar naar een harde stoel, die schuin naast de rommelige eettafel staat. Ze laat zich vallen op haar stoel en probeert iets te zeggen, maar door haar gesnik lukt dat niet. Bob gaat op zijn hurken naast haar stoel zitten, streelt haar schouder en laat haar huilen. Ze drukt haar gezicht tegen zijn borstkas en huilt.

Bob houdt haar vast. 'Het is goed, liefje... wat er ook is... we vinden wel een oplossing.'

Ze zit verscheurd door leed en afschuw te jammeren, terwijl haar tranen haar mouwloze hemd doordrenken. Hij neemt haar hoofd in zijn handen en streelt haar vochtige krullen. Na een hartverscheurend moment kijkt ze hem aan en zegt: 'Scott is dood.'

'Wat?!'

'Ik heb hem gezien, Bob.' Ze praat haperend en zit schokkend te snikken. 'Hij is... hij is dood en... hij is in een van die dingen veranderd.'

'Rustig maar, schatje, haal maar eens diep adem en probeer me te vertellen wat er gebeurd is.'

'Ik wéét niet wat er gebeurd is!'

'Waar heb je hem gezien?'

Ze onderdrukt snuivend haar gesnik en vertelt Bob in gebrekkige, half afgemaakte zinnen over de in het duister dobberende afgehakte hoofden.

'Waar heb je dat dan gezien?'

Ze begint te hyperventileren. 'In de... daar in... in het huis van de Governor.'

'Het huis van de Governor? Heb je Scott in het huis van de Governor gezien?'

Ze knikt en blijft knikken. Ze probeert het uit te leggen, maar de woorden blijven in haar keel steken.

Bob streelt haar arm. 'Liefje, wat deed je daar dan in het huis van de Governor?'

Ze probeert iets te zeggen, maar begint weer te snikken. Ze begraaft haar gezicht in haar handen.

'Ik zal een glas water voor je halen,' zegt Bob uiteindelijk. Hij waggelt snel naar de gootsteen en vult een plastic bekertje met kraanwater. De helft van de woningen in Woodbury heeft geen voorzieningen; geen verwarming, elektriciteit of stromend water. De paar gelukkigen die dat soort voorzieningen nog wél tot hun beschikking hebben, behoren allemaal tot de kring van vertrouwelingen van de Governor, mensen die dat soort extraatjes aan de geïmproviseerde machtsstructuur te danken hebben. Bob is een soort lieveling met sentimentele waarde geworden, en dat is ook wel te zien aan zijn woning. De flat ligt vol met lege flessen en voedselverpakkingen, blikken pijptabak en seksbladen, en met zijn warme dekens en elektronische apparatuur ziet de woning eruit als een sjofel mannenhol.

Bob geeft het bekertje water aan Megan. Ze giet het naar binnen, zodat er wat uit haar mondhoeken stroomt en op haar jasje terechtkomt. Bob helpt haar voorzichtig haar jasje uit te trekken, waarna ze het laatste beetje water opdrinkt. Wanneer hij ziet dat haar bloes lukraak dichtgeknoopt is en bij haar navel openstaat, zodat hij tussen haar bleke borsten een reeks rode vlekken en diepe krassen over de hele lengte van haar borstbeen kan zien, kijkt hij de andere kant op. Haar bh zit scheef en een van haar tepels steekt erbovenuit.

'Hier, liefje,' zegt hij, en hij loopt naar de linnenkast in de voorhal. Hij pakt een deken, komt terug en slaat hem zachtjes om haar heen. Ze krijgt haar gehuil onder controle, totdat haar gesnik de ingetogener vorm van schokkerige, rillerige ademhalingen heeft aangenomen. Ze staart omlaag. Haar zeer kleine handen liggen slap en met de handpalmen naar boven op haar schoot, alsof ze vergeten is hoe ze ze moet gebruiken.

'Ik zou nooit hebben...' Ze begint uitleg te geven, maar slikt dan haar woorden in. Haar neus loopt, en ze veegt hem af. Ze sluit haar ogen. 'Wat heb ik gedaan... Bob... wat is er verdomme met me aan de hand?'

'Er is niets aan de hand met je,' zegt hij zacht, en hij slaat zijn arm om haar heen. 'Ik ben nu bij je, schatje. Ik zal voor je zorgen.'

Ze nestelt zich in zijn armen. Ze laat haar hoofd op zijn schouder rusten en begint regelmatiger adem te halen. Al snel klinkt haar piepende ademhaling laag en hees, alsof ze langzaam in slaap valt. Bob herkent de symptomen van een shocktoestand. Haar lichaam voelt ijskoud aan in zijn armen. Hij slaat de deken dichter om haar heen. Ze nestelt haar neus tegen zijn hals.

Bob begint diep adem te halen en wordt overspoeld door emoties.

Hij houdt de vrouw stevig vast en is op zoek naar woorden. Tegenstrijdige gevoelens razen door zijn geest. Hij walgt van Megans verhaal over afgehakte hoofden en Scotts in stukken gesneden lijk, en ook over het feit dat ze de Governor om te beginnen zo'n bedenkelijk bezoekje heeft gebracht. Maar Bob wordt ook overmand door onvervuld verlangen. De nabijheid van haar lippen, de zachte fluistertoon van haar ademhaling op zijn sleutelbeen en de glans van haar wilde-aarbeienrode krullen die tegen zijn kin kriebelen... dat alles benevelt Bob sneller en overvloediger dan een kist twaalf jaar oude bourbon. Hij onderdrukt de aandrang om haar boven op haar hoofd te kussen.

'Het komt goed,' mompelt hij zachtjes in haar oor. 'We komen er wel uit.'

'O, Bob...' Haar stem klinkt beneveld, misschien nog wel een beetje high. 'Bob...'

'Het komt in orde,' zegt hij in haar oor, terwijl hij met zijn vettige, knoestige hand haar haar streelt.

Ze richt haar hoofd op en geeft hem een kus op zijn grijsharige kaak.

Bob sluit zijn ogen en laat zich overspoelen.

Ze slapen samen die nacht, en eerst raakt Bob een beetje in paniek bij het vooruitzicht om zo'n lange periode zo dicht en intiem bij Megan in de buurt te zijn. Maar Bob heeft de afgelopen elf jaar geen seks met een vrouw gehad, niet meer sinds hij en zijn overleden vrouw, Brenda, ermee waren opgehouden. Tientallen drankzuchtige jaren hebben Bobs mannelijkheid gesmoord. Maar het verlangen brandt nog altijd als een gloeiend stukje kolen in hem, en hij wil Megan zó graag vanavond dat hij het als graanalcohol achter in zijn keel kan voelen branden, als een vinger die tegen de onderkant van zijn ruggengraat port.

De twee slapen onrustig in elkaars armen en liggen verstrengeld in zweterige dekens op het tweepersoonsbed in de achterkamer. Tot Bobs grote opluchting komen ze in de verste verte niet in de buurt van seks.

De hele nacht schieten Bobs koortsachtige gedachten heen en weer, tussen half gevormde dromen over de liefde bedrijven met Megan Lafferty op een onbewoond eiland omgeven door van zombies vergeven wateren, en plotselinge momenten van uitgeputte waakzaamheid in de duisternis van die slaapkamer op de eerste verdieping. Bob verbaast zich over het wonder van Megans onregelmatige ademhaling vlak naast hem, de warmte van haar tegen zijn buik genestelde heup, het wonder van haar haar in zijn gezicht en hoe haar zoete, muskusachtige geur zijn zintuigen prikkelt. Op een vreemde manier voelt hij zich voor het eerst sinds het uitbreken van de plaag weer compleet. Hij heeft een raar, verkwikkend, hoopvol gevoel. De zorgwekkende onderstromen van verdenkingen en gemengde gevoelens over de Governor smelten weg in de donkere beslotenheid van die slaapkamer, en de tijdelijke gemoedsrust die Bob Stookey overspoelt, sust hem uiteindelijk in een diepe slaap.

Net na zonsopgang schrikt hij wakker van een doordringende schreeuw.

Eerst denkt hij dat hij nog droomt. De gil komt ergens van buiten, en Bob hoort de spookachtige echo ervan, alsof het slot van een nachtmerrie is meegereisd naar zijn wakende toestand. In zijn half wakkere wazigheid strekt hij zijn arm uit naar Megan en ontdekt dat haar kant van het bed leeg is. De dekens liggen op een hoop bij zijn voeten. Megan is verdwenen. Hij gaat met een ruk rechtop zitten.

'Megan, liefje?'

Hij stapt uit bed en loopt naar de deur. De vloer voelt als ijs onder zijn blote voeten. Dan doorklieft een tweede gil de winterwind voor zijn flatgebouw. Hij merkt niet op dat er in de keuken een stoel is omgevallen, dat de laden zijn opengetrokken en dat de kastdeurtjes wagenwijd openstaan; allemaal tekenen dat iemand zijn bezittingen heeft doorzocht.

'Megan?'

Hij draaft naar de zijdeur, die op een kleine kier staat en klappert in de wind.

'Megan!'

Hij schiet door de deuropening en bereikt struikelend het bordes op de eerste verdieping. Hij knijpt zijn ogen toe tegen het felle, mistige licht en de koude wind in zijn gezicht.

'Mégan!'

Aanvankelijk kan hij alle beweging en drukte rond het gebouw niet plaatsen. Hij ziet mensen aan de voet van de trap, aan de overkant van de straat en langs de rand van de parkeerplaats naast het postkantoor. Het zijn er misschien een stuk of tien, en ze wijzen allemaal naar Bob of misschien naar iets op het dak. Het is moeilijk uit te maken. Bob begint met bonzend hart de trap af te lopen. Hij ziet niet dat er een sleepkabel om de pilasters van het bordes is geknoopt, totdat hij de voet van de trap heeft bereikt.

Bob draait zich om en wordt zo koud en bewegingloos als graniet. 'O, god, nee,' stamelt hij. Hij staart omhoog naar het lichaam dat onder het bordes bungelt en lui ronddraaiend in de wind heen en weer wiegt. 'O, nee, nee, nee, nee, nee, nee, nee...'

Megan hangt aan een geïmproviseerde strop om haar nek, en haar gezicht is zo verkleurd en zo bleek als antiek porselein.

Lilly Caul hoort het rumoer buiten haar raam boven de stomerij en sleept zich uit bed. Ze gooit het gordijn open en ziet stadsbewoners voor hun voordeur staan. Sommige mensen wijzen met angstige gezichten naar het postkantoor en praten op fluistertoon. Lilly krijgt de indruk dat er iets vreselijks is gebeurd. En als ze de Governor snel over het trottoir ziet komen aanlopen in zijn lange jas, met aan zijn zijde zijn zware jongens Gabe en Bruce, die wapenmagazijnen in hun aanvalsgeweren duwen, kleedt ze zich snel aan.

Ze doet er minder dan drie minuten over om haar kleren aan te schieten, van de achtertrap af te stormen en via een steeg tussen twee gebouwen de afstand van tweeënhalf huizenblok naar het postkantoor af te leggen.

Er kolken dreigende wolken in de lucht en de wind blaast ijzel voort. Tegen de tijd dat Lilly de menigte rond de voet van Bobs trap ziet staan, weet ze dat ze met de nasleep van iets afgrijselijks te maken heeft. Dat is af te lezen aan de gezichten van de toeschouwers, en ze kan het opmaken uit de manier waarop de Governor een eindje verderop met Bob staat te praten. Beide mannen staren naar de grond, terwijl ze op zachte toon met elkaar praten. Op hun gezichten staan angst en onverbiddelijke vastbeslotenheid te lezen.

Gabe en Bruce zitten in de kring van toekijkers op hun hurken naast een met een laken bedekt hoopje op de stoep. Bij de aanblik van de met een lijkkleed bedekte gestalte blijft Lilly als aan de grond genageld staan. Ze blijft aan de rand van de kring staan staren, terwijl er een stroompje ijzige angst langs haar ruggengraat omlaag loopt. De aanblik van nog een met een lijkkleed bedekt lichaam op een straathoek raakt een afgrijselijke snaar diep in haar.

'Lilly?'

Ze draait zich om en ziet dat Martinez naast haar staat, met een patroongordel gekruist over de voorkant van zijn leren jasje. Hij legt een hand op haar schouder. 'Ze was een vriendin van je, toch?'

'Wie is het?'

'Heeft niemand je het nog verteld?'

'Is het Megan?' Lilly wurmt zich langs Martinez en duwt een paar toeschouwers opzij. 'Wat is er gebeurd?'

Bob Stookey verspert haar de weg en houdt haar tegen door haar rustig bij haar schouders vast te pakken. 'Lil, wacht, je kunt niets meer doen.'

'Wat is er gebeurd, Bob?' Lilly knippert het stekende gevoel in haar ogen en de zware vuist in haar borstkas weg. 'Heeft een loper haar te pakken gekregen? Laat me los!'

Bob blijft haar schouders vasthouden. 'Nee, nee. Dat is niet wat er gebeurd is.' Lilly ziet dat Bobs ogen rauw en roodomrand zijn, kapot van verdriet. Zijn gezicht trilt gekweld. 'Deze mannen zullen verder voor haar zorgen.'

'Is ze...'

'Ze is er niet meer, Lil.' Bob kijkt omlaag en schudt zachtjes zijn hoofd. 'Ze heeft zich van het leven beroofd.'

'Wat... Wat is er gebeurd?'

Bob kijkt nog altijd naar de grond en mompelt iets over dat hij het niet echt weet.

'Laat me los, Bob!' Lilly baant zich een weg door de rij toeschouwers.

'Hola, hola... rustig aan daar, zus!' Gabe gaat rechtop staan en verspert Lilly de weg. De zwaargebouwde man met de stierennek en het stekeltjeshaar pakt Lilly's arm vast. 'Ik weet dat ze een vriendin van je was...'

'Ik wil haar zien!' Lilly rukt haar arm los, maar Gabe grijpt haar van achteren vast en neemt haar in een stevige schouderhoudgreep. Lilly wringt zich woest in allerlei bochten. 'Laat me godverdomme los!'

Drie meter verderop, op het verschroeide bruine gras naast de doorgaande weg, knielt Bruce, de lange zwarte man met het geschoren hoofd, naast het met een laken bedekte lichaam neer. Hij schuift een nieuw magazijn in zijn .45mm semiautomatische pistool. Hij heeft een meedogenloze, vastberaden uitdrukking op zijn gezicht. Hij ademt diep in, alsof hij zich voorbereidt om een of andere onsmakelijke klus te klaren. Hij negeert de beroering achter hem.

'Laat los!' Lilly kronkelt nog steeds in de greep van de gezette man en houdt haar starende blik op het lichaam gericht.

'Rustig,' sist Gabe. 'Je maakt dit moeilijker dan het hoeft te...'

'Laat haar los!'

De diepe, door sigaretten gekruide stem komt vanachter Gabe, en zowel Lilly als de gezette man bevriezen alsof ze opschrikken van een ultrasoon fluitje.

Ze kijken over hun schouder en zien de Governor met zijn handen in zijn zij binnen de kring van toeschouwers staan. Zijn twee .45-legerpistolen met paarlemoeren handvatten zijn als bij een revolverheld aan weerszijden tussen zijn broeksriem gestoken. Zijn lange rocksterachtige haar is zwart als Oost-Indische inkt en zit in een paardenstaart, die wappert in de wind. De kraaienpoten onder zijn ogen en de lijnen die zijn ingevallen wangen doorgroeven, worden dieper en uitgesprokener, terwijl hij een sombere uitdrukking op zijn gezicht krijgt. 'Het is wel goed, Gabe... laat de dame afscheid nemen van haar vriendin.'

Lilly haast zich naar het lijk op de grond, knielt ernaast neer en staart naar de met een lijkkleed bedekte hoop. Ze houdt haar hand voor haar mond alsof ze de golf van emoties die in haar opwelt tegen wil houden. Bruce schuift de veiligheidspal van zijn semiautomatische pistool erop, gaat onbeholpen iets naar achteren en staart naar Lilly, terwijl de menigte om hen heen stiller wordt.

De Governor komt naar haar toe, maar blijft eerbiedig een meter of anderhalf op afstand.

Lilly trekt het laken weg en zet zich schrap, waarna ze naar het paarsig grijze gezicht kijkt van de vrouw die Megan Lafferty was. Haar ogen zijn zó opgezwollen dat ze dichtzitten en haar kaak staat strak van de verstijving. Het bloedeloze, porseleinen poppengezicht lijkt wel in een miljoen haarlijntjes gebarsten te zijn, en de eerste stadia van ontbinding zijn zichtbaar in de donker geworden haarvaten. Lilly vindt het gezicht gruwelijk maar ook ondraaglijk aangrijpend, omdat het herinneringen oproept aan die wilde dagen op Sprayberry High School, toen de meisjes regelmatig high werden op het toilet en op het dak van de school klommen om steentjes te gooien naar de schoolatleten die achter de basketbalvelden hun trainingen afwerkten. Megan was jarenlang Lilly's beste vriendin geweest, en ondanks de slechte eigenschappen van die meid, en daar waren er veel van geweest, ziet Lilly haar nog altijd als haar beste vriendin. Nu kan Lilly niet ophouden met naar dit onherkenbare overblijfsel van haar uitbundige vriendin te staren.

Lilly's adem stokt, want de paarse oogleden voor Megans opgezwollen ogen schieten plotseling open, zodat ze de melkglazen pupillen kan zien.

Lilly verroert zich niet wanneer de zwarte man met het geschoren hoofd naast haar komt staan en de .45 op het hoofd van het kadaver richt om een schot van dichtbij af te vuren. Maar voordat hij kans ziet om de trekker over te halen, roept de Governor: 'Niet schieten, Bruce!'

Bruce werpt een blik over zijn schouder, terwijl de Governor een stap dichterbij komt en vervolgens heel zacht zegt: 'Laat haar het doen.'

Lilly kijkt de man met de lange jas aan, knippert met haar ogen en zegt niets. Haar hart voelt aan als as en haar bloed wordt koud in haar aderen. Helemaal in de verte rommelt onweer in de lucht.

De Governor komt nog een stap dichterbij. 'Toe maar, Bruce. Geef haar het pistool.'

Het moment lijkt eindeloos te duren, maar dan is het pistool op de een of andere manier in Lilly's hand terechtgekomen. Het ding dat ooit Megan Lafferty was, stuiptrekt en spant haar spieren op de grond, terwijl het zenuwstelsel opstart en de lippen zich terugtrekken van vermolmde, grijze tanden. Lilly kan door haar tranen heen amper iets zien.

'Verlos je vriendin uit haar lijden, Lilly,' spoort de Governor haar zachtjes aan vanachter haar rug.

Lilly heft het pistool op. Megans hals strekt zich naar haar uit als van een foetus die uit haar vruchtwater tevoorschijn komt, en ze klappert hongerig met haar tanden. Lilly zet de loop tegen de slaap van het monster.

'Doe het, Lilly. Verlos haar uit haar lijden.'

Lilly sluit haar ogen. Het oppervlak van de trekker brandt tegen haar vinger als een ijspegel. Wanneer ze haar ogen weer opent, valt het ding op de grond naar haar uit en hapt het met ranzige tanden naar Lilly's halsader.

Het gebeurt zo snel dat het nauwelijks tot Lilly doordringt.

De knal weergalmt.

Lilly tuimelt achterover en belandt op haar billen. Het pistool glipt uit haar handen, terwijl de bovenkant van Megans schedel uiteenspat in een donkerrode mist, die de stoep naast de doorgaande weg met een straal hersenweefsel besproeit. Het weer tot leven gekomen lijkt zakt in elkaar en blijft stil op het in de war geraakte lijkkleed liggen, met haar haaienogen op de donkere lucht gericht.

Lilly blijft eerst even op haar rug op de grond liggen en staart in een staat van complete verwarring naar de wolken. Wie heeft het dodelijke schot afgevuurd? Lilly heeft de trekker nooit overgehaald. Wie heeft dat dan wel gedaan? Lilly knippert haar tranen weg en slaagt erin zich te concentreren op de Governor, die over haar heen gebogen staat en met een ernstige uitdrukking op zijn gezicht naar iets rechts van hem kijkt.

Bob Stookey staat naast het lijk van Megan Lafferty en heeft nog steeds een .38 met extra korte loop in zijn hand. De hand waarmee hij geschoten heeft hangt naast zijn lichaam, en er krult nog een dunne kringel kruitrook op uit de loop.

De ontreddering op Bobs verweerde, diep doorgroefde gezicht is hartverscheurend.

De eerste paar dagen daarna schenkt niemand nog veel aandacht aan het veranderende weer.

Bob heeft het te druk met zich dood drinken om op zoiets triviaals als weerfronten te letten, en Lilly is druk met het organiseren van een fatsoenlijke begrafenis voor Megan op een stuk land naast Josh. De Governor verdoet zijn meeste tijd met de voorbereidingen voor het volgende grote gevecht in de arena van het racecircuit. Hij heeft grote plannen voor de volgende reeks voorstellingen en wil ook zombies aan de gladiatorengevechten laten deelnemen.

Gabe en Bruce zijn in een reservepakhuis onder het circuit bezig met het smerige karwei van het in stukken hakken van de dode gardist. De Governor heeft lichaamsdelen nodig om de groeiende verzameling zombies te voeden die in een geheime ruimte diep in de uit lichte cementen bouwblokken opgetrokken catacomben verblijven. Gabe en Bruce lenen een paar jongere mannen uit het team van Martinez om de kettingzagen te bedienen in het rottende, grotachtige abattoir naast het lijkenhuis, waar ze stoffelijke resten van mensen tot stukken vlees snijden.

Ondertussen drijven de januariregens langzaam en verraderlijk dreigend het gebied binnen.

Aanvankelijk geven de buitenste regionen van het stormsysteem weinig aanleiding tot paniek. Er vallen maar een paar verspreide buien, die de afvoerputten laten vollopen en de straten met een laagje ijs bedekken, terwijl de temperatuur zo rond het vriespunt schommelt. Maar de bliksem in de verte en de kolkende zwarte luchten aan de westelijke horizon beginnen mensen zorgen te baren. Niemand weet met enige mate van zekerheid waarom juist déze winter een abnormale gaat worden voor Georgia, en dat zullen ze ook nooit te weten komen. De betrekkelijk milde winters in de staat kunnen zo nu en dan verstoord worden door zeer hevige regenbuien, door een enkele akelige sneeuwbui of een bui ijsregen hier en daar, maar niemand is voorbereid op wat er elk moment op een vanuit Canada aanstormende lagedrukcel over de fruitgordel zal worden uitgestort.

De nationale weerdienst in Peachtree City, die nog altijd uitzendt met behulp van generators en kortegolfradio's, laat die week een radarwaarschuwing uitgaan op zo veel mogelijk frequenties als ze kunnen bedienen. Maar slechts weinig luisteraars doen hun voordeel met het nieuws. Niet meer dan een handvol zielen hoort de paniekerige stem van meteoroloog Barry Gooden tekeergaan over de sneeuwstorm van '93 en de overstromingen van 2009.

Volgens Gooden zal het bittere koufront zich de komende vierentwintig uur op de zuidelijke staten storten, waar het in botsing zal komen met de vochtige, milde oppervlaktetemperaturen in Centraal-Georgia en iets teweeg zal brengen waarbij vergeleken dat andere, normale noodweer hoogstwaarschijnlijk niet meer dan voorbijtrekkende buitjes zullen lijken. Met voorspelde windsnelheden van ruim honderd kilometer per uur en een gevaarlijke mengeling van regen en ijzel, belooft de storm een ongekende ravage te gaan aanrichten in de door de plaag geteisterde staat. De woeste temperatuurschommelingen dreigen niet alleen de stortbuien in regelrechte sneeuwstormen te veranderen, maar de inwoners van Georgia zijn bovendien jammerlijk slecht voorbereid op de verwoestingen van een overstroming, zoals de staat nog maar enkele jaren geleden ontdekte. En nu met de komst van de plaag zal de situatie nog ernstiger worden.

Een paar jaar geleden trad Chattahoochee River na een zeer hevige regenstorm buiten haar oevers, zodat de dichtbevolkte gebieden rond Roswell, Sandy Springs en Marietta overstroomden. Modderlawines rukten huizen van hun funderingen. Snelwegen lagen onder water, en de ramp had uiteindelijk tientallen doden en honderden miljoenen schade tot gevolg. Maar het monster dat zich dít jaar boven de Mississippi vormt en zich met een verontrustende snelheid ontwikkelt, belooft alle records te gaan breken.

De eerste tekenen dat er uitzonderlijk weer op komst is, rollen die vrijdagmiddag het stadje binnen.

Tegen het vallen van de avond komt de regen in een hoek van vijfenveertig graden naar beneden. De regenstroom smakt in vlagen tegen de barricade van Woodbury en doet in onbruik geraakte hoogspanningskabels boven het centrum van het stadje zingen en knappen als zwepen. Bliksemsalvo's veranderen de donkere stegen in flikkerende fotonegatieven, en alle goten in Main Street stromen over. De meeste inwoners van Woodbury blijven veilig binnen zolang het duurt... zodat de trottoirs en de dichtgespijkerde winkelpuien verlaten zijn...

... grotendeels verlaten dan, afgezien van een groepje van vier inwoners, dat de regenbuien trotseert om heimelijk samen te komen in een kantoortje onder het racecircuit.

'Laat het licht maar uit, als je wilt, Alice,' zegt een stem achter een bureau in de schaduw. Dokter Stevens is alleen te herkennen aan de in de duisternis zwevende doffe glans van zijn metalen brilmontuur. Het gedempte geroffel van de stortbui doorbreekt de stilte.

Alice knikt en staat nerveus in haar koude handen te wrijven naast de lichtschakelaar. Haar laboratoriumjas ziet er spookachtig uit in het duistere, raamloze kantoor dat Stevens als voorraadkamer gebruikt.

'Jij hebt deze vergadering belegd, Lilly,' mompelt Martinez vanuit de andere hoek van de ruimte, waar hij op een kruk een zelfgedraaide sigaar zit te roken. Het gloeiende puntje van de slanke sigaar is net een vuurvliegje in het donker. 'Wat zit je dwars?'

Lilly ijsbeert in de schaduw van een rij stalen archiefkasten. Ze draagt een van Josh' regenjassen uit de dumpwinkel, die haar zó erg te groot is dat ze eruitziet als een kind op een verkleedpartijtje. 'Wat me dwarszit? Dat ik niet langer op deze manier wil leven.'

'Hoe bedoel je?'

'Ik bedoel dat het hier verrot tot op het bot is, het is gestoord, en die Governor-figuur is de gestoordste van allemaal, en ik voorzie ook geen verbeteringen in de nabije toekomst.'

'En...?'

Ze haalt haar schouders op. 'Ik onderzoek mijn mogelijkheden.'

'En die zijn?'

Ze begint weer te ijsberen en kiest haar woorden zorgvuldig. 'Mijn spullen pakken en er in mijn eentje vandoor gaan lijkt pure zelfmoord... maar ik zou het erop willen wagen daarbuiten, als het de enige manier zou zijn om uit deze puinhoop weg te komen.'

Martinez kijkt Stevens aan, die aan de overkant van het kantoortje zijn bril met een doekje schoonveegt en aandachtig luistert. De twee mannen kijken elkaar bezorgd aan. Uiteindelijk zegt Stevens: 'Je had het over mogelijkheden.'

Lilly staat stil. Ze kijkt Martinez aan. 'Die gasten met wie je het hek bewaakt... vertrouw je die?'

Martinez neemt een haal van zijn sigaartje, en de rook vormt een kring om zijn gezicht. 'Min of meer.'

'Sommige meer en andere minder?'

Hij haalt zijn schouders op. 'Zo zou je het kunnen zeggen, ja.'

'Maar die mannen die je meer vertrouwt dan de andere, zullen die achter je staan als de nood aan de man is?'

Martinez staart haar aan. 'Waar hebben we het hier over, Lilly?'

Lilly haalt diep adem. Ze heeft geen idee of ze deze mensen kan vertrouwen, maar ze lijken wél de enige normale mensen in Woodbury. Ze besluit open kaart te spelen. Na een lange stilte zegt ze heel zacht: 'Ik heb het over het omverwerpen van het regime.'

Martinez, Stevens en Alice wisselen weer een reeks angstige blikken uit. De gespannen stilte wordt onderbroken door het gedempte lawaai van de storm en de regen. Het is nog harder gaan waaien, en donderslagen doen de funderingen met steeds kortere tussenpozen trillen.

Uiteindelijk zegt de arts: 'Lilly, volgens mij weet je niet wat je je...'

'Nee!' Ze onderbreekt hem en kijkt naar de vloer. Dan zegt ze kil, vlak en monotoon: 'Geen geschiedenislessen meer, doc. Dat punt zijn we gepasseerd. We zijn het voorzichtig aan doen voorbij. Die gast van een Philip Blake moet verdwijnen... en dat weten jullie net zo goed als ik.'

Boven hun hoofden weerklinkt een dondersalvo. Stevens slaakt een zorgelijke zucht. 'Als je zo blijft praten, verzeker je jezelf van een plekje in de gladiatorenring.'

Lilly blijft Martinez onverstoorbaar aankijken. 'Ik ken je niet erg goed, Martinez, maar je komt op me over als een redelijk evenwichtig figuur... het soort figuur dat een opstand zou kunnen leiden om de zaken weer op het goede spoor te krijgen.'

Martinez staart haar aan. 'Rustig aan, kindje... straks bezeer je je nog.'

'Het zal wel... jullie hoeven niet naar me te luisteren... het kan me allemaal niets meer schelen.' Ze maakt een voor een oogcontact met ieder van hen. 'Maar jullie weten allemaal dat ik gelijk heb. De situatie zal hier nog een stuk slechter worden als we er niets aan doen. Als jullie me willen aangeven wegens hoogverraad, prima, ga je gang. Doe maar. Maar we krijgen misschien nooit meer de kans om die fanaat te onttronen. En ik ga in ieder geval niet zitten wachten en niets zitten doen, terwijl het hier in vlammen opgaat en er steeds meer onschuldige mensen omkomen. Jullie weten dat ik gelijk heb.' Ze kijkt weer naar de grond. 'De Governor moet verdwijnen.'

Een volgend spervuur van donderslagen rammelt aan de ribben van het gebouw, terwijl er een lange stilte in de voorraadkamer valt. Uiteindelijk doet Alice als eerste haar mond open.

'Ze heeft gelijk, weet je.'

16

De volgende dag geselt de storm, die nu uit een aanhoudend bombardement van slagregens en vrieskoude ijzel bestaat, met enorme kracht het zuidoosten van Georgia. Telefoonpalen begeven het onder het gewicht van de aanslag en donderen op met verlaten auto's verstopte snelwegen. Greppels zwellen aan en stromen over, en verlaten boerderijen komen onder water te staan, terwijl er op grotere hoogte verraderlijke ijslagen op de weg liggen. Zeventien kilometer ten zuidoosten van Woodbury, in een beboste holte naast Highway 36, bereikt de regenstorm de grootste openbare begraafplaats van de zuidelijke staten van Amerika.

De Edward Nightingale Memorial Gardens en het columbarium staan langs een anderhalve kilometer lange helling ten zuiden van Sprewell State Park, en bieden ruimte aan tienduizenden historische gedenkplaten. De gotische kapel en het bezoekerscentrum staan aan het oostelijke uiteinde van het terrein, op slechts een steenworp afstand van het Woodland Medical Center, een van de grootste ziekenhuizen van de staat. Het wemelt van recent gezombificeerde doden in het ziekenhuis. Het werd in de eerste weken van de plaag door het personeel verlaten, en het gebouwencomplex, waaronder ook het mortuarium in Woodland en het reusachtige doolhof van rouwkamers onder de keldergangen van Nightingale, krioelt van de herrezen doden. Sommige lijken waren voor autopsies of begrafenissen bestemd en zijn dus nog vers, en andere kortgeleden dood binnengebrachte mensen zijn in lades opgeborgen, allen tot op dit moment gevangen in hun verzegelde bewaarplaatsen.

Om 16.37 uur die zaterdag bereikt de Flint River de hoogwaterstand. De woeste golven denderen in het stroboscopische licht van bliksemflitsen over de oevers, verwoesten boerderijen, gooien billboards omver en slingeren verlaten voertuigen over de landwegen alsof het door een boos kind weggesmeten speelgoedautootjes zijn.

De modderlawines komen minder dan een uur daarna. De complete noordelijke helling langs de rand van de begraafplaats begeeft het en glijdt in een modderige, bruine, meelachtige golf naar de Flint toe, waarbij ze graven uit de grond trekt en antieke doodskisten van de heuvel slingert. Kisten breken open en vermorsen hun afgrijselijke inhoud in een oceaan van modder, ijzel en wind. De meeste gehavende skeletten breken in stukken als aanmaakhout. Maar veel niet begraven lijken, en in het bijzonder die nog vers en intact zijn en in staat zijn om te kruipen of te klauteren, beginnen naar hoger gelegen en droog land te glibberen.

De sierlijke ramen op de begane grond van het bezoekerscentrum van Nightingale barsten en imploderen onder de druk van het hoogtij. De stormachtige winden doen de rest van het werk door stukken van gotische torenspitsen af te rukken, de torendaken eraf te scheren en de toppen van de puntdaken van het gebouw te onthoofden. Een kleine vijfhonderd meter naar het oosten treft het razende vloedwater het medisch centrum met volle kracht en wordt er puin door de verzwakte toegangsdeuren en ramen naar binnen gestuwd.

De in het lijkenhuis gevangen zombies stromen uit gekartelde openingen, en vele worden door de woeste wind en de luchtdruk de golven in gezogen.

Rond vijf uur belandt een menigte doden groot genoeg om een necropool mee te vullen op de aangrenzende boomgaarden en tabaksvelden, als een reusachtige school zeewezens die op het strand wordt geworpen. Ze buitelen over elkaar heen op de vloedgolven. Sommige komen in bomen terecht en andere raken verstrikt in ronddrijvend boerderijgereedschap. Weer andere worden kilometers onder water meegesleurd en molenwieken onbewust en instinctief, maar vol embryonale honger in de flikkerende duisternis. Duizenden verzamelen zich op de morenen, in de valleien en in beschutte gebieden ten noorden van de snelweg, waar ze met moeite uit de modder klimmen, als in een groteske pantomime van oermensen die uit de paleolithische soep tevoorschijn komen.

Voordat de hevige regenstorm voorbij is en het actiefste gedeelte ervan die avond naar het oostelijke kustgebied vertrokken is, overtreft de populatie doden waarmee het platteland inmiddels bezaaid is het aantal levende inwoners dat voor de plaag in het nabijgelegen stadje Harrington woonde, dat volgens het bord langs de snelweg 4.011 zielen telde.

In de nasleep van dit historische noodweer beginnen ongeveer zo'n duizend van deze dolende lijken samen te komen tot de grootste horde die er sinds de komst van de plaag is waargenomen. De zombies verzamelen zich langzaam en onbeholpen in de van regen vergeven duisternis en vormen een horde, totdat er zich op het glooiende land tussen Crest Highway en Roland Road een massale menigte bevindt. De horde is zo'n dicht opeengepakte massa dat men de bovenkant van hun vergane hoofden vanuit de verte zou kunnen verwarren met een donkere, brakke, langzaam voortbewegende vloedgolf, die zich over het land ontrolt.

Zonder enige aanwijsbare reden, afgezien van het onverklaarbare gedrag van de doden, of dat nu door instinct, geur, feromonen of complete willekeur wordt ingegeven, begint de horde in noordwestelijke richting door de modder te ploeteren, rechtstreeks naar het dichtstbijzijnde bevolkingscentrum op hun pad: het stadje Woodbury, dat iets meer dan een kleine dertien kilometer verderop ligt.

Het staartje van de storm laat de boerderijen en akkers van zuidoost-Georgia ondergelopen achter. Er liggen enorme plassen zwart en smerig stilstaand water. Waar het ondiep is, verandert het in zwart ijs, en de diepere stukken slibben dicht met modder.

Het in kracht afnemende vrieskoude regenfront trekt over het gebied en bedekt de bossen en heuvels rond Woodbury met een dun laagje ijs, zodat ze in een cellofanen wonderland van glinsterende takken, met ijspegels bezaaide hoogspanningskabels en kristallijnen paden veranderen. Dat alles zou op een ander moment en op een andere plaats wonderschoon zijn; in een andere context, vrij van plagen en wanhopige mannen.

De volgende dag ploeteren de inwoners van Woodbury om het stadje weer op orde te krijgen. De Governor draagt zijn werkploegen op bij een nabijgelegen boerderij likstenen op te halen, die kort daarna op diepladers binnengebracht worden en met kettingzagen in handzame brokken worden gehakt. Het zoutmengsel wordt vervolgens over de wegen en de trottoirs uitgestrooid. Aan de zuidkant van het stadje worden tegen de overstroomde spoorlijnen zandzakken neergezet in een poging om het stilstaande water buiten te houden. De inwoners werken de hele dag door onder een roetkleurige lucht. Ze dweilen, pekelen, scheppen, schrapen en dammen ondergelopen hoeken en gaten in.

'*The show must go on*, Bob,' zegt de Governor laat die middag. Hij staat op het waarschuwingsvlak van het zandcircuit, waar het kalklicht door de mistige lucht brandt en het brommen van generators als vals gezoem van een orkest van fagotten klinkt. De lucht is doordrongen van gasdampen, loogzout en brandend afval.

Het oppervlak van het circuit rimpelt in de wind, een modderzee zo dik als havermoutpap. De regen valt hard neer op de arena, en inmiddels glinstert er in het licht van de stadionlampen op het binnenveld een laag troebel stilstaand water van meer dan een halve meter. De met een laagje ijs bedekte tribunes zijn bijna allemaal leeg, alleen een kleine ploeg werkmannen is druk in de weer met rubberen vloerwissers en grote scheppen.

'Hè?' Bob Stookey zit een meter of vijf achter de Governor onderuitgezakt op een tribune.

Bob boert afwezig, en zijn hoofd hangt dronken en lam opzij. Hij ziet er haast uit als een verdwaald jongetje. Er ligt een lege fles Jim Beam op de met rijp bedekte stalen zitplek naast hem, en nog een tweede, halfvolle fles rust losjes in zijn vettige, verkleumde hand. Hij drinkt al vijf dagen stevig door, vanaf het moment dat hij Megan Lafferty deze wereld heeft uitgeleid.

Een onverbeterlijke dronkaard houdt zijn roes langer vast dan een gemiddeld persoon. De meeste gelegenheidsdrinkers kunnen maar kort genieten van het hoogtepunt van hun dronkenschap, die moeiteloze, verdoofde, uitgelaten opwinding, die verlegen mensen de kracht geeft om gezellig te doen, voordat ze in complete vergetelheid wegzinken. Bob bereikt dat niveau pas na een kleine liter whisky en kan dat dan vervolgens dagen vasthouden.

Maar Bob Stookey bevindt zich op dit moment wel in de schemerzone van zijn zuippartij. Na ruim drie liter per dag te hebben gedronken, begint hij met regelmaat in te dommelen, zijn grip op de werkelijkheid te verliezen en urenlang te hallucineren en weg te vallen.

'Ik zei dat de voorstelling moet doorgaan,' zegt de Governor iets luider, terwijl hij naar het harmonicagazen hek loopt dat hem van Bob scheidt. 'De mensen krijgen last van claustrofobie, Bob. Ze hebben catharsis nodig.'

'Helemaal mee eens,' zegt Bob met een dronken en door speeksel verstopt gromgeluid. Hij kan amper zijn hoofd rechtop houden. Bob staart door het gewafelde staal naar de Governor, die nu maar een kleine meter van hem vandaan met een gekweld gezicht door de schakels van het harmonicagaas naar hem staat te kijken.

De Governor ziet er in Bobs koortsige ogen duivels uit in het koude licht van de Lucolux-stadionlampen, en er verschijnt een zilverkleurige stralenkrans om het achterovergestreken haar met de ravenzwarte paardenstaart van de man. Zijn adem is zichtbaar als witte dampwolkjes en zijn Fu Manchu-snor trilt aan de uiteinden, terwijl hij zich nader verklaart. 'Een kleine winterbui krijgt ons er niet onder, Bob. Ik heb een plannetje: we gaan deze mensen omver. blazen. Wacht jij maar eens af. Dit was allemaal nog niets.'

'Klinkt... goed,' mompelt Bob. Zijn hoofd valt voorover en er wordt een donker gordijn voor zijn gezichtsveld dichtgetrokken.

'Morgenavond, Bob.' Het gezicht van de Governor zweeft voor Bobs haperende ogen, als dat van een spookachtige geest. 'Dit is een leermoment. Van nu af aan zullen de zaken hier anders gaan. Recht en gezag, Bob. Dit zal het grootste leermoment worden. En nog een fantastische voorstelling bovendien. We gaan hun vervloekte wereld op losse schroeven zetten. Het zal allemaal hierbinnen samenkomen, in deze modder en stront. Bob? Hoor je me? Bob, gaat het wel met je? Erbij blijven, oude vriend.'

Bob glijdt van de tribune, zakt op de grond in elkaar en raakt weer eens bewusteloos. Het laatste beeld dat op zijn geestesoog gebrand staat, is het door de roestige geometrische diamantvormen van het harmonicagazen hek in stukjes verdeelde gezicht van de Governor.

'Waar is die vervloekte Martinez eigenlijk?' De Governor werpt een blik over zijn schouder. 'Ik heb die klootzak al in geen uren ergens gezien.'

'Luister naar me,' zegt Martinez, die in het vage licht van de spoorschuur de samenzweerders een voor een met zijn blik doorboort. De vijf mannen zitten op hun hurken in een losse halve kring om Martinez op een kluitje in de achterste hoek. De van spinnewebben vergeven schuur is zo donker als een graftombe. Martinez steekt een sigaartje aan, en zijn knappe, geslepen gezicht wordt door rook omgeven. 'Je stopt een vervloekte cobra niet voorzichtig in een val... je slaat zo snel mogelijk en zo hard mogelijk toe.'

'Wanneer?' vraagt de jongste, die Stevie heet en gehurkt naast

Martinez zit. De lange, slungelige halfbloed draagt een zwart zijden roadiejack en heeft een vlassig snorretje. Hij knippert nerveus met zijn ernstige, met lange wimpers uitgeruste ogen. Stevies ogenschijnlijke onschuld wordt weersproken door zijn woeste aanleg om zombies te vernietigen.

'Gauw.' Martinez puft aan zijn peuk. 'Ik zal het jullie vanavond laten weten.'

'Waar?' vraagt een andere samenzweerder, een oudere man in een dikke wollen jekker met sjaal, die door iedereen de Zweed wordt genoemd. Zijn wilde bos blond haar, zijn leerachtige gezicht en zijn grote borstkas waarover altijd patroongordels gekruist zitten, geven hem het uiterlijk van een Franse verzetsstrijder uit de Tweede Wereldoorlog.

Martinez kijkt hem aan. 'Ik laat het jullie weten.'

De Zweed slaakt een vermoeide zucht. 'We zetten hiermee ons leven op het spel, Martinez. Het lijkt me dat je ons dan ook wel wat details mag geven, zodat we weten waar we aan beginnen.'

Ook een zwarte man, die Broyles heet en een bodywarmer draagt, laat van zich horen. 'Er is een reden dat hij ons de details niet geeft, Zweed.'

'Ja? Waarom dan?'

Broyles kijkt de Zweed strak aan. 'Foutmarge.'

'Nog een keer?'

Broyles kijkt Martinez aan. 'Te veel te verliezen, voor het geval iemand van ons wordt opgepakt voordat we het gaan doen, en dan gemarteld wordt en zo.'

Martinez knikt en rookt zijn sigaartje. 'Zoiets... ja.'

Een vierde man, een voormalig automonteur uit Macon genaamd Taggert, doet ook een duit in het zakje. 'En hoe zit het met zijn steun en toeverlaten?'

'Bruce en Gabe?' vraagt Martinez.

'Ja... denk je dat we ze kunnen overhalen?'

Martinez neemt nog een haal van zijn sigaartje. 'Wat denk jíj?'

Taggert haalt zijn schouders op. 'Ik denk niet dat ze ooit met zoiets als dit zullen meegaan. Blake heeft ze zo diep in zijn zak zitten dat ze 's avonds voor hem gorgelen.'

'Precies.' Martinez haalt diep adem. 'Daarom moeten we ze ook als eerste uitschakelen.'

'Als je het mij vraagt,' mompelt Stevie, 'hebben de meeste mensen in dit stadje geen klachten over de Governor.'

'Hij heeft gelijk,' stemt de Zweed nerveus knikkend in. 'Volgens mij vindt negentig procent van deze mensen die klootzak écht een geschikte vent en vinden ze het allemaal wel prima hoe de zaken hier geregeld zijn. Zolang de voorraadkamer maar vol blijft, de muur overeind blijft staan en de voorstelling doorgaat... het is net zoals de Duitsers in de jaren dertig, toen die vervloekte Adolf Hitler...'

'Oké, zo kan-ie wel weer!' Martinez gooit zijn sigaar op de cementstenen vloer en drukt hem uit met de punt van zijn waterlaars. 'Luister naar me... allemaal.' Hij kijkt iedere man in de ogen, terwijl hij hen op monotone en van nervositeit doorspekte toon toespreekt. 'Dit gáát gebeuren, en het zal snel en beslissend zijn... want anders zullen we in die slachthuisruimte belanden om als zombievoedsel in stukken te worden gehakt. Hij gaat een ongeluk krijgen. Dat is alles wat jullie op dit moment hoeven te weten. Als je eruit wilt stappen, dan is dáár de deur. Ik zal het niemand kwalijk nemen. Nu is je kans.' Zijn toon wordt iets milder. 'Jullie zijn altijd harde werkers geweest, eerlijke mannen... en vertrouwen ligt hier niet bepaald voor het oprapen. Als je me de hand wilt schudden en dit voorbij wilt laten gaan, dan heb ik daar geen probleem mee. Maar doe het dan nu. Want als dit eenmaal van start gaat, dan is het niet meer terug te draaien.'

Martinez wacht.

Niemand zegt iets, niemand gaat weg.

Die nacht keldert de temperatuur en neemt de wind uit het noorden in kracht toe. Schoorstenen spuwen houtrook uit boven de hoofdstraat van Woodbury, en de generators draaien overuren. In het westen branden de grote booglichten boven het racecircuit nog altijd en worden de laatste voorbereidingen getroffen voor de grote wereldpremière van morgenavond.

Lilly Caul is alleen in haar woning boven de stomerij en legt een paar handvuurwapens en extra munitie op haar beddensprei: twee .22 Ruger Lite automatische pistolen, met een reservemagazijn en een doos Stingers, 32 grain. Martinez heeft haar de wapens gegeven en heeft haar bovendien kort uitgelegd hoe ze de magazijnen moet herladen.

Ze doet een stap naar achteren en staart met iets toegeknepen ogen naar de met goud belegde pistolen. Haar hart gaat sneller kloppen en haar keel wordt droog onder invloed van dat oude, vertrouwde paniekgevoel en door gebrek aan zelfvertrouwen. Ze neemt afstand. Ze sluit haar ogen en slikt haar angst door. Ze opent haar ogen weer en houdt haar rechterhand omhoog. Ze bestudeert hem alsof hij aan iemand anders toebehoort. Haar hand trilt niet. Hij is rotsvast.

Ze zal de komende nacht en misschien ook wel die daarop geen minuut slaap krijgen.

Ze trekt een grote plunjezak onder het bed vandaan en pakt er de wapens, de munitie, een machete, een zaklantaarn, nylon touw, slaappillen, duct tape, een blikje Red Bull, een aansteker, een rol plastic zeil, vingerloze handschoenen, een verrekijker en een extra bodywarmer in. Ze ritst de plunjezak dicht en schuift hem weer onder het bed.

Over minder dan vierentwintig uur vindt de missie plaats die de loop van hun leven zal veranderen.

Lilly pakt zich warm in en trekt een gewatteerde jas en geïsoleerde laarzen aan, en ze zet ook nog een gebreide muts op. Ze controleert de opwindwekker op haar nachtkastje.

Vijf minuten later, om 23.45 uur, sluit ze haar appartement af en gaat naar buiten.

Het stadje ligt er verlaten bij op de koude late avond, en de lucht is doordrongen van de scherpe geur van zwavel en bevroren zout. Lilly moet voorzichtig lopen over de met een laag ijs bedekte trottoirs, en haar laarzen knerpen luid. Ze kijkt over haar schouder. De straten zijn verlaten. Ze loopt om het postkantoor heen naar Bobs flatgebouw.

De houten trap waaraan Megan zich heeft verhangen zit onder het ijs na het noodweer en maakt krakende en knappende geluiden, terwijl Lilly voorzichtig de treden beklimt.

Ze klopt op Bobs deur. Geen reactie. Ze klopt nog een keer. Weer niets. Ze fluistert Bobs naam, maar er volgt geen antwoord en er klinkt binnen geen enkel geluid. Ze probeert de deurhendel en ontdekt dat de deur niet op slot zit. Ze laat zichzelf binnen.

Het is stil in de donkere keuken, en de vloer ligt bezaaid met gebroken borden, aardewerk en plasjes gemorste vloeistoffen. Even vraagt Lilly zich af of ze een vuurwapen had moeten meenemen. Ze speurt de woonkamer rechts van haar af en ziet omgevallen meubels en bergen vuile was.

Ze vindt een lantaarn op batterijen op een aanrechtblad, pakt hem op en schakelt hem aan. Ze loopt dieper het appartement in en roept: 'Bob?'

Het licht van de lantaarn glinstert op glasscherven op de vloer van de gang. Een van Bobs dokterstassen ligt op zijn kop op het tapijt, en de inhoud ligt over de vloer verspreid. Op de muur glinstert iets kleverigs. Lilly onderdrukt haar angst en loopt verder.

'Is er iemand?'

Ze tuurt de slaapkamer aan het einde van de gang in en ziet Bob met gebogen hoofd op de vloer tegen het onopgemaakte bed geleund zitten. Hij is gekleed in een smerig mouwloos T-shirt en een boxershort, en zijn magere benen zijn zo wit als albast. Hij zit stokstijf stil, en heel even krijgt Lilly de indruk dat hij dood is.

Maar dan ziet ze zijn borst langzaam rijzen en dalen, en ziet ze ook de halflege fles Jim Beam losjes in zijn lamme rechterhand rusten.

'Bob!'

Ze rent naar hem toe en tilt teder zijn hoofd op, dat ze vervolgens tegen het bed laat rusten. Zijn vette, dunner wordende haar zit in de war en zijn slaapkamerogen zijn bloeddoorlopen en glazig. Hij mompelt zoiets als: 'Het zijn er te veel... ze zullen...'

'Bob, ik ben het, Lilly. Kun je me horen? Bob? Ik ben het, Lilly.'

Zijn hoofd begint weer te hangen. 'Ze zullen sterven... bij de ergsten doen we zelfs geen triage...'

'Bob, wakker worden. Je hebt een nachtmerrie. Het is in orde, ik ben bij je.'

'Krioelend van de maden... te veel... afgrijselijk...'

Ze komt overeind, draait zich om en loopt snel de kamer uit. In de smerige badkamer aan de overkant van de gang laat ze wat water in een vies bekertje lopen en komt weer terug met het water. Ze pakt kalm de fles drank uit Bobs hand en gooit hem door de kamer, zodat hij tegen de muur uiteenspat en het behang met koolroosmotief bespat. Bob schrikt op van het lawaai.

'Hier, drink dit maar op,' zegt ze, en ze geeft hem wat water. Hij slikt het hoestend door. Hij zwaait krachteloos met zijn handen tijdens het hoesten. Hij probeert zich op haar te concentreren, maar zijn ogen willen niet meewerken. Ze streelt zijn koortsige voorhoofd. 'Ik weet dat je verdriet hebt, Bob. Het gaat goed komen. Ik ben er nu. Kom op.'

Ze tilt hem onder zijn oksels op, krijgt het dode gewicht van zijn lichaam omhoog en vervolgens op het bed. Ze legt zijn hoofd op het kussen. Ze stopt zijn benen onder het dekbed, trekt de deken dan op tot zijn kin en zegt zacht tegen hem: 'Ik weet hoe zwaar het voor je was, het verlies van Megan en alles, maar je moet gewoon niet opgeven.'

Hij fronst zijn voorhoofd en krijgt een gefolterde uitdrukking op zijn bleke, diep doorgroefde, betrokken gezicht. Zijn ogen zoeken het plafond af. Hij ziet eruit als iemand die levend begraven is en probeert adem te halen. Hij spreekt onduidelijk. 'Ik heb nooit gewild... nooit... het was niet mijn idee om...'

'Het is goed, Bob. Je hoeft niets te zeggen.' Ze streelt zijn voorhoofd en praat op zachte, milde toon. 'Je hebt het juiste gedaan. Het gaat allemaal in orde komen.' Ze streelt zijn wang, en het grijsharige vlees voelt koud aan onder haar vingertoppen. Ze begint zachtjes te zingen. Ze zingt 'The Circle Game' van Joni Mitchell voor hem, net als vroeger in het tentenkamp.

Bob laat zijn hoofd op het van zweet vochtige kussen rusten, en zijn ademhaling begint gelijkmatiger te worden. Zijn oogleden vallen dicht. Net zoals vroeger. Hij begint te snurken. Lilly zingt door tot lang nadat hij is ingeslapen.

'We gaan hem onttronen,' zegt Lilly heel zacht tegen de slapende man.

Ze weet dat hij helemaal niets meer kan horen van wat ze zegt, als hij dat al ooit kon. Lilly praat nu tegen zichzelf. Ze praat tegen een diep begraven deel van haar psyche.

'Het is nu niet meer terug te draaien... we gaan hem onttronen...'

Lilly's stem sterft weg, en ze besluit zelf ook een deken te pakken en de rest van die nacht naast het bed van Bob te wachten op het aanbreken van de beslissende dag.

17

De volgende dag begint de Governor al vroeg met de allerlaatste voorbereidingen voor de grote show. Hij staat voor zonsopgang op, kleedt zich snel aan, zet koffie en voert Penny het laatste van zijn voorraad menselijke ingewanden. Rond zeven uur staat hij buiten en gaat hij op weg naar de woning van Gabe. De pekelploeg is al bezig met de trottoirs, en het weer is verrassend mild gezien de gebeurtenissen van de week ervoor. Het kwik is gestegen tot een graad of tien, de lucht is wat opgeklaard en heeft zich misschien zelfs wel gestabiliseerd. Nu drijft er een plafond van lichtgrijze, cementkleurige wolken. Er is heel weinig wind op deze vroege morgen, en deze ontluikende dag lijkt de Governor helemaal perfect voor een avond met nieuwe en verbeterde gladiatorengevechten.

Gabe en Bruce regelen het vervoer van zombies die in de detentiecellen onder het circuit worden vastgehouden. Ze doen er een paar uur over om de wezens boven naar de verzamelplaatsen te brengen, niet alleen omdat de lopers onhandelbare bruten zijn, maar ook omdat de Governor het allemaal in het geheim wil doen. De onthulling van de Ring des Doods doet het showbizzbloed van de Governor sneller stromen, en hij wil dat de openbaringen van die avond de menigte zullen verbijsteren. Hij is ook het grootste gedeelte van de middag nog in de arena, waar hij het vallen van de toneelgordijnen meerdere keren controleert en het geluidssysteem, de muziekband en de lichten test. Hij controleert de toegangspoorten, de sloten en de beveiliging. En als laatste, maar zeker niet het onbelangrijkste, neemt hij een kijkje bij de deelnemers.

Zorn en Manning, de twee gardisten die nog in leven zijn, zitten nog altijd weg te kwijnen in hun ondergrondse detentiecel. Ze hebben het meeste van hun lichaamsvet en hun spierweefsel verloren. Ze teren al maanden op etensresten, muffe crackers en water. Ze zitten vierentwintig uur per dag aan de muur geketend en zien eruit als levende skeletten, die nog maar weinig van hun gezonde verstand hebben weten te bewaren. Het enige wat hen redt is hun militaire training, dát en hun woede, die in de weken van hun martelende gevangenschap aan hen is gaan knagen en allesomvattend is geworden, zodat ze zijn veranderd in woeste geestverschijningen vol wraaklust.

Met andere woorden: als ze de kelen van hun overweldigers niet kunnen verscheuren, nemen ze net zo lief genoegen met de tweede keus door elkaar te lijf te gaan.

De gardisten zijn het laatste puzzelstukje, en de Governor wacht tot de laatste minuut met hun transport. Gabe en Bruce roepen drie van hun sterkste werkmannen op om de detentiecel in te gaan en de soldaten te injecteren met trapanal, zodat ze wat rustiger zijn tijdens hun vervoer. Ze hoeven niet ver te gaan. De twee worden met leren riemen om hun hals, mond, polsen en enkels voortgesleept en na een reeks ijzeren traptreden te hebben beklommen naar de centrale hal op straatniveau gesleurd.

Ooit doolden er racefans door deze cementen gangen, waar ze T-shirts, worstenbroodjes, bier en suikerspinnen kochten. Nu zijn deze tunnels in eeuwige duisternis gehuld en zijn ze dichtgespijkerd en met hangsloten beveiligd. Ze worden gebruikt als tijdelijke opslagplaats voor alles van brandstoftanks tot verzegelde kartonnen dozen met van de doden gejatte waardevolle spullen.

Tegen halfzeven 's avonds is alles gereed. De Governor geeft Gabe en Bruce opdracht zich elk in een van de twee uitgangstunnels aan weerszijden van de arena op te stellen. Ze moeten erop letten dat er geen onhandelbare deelnemers, en trouwens ook geen verdwaalde zombies, vandoor proberen te gaan. De Governor is tevreden met al zijn voorbereidingen en loopt terug naar huis om zijn showoutfit aan te trekken. Hij kleedt zich helemaal in het zwart: een zwart leren vest, een leren broek, leren motorlaarzen en een leren bandje om zijn paardenstaart. Hij voelt zich een rockster. Hij completeert het geheel met zijn karakteristieke kamerjas.

Kort na zevenen beginnen de meer dan veertig inwoners van Woodbury het stadion te vullen. Op alle eerder in de week op telefoonpalen vastgeniete en aan winkelramen vastgeplakte posters staat als aanvangstijd halfacht vermeld, maar iedereen wil een goede plaats hebben, beneden vooraan in het midden van de tribunes. Ze willen rustig gaan zitten, nog iets te drinken halen en hun dekens en kussens goed neerleggen.

Door het milde weer staat iedereen opgewonden te praten, terwijl de aanvangstijd nadert.

Om 19.28 uur worden de toeschouwers die op een kluitje rond de voorste tribunes staan stil. Sommige mensen staan met hun gezicht tegen het harmonicagazen hek gedrukt op de waarschuwingsstrook. De jongste mannen staan vooraan, terwijl de vrouwen, de stelletjes en de oudere inwoners verspreid over de hogere rijen hebben plaatsgenomen, met dekens om zich heen om de lichte kou te weren. Elk van de gezichten weerspiegelt de wanhopige behoefte aan drugs van een junkie met afkickverschijnselen: grimmig, uitgewrongen en gejaagd. Ze voelen dat er iets buitengewoons staat te gebeuren. Ze ruiken bloed op de wind.

De Governor zal niet teleurstellen.

Om precies halfacht op het automatische Fossil-horloge van de Governor begint de muziek in het stadion onder het onophoudelijke gejank van de wind te kruipen. Het begint eerst zacht en zwak uit de luidsprekers van het geluidssysteem te klinken, een basakkoord zo diep als een onderaardse beving. Velen kennen de ouverture, ook al zouden maar weinig mensen het eigenlijke symfonische gedicht *Also sprach Zarathustra* van Richard Strauss bij naam kunnen noemen. De meeste mensen kennen het stuk als het thema uit *2001: A*

Space Odyssey. De bulderende bastonen van de blazers komen een voor een op en bouwen voort op dramatisch trompetgeschal.

Er verschijnt een lichte sluier van sneeuw hoog in het licht van de booglampen, van waaruit één bundel het midden van het modderige binnenveld beschijnt en een magnesiumwitte lichtpoel ter grootte van een maankrater veroorzaakt. Wanneer de Governor de lichtkegel inloopt, begint de menigte collectief te brullen.

Hij steekt een hand in de lucht, een koninklijk, melodramatisch gebaar, terwijl de muziek naar de grote, finale climax toewerkt en de wind met de achterpanden van zijn kamerjas speelt. Zijn laarzen zinken vijftien centimeter in de drek, en het binnenveld is een moeras van met regen doordrenkte aarde. Volgens hem zal de modder alleen maar meer drama opleveren.

'Vrienden! Mede-ingezetenen van Woodbury!' brult hij in een microfoon die in verbinding staat met een geluidsinstallatie achter hem. Zijn baritonstem rijst op in de avondlucht, en de echo weerkaatst tegen de lege tribunes aan weerszijden van de arena. 'Jullie hebben hard gewerkt om dit stadje draaiende te houden! Jullie zullen daar zo direct voor worden beloond!'

Ruim veertig stemmen kunnen een enorm kabaal maken, ook al staan de stembanden en de geestelijke gezondheid van de mensen onder grote druk. Het loeiende geschreeuw wervelt op de wind.

'Zijn jullie klaar voor wat keiharde actie vanavond?'

Er klinkt een kakofonie van hyenagejank en wild gejuich op vanaf de tribunegalerij.

'Breng de deelnemers binnen!'

Reusachtige volgspots lichten op aan de bovenrijen, met een geluid alsof er een enorme lucifer wordt aangestoken, en de bundels zwaaien omlaag naar de arena. De zilverkleurige lichtbundels belanden een voor een op reusachtige gordijnen van tentdoek, die elk een van de vijf over de benedenring verspreide gangpaden bekleedt.

Aan de overkant van het stadion rolt een soort garagedeur open, waarna Zorn, de jongste van de twee gardisten, in de schemering van het gangpad verschijnt. Hij heeft provisorische schoudervullingen en scheenbeschermers om en een grote machete in zijn hand. Hij staat te trillen van sluimerende waanzin. Hij begint over de waarschuwingsstrook naar het midden van het binnenveld te lopen. Hij heeft een woeste uitdrukking op zijn gezicht en beweegt zich stijf en schokkend voort; een krijgsgevangene die voor het eerst in vele weken los mag.

Bijna tegelijkertijd gaat als een spiegelbeeld van Zorns entree de garagedeur aan de overkant van het stadion met een ruk open, waarna Manning, de oudere soldaat met het wilde grijze haar en de bloeddoorlopen ogen, uit de schaduw tevoorschijn komt. Manning heeft een enorm grote strijdbijl vast en ploetert door de modder op een manier die wel iets van een zombie weg heeft.

Terwijl de twee strijders elkaar in het midden van de ring naderen, brult de Governor in de microfoon: 'Dames en heren, ik presenteer u met grote trots: de Ring des Doods!'

De menigte houdt collectief de adem in, wanneer plotseling, en wederom op het afgesproken moment, de gordijnen langs de omtrek van het circuit omlaag vallen en er groepjes grauwende, ontbindende en hongerige zombies tevoorschijn komen. Sommige toeschouwers springen overeind op de tribunes en willen instinctief vluchten, terwijl de bijters uit hun tunnelpoorten komen hotsen en hun armen naar het mensenvlees uitstrekken.

De bijters komen tot halverwege het binnenveld, met hun onbeholpen, schuifelende tred tot diep in de modder, maar dan bereiken ze het einde van hun ketting. Sommige van hen worden zo erg overvallen door hun begrensde vrijheid dat ze onderuit getrokken worden en op komische wijze in de modder belanden. Andere grommen boos en zwaaien met hun dode armen naar de menigte en uit razernij over het algehele onrecht van hun aangelijnde gevangenschap. De menigte juicht.

'Laat de strijd beginnen!'

In het midden van het binnenveld valt Zorn Manning aan voordat de andere man er klaar voor is, en zelfs nog voordat de Governor kans heeft gezien veilig de aftocht te blazen. De oudere soldaat heeft amper de tijd om de hakbeweging met zijn wapen te blokkeren.

De machete glijdt omlaag en schampt de kop van de bijl in een vonkenregen.

De menigte juicht, terwijl Manning achterwaarts de modder in wankelt, door de drek glijdt en de dichtstbijzijnde zombie tot op enkele centimeters nadert. De loper is woest van de bloeddorst en hapt met zijn kaken naar Mannings enkels, terwijl de ketting het wezen amper kan houden. Manning vecht om weer overeind te komen, en zijn gezicht straalt doodsangst en waanzin uit.

De Governor glimlacht in zichzelf, terwijl hij het binnenveld verlaat en door een van de poorten naar buiten loopt.

Het lawaai van de menigte weergalmt overal om hem heen in de donkere tunnel, waar hij in het door cement omgeven schemerduister in zichzelf loopt te grinniken. Hij stelt zich voor hoe geweldig het zou zijn als een van de gardisten voor de ogen van het publiek zou worden gebeten, waarna hij daadwerkelijk in een zombie zou veranderen tijdens het gevecht. Dat zou pas entertainment zijn.

Hij slaat een hoek om en ziet een van zijn mannen naast een verlaten eetstalletje staan en een magazijn in een AK-47 laden. De jongeman, een uit zijn krachten gegroeide boerenzoon uit Macon met een sjofele gewatteerde jas aan en een gebreide muts op, kijkt op van zijn wapen. 'Hé, Gov... Hoe gaat het daarbinnen?'

'Spanning en sensatie, Johnny, spanning en sensatie,' zegt de Governor met een knipoog in het voorbijlopen. 'Ik ga even kijken hoe het Gabe en Bruce bij de uitgangen vergaat... Let jij erop dat die lopers op het binnenveld blijven en niet weer afdwalen naar de toe-gangspoorten?'

'Zal ik doen, baas.'

De Governor loopt door, slaat nog een hoek om en loopt met ferme pas een verlaten tunnel in.

Het gedempte lawaai van de menigte weergalmt in golven door de donkere gang, terwijl hij naar de oostelijke uitgang loopt. Hij begint te fluiten en voelt zich super, maar dan houdt hij ineens op met fluiten en gaat hij langzamer lopen, terwijl hij instinctief naar de .38 met korte loop tussen zijn riem grijpt. Hij krijgt opeens het gevoel dat er iets niet klopt.

Hij blijft abrupt staan in het midden van de tunnel. De oostelijke uitgang is net te zien om een hoek een meter of zes verderop, en is compleet verlaten. Nergens een spoor te bekennen van Gabe. De buitenpoort, een verticale deur gemaakt van houten latten, is naar beneden getrokken voor de opening, en er sijpelen dunne straaltjes fel licht van de koplampen van een stationair draaiend voertuig doorheen.

Op dat moment ziet de Governor de loop van een M1-aanvalsgeweer op de grond liggen. Hij steekt net om de hoek uit. Het is het geweer van Gabe, en het ligt er onbeheerd bij.

'Godverdomme!' barst de Governor uit. Hij trekt zijn wapen en draait om zijn as.

De blauwe vonken van een stroomstootwapen knetteren in zijn gezicht, en hij wordt naar achteren geworpen.

Martinez komt snel naar hem toe, met het stroomstootwapen in zijn ene hand en een zware leren knuppel in zijn andere hand, terwijl de Governor door een klap van vijftig kilovolt achteruit wankelt en tegen een muur smakt, zodat zijn .38 uit zijn hand vliegt.

Martinez geeft een harde klap met de knuppel tegen de slaap van de Governor, en de doffe knal klinkt als een onwelluidende klok. De

Governor stuiptrekt tegen de muur en slaat wild om zich heen. Hij weigert neer te gaan. Hij schreeuwt het uit met de onverstaanbare woede van iemand die een beroerte heeft gehad, en de aderen in zijn hals en zijn slaap zwellen op, terwijl hij naar Martinez trapt.

De Zweed en Broyles bezetten elk een flank achter Martinez en staan klaar om met het touw en het zware plakband aan te komen. Martinez slaat de Governor nogmaals met de knuppel, en deze keer doet het stompe voorwerp zijn werk.

De Governor verstijft en glijdt op de grond, en zijn ogen rollen naar achteren in zijn hoofd. De Zweed en Broyles omsingelen het trillende, schokkende lichaam, dat in foetushouding opgekruld op het cement ligt.

Ze hebben de Governor in minder dan een minuut vastgebonden, geketend en gekneveld met de duct tape. Martinez geeft door kort te fluiten een teken aan de mannen buiten de poort, waarna de met latten betimmerde deur ineens omhoogschiet.

'Ik tel tot drie,' mompelt Martinez, die zijn stroomstootwapen in een holster steekt en de knuppel achter zijn riem schuift. Hij pakt de met touw vastgebonden enkels van de man vast. 'Eén, twee... dríé!'

Broyles pakt de Governor bij zijn schouders, Martinez tilt zijn benen op en de Zweed leidt ze door de poort de koude wind in naar de achterkant van de stationair draaiende dichte bestelwagen.

De achterklep staat al wijd open. Ze schuiven het lichaam naar binnen.

Binnen enkele seconden zijn de mannen de raamloze bestelbus ingeklommen en hebben ze alle deuren dichtgeslagen, waarna het voertuig achteruit schiet en van de poort wegrijdt.

De gesloten bestelwagen komt abrupt tot stilstand, wordt in *drive* gezet en scheurt weg.

En seconden daarna is alles wat er nog buiten de ingang van het racecircuit van te zien is een oplossende wolk koolmonoxide.

'Wakker worden, gestoorde klootzak!' Lilly geeft de Governor een klap, en de ogen van de man op de vloer van de volle bestelbus gaan knipperend open, terwijl ze het stadje uit rammelen.

Gabe en Bruce zijn geboeid en gekneveld en zitten vlak bij de voorwand van de volgestouwde laadruimte, hun monden bedekt met duct tape. De Zweed houdt een .45 Smith & Wesson gericht op de mannen, die met opengesperde ogen onderzoekend om zich heen kijken. Tegen de wanden van de laadruimte staan kartonnen verpakkingen met militaire voorraden en materieel; alles van pantserdoorborende munitie tot brandbommen.

'Rustig aan, Lilly,' waarschuwt Martinez haar, waarna hij met een walkietalkie in zijn gehandschoende hand bij de voorwand op zijn hurken gaat zitten. Zijn gezicht staat strak van de zenuwen, als van een ketter die in opstand komt tegen de kerk. Martinez wendt zijn gezicht af, druk de spreekknop in en zegt zacht: 'Gewoon de Jeep volgen, en laat de lichten uit, en laat het me weten als je een dwaalgast ziet.'

De Governor komt in etappes weer bij bewustzijn. Hij knippert met zijn ogen en kijkt onderzoekend om zich heen. Hij probeert uit hoe stevig de elastieken boeien, het nylon touw en de strak over zijn mond geplakte duct tape vastzitten.

'Ik wil dat je dit hoort, Blake,' zegt Lilly tegen de man op de golfplaten vloer. '"Governor"... "president"... "nepkoning"... hoe je jezelf dan ook noemt. Denk je soms dat je een soort verlicht despoot bent?'

De ogen van de Governor schieten nog steeds alle kanten op in de besloten ruimte van de bestelwagen, zonder zich op één bepaald ding te richten, zoals bij een ingesloten dier op de slachtvloer.

'Mijn vrienden hádden niet hoeven sterven,' gaat Lilly verder, terwijl ze boven de Governor opdoemt. Haar ogen worden kort wazig, en daar schaamt ze zich voor. 'Je had iets geweldigs van dit stadje kunnen maken... een plek waar mensen in veiligheid en harmonie met elkaar zouden kunnen leven... in plaats van deze gestoorde, zieke freakshow die het is geworden.'

Bij de voorwand drukt Martinez de spreekknop weer in. 'Stevie, zie je al iets?'

De stem van de jongeman kraakt door de luidspreker. 'Nee... nog niets... wacht!' Er klinkt geruis en daarna geritsel. Stevies stem is nu op grotere afstand van de microfoon te horen. 'Wat is dát in godsnaam?'

Martinez drukt de knop weer in. 'Stevie, herhaal dat nog eens, ik heb je niet verstaan.'

Ruis... ritselende geluiden.

'Stevie! Hoor je me? Ik wil niet te ver buiten het stadje komen!'

Door de ruis heen is af en toe het sissende geluid van Stevies stem te horen. 'Stop, Taggert... stop!... wat krijgen we nou! Wat is dát!'

Lilly wrijft in haar ogen en kijkt de Governor dan strak aan. 'Seks voor voedsel? Echt? Werkelijk? Is dat die geweldige samenleving van je...'

'Lilly!' brult Martinez tegen haar. 'Ophouden! We hebben een probleem!' Hij drukt de spreekknop in. 'Broyles, stop de bestelwagen!'

Inmiddels hebben de ogen van de Governor die van Lilly gevonden, en de nu volledig wakkere man staart haar aan met een stille woede, die gaten in haar ziel brandt. Maar dat maakt haar niet uit; ze merkt het niet eens.

'Al die gevechten en zelfmoorden, en de angst die iedereen totaal verlamt...?' Ze heeft zin om naar hem te spugen. 'Is dit verdomme jouw idee van een geméénschap...?'

'Lilly! Godverdomme!' Martinez draait zich om en kijkt haar aan. 'Wil je nu alsjeblieft...'

De bestelwagen komt gierend tot stilstand. Martinez knalt met zijn rug tegen het brandschot en Lilly tuimelt over de Governor heen tegen een stapel munitiedozen. De kartonnen verpakkingen vallen om, en Lilly ligt languit op de vloer. De walkietalkie belandt tollend tegen een plunjezak. De Governor rolt van zijn ene zij op de andere, en de duct tape over zijn mond begint los te raken.

De stem van Broyles knettert uit de luidspreker. 'Ik zie een loper!'

Martinez kruipt naar de walkietalkie, pakt hem op en drukt de spreekknop in. 'Wat gebeurt er verdomme allemaal, Broyles? Waarom trapte je zo keihard op de...'

'Nog één!' knettert de stem uit de kleine luidspreker. 'Er komen er een paar uit de... O, kut... o, kut... ó, kút!'

Martinez drukt de knop in. 'Broyles, wat gebeurt er in godsnaam?'

'Er zijn er meer dan we...' klinkt er via de radio.

Zijn stem wordt even overstemd door geruis, maar dan breekt Stevies stem ineens door het lawaai heen. 'Jezus christus, er komt een heel zooitje uit de...' Er knettert weer even witte ruis. 'Ze komen uit de bossen, man, en ze blijven komen...'

'Stevie, zeg eens iets! Moeten we ze dumpen en weer teruggaan?' schreeuwt Martinez in de microfoon.

Meer geruis.

'Stevie! Hoor je me? Moeten we omkeren?'

Nu horen ze Broyles weer: 'Te veel, baas! Ik heb er nog nooit zoveel in één...'

Er klinkt geruis en vervolgens een schot met een vuurwapen en het geluid van barstend glas. Het weerklinkt buiten de wanden van de bestelbus, en Lilly komt snel overeind. Ze beseft wat er aan de hand is en haalt de Ruger tussen haar broeksriem vandaan. Ze houdt hem in haar hand en spant de slede, waarna ze over haar schouder kijkt. 'Martinez, roep je mannen terug, haal ze hier weg!'

Martinez drukt met zijn duim op de knop. 'Stevie! Kun je me horen?! Kom hierheen, trek je terug! Draai om! We vinden wel een andere plek! Kun je me horen? Stévie!'

Stevies angstige geschreeuw knettert uit de luidspreker, vlak voordat er een tweede salvo automatisch geweervuur in de lucht klinkt, dat wordt gevolgd door het angstaanjagende geluid van verwrongen staal. Dan horen ze een enorme dreun.

'Wacht!' klinkt de stem van Broyles. 'Ze hebben zijn voertuig gekanteld! Het zijn er verdomme te veel! Wacht! We zijn eraan, jongens! We zijn er helemaal geweest!'

De bestelbus schokt wanneer hij in zijn achteruit wordt gezet en naar achteren wegschiet. De middelpuntzoekende kracht werpt iedereen naar voren tegen het brandschot. Lilly knalt met haar schouder tegen het rek met geweren en stoot er een vijftal karabijnen uit, die als aanmaakhout op de vloer vallen. Gabe en Bruce rollen weg en knallen tegen elkaar. Zonder dat de anderen het in de gaten hebben, heeft Gabe zijn vingers onder een boei van Bruce weten te krijgen, waaraan hij nu begint te rukken. De knevel van Bruce is losgekomen en hij begint haspelend te schreeuwen. 'Vuile klootzakken, nu gaan we er allemáál aan!'

De bestelbus hobbelt over iets op de weg, en dan nog een keer, en nog een keer... en de vochtige, gedempte klappen doen het chassis schudden. Lilly houdt met haar vrije hand de handgreep aan de zijwand vast en speurt de laadruimte af.

Martinez haast zich op handen en knieën naar de gevallen walkietalkie, terwijl de zwarte man spuugt en vloekt en de Zweed de loop van zijn .45 op de kale zwarte man gericht houdt. 'Hou verdomme je muil!'

'Jullie klóótzakken hebben niet eens...'

De achterkant van de bestelbus ramt een onbekend voorwerp en begint snelheid te verliezen. De achterwielen slippen door op iets glibberigs en kleverigs op de weg, en door de G-krachten wordt iedereen in de hoek gesmeten. Er vliegen vuurwapens door de laadruimte, en de Governor rolt tegen een stapel kartonnen dozen, die boven op hem vallen. De duct tape hangt nu aan zijn kin, en hij begint boos te schreeuwen, maar wordt dan ineens stil.

Iedereen wordt stil, terwijl de bestelbus daar een moment onbeweeglijk stilstaat.

Dan begint het hele voertuig te schokken. Iedereen schrikt op van de zijwaartse, rukkende beweging. Uit de gevallen walkietalkie klinkt de krakende stem van Broyles, die zoiets als 'te veel' en 'ik stap uit' zegt. Dan doorklieft het gebulder van Broyles' AK-47 in de cabine de stilte, gevolgd door een explosie van gebroken glas en een menselijke gil.

Dan wordt het weer stil. En rustig. Door de wanden van de gesloten bestelwagen is alleen het lage, brommende, slijmerige gekreun van honderden dode stemmen te horen, dat klinkt alsof er buiten het busje een reusachtige turbinemotor staat te brommen. Er botst weer iets tegen het voertuig aan, zodat het met een hevige schok opzij wordt gerukt.

Martinez grijpt een aanvalsgeweer van de wand, klapt de handgreep naar achteren en duikt naar de achterklep. Hij pakt de deurhendel vast, maar hoort dan een lage, door whisky gerijpte stem achter zich.

'Dat zou ik niet doen als ik jou was.'

Lilly kijkt omlaag en ziet dat de knevel van de Governor loszit. Hij gaat met moeite rechtop tegen de wand zitten, en zijn donkere ogen gloeien. Lilly richt haar Ruger op hem. 'Jij geeft hier de bevelen niet meer,' deelt ze hem tussen op elkaar geklemde kaken mee.

De bestelwagen wordt weer opzij gerukt. De grommende stilte duurt voort.

'Jullie kleine plannetje loopt helemaal in de soep,' zegt de Governor met sadistisch genoegen. Zijn gelaatstrekken trillen nog altijd na van de stroomstoot.

'Kop dicht!'

'Jullie dachten dat jullie ons hier konden achterlaten en ons aan de bijters konden voeren, zonder dat iemand er ook maar iets van zou hoeven weten.'

Lilly zet de loop van de .22 tegen zijn voorhoofd. 'Ik zei: kop dicht, verdomme!'

De bestelbus schokt weer. Martinez staat er verlamd door besluiteloosheid bij. Hij draait zich om en begint iets tegen Lilly te zeggen, maar dan wordt iedereen verrast door een waas van abrupte beweging bij de voorwand.

Het is Bruce gelukt zijn handen los te krijgen en hij haalt ineens uit naar de Zweed, zodat het pistool uit de hand van de oudere man wordt geslagen. De .45 gaat af op het moment dat hij op de vloer klettert, en de knal is zo hard dat hij trommelvliezen scheurt. Het schot gutst een gleufje in de ijzeren vloer en schampt de linkerlaars van de Zweed. De oudere man schreeuwt het uit en knalt tegen de achterwand.

Voordat Martinez of Lilly kunnen schieten, heeft de grote zwarte man het nog hete .45-pistool opgepakt en schiet hij in één soepele beweging drie kogels in de borst van de Zweed. Bloed besproeit de golfplaten zijwand achter de oude man, terwijl hij kronkelend naar adem hapt en op de vloer in elkaar zakt.

Martinez draait zich bij de achterwand om naar de zwarte man en vuurt twee snelle, beheerste salvo's af in zijn richting. Maar Bruce heeft dan al dekking gezocht achter stapels kartonnen dozen. De kogels vreten zich door karton, metaal en glaswol heen, zodat er een reeks gedempte explosies in de dozen plaatsvindt, waardoor er wolkjes houtsnippers, vonken en papier als meteoren door de lucht schieten.

Iedereen duikt naar de grond. Bruce krijgt zijn lange jachtmes te pakken, een wapen dat hij tegen zijn enkel had verstopt, en wil de boeien van Gabe gaan lossnijden. Dan gebeurt er ineens van alles tegelijk in de laadruimte. Lilly richt haar Ruger op de twee zware jongens voorin, Martinez duikt naar Bruce toe en de Governor schreeuwt iets van: 'Maak ze niet dóód!' Gabe is inmiddels los en haalt met zijn mes uit naar Martinez, die zijn aanval ontwijkt en dan tegen Lilly aan botst, zodat ze tegen de deuren van de achterklep knalt.

Door de klap van Lilly's lichaam tegen de dubbele deuren schiet de klink los.

De deuren barsten plotseling en onverwacht open, zodat een zwerm bewegende lijken de bestelbus kan binnenkomen.

18

Een grote vergane bijter in een gescheurd ziekenhuisschort heeft het op Lilly gemunt. Het wezen slaagt er bijna in zijn verrotte tanden in haar hals te zetten, maar dan weet Martinez een schot te lossen, dat de bovenkant van de schedel van het wezen wegblaast.

Ranzig zwart bloed spuit op tegen het dak en besproeit Lilly's gezicht, terwijl ze achteruit wegloopt van de open deuren. Er kruipen nog meer bijters door de openstaande achterkant naar binnen. Lilly's dove oren tuiten van het lawaai, en ze trekt zich terug naar de voorwand.

De Governor is nog altijd geboeid en beweegt zich schuivend naar achteren, weg van de aanval. Gabe pakt een geladen karabijn op en begint te vuren, en zijn spervuur doorboort dood weefsel en rottende schedels. Hersenweefsel bloeit op als zwarte chrysanten, en de wankelende binnenkant van de bestelbus komt vol rook te staan en raakt doordrongen van de stank van de dood. Er komen steeds meer bijters door de opening naar binnen, ondanks het verblindende geweervuur.

'Brúce, snij me lós!'

De stem van de Governor wordt bijna overstemd door het lawaai.

Lilly hoort hem amper met haar tuitende trommelvliezen, maar Bruce gaat aan de slag met het mes. Ondertussen vuren Martinez en Lilly nog een salvo af. De lopen vlammen op en het lawaai is enorm. Ze schieten hele magazijnen leeg, en de elkaar snel opvolgende schoten raken oogkassen, onderkaken, slijmerige kale knikkers en vergane voorhoofden. Zwart weefsel vliegt samen met bloed en lichaamssappen in het rond bij de openstaande achterdeuren.

Bruce is met zijn mes in de weer met de boeien van de Governor, en binnen enkele seconden is de Governor los en heeft hij een karabijn in zijn handen.

De lucht licht op van het geweervuur, en al snel staan de vijf overgebleven menselijke inzittenden van het busje op een kluitje tegen het brandschot van de cabine. Ze staan allemaal voluit te knallen en sproeien een hellestorm uit over de achterklep. Het lawaai is gigantisch en oorverdovend, en het wordt nog versterkt door het metalen skelet van de bestelwagen. Sommige kogels missen doel en ketsen in vonkenregens af van de deurlijst.

Verminkte zombies vallen als domino's om op de vloer van de bestelbus. Sommige glijden van de glibberige achterrand van de laadklep af en andere komen vast te zitten in de stapel lijken. Het spervuur houdt nog tien seconden langer aan, en in die tijd komen de mensen door het mengsel van rondvliegend bloed, huid en weefsel onder een dikke laag geronnen bloed te zitten. Een staalsplinter raakt Lilly's dijbeen en nestelt zich daar. De pijn van deze wespensteek maakt haar weer alert.

In één enkele minuut, een eindeloze zestig seconden verstreken tijd die Lilly als een eeuwigheid ervaart, wordt alle munitie tot op het laatste magazijn leeggeschoten op dood vlees. En de bij de deuropening samendrommende zombies vallen stuk voor stuk neer en glijden naar het trottoir achter de bestelwagen, waarbij ze bloederige bloedzuigersporen op de golfplaten rand achterlaten.

De laatste overgebleven lichamen blijven in de achteropening steken. In de afschuwelijke, oorverdovende stilte die er daarna valt, herladen Gabe, Martinez en de Governor hun vuurwapens en schiet Bruce naar de achterklep toe. Hij schopt de achterblijvers van de treeplank af, en de lichamen vallen met een klets op het asfalt. Lilly gebruikt haar duim om het lege magazijn uit haar Ruger te laten glijden, en de patroonhouder klettert op de grond, hoewel ze met haar verdoofde oren het metalige gerinkel niet kan horen. Haar gezicht, haar armen en ook haar kleding zitten onder het bloed en de lichaamssappen. Ze herlaadt en hoort haar hart tekeergaan in haar getraumatiseerde oren.

Ondertussen weet Bruce de dubbele deuren dicht te wrikken. De beschadigde scharnieren piepen luid, maar het overstemt nauwelijks het gepiep in Lilly's oren.

De klink klikt vast, zodat ze nu in de van bloed vergeven doodskamer opgesloten zitten. Maar het ergste van alles, en hetgeen waarop iedereen zijn aandacht nu gevestigd heeft, is het beperkte uitzicht dat ze hebben op het landschap voorbij het busje. Het bos aan weerszijden van de weg en de haarspeldbocht helemaal boven op het bergplateau in de verte zijn in duisternis gehuld en krioelen van bewegende schaduwen.

Wat ze zien voordat de deuren worden dichtgetrokken, gaat alle begrip te boven. Ze hebben allemaal wel eens eerder een horde gezien, die soms ook best heel groot was, maar deze hier tart elke beschrijving. Het is een menigte doden zoals niemand sinds het uitbreken van de plaag maanden geleden nog gezien heeft. Een menigte van een kleine duizend lopende lijken in elke denkbare staat van ontbinding strekt zich uit zover het oog reikt. Massa's grauwende zombies, zo dicht opeengepakt dat je over hun schouders zou kunnen lopen, staan langs de rand van de heuvel aan weerszijden van Highway 85 opgesteld. Ze bewegen zich langzaam en futloos, en alleen door hun aantal al dreigt er totale vernietiging. Ze doen denken aan een zwarte gletsjer, die doelloos door de bomen snijdt en akkers en wegen doorploegt. Sommige lijken hebben nog amper vlees aan hun botten, en hun gehavende begrafeniskleding hangt er als mos bij in de duisternis. Andere happen in het rond met de onwillekeurige spiertrekkingen van slangen die uit hun nest worden opgeschrokken. De grote menigte als geheel, elk gezicht zo bleek als paarlemoer, wekt de indruk dat er een enorm uitgestrekte, bewegende vloedgolf van geïnfecteerde pus aankomt.

In de bestelbus zitten alle aanwezigen er als verlamd bij door de oerangst die deze aanblik oproept. Gabe richt zijn karabijn op Martinez. 'Vuile stomme klootzak! Moet je zien wat je hebt gedaan! Moet je kijken in wat voor problemen je ons hebt gebracht!'

Voordat iemand kan reageren, heft Lilly haar Ruger op en richt het pistool op Gabe. Omdat haar oren nog piepen, kan ze niet precies horen wat hij daarop antwoordt, maar ze weet dat het hem menens is. 'Ik schiet je verdomme overhoop als je niet ophoudt, klootzak!'

Bruce belaagt Lilly met zijn lange jachtmes en zet het vanachter haar tegen haar hals. 'Vuile teef, je hebt ongeveer drie seconden om dat klotepistool te laten...'

'Brúce!' De Governor heeft zijn karabijn op Bruce gericht. 'Kappen!'

Bruce verroert zich niet. Het mes blijft tegen Lilly's keel gedrukt, en Lilly houdt haar pistool op Gabe gericht, terwijl Martinez zijn aanvalsgeweer op de Governor gericht houdt. 'Philip, luister naar me,' zegt Martinez zacht. 'Ik beloof je dat ik je eerst zal omleggen voordat ik neerga.'

'En nu allemaal gewoon even kalm aan doen, verdomme!' De knokkels van de Governor zijn wit van het stevig vasthouden van de handgreep van zijn karabijn. 'We komen alleen maar levend uit deze puinzooi vandaan als we samenwerken!'

De bestelwagen begint weer te schokken, omdat er nieuwe zombies zijn aangekomen, en iedereen schrikt op.

'Hoe zie je dat voor je?' vraagt Lilly.

'Laat ten eerste iedereen eens ophouden met vuurwapens op elkaar te richten.'

Martinez kijkt Bruce doordringend aan. 'Bruce, ga bij haar weg.'

'Doe wat hij zegt, Bruce.' De Governor houdt de loop op Bruce gericht. Er rolt een eenzame zweetdruppel langs de brug van de neus van de Governor omlaag. 'Haal verdomme dat klotemes weg, of ik blaas je hersens tegen die wand!'

De woede staat in zijn donkere, amandelvormige ogen te lezen, maar Bruce laat met tegenzin het mes zakken.

De bestelwagen schudt weer heen en weer, terwijl de vuurwapens een voor een langzaam zakken, weg van hun doelwit.

Martinez is de laatste die zijn geweer laat zakken. 'Als we in de cabine kunnen komen, kunnen we ons er een weg doorheen ploegen.'

'Nee!' De Governor kijkt hem aan. 'Dan zullen we deze vervloekte op hol geslagen horde naar Woodbury leiden!'

'Wat stel jij dan voor?' vraagt Lilly aan de Governor. Er stroomt koud zuur door haar aderen. Ze heeft het afschuwelijke gevoel dat ze zich weer overlevert aan die gek, en ze voelt haar ziel krimpen tot een piepklein zwart gat in haar binnenste. 'We kunnen hier niet gewoon niets zitten doen.'

'Hoe ver zijn we van het stadje? Misschien iets van een kilometer of zo?' De Governor stelt de vraag bijna retorisch, terwijl hij om zich heen kijkt naar het van bloed vergeven interieur van de bestelbus en alle kartonnen verpakkingen bekijkt. Hij ziet de reserveonderdelen van geschutwagens, de patroonhulzen en de legermunitie. 'Laat me je eens iets vragen,' zegt hij, terwijl hij Martinez aankijkt. 'Zo te zien heb je je als een echte militair op deze grote staatsgreep voorbereid.

Zitten er toevallig raketwerpers in die krat? Iets met een beetje meer slagkracht dan een simpele granaat?'

In minder dan vijf minuten hebben ze het zware geschut gevonden en de raketwerper geladen. Ze bepalen een strategie en nemen hun posities in. De Governor geeft al die tijd de meeste bevelen en houdt iedereen aan het werk, terwijl de horde de bestelwagen omsingelt zoals bijen om een bijenkorf zwermen. Tegen de tijd dat de overlevenden klaar zijn om hun tegenmaatregel ten uitvoer te brengen, is het aantal doden dat het voertuig omsingelt zo groot dat de bestelbus bijna omkiepert.

De eerste explosie blaast de achterdeuren van het busje eraf alsof er ontplofbare grendels op zitten.

Door de knal wordt een vijftal lopers de lucht in gesmeten, en het aangedreven projectiel ramt als een warm mes door de boter door de dichte menigte lijken die zich voor de laadklep heeft verzameld. De raket ontploft zo'n tien meter van de bestelbus.

De explosie rekent met minstens een stuk of honderd zombies in de directe omgeving van het voertuig af, misschien met wel meer. Het geluid dat het wapen produceert, komt dicht in de buurt van de supersone knal van een overvliegende straaljager. De dreun doet de grond trillen en schiet omhoog in de lucht, waar het weergalmt boven de boomtoppen.

De explosieve vuurbal van gassen schiet omhoog en opzij, een convectie van vlammen zo groot als een basketbalveld, die de nacht in dag verandert en de dichtstbijzijnde zombies in brandend menselijk afval. Sommige verzengen bijna compleet en andere worden dansende vuurpilaren. De vlammenzee verwoest een gebied van zo'n vijftig vierkante meter rond de bestelwagen.

Gabe springt als eerste uit de bestelbus. Hij heeft een sjaal voor zijn mond en zijn neus geslagen als filter tegen de scherpe stank van kokend dood vlees in de op napalm lijkende maalstroom. Hij wordt op de voet gevolgd door Lilly, die haar mond met de ene hand bedekt en met de Ruger in haar andere hand drie snelle schoten lost, waarmee ze een paar verdwaalde zombies op hun pad omlegt.

Ze weten de cabine te bereiken en gooien de deur open. Ze klimmen naar binnen, schuiven het verwrongen, bloederige stoffelijk overschot van Broyles opzij, en binnen enkele seconden krijgen de achterwielen grip en schiet het voertuig ervandoor.

De bestelbus bulldozert door rijen zombies en verandert de rechtopstaande kadavers in bedorven moes op de straatstenen. Ze maaien een hele strook neer op weg naar een voor hen opdoemende haarspeldbocht. En wanneer ze bij de scherpe bocht aankomen, voert Gabe de laatste fase van hun ontsnappingsplan uit.

Hij geeft een ruk aan het stuur, en de bestelbus dendert van de weg en schiet de helling van een beboste heuvel op.

Het ruwe terrein stelt de banden en de ophanging danig op de proef, maar Gabe houdt het gaspedaal ingedrukt, zodat de achterwielaandrijving door de zachte, modderige bodem van de heuvel ploegt. De achterkant van het voertuig slingert wild, en de drie overige mannen worden bijna door het gekartelde, gapende gat achterin naar buiten geworpen.

Wanneer ze de top van de heuvel bereiken, gaat Gabe op de rem staan, waarna de bestelbus slippend tot stilstand komt.

Ze doen er een minuut over om de mortier te richten. Het is een dikke, korte, ijzeren cilinder, die Martinez snel provisorisch op een geschutwagen van een machinegeweer heeft gemonteerd. De vuurmond staat in een hoek van vijfenveertig graden omhoog. Als ze klaar zijn om te vuren, zijn minstens tweehonderd zombies al begonnen aan de sloffende beklimming van de heuvel. Ze worden aangetrokken door het lawaai en de koplampen van de bestelbus.

Martinez laadt de granaatwerper en drukt op de ontstekingsknop.

De mortier buldert, en het projectiel schiet in een boogbaan door de lucht boven de vallei, met de lichtsporen aan zijn staart als een gloeiende neon condensstreep. De mortiergranaat landt precies in het midden van de zee van lopende doden. Ze zien de minipaddenstoelwolk van vlammen ruim vierhonderd meter van het busje een fractie van een seconde voordat ze de enorme, bulderende knal horen. De flits erna kleurt de onderbuik van de avondlucht gloeiend en fluorescerend donkeroranje.

Brandende deeltjes die uit een mengsel van zand, puin en dood weefsel bestaan, bloeien op in de lucht. De schokgolf van vuur rolt zeker honderd meter naar alle kanten uit en verzengt honderden bijters. Een reusachtig drukvat had de doden niet sneller of grondiger kunnen cremeren.

De resterende lopers worden door het vurige spektakel afgeleid van de heuvel en draaien zich onhandig om om zich naar het licht te slepen.

Weg van Woodbury.

Ze rijden op hobbelende wielen terug naar het stadje, met een gebroken achteraseenheid, verbrijzelde ramen en eruit geblazen deuren. Ze blijven vanuit de achterkant uitkijken naar sporen van de fenomenale horde en naar tekenen dat ze gevolgd worden. Maar afgezien van een paar verdwaalde, eigenzinnige lopers die langs de randen van de boomgaarden strompelen, getuigt alleen de oranje gloed aan de westelijke horizon van de nasleep van de zwerm.

Niemand ziet dat Gabe de Governor stilletjes achter Martinez' rug een met een paarlemoeren handgreep uitgerust .45-semiautomatisch pistool toesteekt, totdat het te laat is. 'Ik heb nog een appeltje met je te schillen,' flapt de Governor er ineens uit, en hij drukt de loop tegen de nek van Martinez, terwijl de bestelbus rammelend een bocht door rijdt.

Martinez slaakt een lange, treurige zucht. 'Doe het dan maar.'

'Je hebt een kort geheugen, jongen,' zegt de Governor. 'Dit is het soort problemen dat je kunt krijgen buiten deze muren. Ik ga je niet omleggen, Martinez... nog niet, tenminste... op dit moment hebben we elkaar nodig.'

Martinez zegt niets en kijkt alleen omlaag naar de ijzeren golven van de vloer, terwijl hij wacht op zijn levenseinde.

Ze komen het stadje vanuit het westen binnen, en Gabe rijdt naar de voorkant van de arena, waar hij de bestelbus op een voor dienstvoertuigen gereserveerde parkeerplek neerzet. Er klinkt nog steeds lawaai op van de menigte op de tribunes, hoewel de gevechten inmiddels aan het gejoel en gefluit te horen waarschijnlijk op een complete chaos zijn uitgelopen. De excentrieke spreekstalmeester van de show is meer dan een uur weg geweest... maar niemand was bij machte om te vertrekken.

Gabe en Lilly stappen uit de cabine en lopen naar de achterkant. Lilly zit onder het geronnen bloed en haar gezicht is besproeid met bloednevel. Ze heeft een onbehaaglijk gevoel waarvan haar huid gaat prikken, en ze legt haar hand op de handgreep van haar Ruger, die achter haar riem zit. Ze denkt niet helder na. Ze heeft het gevoel dat ze half slaapt en is traag door de schok. Ze staat te wankelen en is buiten adem.

Wanneer ze bij de achterhoek van de bestelbus komt, ziet ze Martinez daar zonder wapen staan. Zijn armen zitten onder het roet van de terugslag van de mortier en zijn trieste, scherpe gezicht zit onder de bloedspatten. De Governor staat vlak achter hem en houdt de loop van een .45 tegen zijn nek.

Lilly trekt instinctief haar Ruger, maar voordat ze hem ook maar kan richten, geeft de Governor haar een waarschuwing.

'Als je schiet met dat ding, dan gaat je vriendje eraan,' sist de Governor haar toe. 'Gabe, pak dat proppenschietertje eens van haar af.'

Gabe rukt het pistool uit haar handen, en Lilly staart de Governor alleen maar aan. Er klinkt een stem in de nachtelijke lucht, ergens van boven hen.

'Hé!'

De Governor gaat snel gebukt zitten. 'Martinez, zeg tegen je mannetje op de bovenste verdieping dat alles in orde is.'

Helemaal onder de top van het arenadak staat op een van de hoeken van de bovenste verdieping een geschuttoren met een machinegeweer opgesteld. Een lange, geperforeerde loop wijst omlaag naar de zanderige parkeerplaats. Achter het geschut staat een jonge kameraad van Martinez. De lange zwarte jongen uit Atlanta, die Hines heet, is niet op de hoogte van de geheime couppoging.

'Wat is er in godsnaam aan de hand?' schreeuwt hij hen toe. 'Jullie zien er allemaal uit alsof jullie van het front komen!'

'Alles is oké, Hines!' roept Martinez naar hem. 'We moesten alleen met een paar bijters afrekenen!'

De Governor houdt zijn .45 uit het zicht en drukt de loop tegen de onderrug van Martinez. 'Hé, jongen!' De Governor geeft een rukje met zijn hoofd in de richting van de bomen aan de overkant van de hoofdweg. 'Zou je me een plezier willen doen en die ronddolende lopers die daar achter ons uit de bomen tevoorschijn komen willen uitschakelen?' Dan wijst de Governor naar de bestelwagen. 'En als je daar klaar mee bent, dan liggen er nog twee lichamen in de laadruimte van die bestelbus. Die moeten nog een kogel door hun hoofd hebben. En breng ze daarna naar het lijkenhuis.'

De geschuttoren maakt een piepend geluid, waarna de loop omhoogzwiept en iedereen zich omdraait om naar de beweging aan de overkant van de straat te kijken, waar een stel sloffende silhouetten uit de bomen tevoorschijn komt. Het zijn de laatste achterblijvers.

De loop begint te brullen onder het dak van de arena, en de opvlammende vonken verschijnen een milliseconde voordat de zware knallen klinken. De Governor duwt Martinez vooruit naar het gebouw, terwijl iedereen in elkaar krimpt bij het horen van het lawaai.

Pantserdoorborende munitie doorzeeft de lopers die uit het bos komen wankelen, en de zombies dansen nog even rechtop als marionetten tijdens een aardbeving. Uit hun achterhoofden spuit als een soort rode, ontluchte stoom een bloednevel op. Hines leegt om het af te maken een complete gordel met .762mm-patronen op de lopers. Als ze eindelijk allemaal in moesachtige, smoorhete hoopjes ingewanden op de grond liggen, slaakt de jongen die Hines heet een kleine overwinningskreet. Dan kijkt hij weer omlaag naar het arenaterrein.

De Governor, Martinez en de rest van hun groep zijn verdwenen.

19

'Denken jullie verdomme soms dat dit een democratie is?' De Governors met bloed bespatte kamerjas dweilt over de vloer. Zijn kwade, rokerige stem weerkaatst tegen de cementblokken muren van de privékamer onder het gedeelte van het stadion met snackrestaurants.

Het was ooit het kantoor van de financiële administratie, met een kluis voor de recette van het racecircuit. De ruimte is helemaal leeggehaald en de oude ijzeren kluis is aan één kant opgeblazen. Nu staat er alleen een lange, bekraste vergadertafel en hangen er een paar pinupkalenders aan de muur. Voor de rest slingeren er nog een stel bureaus en een paar omgegooide draaistoelen in de ruimte rond.

Martinez en Lilly zitten zwijgend en in een shock op klapstoelen tegen een van de muren, en Bruce en Gabe staan in de buurt met hun geweren in de aanslag. De spanning in de ruimte knettert en vonkt als een aangestoken lont.

'Jullie lijken vergeten te zijn dat er maar één enkele reden is waarom het hier functioneert.' De toespraak van de Governor is doorspekt met zenuwtrekkingen in zijn gezicht, en hij staat nog wat te trillen als gevolg van de schok van het stroomstootwapen. Er kleeft opgedroogd bloed in samengeklitte korsten aan zijn gezicht, zijn kleding en zijn haar. 'Het werkt omdat ik degene ben die ervoor zórgt dat het werkt! Hebben jullie gezien hoe de situatie daarbuiten is? Dat is wat er op het menu staat als je buiten de deur wilt eten! Willen jullie soms een soort utopisch paradijs, een soort oase van warme en wollige kameraadschap? Bel dan verdomme Norman Róckwell maar! Het is verdomme oorlog!'

Hij zwijgt even om zijn woorden te laten bezinken, en de stilte hangt zwaar in de ruimte.

'Vraag maar aan elke willekeurige klootzak daarbuiten op de tribunes of hij een democratie wil. Of ze het warm en wollig willen. Of dat ze gewoon willen dat er verdomme iemand is die de zaken régelt ... die ervoor zorgt dat ze niet de lunch van een of andere bijter worden!' Zijn ogen schieten vuur. 'Jullie lijken vergeten te zijn hoe het hier was toen Gavin en zijn gardisten het hier voor het zeggen hadden! We hebben dit stadje herwonnen! We hebben onze zaakjes...'

Een klop op de deur onderbreekt zijn tirade. De Governor draait zich razendsnel om naar het geluid. 'Wát!'

De deurknop klikt en de deur gaat een paar centimeter open. Het verlegen gezicht van de boerenjongen uit Macon tuurt naar binnen, met zijn AK-47 aan een draagriem langs zijn zij. 'Baas, de inwoners worden onrustig daarbuiten.'

'Wat?'

'Die twee strijders zijn we allang kwijt, en er zijn alleen nog maar dode lichamen en bijters aan kettingen. Maar niemand gaat weg... ze zitten alleen maar dronken te worden van hun zelf meegebrachte drank en gooien troep naar de zombies.'

De Governor veegt zijn gezicht af en strijkt zijn Fu Manchu glad.

'Zeg ze maar dat er elk moment een belangrijke aankondiging gedaan zal worden.'

'Maar wat dan met...'

'Zég het ze nu maar gewoon!'

De boerenjongen knikt volgzaam en draait zich om, waarna hij de deur achter zich dichttrekt.

De Governor kijkt de grote zwarte man in zijn met bloedsmurrie besmeurde spijkerpak aan. 'Bruce, ga Stevens en zijn schoothondje halen. Het kan me niet schelen waar ze mee bezig zijn, ik wil dat ze hier onmiddellijk naartoe komen! Opschieten!'

Bruce knikt, schuift zijn pistool achter zijn broekriem en loopt snel het kantoor uit.

De Governor richt zich tot Martinez. 'Ik weet precies waar je dat kloterige stroomstootwapen vandaan hebt...'

In Lilly's beleving doet Bruce er eindeloos lang over om de arts en Alice op te halen. Ze zit naast Martinez, met een opdrogende laag slijmerig zombiespoor op haar huid, en de wond in haar dijbeen klopt. Ze verwacht dat er elk moment een kogel door haar schedel gejaagd kan worden. Ze kan de warmte van Gabes lichaam achter zich voelen, op maar enkele centimeters afstand van haar. Ze kan zijn lichaamsgeur ruiken en zijn zware ademhaling horen, maar hij zegt geen woord in de tijd dat ze zitten te wachten.

En Martinez zegt ook niets.

De Governor zegt ook niets, maar blijft in het voorste gedeelte van de ruimte op en neer lopen.

Het maakt Lilly niet meer uit of ze doodgaat. Er is iets onverklaarbaars met haar gebeurd. Ze denkt aan Josh, die in de grond ligt weg te rotten, en voelt niets. Ze denkt aan hoe Megan in die provisorische strop hing, en het roept geen enkele emotie op. En ze denkt aan Bob, die wegzakt in vergetelheid.

Niets van dat alles doet er nu nog toe.

Het ergste is dat ze weet dat de Governor gelijk heeft. Ze hebben een rottweiler nodig op deze muren. Ze hebben een monster nodig om het bloedtij te keren.

Aan de overkant van de kamer gaat de deur met een klik open en komt Bruce weer binnen met Stevens en Alice. De arts, in zijn kreukelige laboratoriumjas, loopt een paar stappen voor het vuurwapen van Bruce uit. Alice volgt als laatste.

'Kom binnen en kom erbij,' begroet de Governor hen met een ijzige glimlach. 'Ga zitten. Ontspan je. Pak een stoel, ga even rustig zitten.'

De arts en Alice lopen zonder iets te zeggen naar de overkant van de ruimte en gaan als kinderen die naar hun kamer worden gestuurd op klapstoelen naast Martinez en Lilly zitten. De arts zegt nog steeds niets en staart alleen maar naar de vloer.

'Zo, nu hebben we de hele bende bij elkaar,' zegt de Governor, terwijl hij naar het viertal loopt. Hij blijft op enkele centimeters afstand van hen staan, zoals een sportcoach die in de rust aan een tactiekbespreking wil beginnen. 'We spreken het volgende af: we gaan een soort verdrag sluiten... een mondelinge overeenkomst. Heel simpel. Kijk me aan, Martinez.'

Het kost Martinez zeer grote moeite om de man met de donkere ogen aan te kijken.

De Governor kijkt Martinez strak aan. 'De overeenkomst luidt als volgt: zolang ik er verdomme voor zorg dat er brood op de plank is en de juskommen hier gevuld blijven... zet je geen vraagtekens bij de manier waarop ik dat doe.'

Hij zwijgt even en staat met zijn handen in zijn zij voor hen te wachten. Zijn met bloed besmeurde gelaatstrekken zijn meedogenloos en onverzettelijk. Hij kijkt elk van hen in hun getraumatiseerde, starende ogen.

Niemand zegt iets. Lilly stelt zich voor hoe ze opspringt en haar stoel omverschopt, hoe ze luidkeels begint te schreeuwen en een van de geweren pakt om de Governor in een regen van geweervuur neer te maaien.

Ze staart naar de vloer.

De stilte duurt voort.

'En dan nog iets,' zegt de Governor, die met dode en vreugdeloze ogen naar hen glimlacht. 'Als iemand dit verdrag breekt of zijn neus in mijn zaken steekt, dan gaat Martinez eraan en wordt de rest van jullie verbannen naar de rimboe. Hebben jullie dat begrepen?' Hij wacht zwijgend af. 'Geef antwoord, vuile klootzakken! Begrijpen jullie de voorwaarden van onze overeenkomst? Martinez?'

Het antwoord klinkt kortademig. 'Ja.'

'Ik kan je niet horen!'

Martinez kijkt hem aan. 'Ja... ik begrijp het.'

'En jij, Stevens?'

'Ja, Philip.' De stem van de arts is doorspekt met minachting. 'Geweldig slotpleidooi. Je zou advocaat moeten worden.'

'Alice?'

Ze knikt snel en zenuwachtig naar hem.

De Governor kijkt Lilly aan. 'En jij dan? Hebben we een afspraak?'

Lilly kijkt naar de vloer en zegt niets.

De Governor komt dichterbij staan. 'Ik krijg hier geen overeenstemming. Ik vraag het je nogmaals, Lilly. Begrijp je de overeenkomst?'

Lilly weigert iets te zeggen.

De Governor trekt zijn .45mm Colt van het leger met de paarlemoeren handgreep, schuift de slede naar achteren en zet de loop tegen haar hoofd. Maar voordat hij nog een woord kan zeggen of een kogel door haar hersenen kan jagen, kijkt Lilly hem aan.

'Ik begrijp het.'

'Dames en heren!' De nasale stem van de boerenjongen klinkt krakend via de geluidsinstallatie van de arena en weergalmt boven het chaotische tafereel achter de harmonicagazen hekken. De eerder nog dicht opeengepakte groep toekijkers heeft zich verspreid over de tribunes, en geen enkele toeschouwer heeft het stadion verlaten. Sommigen liggen dronken op hun rug naar de maanloze nachtlucht te staren. Anderen geven flessen zelf gestookte drank door en proberen de verschrikkingen van de slachting op het binnenveld, waarvan ze zojuist getuige zijn geweest, te verzachten.

Sommige dronken bezoekers gooien afval en lege flessen in de arena om de geketende bijters te treiteren, die onmachtig om zich heen zwaaien aan hun kettingen, hun wegrottende lippen druipend van zwarte kwijl. De twee dode strijders liggen op een hoopje net buiten bereik van de zombies. De menigte juicht en joelt. Zo gaat het nu al bijna een uur.

De versterkte stem knettert weer. 'We hebben een speciale aankondiging voor jullie van de Governor!'

Dit nieuws wekt hun aandacht, en de kakofonie van gegil, geschreeuw en gefluit bedaart. De ongeveer veertig toeschouwers keren onbeholpen terug naar hun plaatsen op de eerste rij, en sommige struikelen over hun dronken voeten. Binnen enkele minuten is de hele menigte vooraan neergestreken, achter de harmonicagazen omheining die racefans ooit beschermde tegen slippartijen en brandende banden die van de baan vlogen.

'Geef een warm applaus voor onze onverschrokken leider, de Governor!'

Vanuit het middelste gangpad komt als een geestverschijning de gedaante met de lange jas tevoorschijn, die uit de schaduw in de kille mist van de kalklampen stapt. Hij zit onder het bloed en de modder, en met zijn in de wind wapperende jaspanden lijkt hij wel een Trojaanse commandant, die terugkeert van het beleg van Troje. Hij loopt met grote passen naar het midden van het binnenveld en gaat tussen de overleden gardisten staan. Hij geeft een ruk aan de microfoonkabel achter zich, brengt de microfoon naar zijn mond en brult: 'Vrienden, jullie zijn hier allemaal door het lót... het lót heeft ons samengebracht... en het is onze lótsbestemming om deze plaag sámen te overleven!'

De menigte, van wie de meeste mensen dronken zijn, laat een beneveld gejuich horen.

'Het is ook mijn lot om jullie leider te zijn... en ik neem die rol met trots op me! En iedere klootzak die dat niet bevalt, kan het bij me komen weghalen! Wanneer je maar wilt! Jullie weten waar je me kunt vinden! Wil iemand van jullie het overnemen? Heeft iemand genoeg pit om dit stadje veilig te houden?'

De dronken stemmen sterven weg. De gezichten achter het harmonicagazen hek zakken in. Nu heeft hij pas echt hun volle aandacht. De wind in de hoge stellingen onderstreept de stilte.

'Jullie zullen vanavond stuk voor stuk getuige zijn van een nieuw begin in Woodbury! Vanavond zal er officieel een einde komen aan het ruilhandelsysteem!'

Nu valt er een diepe stilte als een lijkkleed over de arena. Dit is niet wat de toeschouwers verwachten, en ze houden hun hoofd iets schuin alsof ze aan zijn lippen hangen.

'Van nu af aan zullen alle voorraden die we verzamelen voor iedereen zijn! En ze zullen gelijk verdeeld worden! Dat is de manier waarop mensen een plekje in onze gemeenschap verdienen! Door proviand te verzamelen! Door aan het algemeen belang bij te dragen!'

Een man op leeftijd, die een paar rijen boven de anderen zit, staat op wiebelige knieën op, waarbij zijn overjas van het Leger des Heils in de wind wappert, en begint te klappen. Hij knikt en steekt zijn grijsharige kaak trots naar voren.

'Deze beleidsveranderingen zullen strikt worden gehandhaafd! Iedereen die betrapt wordt op het ruilen van wat voor gunsten dan ook voor goederen, zal als straf worden gedwongen om in de Ring des Doods te vechten!' De Governor zwijgt weer even en speurt de menigte af, terwijl hij zijn woorden laat bezinken. 'We zijn geen barbaren! We zorgen voor onze eigen mensen! We! Zijn! Ons' broeders hoeders!'

Nu beginnen steeds meer toeschouwers op te staan en te applaudisseren, en sommige mensen komen spontaan tot bezinning, hervinden hun stem en juichen alsof ze tijdens een kerkdienst een halleluja beantwoorden.

De preek van de Governor bereikt zijn climax. 'Er breekt een nieuw tijdperk van samenwerken voor Woodbury aan! Om een gelukkigere, hechtere gemeenschap te maken!'

Tegen die tijd is bijna iedere toeschouwer gaan staan, en het gebrul van hun stemmen, een geluid dat wel iets weg heeft van een ouderwetse revivalbijeenkomst in een tent, weergalmt tot aan de bovenste verdiepingen en weerklinkt in de avondlucht. Mensen klappen, schreeuwen goedkeurend en wisselen opgeluchte en blij verraste blikken uit... en misschien zelfs wel hoopvolle.

Maar de toeschouwers, die voor het merendeel glazig uit hun ogen kijken van alle drank van die avond, merken vanaf deze afstand achter de harmonicagazen omheining niets van de bloeddorstige glinstering diep in de donkere ogen van hun welwillende leider.

De volgende morgen bevindt de slanke jonge vrouw met de paardenstaart zich beneden in de stinkende, vunzige atmosfeer van het abattoir onder het stadion.

Ze draagt haar dikke sweatshirt van Georgia Tech, haar antieke juwelen en haar gescheurde spijkerbroek. Lilly trilt niet en voelt geen aandrang om op haar nagels te bijten. Ze voelt eigenlijk geen

349

enkele nerveuze spanning of walging, terwijl ze zich aan de weerzinwekkende taak zet die haar als een soort straf voor haar medeplich-
tigheid aan de couppoging is toegewezen.

Ze voelt eigenlijk alleen maar een zachtjes sudderende woede,
terwijl ze in het vage licht van de ondergrondse ruimte neerhurkt en
de bijna een halve meter lange, met een teflonlaag bedekte bijl oppakt.

Ze laat de bijl hard en goed gemikt neerkomen, zodat ze het kraakbeen van het afgehakte been van de Zweed weghakt, dat uitgestrekt
boven de afvoer op de vloer ligt. Het blad snijdt met een vochtig,
ploppend geluid als van een onder druk gezette deksel die opengaat
door het kniegewricht, net zoals een koksmes een rauwe drumstick
uit een kippendij zou kunnen kerven. Er spat bloed op naar Lilly, dat
haar kraag en haar kin bespikkelt. Ze merkt het amper, terwijl ze de
twee stukken menselijke ledemaat in de plastic afvalbak naast zich
gooit.

In de bak zitten stukken van de Zweed, Broyles, Manning en
Zorn. Het is een heksenketel van eenpersoonsporties darmen, organen, harige schedels, slijmerige, witte balgewrichten en afgehakte
ledematen. Ze worden verzameld en op ijs bewaard om de wedstrij-
den te kunnen blijven organiseren en de arenazombies tevreden te
houden.

Lilly heeft rubberen tuinhandschoenen aan, die gedurende het
afgelopen uur donkerpaars zijn geworden. Ze heeft haar woede de
kracht van haar slagen met de bijl laten voeden en heeft met het
grootste gemak drie lichamen in stukken gehakt. Ze heeft Martinez
en Stevens, de twee mannen die in tegenover elkaar gelegen hoeken
van het vieze, raamloze, met bloedsmurrie besmeurde, uit cementblokken opgetrokken vertrek aan het werk zijn, nauwelijks opgemerkt.

Er wordt geen woord gewisseld tussen de elkaar mijdende mensen, en het werk gaat nog een halfuur langer ononderbroken door. Ergens rond het middaguur hoort Lilly met haar nog altijd verdoofde oren het geluid van gedempte voetstappen in de gang aan de andere kant van de deur. Het slot klikt en de deur gaat open.

'Even kijken hoever jullie zijn,' kondigt de Governor aan. Hij komt de ruimte binnen in een keurig leren vest en heeft een pistool in een holster tegen zijn dijbeen. Zijn haar is achterovergestreken, weg van zijn scherpe gelaatstrekken. 'Zeer indrukwekkend, hoor,' zegt hij. Hij loopt naar Lilly's bak en kijkt naar de geleiachtige inhoud. 'Ik heb later misschien een paar brokken nodig voor voedingsdoeleinden.'

Lilly kijkt niet op. Ze gaat door met hakken, weggooien en de rand van haar bijl op haar spijkerbroek afvegen. Uiteindelijk legt ze een volledig bovenstuk van een lichaamsholte neer op de plek waar ze staat te hakken. Het hoofd van het kadaver zit er nog aan vast.

'Ga zo door, mannen,' zegt de Governor met een goedkeurend knikje, voordat hij zich omdraait en naar de deur loopt. Terwijl hij de slachtruimte verlaat, mompelt Lilly iets in zichzelf wat niemand anders kan horen.

De stem in haar hoofd, en die door haar brein schiet, bereikt haar lippen in amper gefluisterde, aan de Governor gerichte woorden.

'Binnenkort... als je niet meer nodig bent... zal jíj hier liggen.'

Ze blijft maar hakken met de bijl.

DANKWOORD

Bijzondere dank aan Robert Kirkman, David Alpert, Brendan Deneen, Nicole Sohl, Circle of Confusion, Andy Cohen, Kemper Donovan en Tom Leavens.

JAY

Voor mijn vader, Carl Kirkman, die me heeft laten inzien hoe waardevol het is om voor jezelf te werken en wat je kunt bereiken als je er hard voor werkt en je concentreert op wat je wilt. En voor mijn schoonvader, John Hicks, die me het vertrouwen heeft gegeven om de sprong te wagen en met mijn vaste baan te stoppen, zodat ik voor mezelf kon beginnen. Ik heb veel aan jullie beiden te danken.

ROBERT